SARAH WATSON

MEHR ALS WAHRSCHEINLICH

ROMAN

Aus dem Englischen von Henriette Zeltner-Shane

ARCTIS

Die Originalausgabe erschien 2020 unter dem Titel *Most Likely* bei Poppy/Little Brown, ein Imprint der Hachette Book Group, New York.

MIX
Papier | Fördert gute Waldnutzung
FSC® C083411

Deutsche Erstausgabe
1. Auflage 2022

Published by Arrangement with TOWER 42 Productions, INC.
Dieses Werk wurde vermittelt durch die Literarische Agentur Thomas Schlück GmbH, 30161 Hannover.

Übersetzung: Henriette Zeltner-Shane
Lektorat: Antje Steinhäuser
Umschlagmotiv: Carolina Melis
Umschlaggestaltung: Svenja Sund
Satz: Greiner & Reichel, Köln
Druck und Bindung: CPI books GmbH, Leck
Printed in Germany 2022
ISBN 978-3-03880-060-6

www.arctis-verlag.de

Folgt uns auf Instagram unter
@arctis_verlag

Für Mom und Dad,
weil sie daran glauben, dass ich alles sein könnte.
Sogar die Präsidentin.
Weil sie aber völlig cool blieben, als ich sagte,
ich wollte Schriftstellerin werden.

PROLOG

Washington, D.C.
20. Januar 2049

Der Morgenhimmel ist tiefblau, und einen Moment lang wünschte ich, ich hätte doch den karmesinroten Mantel genommen. Der Kontrast des roten Wollstoffs zum Blau des Himmels wäre kraftvoll gewesen. Aber jetzt ist es zu spät fürs Umziehen. Ich trage das hier: einen cremefarbenen Mantel über einer strahlend weißen Jacke und passender Hose. Eine Designerin hat mir den Hosenanzug maßgeschneidert. Zunächst hatten wir besprochen, dass ich einen Rock anziehe, doch die Januarluft ist kalt, und ich bin froh über diese Änderung in letzter Minute.

»Diffenderfer.«

Mein Mann und ich drehen uns gleichzeitig um, als wir unseren Nachnamen hören. Aber natürlich bin ich gemeint. Die professionelle junge Frau, deren Job es ist, mir zu sagen, wann ich wo sein muss, verkündet: »Wir haben noch fünf Minuten, bis es losgeht.«

Fünf Minuten. Der Augenblick ist schon so nah, aber immer noch fühlt es sich ein bisschen unwirklich an. Meine Freundinnen werden sagen, dass sie es schon immer gewusst haben. Dass ich von uns vieren diejenige war, die es am ehesten hierher schaffen würde. Bei allem Respekt und voller Zuneigung – das ist absoluter Bullshit. Ganz ehrlich, wenn mir damals an der Highschool jemand gesagt hätte, mein Leben würde mich hierher führen, hätte ich es niemals geglaubt. In gewisser Weise kann ich ja immer noch nicht glauben, dass es gleich passiert. Und schon gar nicht, dass es jemandem passiert, der Diffenderfer heißt.

Diffenderfer. Brrr. Ich frage mich zum millionsten Mal, warum ich seinen Namen angenommen habe. Es war eine freie Entscheidung, klar. Aber mir wurde stark dazu geraten. Sogar in unserer heutigen Zeit fanden Leute, es würde mich ansprechender machen. Zugänglicher. Einfach … »traditioneller«. Das war der Begriff, den irgendein tüchtiger Kerl benutzte, bevor ich ihn aus meinem Büro warf. Der Grund, warum ich so sauer war? – Weil er recht hatte. So sehr ich es hasse, das zuzugeben, es ist eben doch wichtig, ein bisschen aufs Erscheinungsbild zu achten. Und so sehr ich den Nachnamen meines Mannes hasse – ich habe die *traditionelle* Entscheidung getroffen und das verdammte Ding angenommen.

Jetzt sehe ich lächelnd zu dem Mann rüber, der mir das Geschenk gemacht hat, eine Diffenderfer zu sein. Er zwinkert mir zu. »Großer Tag«, sagt er.

»Ach ja?«, scherze ich und greife nach seiner Hand. Erstaunt stelle ich fest, dass sie ein bisschen zittert. Er ist nervös, was mich plötzlich mit einer solchen Zärtlichkeit erfüllt, dass ich kurz ganz überwältigt davon bin. Ich drücke seine Hand. Er drückt zurück. Zweimal. Um mir zu sagen, dass er mich liebt. »Sei nicht nervös«, flüstere ich.

»Sollte ich das nicht zu dir sagen?«

»Aber ich bin nicht nervös.«

»Natürlich nicht.«

Ich beuge mich vor und küsse ihn. Meine Visagistin Margot wird den Lipgloss noch mal auftragen müssen, aber das ist mir egal. Es mag zwar sein, dass ich seinen Namen nicht liebe, aber ich liebe diesen Mann. Und zwar schon seit der Highschool. Inzwischen habe ich die Story vom letzten Schuljahr und dem ersten Kuss damals schon an die tausend Mal erzählt. Anscheinend mögen es die Leute, dass meine Lovestory unkompliziert ist. *Unkompliziert.* Darüber müssen wir immer lachen. Sie ist nur deshalb unkompliziert, weil die Leute nichts von den komplizierten Seiten wissen – die tatsächlich meine liebsten sind. Aber die würden meinem Image definitiv nicht guttun. Also behalten wir sie als kleines Geheimnis für uns. Als ich jetzt daran denke, muss ich lächeln. Es gefällt mir, dass es, trotz all dem, was inzwischen passiert ist, immer noch Dinge gibt, die nur uns gehören.

Die junge Frau mit dem Headset kommt, um mir zu sagen, dass es so weit ist. Mein Mann sieht mich an. »Bist du bereit?«

»Ja«, flüstere ich zurück, obwohl die Antwort eigentlich Nein lautet. Wie kann ich jemals für so etwas bereit sein? Ich tröste mich damit, dass die wichtigsten Momente meines Lebens die waren, die mir Angst machten. Wie der erste Kuss. Nicht die Story, die wir tausendmal erzählt haben. Der wirklich erste. Der chaotisch, quälend, schmerzlich und berauschend war. Der mir das Herz gebrochen und es zugleich heil gemacht hat.

Ich hole tief Luft und drücke noch einmal die Hand meines Mannes. Ich schätze, es spielt nicht wirklich eine Rolle, dass ich den Nachnamen mit ihm teile. Denn der Titel, den man gleich davorsetzen wird, der wird nur mir gehören.

Ich allein werde Präsidentin der Vereinigten Staaten von Amerika.

KAPITEL 1

Cleveland, Ohio
Herbst 2019

Logan Diffenderfer legte auf der Laufbahn ein ordentliches Tempo vor. Das durchgeschwitzte Shirt klebte ihm am Körper und seine braunen Haare wippten wie im Rhythmus eines aufdringlich hippen, aber rhythmisch perfekten Songs.

Es war zum Verrücktwerden.

Normalerweise galt der Platz unter den Tribünen als bester Ort der ganzen William McKinley High School, um ungestört reden zu können. CJ konnte nicht fassen, dass sie das Geländelauf-Training vergessen hatte, als sie vorgeschlagen hatte, sich hier mit ihren drei besten Freundinnen nach dem Unterricht zu treffen. »Vielleicht sollten wir woanders hingehen«, sagte sie. Bis zu diesem Jahr hatte CJ selbst zur Mannschaft gehört. Sie war nie eine besonders starke Läuferin gewesen und rief sich jetzt in Erinnerung, dass es klug gewesen war, aufzuhören. Sie brauchte die Zeit, um für die SATs, die standardisierten Abschlusstests zur Collegeeignung, zu lernen. (Noch so eine Sache, in der sie nicht gerade überragend war.) Trotzdem kam es ihr seltsam vor und sie fand es vielleicht sogar ein bisschen schade, ihr altes Team trainieren zu sehen. »Wir könnten es in der Bibliothek versuchen. Oder hinter den Mülltonnen der Cafeteria.«

Martha schaute auf ihrem Handy nach der Uhrzeit. »Ich muss in fünf Minuten im Auto sein. Nicht auf dem Weg dahin. Drin.« CJ nahm es ihr nicht übel, dass sie in Eile war, denn Martha hatte als Einzige einen Job nach der Schule. Sie war außerdem die Einzige ohne Auto. Deshalb sah sie jetzt auch verzweifelt Ava an, die sich bereit erklärt hatte, sie zu fahren. »Bitte sag du CJ, dass es ungefährlich ist, hier zu reden.«

Ava zuckte mit den Achseln. »Es ist absolut in Ordnung. Hier kann uns im wahrsten Sinne des Wortes keiner hören.«

Das brachte Jordan dazu, von ihrem Handy aufzuschauen. »Das ist im wahrsten Sinne des Wortes nicht mal entfernt die richtige Verwendung des Begriffs ›im wahrsten Sinne des Wortes‹.« Sie schloss Snapchat und öffnete Instagram. Dort hatte sie heute schon ein Foto von sich in ihrem neuen Midi-Kleid im Fünfzigerjahre-Stil gepostet. Auf dessen Tasche war ein »J« für Jordan gestickt, und zwar in einem Violett, das genau zu den lila Strähnen ihrer Haare passte. CJ war eher der Jeans-und-T-Shirt-Typ und kapierte Jordans Look nicht wirklich. Trotzdem hatte sie auf das kleine Herz neben dem Post gedrückt und einen Kommentar hinterlassen. Weil man das eben so macht, wenn eine deiner besten Freundinnen versucht, ihre Followerzahl in den sozialen Medien zu vergrößern. »Ava hat aber recht. Im wahrsten Sinne des Wortes. Keiner.«

Martha schaute wieder nach der Uhrzeit. »Vier Minuten. Ich habe noch vier Minuten.«

Jordan steckte ihr Handy weg. »Also, wer fährt heute Abend und wer bringt … Moment mal. Was sollen wir überhaupt mitbringen?«

Alle sahen sich an und zuckten mit den Achseln. Keine von ihnen hatte so etwas jemals gemacht.

»Irgendwas Scharfes, schätze ich«, meinte CJ schließlich.

»Darum kümmere ich mich«, sagte Ava. »Aber wie scharf soll es sein?«

Während sie noch diskutierten, wie scharf genau das Scharfe sein sollte, das Ava mitbringen würde, ertönte lauter Jubel von der Laufstrecke hinter ihnen. Alle drehten sich um und sahen, dass Logan Diffenderfer soeben die Ziellinie überquert hatte. Während er keuchend in Schritttempo verfiel, reckte er triumphierend eine Faust in die Luft und stieß noch einen Jubelschrei aus. Das gab CJ einen Stich. Sie vermisste das Gefühl, mit einer Mischung aus Erleichterung und Aufregung über die Ziellinie zu laufen. Dann sah sie, wie ihre ehemalige Trainerin für Geländelauf Logan eine Wasserflasche und einen Klaps auf die Schulter gab.

CJ spürte einen weiteren Stich. Logan flog immer alles zu. Nicht dass er sich nicht anstrengte. Als sie noch zur Mannschaft gehörte, waren sie beide die Einzigen, die Extrarunden liefen und nicht mit den Augen rollten, wenn ihr Coach ihnen während des Trainings etwas zurief, um sie zu inspirieren und anzutreiben. Logan brachte diese zusätzliche Anstrengung Siegermedaillen und Rekorde ein. CJ schaffte es dadurch gerade mal ins Mittelfeld.

Manchmal konnte CJ nicht begreifen, wie Jordan ihn jemals hatte daten können. (Klar, es waren nur ungefähr fünf Minuten in der Neunten gewesen, aber trotzdem.) Er war einfach zu perfekt. Das machte ihn zum Langweiler.

Genau in diesem Moment zog Logan auch noch sein Shirt aus und wischte sich damit den Schweiß von der Brust. Das war nun alles andere als langweilig. Dafür einschüchternd. Ohne das Shirt waren seine gebräunte Haut und die muskulösen Schultern, die er sich im Sommer als Schwimmlehrer im Freibad zugelegt hatte, bestens zu sehen. CJ verschränkte verlegen die Arme über ihrem Bäuchlein. Auch sie war den ganzen Sommer über geschwommen. Aber außer einem Gesicht voller Sommersprossen hatte es ihr nichts gebracht.

»Vielleicht stehe ich *doch* auf Jungs.«

Der Kommentar kam von Martha. Anstatt aus der Wasserflasche zu trinken, die er bekommen hatte, setzte Logan sie auf seinem Nacken an. Die Sommer in Ohio waren für gewöhnlich lang, und deshalb fühlte die Luft sich vor lauter Feuchtigkeit ganz schwer an. Schweiß und Wasser rannen von Logans Schultern.

»Du kannst ja auf Jungs stehen«, bemerkte Ava, »aber bitte nicht auf diesen.« Logan führte die Flasche jetzt seinen Hals rauf und runter. Rauf und runter. Rauf und runter. »Ach, komm«, schnaubte Ava. »Das macht der doch mit Absicht. Er will, dass alle ihn anstarren.«

»Und es funktioniert«, stellte Martha fest.

CJ lachte. Marthas Sexualität stand zur Debatte, seit sie alle zusammen den vorletzten Harry-Potter-Film gesehen hatten. Danach hatte CJ verkündet, sie wünschte, sie wäre Hermine Granger, während Martha bekanntgab, sie wünschte, sie könnte mit Hermine Granger knutschen. Ob ihre Gefühle sich auf die berühmteste Gryffindor-Bewohnerin beschränkten oder für weibliche Wesen im Allgemeinen galten, musste sich noch herausstellen. Martha wartete darauf, tatsächlich ein Mädchen zu küssen, bevor sie das mit ihrer Sexualität offiziell machen würde.

»Kommt schon, Ladies«, mahnte Jordan. »Martha muss zur Arbeit. Also, was ist jetzt?«

»Ich fahre«, sagte CJ. »Ava kümmert sich um was Scharfes –«

»Genau. Aber im Ernst, wie scharf?«

»Entscheide du das«, sagte Martha. »Ich arbeite bis acht. Holt ihr mich dann ab?«

Damit würden sie spät dran sein. Wahrscheinlich unter den Letzten, die kamen. Aber sie konnten Martha ja nicht bitten, ihren Job sausen zu lassen. Sie war sowieso schon total gestresst davon, wie sie im nächsten Jahr das College bezahlen sollte.

Also einigten sie sich auf acht Uhr und diskutierten dann noch kurz die angemessene Schärfe aus. Damit war alles geklärt. So lange hatten sie über diesen Abend geredet und davon geträumt. Jetzt kam es ihnen fast surreal vor, dass er endlich stattfinden sollte.

Als sie den Platz unter den Tribünen verließen, drehte CJ sich eine Sekunde lang um. Eigentlich wollte sie den Blick ihrer ehemaligen Trainerin auffangen und ihr zunicken. Einfach, um sie wortlos wissen zu lassen, dass sie, auch wenn sie aufgehört hatte, dankbar für die drei Jahre Coaching war. Doch versehentlich hatte CJ Logans Blick gekreuzt. Schnell schaute er wieder weg, doch da hatte sie schon bemerkt, dass er eine von ihnen angestarrt hatte. Sie hätte jedoch unmöglich sagen können, um welche von ihnen vier es sich handelte.

KAPITEL 2

Ava, CJ, Jordan und Martha (aus Fairness benutzten sie immer die alphabetische Reihenfolge) waren ein loyales und unzertrennliches Quartett. Dabei hatte ihre bemerkenswerte Freundschaft einen denkbar unspektakulären Anfang genommen. Da gab es keinen großartigen Moment des Triumphs und auch keine Tragödie. Keinen Aha-Moment. Sie begegneten sich einfach eines Tages im Park. Damals waren sie fünf Jahre alt. Es war Spätsommer und die Schlange bei der Rutsche lang. So fingen sie beim Warten an, sich zu unterhalten. Bis zum Beginn der Vorschule dauerte es noch ein paar Wochen, und jedes der Mädchen war aus ganz eigenen Gründen nervös deswegen. So war die Erleichterung groß, als sie feststellten, dass sie alle vier in dieselbe Klasse kommen würden. Eine erklärte, das sei Schicksal, und alle anderen nickten dazu. Obwohl zwei von ihnen überhaupt noch nicht wussten, was das Wort bedeutete. Am Ende dieses ersten Tages beschlossen sie, dass sie beste Freundinnen werden sollten. So einfach und selbstverständlich war das passiert.

Zwölf Jahre später behaupteten sie immer noch gerne, es sei das Schicksal gewesen, das sie an jenem speziellen Tag ausgerechnet in diesem Park zusammengeführt hatte.

Wobei es schwerfällt, die überirdische Vorsehung zu bemühen, da in jenem Sommer jedes Kind aus der Gegend praktisch im Memorial Park lebte. Es gab dort nämlich nicht nur die beste Rutsche und die höchsten Turnstangen. Eine besondere Faszination übten auch die Namen aus, die in das weiche Holz des alten Klettergerüsts geschnitzt waren. Damals wussten Ava, CJ, Jordan und Martha nicht, warum die Namen dort standen. Sie konnten ja noch kaum lesen. Aber das hinderte sie nicht, mit den Fingerspitzen die Buchstaben nachzufahren und zu versuchen, die Namen zu erraten, während die Nachmittagssonne über ihren Köpfen brannte und die süßen Sommerdüfte unvergänglich schienen.

Der Schicksalstag schien einerseits eine Million Jahre her zu sein, andererseits kam es ihnen vor, als wäre er erst gestern gewesen. Daran musste Jordan denken, als sie am Abend zum Memorial Park fuhren. Sie waren spät dran, was nervte, auch wenn sie einräumen musste, dass im Grunde genommen sie die Schuld daran trug. Sie hatte sich ungefähr eine Million Mal umgezogen, bevor sie am Ende wieder in das Outfit schlüpfte, das sie als Erstes anprobiert hatte.

CJ hielt am Straßenrand, eine Ecke und mehrere Blocks vom Park entfernt. »Was machst du da?«, fragte Martha von der Rückbank.

»Für den Fall, dass die Cops auftauchen«, erklärte CJ und stellte den Motor ab. »Ich will nicht, dass mein Auto am Tatort steht.«

»Clarke Josephine Jacobson«, sagte Jordan. »Mach dich nicht lächerlich.«

CJ hörte nicht hin. Oder falls doch, gelang es ihr ausgezeichnet, Jordan zu ignorieren. Sie stieg aus dem Auto und die anderen folgten ihr. Dann steckte sie die Schlüssel in ihren Rucksack und holte eine schwarze Sweatshirt-Jacke heraus. Obwohl der Abend warm und dampfig war, zog sie den Reißverschluss des Hoodies bis oben zu. Jordan musterte sie neugierig, während sie auch noch die Kapuze aufsetzte und die Bänder daran zusammenzog, sodass nur noch ihre grünen Augen zu sehen waren. Während sie aus den Enden eine ordentliche Schleife band, wechselten die anderen Blicke.

Vor langer Zeit hatten die vier sich geschworen, nie schlecht hinter dem Rücken über eine von ihnen zu reden. Dieses Versprechen nahmen sie ernst, und so machten sie sich auch jetzt nicht heimlich lustig, als CJ sie ansah und gedämpft durch die Baumwoll-Polyester-Mischung »Was?« nuschelte.

»Das kann doch nicht dein Ernst sein«, sagte Martha.

Ava musterte sie von oben bis unten und legte den Kopf schräg. »Ist dir nicht ein bisschen warm da drin?«

»Ich finde, sie sieht hinreißend aus«, meinte Jordan und ging auf CJ zu. »Lächeln.«

»Hä?« Genau als CJ sich umdrehte, machte Jordan ein Foto.

»So süß«, sagte sie und schaute auf ihr Handy.

»Ha, ha. Ihr seid ja lustig. Ich will bloß nicht geschnappt werden.«

Dabei waren sie nicht etwa drauf und dran, ein Kapitalverbrechen oder Ähnliches zu begehen – sie hatten das nachgesehen, für alle Fälle. Aber ganz legal war es auch nicht. (Es handelte sich um ein geringfügiges Vergehen.) Jordan legte verschiedene Filter über das Bild.

»Wag es nicht, das zu posten«, warnte CJ mit leichter Panik in der Stimme.

»Warum denn nicht? Schau mal, wie süß du aussiehst.« Jordan hielt ihr das Handy hin.

CJ nahm es und riss erschrocken die Augen auf. »Ich sehe kein bisschen süß aus.«

Das Foto war nicht gerade schmeichelhaft. CJs Gesicht wurde von der Kapuze zusammengedrückt. Dadurch sah ihre sommersprossige Stupsnase – wahrscheinlich das Hübscheste an ihr – ein bisschen zu stupsig aus. Blonde Haarsträhnen klebten traurig an ihren Wangen, und sie wirkte groß. Sie *war* auch groß – das größte Mädchen des Jahrgangs –, aber wenn sie das mit dem Foto gemerkt hätte, dann hätte sie wahrscheinlich gemacht, was sie immer machte: Eine Hüfte seltsam zur Seite schieben und die Schultern auf eine Weise verdrehen, von der sie behauptete, dadurch normalgroß zu wirken. Jordan sah, wie CJ das Foto löschte.

»Hey!«, beschwerte sie sich.

»Ich lasse mich doch nicht einsperren, nur weil du das irgendwo gepostet hast. Dieses eine Foto könnte meine ganze Zukunft ruinieren.«

Jordan nahm ihr das Handy wieder weg. »Meinst du nicht, dass du ein bisschen dramatisierst?«

»Vielleicht will ich in die Politik gehen. Was, wenn das Ding mich daran hindert, zur Präsidentin gewählt zu werden? Hättest du dann nicht ein furchtbar schlechtes Gewissen?«

»Keine Sorge«, sagte Jordan. »Die lassen dich trotzdem Präsidentin des Justin-Bieber-Fanclubs werden.«

»Ha, ha«, machte CJ.

»Relax, CJ«, sagte Ava. »Wir sind minderjährig. Nichts, was du als Minderjährige machst, zählt.« Avas Mom war Anwältin.

»Dann lasst uns noch all die Verbrechen begehen, solange wir es können«, meinte Martha.

»Einverstanden«, sagte Jordan. »Los geht's. Ich habe noch am wenigsten Zeit dafür.« Begeistert hakte sie sich bei Martha unter und die beiden hüpften im Gleichschritt los.

»Ihr seid so was von blöd«, schimpfte CJ, als sie sie eingeholt hatte.

Jordan hörte auf zu hüpfen, als sie die zerbrochene Fensterscheibe des Hauses an der Ecke bemerkte. Seit sie klein waren, hatte die Gegend sich deutlich verändert. Quasi über Nacht von »idyllisch« zu »irgendwie unheimlich«. Martha wohnte nur ein paar Blocks von hier, aber auch wenn sie so tat, als würde es ihr nichts ausmachen, wusste Jordan, dass es sie kränkte, wenn Leute an der Schule die Gegend als Assiviertel bezeichneten. Jordan brauchte sich nicht mal vorstellen, wie verletzend das sein musste, sie wusste es. Denn immer wenn andere sie zusammen sahen, ging man nicht davon aus, dass Martha hier wohnte, sondern sie. Sie hatte einen Schwarzen Elternteil, und für die Leute war damit automatisch klar, dass sie in das Viertel mit kaputten Fensterscheiben und hoher Kriminalität gehörte.

Jordans Handy machte *Ding*, weil sie eine Nachricht erhalten hatte. Sie war von Logan Diffenderfer. Es war nicht ganz ungewöhnlich, dass er ihr schrieb. Jordan war die Chefredakteurin der Schülerzeitung und er der Fotograf. Daher hatten sie in dieser Hinsicht viel miteinander zu tun. Seine Nachrichten fingen meist mit »Hey Boss« an. Und dann standen da Sachen wie »Hab dir die Fotos geschickt, check mal deine Mails«. Ihre Antworten klangen genauso professionell: »Hab sie bekommen, danke«, »letzte Layout-Version freigegeben« oder »Wenn du mir noch ein einziges Dick Pic schickst, bist du gefeuert«. (Dabei waren es nie wirklich obszöne Fotos, sondern Bilder von Typen namens Dick. Jordan tat immer so, als fände sie das überhaupt nicht lustig.) Die heutige Nachricht war ein bisschen anders.

Suche gerade nach dir. Schon da?

Sie wusste nicht, warum er nach ihr suchte, und es nervte sie, dass ihr Herz deshalb eine Spur schneller schlug. Dadurch fiel es ihr schwerer, so zu tun, als ob sie keine Gefühle mehr für ihn hätte. Jordan blickte zu Ava und fragte sich, ob sie diese Nachricht gesehen hatte. Hoffentlich nicht. Sie wollte nichts erklären müssen. Nicht dass sie ihre Freundin jemals anlügen würde. Wobei – das stimmte nicht ganz. Einmal hatte sie gelogen. Als sie alle in der Neunten waren, erzählte sie Ava, sie hätte mit Logan Diffenderfer Schluss gemacht, weil er ihr nichts mehr bedeute. Das stimmte nicht. Er bedeutete ihr damals was und tat es auch heute. In Wahrheit hatte Jordan wegen Ava mit Logan Schluss gemacht. Weil Ava ihn etwas hatte sagen hören. Etwas, das sie verletzt hatte.

Neben ihr zog Ava den Reißverschluss ihrer Crossbody-Tasche auf und kramte darin herum. Jordan merkte, dass sie Ava aufmerksam beobachtete, wie sie das oft tat. Ava schien gut drauf zu sein, wirkte glücklich. Doch konnte der äußere Anschein bei Ava oft trügen. Nur ihre engsten Freundinnen wussten von dem Schmerz, den sie tief in sich trug. Jordan lächelte sie an und Ava lächelte zurück. Endlich fand sie, wonach sie gesucht hatte, und zog es aus der Tasche: ein riesiges Küchenmesser.

Jordan machte einen Satz rückwärts. »Ach du Scheiße, Ava! Was zum Teufel ist das denn?«

Die Klinge schimmerte im Licht der Straßenlaterne. »Was?«, fragte Ava lässig. »Ihr habt doch gesagt, ich soll was Scharfes mitbringen. Das hier ist scharf.«

CJ nahm ihr das Messer ab. »Das ist ja ein Wüsthof, Ava. Das ist ein richtig gutes.«

»Na und?«

»Das können wir nicht verwenden. Deine Mom wird dich umbringen.«

»Ich leg's zurück, nachdem wir fertig sind.«

CJ drehte das Messer in ihren Händen. »Du willst es beschädigt wieder zurücklegen?«

»Das merkt sie nie.«

»Wie könnte sie das nicht merken?«

»Äh, weil sie nicht kocht. Nie. Ich meine, hast du meine Mutter schon mal getroffen?«

Das sollte ein Scherz sein, aber nach zwölf Jahren Freundschaft kannten die anderen Mädchen Avas Mom tatsächlich nicht besonders gut. Sie arbeitete immer. Jordan wusste, wenn Leute hörten, dass Ava bei ihrer alleinerziehenden Mutter aufwuchs, zogen sie immer vorschnelle Schlüsse. Wenn sie das launische Latinx Girl sahen, das es hasste, vor einem ganzen Kurs zu sprechen und manchmal aus kryptischen Gründen zu Hause blieb, war schnell von Armut die Rede. Dabei sah die Realität ganz anders aus. Avas Mom war Seniorpartnerin in einer der größten Anwaltskanzleien der Stadt.

»Ich kann nicht zulassen, dass wir ein Wüsthof ruinieren.« Es war nicht so, als würde CJ selbst gern kochen, aber sie mochte Kochsendungen. »Und schaut euch das Ding an. Am Ende sind wir noch verantwortlich für abgeschnittene Finger.«

Ava nahm das Messer, ein bisschen in die Defensive gedrängt, wieder an sich. »Und was machen wir jetzt? Ihr habt gesagt, ich bin für das Messer zuständig. Also habe ich ein Messer mitgebracht.«

Martha öffnete ihren eigenen Rucksack und holte etwas heraus, das sie CJ zeigte. Es handelte sich um ein altes, abgenutztes Steakmesser. Die Spitze war mittlerweile eher knubbelig als spitz. »Wie wäre es damit?«

»Das«, meinte CJ, »können wir ruhig kaputtmachen.«

Das Messer fühlte sich in Marthas Hand seltsam an. Ihre Mutter hatte es ihr am frühen Nachmittag gegeben. Dafür war sie unerwartet in dem Kino aufgetaucht, in dem Martha arbeitete.

Marthas Eltern stammten beide aus Cleveland – Abschlussjahrgang 2003 an derselben Highschool, die Martha jetzt besuchte. Sie wusste schon lange, dass ihre Eltern das gleiche Vergehen begangen hatten, das Martha und ihre Freundinnen jetzt planten. Es war auch nicht wirklich eine Straftat, die man verheimlichen konnte. Die Beweise hatte sie selbst gesehen. Martha und ihre Mom hatten aber nie wirklich darüber geredet. Sie redeten sowieso nie über irgendwas. Martha lebte bei ihrem Dad, und das Verhältnis zu ihrer Mom variierte zwischen schwierig und nicht vorhanden. Sie sahen einander so selten, dass Martha kaum eine Beziehung zu ihren Halbbrüdern hatte. Und obwohl die Zwillinge zweieiig waren, verwechselte Martha sie immer noch manchmal. Dieser Teil ihrer Familie fühlte sich nicht richtig wie Familie an. Deshalb hatte sie sich auch gewundert, als ihre Mom mit dem Messer aufgekreuzt war. Ihre Stimme hatte ein bisschen belegt geklungen, als sie es Martha gab und meinte, es wäre dasselbe, das sie als Zwölftklässlerin benutzt hatte.

Die Mädchen bogen jetzt um die Ecke, und Martha fiel gleich auf, wie groß die Menge vor Ort war. Es sah aus, als wäre ihr gesamter Jahrgang anwesend. Martha gab sich gern zynisch und hatte ziemlich deutlich gemacht, dass sie diese Tradition für einigermaßen bescheuert hielt. Aber als sie das Messer jetzt in ihrer Hand herumdrehte, fühlte sich das gar nicht bescheuert an. Für ihre Mom musste es eine ziemlich große Sache gewesen sein, das Messer fast zwei Jahrzehnte lang aufzubewahren. Vielleicht würde der heutige Abend ja viel wichtiger, als sie selbst sich das vorgestellt hatte.

»Da wären wir«, meinte Jordan.

»Zeit, unsere Namen zu hinterlassen«, sagte Ava.

Seit über fünfzig Jahren trafen sich die Zwölften der William McKinley High School am ersten Freitag des Schuljahrs im Memorial Park, um ihre Namen in das alte Klettergerüst zu schnitzen. Heute Abend würden Ava Morgan, CJ Jacobson, Jordan Schafer und Martha Custis ihre zusammen mit dem Rest des Jahrgangs von 2020 hinzufügen.

Leider sollte es für diese Zwölfte jedoch kompliziert werden. Als sie sich dem Klettergerüst näherten, realisierten die Mädchen erstmals, dass die Menge sich gar nicht im Park versammelt hatte. Alle standen am Rand des Geländes. Der Memorial Park, normalerweise für jeden zugänglich, war komplett abgeriegelt. Umgeben von einem Maschendrahtzaun, den man oben sogar noch mit Stacheldraht gesichert hatte. Zuerst hielten sie das nur für eine nervige Maßnahme der hiesigen Polizei, um sie von der Tradition abzuhalten, die ja genau genommen Vandalismus war. Dann entdeckten sie das Schild: eine offizielle Bekanntmachung der Stadt. Der konnten sie entnehmen, dass sie nie mehr die Chance bekommen sollten, wie Generationen vor ihnen, ihre Namen in das Klettergerüst zu ritzen. Das Vermächtnis würde nicht bewahrt – oder jedenfalls nicht in dieser Form –, denn der Park sollte plattgemacht werden.

Alle schrien durcheinander, aber schließlich war es Grayson Palmer, der alle übertönte: »Die können uns nicht aussperren. Hat jemand einen Bolzenschneider, eine Brechstange oder so? Denn ich sage euch, wir brechen da jetzt ein!«

Die Menge jubelte. Ava sah ihre Freundinnen an und war froh, dass Jordan schon auf Reporterin umgeschaltet hatte. Sie hatte ihr Handy herausgeholt und gab den Namen des Parks in die Suchmaschine ein, um mehr Informationen zu bekommen. Logan kam auf sie zu. »Na endlich«, sagte er als Begrüßung zu Jordan. »Ich hab dir schon geschrieben. Ich glaube, das hier wird eine Titel-Story.«

»Bin schon dran«, sagte Jordan. »Machst du Fotos?«

Er nickte.

»Ich kann Leuten oben rüber helfen«, rief Grayson. »Das Mädchen mit dem kürzesten Rock als Erste.«

Mehr Jubel und mehr Gelächter. Grayson war jetzt praktisch der Anführer der Gruppe. Er war groß und laut und das genügte schon. Ava hätte allen gerne gesagt, dass es doch nichts bringe, einzubrechen, wenn die Stadt den Park sowieso beseitigte. Aber sie hatte eine Stimme, die sich in einer Menge nie Gehör verschaffte.

Jordan blickte von ihrem Handy hoch. »Bin auf der Website der Stadt. Die braucht ewig, um zu laden.«

Ava, CJ und Martha drängten sich um Jordan und spähten ungeduldig auf das schwach leuchtende Display. Logan beugte sich auch darüber, und Ava musste verlegen einen Schritt zur Seite ausweichen, um ihm Platz zu machen. Seine Anwesenheit kam ihr wie eine Invasion vor. Sich auch nur in seiner Nähe aufzuhalten, verunsicherte sie schon. Sie kam sich dann klein und unterlegen vor. Unbedeutend und dumm. Vom Verstand her wusste sie, dass das alles nicht stimmte. Okay, klein, ja. Aber nur von der Statur her. Und dumm war sie definitiv nicht. Vor Jahren hatte Logan das mal gesagt. Nicht ihr ins Gesicht, sondern hinter ihrem Rücken. Was es sogar noch schlimmer machte. Es bedeutete ja wohl, dass er das wirklich glaubte. Selbst jetzt hatte sie noch Mühe, sich in seiner Anwesenheit nicht dumm vorzukommen. Ava tat, was Dr. Clifford ihr geraten hatte, wenn plötzlich Unsicherheit in ihr hochkam: Sie wiederholte im Stillen ein Mantra. *Ich bin gut. Ich bin gut.* Doch sie fügte noch einen zweiten Satz hinzu, zu dem ihre Therapeutin ihr sicher nicht geraten hatte. *Und Logan Diffenderfer ist ein Idiot.*

Irgendwas poppte auf Jordans Display auf und Logan kam noch ein bisschen näher, um es lesen zu können. Diesmal behauptete Ava allerdings ihren Platz. »Sorry«, sagte er und wich zurück.

Jordan vergrößerte den Text mit ihren Fingern. »Bingo«, sagte sie. »Ich hab die Info über das geplante Bauvorhaben gefunden.«

»Mir gefällt das Wort ›geplant‹«, meinte CJ. »Das bedeutet, es ist noch keine ausgemachte Sache.«

»Mir gefällt das Wort ›Bauvorhaben‹ nicht«, erklärte Ava.

»Mir auch nicht«, stimmte Logan ihr zu. Ava sah ihn an und musste dabei ein seltsames Gesicht gemacht haben, denn er sagte: »Was denn? Ich bin deiner Meinung.« Sie schaute weg und er drehte sich wieder zu Jordan. »Was haben die denn vor?«

Jordan folgte einem weiteren Link. Während ihr Handy die Seite lud, dröhnte aus einem anderen ein dumpfer, stampfender Beat. Irgendwer spielte einen Song ab, in dem es um »fighting the power« ging. Ein paar Leute fingen sogar an zu tanzen. Cammie Greenstein verkündete, dass ihre Eltern nicht zu Hause wären und ihre große Schwester Bier kaufen könnte. Eine Sekunde lang sah es so aus, als würde die Menge sich zerstreuen. Doch Grayson schüttelte den Kopf. »Nein. Keiner geht. Wir sind hergekommen, um das hier zu machen. Und wir machen es.« Er schlenderte zum Zaun und wirkte ehrlich enttäuscht, während er die Finger durch den Maschendraht schob und zum Klettergerüst hinüberschaute. Es war so nah und doch so fern. »Ist irgendwer heute Abend mit einem Geländewagen hergekommen? Dann würde ich sagen, wir fahren einfach den ganzen Zaun um.«

Jordan stöhnte. Nicht wegen Graysons Vorschlag. Es war eine Reaktion auf etwas, das sie auf ihrem Handy sah. »Tja«, sagte sie, »ich habe eine gute und eine schlechte Nachricht. Welche wollt ihr zuerst?«

»Die schlechte«, antwortete CJ.

Jordan hielt ihr Handy in die Höhe. »Ein riesiges verdammtes Bürogebäude.«

Auf dem Display war die Zeichnung eines zehnstöckigen Büroturms zu sehen. Martha nahm Jordan das Telefon aus der Hand, damit sie besser sehen konnte. »Arschlöcher«, sagte sie. »Das wollen die mitten in mein Viertel setzen?« Sie gab Jordan das Handy zurück. »Und was ist die gute Nachricht?«

»Dass es in drei Wochen eine Bezirksratssitzung gibt, um darüber zu debattieren. Und zwar eine öffentliche Sitzung. Jeder, der Bedenken hat, ist eingeladen, sie zu äußern.«

»Gut«, sagte Logan. »Denn ich glaube, es gibt hier einige Leute, die gerne welche äußern würden.« Damit drehte er sich zur Menge um und legte die Hände wie ein Megafon um seinen Mund. »Hey! Alle mal herhören! Macht mal die Musik aus.« Der Fight-the-power-Song verstummte auf sein Kommando. »Das ist noch nicht gegessen. Wir haben einen Plan.«

Alle hörten zu. Sie hingen geradezu an seinen Lippen. Genau wie bei Grayson. Ava fragte sich, wie es wäre, auch so eine Stimme zu haben. Laut und herrisch. Und sie fragte sich, wie sie diese benutzen würde.

Als Martha an diesem Abend nach Hause kam, las ihr Dad im Wohnzimmer auf der Couch. Bis vor Kurzem hatte er noch in Nachtschichten gearbeitet. Aber endlich war er lange genug in dem Lagerhaus beschäftigt, um normalere Arbeitszeiten zu bekommen. Von den Stunden her reichte das zwar immer noch nicht für eine Krankenversicherung, aber trotzdem war es ein Riesenfortschritt.

»Hey, Patsy«, begrüßte er sie und schaute von seinem Buch auf. Martha wusste, dass sie für den niedlichen Kosenamen eigentlich schon viel zu alt war, aber es gefiel ihr, dass ihr Dad sie immer noch so nannte. Patsy lautete der Kindheits-Spitzname der Frau, nach der sie benannt war. Nach ihrer Urururururururgroßmutter Martha Washington. »Bist du nicht ein bisschen früh zurück?«

Sie ließ sich neben ihm auf die Couch fallen, »Bist du nicht ein bisschen spät noch auf?«

Seit seiner geänderten Schicht war er normalerweise um zehn im Bett. Martha schaute flüchtig auf die Uhr. Ziemlich offensichtlich war er aufgeblieben, um auf sie zu warten. Vielleicht war ihre Mom nicht die einzige, die sentimentale Erinnerungen an diese Tradition hatte. Er klappte das Buch zu und legte es beiseite. »Wie war der große Abend?«

»Ehrlich gesagt ein totaler Reinfall. Der ganze Park war abgesperrt. Die wollen ihn plattmachen.«

»Warum das denn?«

Martha griff nach dem Buch. Es handelte sich um eine Biografie von Abraham Lincoln, und als sie das Buch aufschlug, nahm sie den frischen Bibliotheksgeruch wahr. »Irgendeine Immobilienfirma will da ein Bürogebäude draufstellen. Mitten in unser Viertel.«

»Das wäre aber eine seltsame Gegend für ein Bürogebäude«, sagte ihr Dad.

»Ich weiß. Was für ein Mist.« Martha legt das Buch weg. »Neben deinem Namen auf dem Klettergerüst war noch Platz. Ich hab das vor ein paar Wochen gecheckt. Ich dachte, es wäre cool, wenn meine Freundinnen und ich unsere Namen neben deinem hinterlassen hätten.«

Ihr Dad lächelte und Martha erinnerte sich daran, wie sie zum ersten Mal von den Namen dort erfahren hatte. Sie war damals noch ziemlich klein und ihre Eltern hatten mit ihr den Park besucht. Dort erzählten sie ihr von dem Abend, als sie gemeinsam ihre Namen ins Holz geschnitzt hatten. Ihr Dad hatte sie hochgehoben, damit sie mit den Fingern über die Buchstaben streichen konnte. »Na ja«, meinte er jetzt lässig. »Das ist wohl der Preis des Fortschritts.«

»Es ist noch nicht komplett gegessen«, sagte Martha hoffnungsvoll. »In ein paar Wochen ist eine Versammlung, auf der die Immobilienunternehmerin das Projekt vorstellt. Wenn sie damit fertig ist, kann jeder seine Bedenken vorbringen.«

»*Sie?* Die lassen inzwischen schon Frauen ins Immobiliengeschäft?«

Martha boxte ihrem Vater scherzhaft gegen den Arm. Er liebte es, seine einzige Tochter als Feministin aufzuziehen. Sie störte es nicht, weil sie wusste, dass er stolz auf sie war. Für einen altmodischen Kerl war er in vielen Dingen ziemlich modern. Als sie endlich den Mut aufgebracht hatte, ihm zu sagen, »Hey, Dad, ich glaube, ich stehe vielleicht auf Mädchen«, da hatte er lange geschwiegen. Als er dann endlich den Mund aufmachte, tat er es nur, um zu sagen: »Tja, immerhin haben wir beide dann endlich was gemeinsam.«

Martha hatte gelacht. Hauptsächlich aus Erleichterung. Aber er hatte ja recht. Sie und ihr Dad waren grundverschieden. Er war ein unersättlicher Leser, sie ein Mathe-Crack. Er war ein ehemaliges Sport-Ass, sie hatte sogar mal die Morgellons-Krankheit vorgetäuscht, um dauerhaft vom Schulsport befreit zu werden. Er mochte Countrymusik, sie alles andere. Und trotzdem liebte sie ihn so sehr, dass es ihr manchmal Angst machte. Wie war es möglich, den einen Elternteil so viel lieber zu mögen als den anderen? Das war so offensichtlich gestört, dass sie ganz sicher war, irgendwas konnte mit ihr nicht stimmen.

»Hey Dad«, sagte sie jetzt so beiläufig wie möglich. »Ich habe gedacht, vielleicht möchtest du ja mit mir da hingehen. Zu dieser Versammlung. Wir vier werden uns zu Wort melden, und ein paar andere aus der Zwölften auch. Ich dachte mir, es könnte viel bedeuten, wenn auch jemand spricht, dessen Name dort schon steht. Du bist ja quasi ein Teil der Geschichte.«

Sein Blick war nicht leicht zu entschlüsseln. »Ich weiß nicht, Patsy. Du bist diejenige, die gut reden kann.«

Martha wusste, dass die Sache komplizierter war. Es ging da um Erinnerungen, mit denen ihr Dad sich vielleicht nicht unbedingt beschäftigen wollte. Sie nickte und bemühte sich, nicht zu enttäuscht zu wirken. Manchmal wünschte sie sich, ihr Dad wäre ein Mann von der Sorte, die sich ins Getümmel stürzen und alles für sie in Ordnung bringen würde. Aber es gab auch Zeiten, in denen ihr gefiel, dass sie kein Mädchen war, das so etwas nötig hatte. Sie sah ihn an, und er lächelte kurz. Dann griff er wieder nach seinem Buch und las weiter.

KAPITEL 3

Ava war in den Wochen vor der Bezirksratssitzung angespannt. Nicht dass das unbedingt was Neues oder Ungewöhnliches gewesen wäre. Eigentlich lebte sie ständig in dem Zustand einer gewissen Furcht vor irgendwas. Deshalb war auch schwer zu sagen, ob es diesmal damit zusammenhing, dass ihre Freundinnen ihr damit zusetzten, dass sie sich bei der Sitzung zu Wort melden sollte. Vielleicht lag es aber auch einfach an ihrer Hirnchemie. Ein Stück weit gab sie der Collegeberatung die Schuld. Eine Lehrkraft war in jede Klassenlehrerstunde gekommen und hatte ihnen mit Informationen über Deadlines, Essaythemen und der letzten Chance zur Wiederholung der SATs eine Scheißangst eingejagt. Aber hauptsächlich lag es an ihren Freundinnen. Die wollten sie zwingen, vor einer Gruppe von Leuten zu reden.

Als sie am Donnerstagabend bei dem Saal ankamen, war der schon gesteckt voll. Wegen des »ungewöhnlich großen Interesses« an der Versammlung hatten sich alle, die dort das Wort ergreifen wollten, vor Beginn anmelden müssen. Die Mädchen wurden zu einer langen Schlange geschickt, die sich schon über die Längsseite des Saals erstreckte. CJ verschränkte mit einer gereizten Geste die Arme und zählte laut die Leute, die vor ihnen anstanden. Die Veranstaltung war auf zwei Stunden begrenzt, was bedeutete, dass nicht alle, die sich angemeldet hatten, zu Wort kommen würden.

»Das wird knapp«, meinte CJ.

Gott sei Dank, dachte Ava.

Sie spürte, dass Jordan ihr einen Blick zuwarf. »Hey«, sagte Jordan, »alles okay bei dir? Du siehst so ...«

Sie musste den Satz nicht beenden. Ava sah exakt so aus, wie sie sich fühlte. Als würde sie gleich ohnmächtig. Oder als würde sie kotzen müssen. Oder vielleicht beides. Wahrscheinlich beides. Sie drückte die Zehen von innen gegen ihre Schuhe und zählte dabei bis fünf. Das war ein Tipp ihrer Therapeutin für stressige Situationen. Manchmal half das sogar. Heute nicht.

Martha drückte Avas Arm. »Ist okay. Du musst ja nichts sagen, wenn du nicht willst.«

»Doch, muss sie«, stieß CJ hervor. Schon vor langer Zeit hatte CJ für sich beschlossen, dass es ihr Job war, die toughe und liebevoll strenge beste Freundin zu geben. Sie hielt das für eine erstrebenswerte Eigenschaft. Ava war noch unentschlossen. Immer drängte CJ sie, Sachen zu machen, die außerhalb ihrer Komfortzone lagen. Erst letzte Woche hatte sie sie gezwungen, eines ihrer Bilder einer hiesigen Kunstgalerie anzubieten. Dabei wusste Ava, dass die Coventry Art Gallery nie im Leben das Bild einer Amateurin von der Highschool in Kommission nehmen würde, während es so viele Profis und erfahrene Hobbykünstler gab, die ihre Werke dort einreichten. Aber manchmal war es leichter, einfach zu machen, was CJ sagte, anstatt zu diskutieren.

»Sorry, Aves«, sagte CJ jetzt. »Ich weiß, du hasst so was. Aber hinterher wirst du mir dankbar sein.«

Das bezweifelte Ava stark. Doch wenn CJ einmal in einer Sache Fahrt aufgenommen hatte, war sie nicht mehr zu bremsen. Wenn es ein Problem gab, wollte sie es lösen. Die Mädchen waren erst zwölf gewesen, als CJ sie auf ihre erste Demo geschleppt hatte. Ava hatte ihre Plakate gestaltet. So was machte sie gern.

»Seht sie doch mal an«, bemerkte Martha und zeigte auf Ava. »Sie hat so eine ... komische Farbe bekommen.«

»Sie hat keine komische Farbe.« Ava spürte den Blick auf sich, mit dem CJ sie taxierte. »Okay, vielleicht ist sie eine Spur blasser als sonst. Aber nur eine Spur.«

»Ich würde eher sagen dramatisch blasser«, kommentierte Jordan.

Ava kniff die Augen zu, während ihre Freundinnen über sie debattierten. Dabei wünschte sie, sie könnte sich einfach von hier wegbeamen. Als sie die Augen wieder aufschlug, musste sie nicht nur enttäuscht feststellen, dass sie immer noch anwesend war, sondern dass noch dazu Logan Diffenderfer auf sie zu marschierte. *Na toll. Das hat mir gerade noch gefehlt.* Zu allem Überfluss hatte er auch noch seine Kamera um den Hals hängen.

»Hey«, sagte er zu Jordan. »Ich hab schon ein paar super Shots für die Zeitung gemacht.«

»Gut«, antwortete sie. »Ich würde sagen, definitiv Stoff für die Titelseite. Lass mich mal sehen, was du hast.«

Er hielt ihr die Kamera hin und klickte durch ein paar Fotos. Ava musste zugeben, dass er gut war. Sie würde ihm das niemals ins Gesicht sagen, aber insgeheim liebte sie seine Arbeiten. Jordan beklagte oft, dass seine Bilder für die Zeitung zu künstlerisch wären, aber Ava liebte sie. Seine Fotos waren nicht nur schön, sondern sie erzählten Geschichten.

Er klickte weiter und blieb dann bei einer Aufnahme. *Oh Gott*. Es war ein Porträt von ihr. Sie sah echt blass aus. Logan ließ die Kamera sinken und es wirkte so, als wollte er etwas zu ihr sagen. Ava war froh, dass Martha ihm zuvorkam.

»Hey, Diffenderfer«, meinte sie. »Du warst heute nicht bei Physik für Fortgeschrittene. Mr Young meinte, du hättest den Kurs hingeschmissen.«

Logan senkte den Blick auf seine Kamera. »Ja.«

»Warum?«, fragte Martha.

Logan zögerte, und im selben Moment gab es in der Schlange vor ihnen Ärger. Er sah ziemlich erleichtert aus über die Ablenkung. Ava kannte diesen Gesichtsausdruck. So fühlte sie sich jedes Mal, wenn irgendetwas passierte, was die Aufmerksamkeit von ihr weglenkte.

Sie drehten sich alle um und sahen, dass einige ihrer Mitschülerinnen mit der Frau stritten, die für das Formular für die Wortmeldungen zuständig war. Es wurde laut. »Wir haben auch Rechte«, empörte sich jemand. Das war Kaia Huber. Neben Jordan eine derjenigen, die am besten schreiben konnten.

Jordan meinte zu Logan: »Mach deine Kamera klar. Los.«

Die Schlange löste sich auf, während das Durcheinander wuchs. Jordan holte schon Block und Stift aus ihrer Tasche. Rasch schrieb sie ein paar Zitate mit. CJ war gleich hinter ihr. Ava hätte sich da am liebsten rausgehalten, doch Martha packte sie am Arm und zog sie mit. »Komm, lass mal schauen, was da los ist.«

Sie erreichten den Tisch, wo eine Traube ihrer Mitschülerinnen und Mitschüler die Frau umringte, bei der man sich in die Liste eintragen sollte. »Tut mir leid«, sagte diese entschieden. Sie war schon etwas älter und wirkte wie jemand, der viel öffentlich-rechtliches Fernsehen schaut. »Nur Konstituenten des Wahlkörpers dürfen bei der Versammlung sprechen.«

Ava wusste nicht genau, was Konstituenten eines Wahlkörpers sein sollten. Sie überlegte, das diskret zu googeln, doch da stellte Logan Diffenderfer die Frage schon für sie. »Was ist ein Konstituent des Wahlkörpers?«

»Jemand, der in diesem Bezirk wahlberechtigt ist«, antwortete Kaia genervt. »Keiner von uns ist hier als Wählerin oder Wähler registriert. Deshalb wollen sie uns nicht reden lassen.«

»Tja, wir würden uns ja registrieren lassen«, sagte CJ zu der Frau. »Aber wir können nicht, weil wir noch keine achtzehn sind.«

»Ich bedaure«, sagte sie und klang dabei, als würde sie es kein bisschen bedauern. »So sind die Vorschriften.«

»Aber wir sind diejenigen, die die Schließung des Parks am härtesten trifft. Deshalb sollten wir dazu etwas sagen dürfen«, meinte Martha.

Die Frau machte ein frustriertes Gesicht. Dabei wirkte sie erschöpft und ungerührt. »Ihr könnt gerne Platz nehmen und zuhören.«

»Wir wollen aber nicht Platz nehmen und zuhören«, widersprach Logan. »Wir wollen stehen bleiben und gehört werden.«

Einige Mitschüler jubelten, und Ava musste zugeben, dass das eine ziemlich gute Erwiderung gewesen war. Sie sah, dass Jordan sie in ihr Notizbuch kritzelte. Die Frau hob abwehrend die Hände, als hätte sie es mit einem widerspenstigen Mob zu tun. »Falls ihr es darauf anlegt, eine Szene zu machen, werde ich euch bitten müssen, die Veranstaltung zu verlassen. Das ist kein angemessenes Benehmen.«

Martha schnaubte und rollte mit den Augen. »Kein *angemessenes Benehmen*? Wollen Sie mich verarschen? Wir wollen nichts anderes als zwei Minuten Redezeit.«

Ava dämmerte langsam, dass ihr Wunsch in Erfüllung gehen könnte. Sie würde nicht vor all den Leuten aufstehen müssen, während ihre Stimme zitterte und ihre Wangen knallrot würden. Doch die Erleichterung darüber fühlte sich nicht so wunderbar an, wie sie erwartet hätte.

»Hey«, sagte CJ und zeigte auf jemanden am Eingang. »Ist das nicht der Bezirksrat?«

Ava, Jordan und Martha folgten ihrem Fingerzeig zu jemandem in einem Maßanzug, der aber keinen besonders wertigen Eindruck machte.

»Das ist er definitiv«, meinte Martha. »Ich erkenne ihn von der Webseite des Bezirks.«

Bezirksrat Kenneth Lonner sah aus wie der Typ, der gern für große Bauvorhaben stimmte. Und dass er das tat, wussten sie ebenfalls von der Webseite des Bezirks.

»Also gut«, verkündete Jordan, strich den Rock ihres Kleids glatt und zog kurz am Oberteil, damit alles bedeckt war, was bedeckt sein sollte. »Haltet euch alle zurück. Wenn die uns nicht reden lassen wollen, dann muss wohl die Presse die Sache in die Hand nehmen.« Sie wandte sich zu Logan um. »Schieß so viele Bilder, wie du kannst.« Dann marschierte sie mit schnellen Schritten los. »Herr Bezirksrat! Auf ein Wort, bitte.«

Ava beobachtete voller Bewunderung, wie Jordan direkt auf den Mann zusteuerte und ihn ohne Zögern ansprach. »Ich bin vom McKinley *Blaze* und möchte Sie zu Ihrer

Entscheidung befragen, die Wortmeldungen von Schülern bei der heutigen Versammlung zu ignorieren.«

Der Bezirksrat blickte von einer Akte auf, die er im Gehen durchgeblättert hatte. Er schloss die Mappe und gab sie dem jungen Mann neben sich. Der war noch sehr jung, wahrscheinlich beinahe ihr Alter. Ein Praktikant oder so.

»Sorry«, meinte der Bezirksrat. »Für wen, sagten Sie, arbeiten Sie?«

»Für *Blaze* von der McKinley High School. Ich bin die Herausgeberin. Jordan Schafer.«

Sie streckte ihm ihre Hand hin, die er schüttelte. Dazu setzte er ein charmantes Grinsen auf. »Ich liebe das, wenn Kids sich politisch engagieren, Jordan. Ganz ehrlich. Aber ich fürchte, heute Abend fehlt mir ein bisschen die Zeit dafür. Wenn du dich telefonisch in meinem Büro meldest, arrangieren wir gerne eine Führung für dich. Mein Mitarbeiter hier kann sich darum kümmern. Alles Gute für dich, Jordan.«

Er griff in seine Tasche und drückte ihr irgendwas in die Hand, das sie verlegen annahm. Dann setzte er seinen Weg nach vorne im Saal fort, wo schon ein reservierter Platz auf ihn wartete. Ava, CJ und Martha hatten ihre Freundin endlich eingeholt. Logan ließ sich ein Stückchen zurückfallen und schoss ein paar Bilder.

»Was war das denn?«, fragte CJ. »Und was hat er dir gegeben?«

Jordan sah immer noch verblüfft aus. Schließlich öffnete sie ihre Hand. Darin lag ein Aufkleber für die aktuelle Wahlkampagne. »Ich wollte ein knallhartes Interview führen, und er hat mich mit einem Aufkleber abgespeist.«

An diesem Abend ging Jordan wütend ins Bett und wachte am nächsten Morgen wütend auf. Nachdem sie erfahren hatten, dass sie sich nicht zu Wort melden durften, waren viele ihrer Mitschülerinnen und Mitschüler wieder gegangen. Ava, CJ, Jordan und Martha nicht. Sie setzten sich in die erste Reihe und bemühten sich, wütend zu wirken. Jordan war stolz auf ihren episch grimmigen Blick, aber eine entschlossene Miene würde sie kein bisschen weiterbringen. Die Versammlung lief nicht gut für sie. Die Bauträgerin sprach überzeugend. Es gab zwar ein paar Wortmeldungen für die Erhaltung des Parks, doch die waren weitschweifig und chaotisch. Die Leute hatten sich anscheinend nicht vorbereitet, so wie die Mädchen. Der Abend endete damit, dass Bezirksrat Lonner sich für das Bauvorhaben aussprach. Es musste von der Stadt noch abgesegnet werden, doch mit der Unterstützung Lonners galt das als ausgemachte Sache. Wenn sie den Park retten wollten, brauchten sie einen richtigen Plan. Und zwar sofort.

Jordan klappte ihren Laptop auf und recherchierte »erfolgreiche Protestideen«. Vielleicht eine Briefkampagne kombiniert mit einer Demo? Sie könnten Partys zum Plakatemalen veranstalten und dann massenhaft im Rathaus aufkreuzen. Sie fragte sich, ob jemand von ihren Mitschülerinnen oder Mitschülern auf die Idee käme, sich an den Zaun, der den Park umgab, zu ketten. Normalerweise war Jordan nicht für extreme Maßnahmen. Aber das war auch, bevor der Bezirksrat sie ein Kid genannt und ihr einen Aufkleber in die Hand gedrückt hatte.

Sie sah, dass sie eine Mail von Logan bekommen hatte, und öffnete sie. Er hatte ihr die Fotos von der Versammlung geschickt. Sie klickte sich durch, bis sie zu einem von sich selbst kam. Logan hatte genau den Moment festgehalten, als der Bezirksrat ihr den Aufkleber gegeben hatte. Sie hatte den Kopf leicht schräg gelegt und war in Fassungslosigkeit erstarrt.

Dabei hatte sie sich zu Beginn des Abends so gut gefühlt. Sie trug das Swingkleid im Vintage-Stil mit dem knallroten Apfelmuster, von dem ihr kleiner Bruder behauptete, sie würde darin wie eine böse Königin aussehen. Er meinte das zwar nicht als Kompliment, aber sie verstand es als solches. In diesem Kleid fühlte sie sich normalerweise stark. Jetzt, wo sie die Fotos sah, kam es ihr kindisch vor, dass sie es zu einer wichtigen Veranstaltung getragen hatte. Jordan war es gewohnt, dass man sie beim ersten Kennenlernen nicht ernst nahm. Nicht nur wegen ihrer Kleidung. Die Leute sagten ja gern, sie würden Hautfarben gar nicht wahrnehmen, aber sie konnte ihnen ihre geringeren Erwartungen an ihren Gesichtern ablesen. Normalerweise änderte sich das, sobald sie den Mund aufmachte. Dann bekam sie zu hören, wie eloquent und klug sie sei. Sie hasste es, dass sie klüger, eloquenter und besser als ihre *weißen* Mitschüler sein musste. Aber es gefiel ihr auch, dass sie es war.

Bezirksrat Lonner hatte Jordan falsch eingeschätzt. Er hatte einen Blick auf sie geworfen und sie als Kid abgetan. Okay, vor dem Gesetz mochte sie eins sein. Aber er wusste nicht, dass sie ein Kid mit einem Stapel Auszeichnungen für ihre Arbeit bei der Schülerzeitung war. Sie war der Grund gewesen, warum die Schule sich gezwungen sah, den Caterer zu wechseln, nachdem sie sich in einem Artikel dessen unethische Geschäftspraktiken vorgeknöpft hatte. Außerdem hatte sie auf nationaler Ebene einen Preis für ihre Story über schlecht verwaltetes Geld in der Fachschaft Musik erhalten. Sie wollte, dass der Bezirksrat das alles erfuhr. Sie wollte, dass er zugab, sich in ihr geirrt zu haben.

Sie hatte eine Idee. So würde ihr Wunsch in Erfüllung gehen. Auf einfache, aber total effektive Weise. Sie feuerte eine kurze Nachricht an ihre Freundinnen ab, auch wenn sie wusste, dass sie noch nicht wach waren. Sie war zu aufgeregt, um zu warten. Nachdem sie jetzt einen Plan hatte, war sie ganz aufgekratzt. Bezirksrat Lonner hatte sich mit dem falschen Kid angelegt.

Das Drucklufthorn eines Lkws riss Martha aus tiefem, seligem Schlummer. Sie schoss kerzengerade in die Höhe und suchte nach der Ursache dieses Lärms. Normalerweise bimmelte ihr Handy nur leise, wenn eine Nachricht einging, aber das musste jemand geändert haben. CJ höchstwahrscheinlich. Seit dem Sommer führten sie so eine Art Handy-Prank-Battle.

Wieder der Hupton. Martha öffnete die Nachricht und sann gleichzeitig auf Rache. Beide Nachrichten stammten von Jordan.

ICH WEISS, WIE WIR DEN PARK RETTEN!

Dieser Bezirksrat hat sich mit dem falschen Kid angelegt!

Hinter der Nachricht war noch das Emoji einer Schwarzen Faust zu sehen.

Martha antwortete nicht darauf. Stattdessen tappte sie ins Badezimmer und zuckte bei ihrem Anblick im Spiegel zusammen. Gestern Abend hatte sie sich nicht mehr die Mühe gemacht und sich abgeschminkt. Jetzt waren Mascara und Eyeliner rund um ihre Augen verschmiert. Während sie sich das Gesicht wusch, musste sie an all das denken, was die Bauträgerin bei der Versammlung gesagt hatte. Und daran, wie überzeugend sie geklungen hatte. Sie hatte davon gesprochen, dass das neue Bürogebäude ungefähr dreihundert neue Jobs bringen würde, wenn es erst einmal gebaut wäre. Dass die einheimische Gastronomie davon profitieren würde und man eine Menge Steuern einnehmen könnte. Sie meinte, das würde die Gegend revitalisieren. Sie lieferte Zahlen und Fakten, um diese Behauptung zu untermauern.

Als ihr Gesicht sauber war, widmete Martha sich ihren Haaren. Irgendwie wusste sie nie so recht, was sie mit ihnen machen sollte. Ihre natürliche Haarfarbe war so ein Mausbraun, aber im Sommer hatte Jordan ihr geholfen, es im Ton »Urban Death« schwarz zu färben. Ihre Mom hatte aufgeschrien, als sie es sah. Da hatte es Martha gleich noch besser gefallen. Jetzt drehte sie es zu einem Messy Bun zusammen. *Dreihundert Jobs.* Martha konnte nicht aufhören, an diese Zahl zu denken. Vielleicht könnte ihr Dad einen dieser Bürojobs bekommen. Und wenn nicht er, dann der Dad von jemand anderem. Oder die Mom von jemandem. Oder irgendwer.

Martha hasste es, dass ihr Dad diesen miesen Job als Lagerarbeiter machen musste. Es war nicht immer so gewesen. Martha erinnerte sich noch daran, als er Produktions-Supervisor in der Motorenfabrik von Ford war. Die Leute, die unter ihm arbeiteten, nannten ihn »Sir«. Er hatte sogar Visitenkarten besessen. Sein Name und seine Funktion auf glänzend weißen Karton geprägt. Eine davon hatte er Martha gegeben, damit sie sie in ihren Rucksack steckte. Für den Fall, dass sie ihn bei der Arbeit anrufen musste. Sie hatte die Karte freudig genommen, obwohl sie die Nummer auswendig gekonnt hatte – sie wusste sie bis heute. Doch 2012 war die Fabrik geschlossen worden und nicht lange danach hatten ihre Eltern sich scheiden lassen. Sie waren in diese winzige Zwei-Zimmer-Wohnung mit dem grauen Teppichboden gezogen. In diese Gegend, wegen der ihre Mom jedes Mal die Lippen verzog, wenn sie Martha mit dem Auto herfuhr. Revitalisierung klang da nicht unbedingt nach einer schlechten Idee.

Das Lkw-Drucklufthorn ertönte wieder und Martha fuhr zusammen. Diesmal war es CJ.

Bin dabei.

CJ unterstrich ihr Statement mit einem Faust-Emoji in ihrem typischen Beige-Ton.

Avas Antwort ließ nicht lange auf sich warten.

Solange ich nicht in der Öffentlichkeit reden muss.

Sie fügte ein braunes Faust-Emoji an.

Martha starrte auf die Fäuste und fragte sich, was schlimmer wäre: ihre Freundinnen oder ihr Wohnviertel im Stich lassen? Sie musste nur eine Sekunde lang überlegen. Dann schrieb sie ihre Antwort und tippte auf Senden.

Es handelte sich um ein extrem blasses, weißes Faust-Emoji.

KAPITEL 4

CJ wartete auf dem Schulhof auf ihre Freundinnen. Jordan hatte allen gesagt, sie sollten sich zwanzig Minuten vor dem ersten Läuten treffen, und wie immer war CJ als Einzige pünktlich. Sie konnte es kaum erwarten, von Jordans toller Idee zu hören, und hoffte, es wäre nichts zu Extremes. Sie würde einen Teufel tun und sich an den Zaun, der den Park umgab, ketten oder irgendetwas anderes, das ihre Chancen, nach Stanford zu kommen, aufs Spiel setzte.

Sie checkte Find My Friends, um zu sehen, wo alle steckten, und sah, dass sie eine neue Mail bekommen hatte. Und zwar von der Collegeberaterin der Schule. **Deadline für die SAT-Anmeldung/LETZTE CHANCE.** CJ öffnete die Mail und erwartete eine allgemeine Erinnerung für ihren ganzen Jahrgang. Doch die Mail war nur an sie adressiert.

Hi CJ. Ich freue mich darauf, deine Collegepläne mit dir zu besprechen. Bis dahin will ich nur sichergehen, dass dir klar ist, wie bald die Registrierungsfrist für den SAT-Test im Herbst endet. Dies ist die letzte Chance, um Ergebnisse zu erzielen, mit denen du dich dieses Jahr noch bewerben kannst. In Anbetracht deiner aktuellen Ergebnisse und

deiner akademischen Ziele, rate ich dir dringend, dich anzumelden, um den Test erneut zu absolvieren.
Beste Grüße
Ms Fischer

CJs Wangen glühten. Glaubte Ms Fischer im Ernst, dass CJ nicht ohnehin bewusst war, dass sie ihre SAT-Ergebnisse vermasselt hatte? Es war ihr bewusst. *Schmerzlich* bewusst. Als sie den Test das erste Mal machte, hatte das Ergebnis sie geschockt. 1150. Zunächst war sie von einem Versehen ausgegangen. Und wenn es kein Versehen war, dann mit Sicherheit ein Ausreißer. Einfach ein schlechter Prüfungstag. Das konnte jedem passieren. Also riss sie sich zusammen, lernte noch mehr und absolvierte den Test zum zweiten Mal. Wieder 1150. Als sie diesmal die Ergebnisse erfuhr, war sie stinksauer. Nicht auf die SATs, ja noch nicht mal auf sich selbst. Sie war sauer auf alle, die ihr jemals versichert hatten, sie wäre was Besonderes, klug, begabt und dass ihre harte Arbeit sich am Ende auszahlen würde. Ihre Eltern, ihre Lehrkräfte, ihre Freundinnen. Die hatten sich eindeutig alle geirrt. CJ Jacobson war nichts Besonderes. Sie war Durchschnitt.

Sie wusste, dies war ihre letzte Chance, den Test zu machen. Das Datum war in ihrem Kalender rot eingekringelt und für immer in ihr Gedächtnis eingebrannt. Sie würde mindestens hoch im 1400er Punktebereich abschneiden müssen, um eine Chance auf Stanford zu ergattern. Und sie würde alles in ihrer Macht Stehende tun, um auf diese Punktezahl zu kommen. Im Sommer hatte sie fast ihr ganzes Geld vom Babysitten und vom Geburtstag für einen

SAT-Vorbereitungskurs ausgegeben. Mit Geländelauf hatte sie aufgehört, um mehr Zeit zum Lernen zu haben.

»Hey, Babe.« CJ drehte sich um und sah eine aufgekratzte Jordan auf sich zu tänzeln.

»Du bist zu spät«, sagte CJ.

»Und du bist grummelig. Was ist denn los?«

»Nichts. Ich dachte, wir treffen uns zwanzig Minuten vor Unterrichtsbeginn.«

»Wann war ich schon mal pünktlich? Und wo sind Ava und Martha?«

»Wann waren die beiden schon mal pünktlich?«

Ava und Martha trafen ein paar Minuten später mit jeder Menge Entschuldigungen ein. Damit blieben Jordan nur wenige Minuten, um ihren großen Plan zu präsentieren. »Ich will den Bezirksrat interviewen«, sagte sie.

Ava, CJ und Martha tauschten Blicke. Unbeeindruckte Blicke. Auch wenn CJ durchaus erleichtert war, weil Jordan nicht erwartete, dass sie sich irgendwo ankettete.

»Ähm, das hast du doch schon versucht«, meinte Martha.

»Ich habe es als Herausgeberin einer Schülerzeitung versucht. Nicht als erwachsene Journalistin.«

»Als erwachsene Journalistin?«, fragte Ava. »Weil es womöglich nicht jugendfrei sein soll?«

Jordan warf ihr einen strengen Blick zu. »Ich meine eine Journalistin, die erwachsen ist.«

CJ kapierte nicht, worauf das hinauslaufen sollte. »Aber du bist keine Journalistin, die erwachsen ist.«

»Das muss er ja nicht wissen«, sagte Jordan. »Wenn ich anrufe und um ein Telefoninterview bitte, wird er keine Ahnung haben, wie alt ich bin. Sobald ich mein Interview habe, veröffentliche ich es im *Blaze*. Der wird sich wundern, wie gut es ist. Danach wird er nie mehr ein Kid unterschätzen.«

»Und inwiefern rettet das den Park?«, fragte Ava.

»Eins nach dem anderen«, sagte Jordan.

Es klingelte und CJ wurde nervös. Sie und Martha hatten beide Physik auf Collegeniveau. Dort stand der erste Test des Halbjahrs an, und der machte CJ Angst. Mathe und Naturwissenschaften waren ihr noch nie leichtgefallen, und vom ersten Tag an hatte sie sich verloren und überfordert gefühlt. Martha gehörte in den Kursraum. CJ nicht. Sie fühlte sich wie eine Hochstaplerin.

»Wartet«, sagte Jordan. »Ich brauche eine von euch, die mir hilft, eine Fake-Identität ins Netz zu stellen.« CJ und Ava zeigten wortlos auf Martha. Sie war gut im Programmieren. »Klar«, meinte Martha.

»Nichts zu Überzogenes. Nur für den Fall, dass er mich googelt. Gib mir einen anderen Nachnamen. James. Das ist der Mädchenname meiner Mutter. Sie hat sich immer gewünscht, dass ihr Vermächtnis weiterlebt. Ich denke an ein LinkedIn-Profil und einige Links zu Artikeln von mir. Aber als wären sie aus Zeitungen für Erwachsene.« Ava hatte recht. Wenn man es so formulierte, klang es wirklich nach »nicht jugendfrei«. »Oh, und dann brauche ich noch jemanden, der mir hilft, alles über den Bezirksrat zu recherchieren. Bisherige Wahlergebnisse, Liste der Spender. Alles.«

Ava und Martha zeigten stumm auf CJ. Zu Recht. Sie war die Beste im Recherchieren. Falls sie Zeit dafür fand. CJ dachte an ihre auch so schon monströs lange To-do-Liste. Sie musste für den SAT und die Kurse auf Collegeniveau lernen, hatte Essays für Collegebewerbungen zu schreiben. Dann hatte sie heute nach der Schule ein Bewerbungsgespräch bei einer ehrenamtlichen Organisation. Denn die Tafel, bei der sie bisher mitgeholfen hatte, war im Sommer wegen Budgetproblemen geschlossen worden. Sie brauchte dringend ein soziales Engagement, weil sie etwas Gutes tun wollte. Okay, zugegeben, sie wollte das auch, weil sie fürchtete, mit einer Lücke in ihrer ehrenamtlichen Tätigkeit bei Colleges einen schlechten Eindruck zu machen. Und nun wollte zu allem Überfluss Jordan, dass sie ihr einen kompletten Hintergrund-Check eines Politikers lieferte. CJ wusste ehrlich nicht, wie sie das alles hinkriegen sollte.

Ava war normalerweise jeden Morgen die Erste im Kunstsaal. Mrs Simon schloss immer eine Stunde vor Unterrichtsbeginn auf. Da Ava noch nicht den Mut aufgebracht hatte, ihrer Mom zu gestehen, dass sie sich an einer Kunstakademie bewerben wollte, arbeitete sie lieber nicht zu Hause an ihrer Bewerbungsmappe.

Als es zum zweiten Mal klingelte, grüßte Ava schnell Isla und Tobin, die beiden anderen Kunststars, bevor sie zu ihrem Platz in der ersten Reihe eilte. Am ersten Schultag hatte Mrs Simon erklärt, sie könnten sich ihre Plätze selbst aussuchen. Kunst war der einzige Kurs, in dem es Ava nichts ausmachte, ganz vorne zu sitzen. Es war auch der einzige Kurs, in dem es sie nicht störte, angestarrt zu werden. Im Kursraum standen die Staffeleien immer paarweise, und Ava war die einzige, ohne eine Mitschülerin oder einen Mitschüler neben sich. Sie nahm das nicht persönlich. Es lag ja nicht daran, dass man sie nicht mochte. Die anderen waren nur eingeschüchtert von ihr.

Mrs Simon ging im Raum auf und ab, gab ein paar Hinweise und sagte dann, alle sollten sich ihre Handspiegel nehmen und loslegen. Ihr erstes Projekt in diesem Jahr war ein Selbstporträt, was Ava ein bisschen unangenehm war. Sie wusste nicht, ob alle adoptierten Jugendlichen das machten, aber Ava starrte sich oft im Spiegel an und studierte ihr eigenes Gesicht. Sie hatte nie ein Foto ihrer leiblichen Mutter gesehen, also konnte sie sich nur ausmalen, dass diese die gleichen ausdrucksvollen Augen und langen Wimpern, die gleiche kleine Nase und genauso viele Wirbel im Haar hatte wie sie selbst. Avas eigenes Gesicht war der einzige Hinweis auf das Aussehen ihrer leiblichen Mutter.

Ava wollte immer, dass ihre Bilder von etwas handelten. Also beschloss sie, mit diesem das komplizierte Verhältnis zu der Frau auszudrücken, die sie zur Welt gebracht hatte, ansonsten allerdings ein Rätsel für sie darstellte. Weit im Hintergrund wollte sie eine weibliche Gestalt malen, die Ava beobachtete. Weil sie keine Ahnung hatte, wie ihre Mutter ausgesehen hatte, würde sie ihr Bild verschwommen halten – eine undeutlich rätselhafte Frau.

Während Ava malte, beschäftigte sie viel mehr als nur die Gesichtsform ihrer leiblichen Mutter. Mit jedem Pinselstrich kamen ihr neue Fragen in den Sinn. Hatte sie auch eine künstlerische Seite? Tat auch sie sich schwer damit, vor einer Menge von Leuten laut genug zu sprechen, sodass man sie hörte? Wurde sie manchmal grundlos traurig?

Ava war ganz in die Arbeit vertieft, als die Tür zum Kursraum aufflog und sie aus ihrer Konzentration gerissen wurde. Ein verlegener Logan Diffenderfer trat ein. »Hallo. Sorry, sorry. Ich wusste nicht, wo der Kunstsaal ist. Bin ich hier richtig?«

Mrs Simon schaute auf. »Ja. Kann ich irgendwie weiterhelfen?«

Logan hielt ihr einen Zettel hin. »Ja. Ich soll jetzt diesen Kurs besuchen. Ich schätze, es war der einzige, in dem für die erste Stunde noch ein Platz frei war.«

Mrs Simon kam auf ihn zu und nahm den Zettel entgegen. Nachdem sie ihn überflogen hatte, nickte sie. »Willkommen bei Kunst für Fortgeschrittene, Mr Diffenderfer. Hier vorne ist noch ein Platz frei.«

Sie führte ihn zur einzigen noch unbesetzten Staffelei im Raum. Direkt neben Ava.

»Turn right in fifty meters.«

Die elektronische Stimme von CJs Navi gehörte einer Britin.

Ihr Akzent nervte CJ, aber sie würde zu spät kommen, wenn sie sich jetzt mit den Einstellungen ihres Handys aufhielt. Die Britin war ein Geschenk von Martha. CJ hatte gestern Abend noch so lange für den Physiktest gelernt, dass sie in der fünften Stunde eingeschlafen war. So tief, dass sie anscheinend nicht mal gemerkt hatte, wie Martha ihren Daumen benutzte, um ihr Handy zu entsperren. Während CJ weiterschlummerte, hatte Martha all ihre Einstellungen geändert. Das sollte ein Scherz sein, und an jedem anderen Tag hätte CJ wahrscheinlich darüber gelacht. Nach der Sache mit dem Lkw-Drucklufthorn hatte sie das verdient. Aber jetzt begann sie zu weinen. Martha war so verblüfft, dass sie sich entschuldigte und alles wieder in die vorherigen Einstellungen änderte. Nur die Britin hatte sie anscheinend übersehen.

»Halten Sie sich am Parkplatz links«, trug die majestätische Stimme ihr auf.

Die Mail der Collegeberaterin hatte ihr den Rest gegeben. Schon bevor diese in ihrem Postfach eingegangen war, hatte sie sich Sorgen gemacht, für Stanford nicht gut genug zu sein.

Dabei war Stanford, seit sie sich erinnern konnte, ihre erste Wahl gewesen. Der Campus war in goldenes Licht getaucht und von Palmen gesäumt. Dort würde niemand lachen, wenn man sagte, man wolle die Welt verändern. Man ermutigte dort zu großen, lauten, revolutionären Ideen. Ideen, wie CJ sie nur tief in ihrem Inneren hegte, weil sie sich fürchtete, sie laut auszusprechen. Sie wollte mit ihrem Leben etwas anfangen, das von Bedeutung war. Etwas Größeres und Wichtigeres als Schilder für Demos zu malen und ihre Milchverpackungen zu recyceln. Nur wusste sie nicht, wie sie das anstellen sollte. Stanford würde ihr die Werkzeuge dafür geben. Und auch die Glaubwürdigkeit, um sie zu benutzen. Dann würde sie sich nie mehr wie eine Schwindlerin fühlen.

»In einhundert Metern haben Sie Ihr Ziel erreicht.«

Ihr Ziel war das Büro von »Sensational Recreational«, einem außerschulischen Programm, das Sport für Kinder und Jugendliche mit körperlichen Beeinträchtigungen veranstaltete.

»In fünfzig Metern haben Sie Ihr Ziel erreicht«, verkündete die britische Stimme.

CJ war zehn Minuten zu früh dran. Das sollte sie in ihre Stanford-Bewerbung schreiben. *Immer pünktlich.* Sie erinnerte sich daran, dass der Freiwilligen-Koordinator ihr fast sofort geantwortet hatte, nachdem sie ihren Lebenslauf losgeschickt hatte. Ihr Anschreiben hatte ihn beeindruckt. Denn so ein Mädchen war sie nun mal. Eines, das immer pünktlich war und außerordentliche Anschreiben verfasste. Was spielte es da für eine Rolle, dass ihre SATs ein wenig glanzlos waren? Sogar Hermine Granger machte hin und wieder Fehler.

»Sie haben ihr Ziel erreicht«, sagte die Britin, und CJ fand, dass sie tatsächlich wie eine erwachsene Hermine klang. Das vermittelte CJ Zuversicht. Sie bog in den Parkplatz ein und blieb noch kurz im Auto sitzen. Sie würde diesen ehrenamtlichen Job kriegen und Stanford damit beeindrucken, wie wunderbar vielseitig sie war. Aber zuerst musste sie in diesem Bewerbungsgespräch die Hermine Granger rauslassen. Sie holte tief Luft, atmete aus und korrigierte ihre Haltung. Das machte sie immer, bevor sie mit irgendjemand Wichtigem redete. Schultern zurück, Kopf hoch, selbstbewusstes Lächeln und …

Sie überquerte den Parkplatz und öffnete die Tür des Betreuungszentrums. Laute Musik dröhnte ihr entgegen.

Dah. Dah, dah, dah.

Das war Musik aus dem Film *Rocky*, und so laut, dass CJ tatsächlich zusammenzuckte. Ob sie hier richtig war? Ein Schild an der Wand bestätigte es.

Hinter einem Empfangstisch saß ein Typ, ungefähr in ihrem Alter, und hantierte mit irgendwelchen Papieren herum. Offensichtlich hatte er CJ wegen der Musik nicht kommen gehört. Das strubbelige braune Haar fiel ihm ins Gesicht. CJ grüßte mit ihrer professionellsten Stimme.

Als er aufblickte, schaute sie in zwei braune Augen, die reifer wirkten als es die zerzauste Frisur hatte vermuten lassen.

»Hi«, übertönte er die Musik. »Alexa, leiser machen.« Die Musik schallte unverändert laut. »Alexa, Ruhe jetzt!« Diesmal verstummte die Musik. »Sorry, ich arbeite gerade an einer inspirierenden Playlist. Ist der *Rocky*-Song zu offensichtlich?«

So was von zu offensichtlich. Aber anstatt ihm das zu sagen, streckte CJ ihm ihre Hand hin. »Tut mir leid, wenn ich störe. Ich bin CJ Jacobson.« Er starrte auf ihre ausgestreckte Hand, als wäre er verwirrt. Sie fand ihn definitiv cute, aber er warf auch definitiv ein schlechtes Licht auf ihre Generation. Sie hatte nämlich gelernt, wenn einem jemand die Hand hinhält, steht man auf und schüttelt sie.

»Kann ich irgendwas für dich tun?«, fragte er.

In immer noch professioneller Haltung warf CJ einen Blick in die Mail, die sie als Antwort auf ihre Bewerbung bekommen hatte. »Ich habe um vier ein Bewerbungsgespräch mit … Wyatt.« Sie schaute noch einmal in die Mail. »Tut mir leid, aber da steht kein Nachname dabei.«

»Ich bin Wyatt Da-Steht-Kein-Nachname-Dabei«, sagte der Typ, der ihre Generation in ein schlechtes Licht rückte.

»Der bist du?«

»Der bin ich.«

Es musste mehr als einen Wyatt geben.

»Wyatt, der Freiwilligen-Koordinator?«

»Wyatt Da-Steht-Kein-Nachname-Dabei. Wyatt, der Freiwilligen-Koordinator. Ich höre auf beides. Aber ich bin etwas verwirrt. Ich habe einen Termin mit …« Jetzt schaute er in *seine* Mail, als wolle er ihre herausfordern. »Clarke Jacobson.«

»Die bin ich.«

»Ah«, meinte er nur und musterte sie von Kopf bis Fuß.

Aus Erfahrung wusste sie, was das bedeutete. Er taxierte sie nicht als Mädchen, sondern versuchte damit klarzukommen, dass sie kein Junge war. »Ich dachte, du wärst …«

»Ein Typ. Ja. Passiert mir oft. Bin aber kein Typ.«

»Offensichtlich.«

Sie merkte, wie sie verlegen wurde. Das lag an seinem Lächeln. Das war unglaublich entwaffnend. Also nicht in *dem* Sinn. Nur leider ließ sich das Bewerbungsgespräch nicht gut an. Dabei war sie darauf angewiesen, dass es das tat.

»Offiziell heiße ich Clarke. Aber alle nennen mich CJ.«

CJ war das vierte Kind und nach drei Töchtern die letzte Chance ihres Vaters auf einen Jungen, dem er seinen Namen geben konnte. Als CJ zur Welt kam und so tough wie temperamentvoll wirkte, beschloss er, sie trotzdem Clarke zu nennen.

Wyatt zog ihren Lebenslauf aus einem Stapel anderer Lebensläufe. Da wurde ihr ein bisschen schwer ums Herz. Sie dachte nicht gern an die Konkurrenz.

»Dein Lebenslauf ist beeindruckend, Clarke«, sagte er. Entweder hatte er schon wieder vergessen, dass sie CJ genannt wurde, oder es war ihm egal.

»Danke schön.«

»Aber ich suche tatsächlich nach einem Jungen.«

»Wie bitte?«, fragte sie, denn sie musste sich ganz offensichtlich verhört haben.

»Ich habe gehofft, einen Jungen einzustellen.«

CJ war wirklich nicht naiv. Sie wusste, dass die Welt sich noch nicht derart geändert hatte, dass Frauenfeindlichkeit komplett beseitigt war. Aber sie dachte doch, dass niemand mehr so dumm wäre, sie rundheraus zuzugeben. CJ war bereit, auf der Stelle die amerikanische

Bürgerrechtsvereinigung ACLU einzuschalten, aber vorher würde sie ihm noch die Meinung sagen.

»Tja, Wyatt. Tut mir leid, dass ich diejenige bin, die dir das sagen muss, aber deine Einstellungskriterien sind nicht nur absolut illegal, sondern auch total engstirnig, denn ich kann dir versichern, dass ich zu allem in der Lage bin, was ein Mann kann.«

Wyatt schien von CJs leidenschaftlichem Statement kein bisschen verlegen zu sein. Sein Lächeln hatte sich eine Spur verändert, aber es war noch da. Dadurch sah er jetzt ... Sie war sich nicht ganz sicher, wie er dadurch aussah.

»Bist du das?«, fragte er. »Du bist zu allem in der Lage, was ein Mann kann?«

»Bin ich.«

»Kannst du auch in die Garderobe der Jungs gehen und ihnen beim Umziehen helfen?«

Selbstgefällig. So sah er jetzt aus. Arrogant und selbstgefällig.

»Oh. Äh ... Also ... ich denke, das nicht.«

Seine Arroganz veränderte sich zu Ironie. »Ich bin kein Sexist. Aber die Sache mit der Garderobe ist ein Problem. Wir haben in unserem Programm mehr Jungen als Mädchen. Wahrscheinlich ist es streng genommen trotzdem illegal, wenn ich dich wegen deines Geschlechts nicht engagiere, aber es ist ja eine unbezahlte Beschäftigung, also ...«

Das war ein Argument. Wenn jemand eine Non-Profit-Organisation verklagte, die Sport für Kids in Rollstühlen organisierte, würden die Colleges das bestimmt mitkriegen. Aber sie bezweifelte, dass es die Art von Erfahrung war, die für Stanford zählte. Also bedankte sie sich höflich und ein bisschen kleinlaut bei Wyatt Da-Steht-Kein-Nachname-Dabei, dass er sich Zeit für sie genommen hatte und wandte sich zum Gehen.

»War nett, dich kennenzulernen, Clarke«, rief er ihr nach, als sie schon bei der Tür war. »Sorry, dass es mit uns nicht hat sein sollen.«

Sie legte die Hand an den Türgriff, hielt aber doch noch mal inne. »Hey. Warum habt ihr eigentlich mehr Jungs als Mädchen? In eurem Programm?«

Er zuckte mit den Achseln. »Keine Ahnung. Das ist ja erst der erste Monat. Also der erste mit erweitertem Programm. Früher fand es nur einmal monatlich an einem Wochenende statt. Da hatten wir Kids aus dem ganzen Bundesstaat da. Aber ich habe meine Vorgesetzten überredet, mich eine wöchentliche Version davon ausprobieren zu lassen. Weil ich einfach das Gefühl habe, die Kids verdienen mehr Sport als nur einmal pro Monat, verstehst du?«

CJ nickte.

»Aber das bedeutet, es sind nur Kinder und Jugendliche aus der Gegend. Und bis jetzt hauptsächlich Jungs. Wir haben aber auch ein Mädchen.«

CJ musste lachen. »Sorry, es ist nur, weil … das steckt hinter ›mehr Jungs als Mädchen‹? Ihr habt *ein einziges* Mädchen?«

»Immerhin ein Anfang. Hey. Ich bin schon froh, dass überhaupt Kids kommen.«

»Kids, die Jungs sind.«

»Und ein Mädchen.«

CJ warf ihm einen ironischen Blick zu.

»Ja, okay«, lenkte er ein. »Ich weiß, ich könnte es besser machen. Und ganz ehrlich«, fügte er hinzu, »ich glaube, dem einen Mädchen macht es nicht besonders viel Spaß.«

»Warum glaubst du das?«

»Weil sie mir jedes Mal, wenn sie herkommt, erklärt, wie sehr sie es hasst.«

CJ nickte. Da musste man wohl tatsächlich davon ausgehen, dass ihr das Ganze nicht besonders viel Spaß machte. CJ war selbst schon in gemischten Sportteams gewesen, aber dort war das Verhältnis zwischen den Geschlechtern annähernd ausgeglichen gewesen. Nie war sie das einzige Mädchen gewesen. Sie fragte sich, wie man sich da wohl fühlte.

»Eine Betreuer*in* könnte da helfen«, erklärte CJ ihm. »Dann wäre es wahrscheinlich weniger seltsam und würde ihr mehr Spaß machen, wenn sie nicht mehr die einzige weibliche Person im Raum wäre.«

Wyatt blickte auf. Sie sah ihm an, dass er in Erwägung zog, was sie gerade gesagt hatte.

»Ich meine ja nur, wenn du dieses Programm wirklich ausbauen willst, dann wäre es hilfreich, ein weibliches Vorbild zu haben.«

»Und das wärst dann du?«

Sie hatte den Bedarf selbst aufgedeckt. Mehr brauchte sie nicht. Jetzt musste CJ den Sack nur noch zumachen. Schultern zurück, Kopf hoch, Hermine Granger, und …

»Hör zu, ich kann richtig mit anpacken, bin begeisterungsfähig. Und ich kann gut mit Menschen umgehen.«

Wyatt schien es sich zu überlegen. »Red weiter.«

»Ich mache schon mein Leben lang Sport, daher weiß ich, was einen guten Coach ausmacht.«

Sie dachte jetzt an ihren besten Coach. Ms Chandran. Sie war CJs Trainerin für Geländelauf gewesen. Dabei war sie nicht die Beste in der Mannschaft gewesen. Mit Abstand nicht. Manchmal hatte sie im wahrsten Sinne des Wortes kilometerlangen Rückstand gehabt. Sie war sich plump und riesig neben den anderen Mädchen vorgekommen. Die hatten in ihren winzigen Laufshorts wie schnittige Windhunde gewirkt. CJs Körperbau war das, was Leute höflich »kräftig« nannten. Für die Langstrecke war sie nicht gemacht, und daher hatte sie sich auf kürzere Distanzen konzentriert. Nie würde sie den Tag vergessen, als Ms Chandran ihr ohne Umschweife sagte, dass sie in einem Wettbewerb die Langstrecke laufen würde. CJ schüttelte den Kopf. Ihre Beine würden sie gar nicht so weit tragen. Ms Chandran versicherte ihr, das würden sie. CJ versicherte ihrer Trainerin das Gegenteil. So ging es ein paarmal hin und her, bis Ms Chandran schließlich die Hände auf CJs Schultern legte, ihr in die erschrocken dreinblickenden grünen Augen sah und erklärte: »Deine Beine sind nicht das Problem, CJ.«

CJ lief das Rennen. Sie lief es und hatte bei jedem Schritt Ms Chandrans Coaching-Tipp im Ohr: »Hol alles aus dir raus, CJ! Alles!« So ignorierte sie den Schmerz in ihrer Lunge und das Brennen ihrer Beine. Sie holte wirklich alles aus sich heraus, bis sie wie von einer Explosion vorangeschleudert über die Ziellinie kam und dahinter zusammenbrach. Erschöpft, aufgewühlt, aber mit größter Hochachtung davor, was sie da gerade geleistet hatte. Sie war Vorletzte geworden und trotzdem noch nie so stolz auf sich gewesen. Danach fühlte sie sich von den Windhund-Mädchen nie mehr eingeschüchtert.

»Und ich weiß«, sagte CJ jetzt mit leicht erstickter Stimme, was sie mit einem Räuspern überspielte, »ich weiß, was es bewirkt, eine gute Trainerin zu haben. Dein eines Mädchen braucht das. Sie verdient es.«

Wyatt musterte CJ noch mal von oben bis unten. Sie spürte, dass er beeindruckt war. »Okay, Clarke. Du bist angeheuert. Ich meine, nicht angeheuert, weil es ja keine Heuer dafür geben wird, aber …«

Sie lächelte. »Du wirst es nicht bereuen.«

»Das bezweifle ich auch nicht. Aber du vielleicht.«

Jetzt lächelte er. Und zwar mit einem Ausdruck, der bewirkte, dass sie sich fragte, worauf sie sich da gerade einließ.

»Komm mit«, meinte er. »Ich hab im Hinterzimmer ein paar Formulare für dich. Folge mir einfach.«

Mit triumphierendem Gefühl lief CJ die paar Schritte zurück. Wyatt nicht. Er machte keinen Schritt. Er schob nur seinen Stuhl vom Tisch zurück. Weil über der Rückenlehne ein Sweatshirt hing, hatte CJ nicht bemerkt, dass Wyatt nicht aus Unhöflichkeit sitzengeblieben war, als sie ihm zur Begrüßung die Hand hinstreckte. Es lag daran, dass er nicht stehen konnte. Wyatt saß im Rollstuhl.

»Stimmt was nicht?«, fragte er jetzt.

»Nope«, sagte CJ.

Sie erwiderte sein Lächeln und folgte ihm ins hintere Zimmer.

Das Kino, in dem Martha arbeitete, war verstaubt, alt und bestand nur aus einem einzigen Saal. Das Beste an ihrem Job dort war gleichzeitig das Schlimmste: Er war langweilig. Man zeigte dort nur Filme mit künstlerischem Anspruch, und die waren bei dem wenig anspruchsvollen Publikum ihres Vororts von Cleveland nicht gerade beliebt. So tauchte an manchen Tagen kein einziger Zuschauer auf. Martha hoffte, dass heute so ein Tag wäre. Sie hatte Ava mit zur Arbeit geschleppt, weil sie sich bei ihr Ideen zu Jordans Plan mit dem Park holen wollte. Martha machte sich diesbezüglich Sorgen. Bis jetzt allerdings interessierte Ava sich nur dafür, über Logan Diffenderfer zu reden.

»Er verletzt meinen *safe space.*«

Martha steckte den Schlüssel ins Schloss und drückte die Tür auf. »Ich bin mir ziemlich sicher, dass er sich nicht nur bei Kunst angemeldet hat, um dein Leben zu ruinieren.«

Ava folgte ihr ins Kino. »Aber genau das ist passiert. Warum ist er überhaupt aus Physik rausgegangen?«

Martha zuckte mit den Achseln. Das hatte sie sich auch schon gefragt.

»Kunst ist der einzige Kurs – der *Einzige* –, in dem ich mich nicht dauernd total verunsichert fühle.«

»Also, erstens, ist das lächerlich«, sagte Martha. »Du solltest dich immer wie ein Badass fühlen. Und zweitens, zeig ihm, wie gut du in Kunst bist und sorg dafür, dass er sich unsicher fühlt. Ich finde, das klingt nach einer unterhaltsamen ersten Stunde jeden Tag.« Ava erwiderte darauf nichts, also nutzte Martha die vier Sekunden Schweigen, um das Thema zu wechseln. »Also … ich habe darüber nachgedacht, was Jordan vorhat. Und auch darüber, was die Bauträgerin auf dieser Versammlung gesagt hat.«

Aber weiter kam sie nicht, denn in diesem Moment entdeckte sie, dass jemand mitten im Foyer stand. »Hi«, sagte der Eindringling.

Martha fuhr zusammen. Die Tür war abgeschlossen gewesen. Was bedeutete, dass dieses Mädchen, das da stand … »Soll das ein Überfall sein?«

Das Mädchen lachte. Sie sah aus, als wäre sie ungefähr so

alt wie Martha. »OMG. Zum Totlachen. Uncle Benny hat mir schon erzählt, du wärst witzig.«

Ava lehnte sich ein Stückchen zu Martha. »Wer ist Uncle Benny?«

Martha hatte keinen Schimmer. »Entschuldigung«, sagte sie zu dem Mädchen. »Wer bist du?«

»Ich bin Victoria.« Sie hatte einen Akzent, wobei schwer zu sagen war, woher sie kam. Aus England vielleicht. »Mein Onkel ist dein Boss. Aber jedenfalls nett, dich kennenzulernen.«

Victoria winkte kurz mit einer Hand. Ihre Nägel waren in einem hellen Pink lackiert, und um das unfassbar schmale Handgelenk hing ein Glücksarmband von Tiffany. Martha vermutete, ein echtes. Doch das erklärte immer noch nicht, warum zum Teufel Uncle Bennys möglicherweise britische Nichte im Foyer stand. »Das ist Ava. Ich bin Martha.«

Ava deutete ein schüchternes Nicken an. Gegenüber Leuten, die sie nicht kannte, war sie immer verlegen.

»Ich weiß. Uncle Benny, Boss Ben oder wie immer wir ihn nennen wollen, hat's mir erzählt. Er meinte auch, du wärst nach Martha Washington benannt. Dass du mit ihr verwandt wärst. Deine Ururgroßmutter oder so was.«

Es war schon ein paar Generationen mehr her, aber Martha nickte. »Ja.«

»Das ist so witzig, dass du mit George Washington verwandt bist.«

Martha verstand nicht, was daran witzig sein sollte. Nicht dass es wirklich eine Rolle spielte, weil sie tatsächlich gar nicht mit George Washington verwandt war. Nur mit Martha. George hatte keine leiblichen Kinder gehabt. Doch die meisten Leute schienen nicht zu wissen oder sich nicht dafür zu interessieren, dass der Vater des Landes selbst kein Vater gewesen war.

»Ich bin nach Queen Victoria benannt. Aber nicht wirklich. Ich meine, sie ist keine Verwandte. Meiner Mum gefiel nur der Name. Aber lustig, dass ich nach dem englischen Königshaus benannt bin, und du nach dem amerikanischen. Also, da gibt es zwar kein Königshaus, aber ihr versteht, was ich meine. Also, haben wir Uniformen?«

Martha warf Ava einen fragenden Blick zu, doch die zuckte nur mit den Schultern. »Hä?«, machte Martha.

»Na, Uniformen! Irgendwas, damit man erkennt, dass wir im Kino arbeiten?«

Auf diese Weise erfuhr die Urururururururenkelin von Martha Washington, dass sie eine neue Kollegin hatte.

»Äh, nein. Keine Uniformen.«

»Schade. Ich dachte, es wäre lustig, eine Uniform zu tragen. Aber gut. Wir können jederzeit mit dem Einarbeiten anfangen, wenn du möchtest.«

Ava nahm das als Wink, besser zu gehen. »Wie es aussieht, hast du heute ja doch was zu tun. Sprechen wir uns später?«

Martha nickte. »Definitiv. Ich ruf dich heute Abend an.«

»War nett, dich kennenzulernen, Eva«, sagte das Mädchen, das zwar nach Queen Victoria benannt, aber nicht wirklich mit ihr verwandt war.

»Ebenfalls«, sagte Ava höflich und machte sich nicht die Mühe, sie zu korrigieren. Als sie Martha umarmte, flüsterte sie ihr ins Ohr: »Mach dir wegen des Parks keine Sorgen. Wir werden uns was überlegen, um ihn zu retten. Aber dieses Mädchen ist seltsam. Schreib mir, wenn's zu *creepy* wird.«

Dann war Ava weg und Martha allein mit diesem seltsamen neuen Mädchen.

KAPITEL 5

Am nächsten Morgen quälte Ava sich aus dem Bett, nahm sich eine große Schüssel Schoko-Puffs und ließ sich damit auf die Couch fallen. Im Haus war es still, weil ihre Mom schon zu dem üblichen Lauf am Samstagmorgen aufgebrochen war. Vor nicht allzu langer Zeit hatte ihre Mom sich bemüht, Ava dazu zu bringen, dass sie mit ihr lief. Nach einigen Versuchen hatte sie allerdings akzeptiert, dass es dazu niemals kommen würde. Ava schaute auf ihr Handy und sah, dass in ihrem Gruppenchat schon einige Nachrichten zwischen CJ und Jordan über den Bezirksrat hin und her gegangen waren. Ava aß einen Löffel von ihren Schoko-Puffs. Es fühlte sich ein bisschen seltsam an, dass sie die Einzige war, die bei diesem Plan keine besondere Rolle spielte. Wobei sie sich nicht darum riss, ein getürktes LinkedIn-Profil zu erstellen oder über den Bezirksrat zu recherchieren. Sie fände es nur nett, wenn manchmal auch auf sie gezeigt würde, wenn eine Aufgabe erledigt werden musste. Gerade wollte Ava ihr Handy weglegen, als sie die Mail bemerkte.

»*Holy shit*!«, rief sie genau in dem Moment, als ihre Mom die Tür aufmachte.

Sie riss sich die Kopfhörer aus den Ohren. »Was? Was ist denn passiert?«

Ava überflog die Mail ein zweites Mal, nur um sicherzugehen, dass sie nichts falsch verstanden hatte. »Oh mein Gott. Oh mein Gott.«

»Ava, was ist denn?« Die Kopfhörer baumelten um den Hals ihrer Mom, und Ava konnte die leisen Klänge von Vivaldis Fünfter oder so was Ähnlichem hören. Echt jetzt? Vivaldi? Der Power-Musikmix dieser Frau war ein klassisches Konzert? »Ava, du machst mir Angst.«

»Sorry, Mom. Nichts Schlimmes. Was Gutes. So was Gutes! Von der Coventry Art Gallery. Die haben mein Bild ausgewählt.«

Ava strahlte. Das brachte auch ihre Mom zum Strahlen, obwohl sie immer noch verwirrt war. »Moment. Wovon redest du da? Wofür ausgewählt?«

Es war nicht etwa so, dass ihre Mom vergessen hätte, dass Ava ein Bild bei einer großen Kunstgalerie eingereicht hatte oder einfach eine nachlässige Erziehungsberechtigte war. Vielmehr lag es daran, dass Ava sich nicht die Mühe gemacht hatte, sie darüber zu informieren, weil sie nie und nimmer damit gerechnet hatte, ausgewählt zu werden. Sie war sogar so wütend auf CJ gewesen, weil die sie gedrängt hatte, sich überhaupt zu bewerben. Am liebsten hätte sie CJ angeschrien, sie solle endlich aufhören, immer an sie zu glauben und sie zu Dingen zu bewegen, die CJ eigentlich nichts angingen. Aber jetzt hatte man sie ausgesucht. In der Mail stand, dass es über zweihundert eingereichte Werke waren, und ihres hatte man genommen.

»Das ist unglaublich«, sagte ihre Mom, nachdem Ava, endlich wieder zu Atem gekommen, ihr die ganze Mail vorgelesen hatte. »Das wird bestimmt ein Riesenspaß.«

Spaß? Es war eigentlich deutlich mehr als ein Spaß. »Die

Coventry Art Gallery besitzt einen richtigen Showroom.« Außerdem war das nicht irgendein alberner Wettbewerb für Teenies. »Jeder konnte dort etwas einreichen. Ich bin gegen professionelle Künstler angetreten.«

»Das ist fantastisch. Du kannst wirklich stolz auf dich sein«, sagte ihre Mom. »Und«, ihre Stimme überschlug sich jetzt vor Begeisterung, »das wird sich in deinen Collegebewerbungen toll machen.«

Es wäre für Ava eine perfekte Gelegenheit gewesen, ihrer Mom zu sagen, dass sie sich an der Kunsthochschule bewerben wollte. Wahrscheinlich würde es keinen perfekteren Moment mehr geben. Sie versuchte, sich mental darauf einzustimmen. *Komm schon, Ava. Du schaffst das. Du kannst das.* Sie machte den Mund auf. »Ja. Absolut«, sagte sie.

Ihre Mom warf einen Blick auf die Müslischale, die gefährlich wackelig auf der Couch stand. Ihre Mom mochte keine Schoko-Puffs, und besonders mochte sie keine Schoko-Puffs auf ihrer hübschen, mit hellem Stoff bezogenen Couchgarnitur. Doch sie hatte es schon lange aufgegeben, ihre einzige Tochter dafür zu kritisieren, was diese zu sich nahm und was sie auf die Möbel stellte. Also behielt sie die Schoko-Puffs nur fest im Blick, als könnte sie sie mit übersinnlicher Kraft daran hindern, verschüttet zu werden. Als Ava nach der Schüssel griff, entspannte ihre Mom sich endlich wieder.

»Ich sag dir was, Aves, diesen kleineren geisteswissenschaftlichen Universitäten wird dein eines schlechtes Halbjahr egal sein. Diese Galeriesache wird ihnen zeigen, dass du eine vielseitige Bewerberin bist.«

»Klar, Mom.« Ava wollte jetzt nicht über das eine schlechte Halbjahr reden. Nur ungern dachte sie an diese Zeit zurück. »Ich schreibe mal den Girls.«

»Okay«, sagte ihre Mom. »Dann lass ich dich mal.« Sie ging in Richtung ihres Zimmers, blieb aber vor der Tür noch kurz stehen. »Ach. Weil es mir gerade einfällt … Hast du heute Morgen dran gedacht, deine Tablette zu nehmen?« Ihre Stimme klang beiläufig, als wäre ihr der Gedanke wirklich eben erst gekommen. Dabei war es ihr nicht gerade eingefallen. Ihre Mom hatte eine Erinnerung auf ihrem Handy eingerichtet, die sich unter der Woche um sieben Uhr dreißig und an den Wochenenden um zehn Uhr morgens meldete. Nicht dass sie die gebraucht hätte. Ihre Mom vergaß das nie.

Ava vergaß es auch nicht. »Yup. Hab dran gedacht.«

»Ava.« Ava blickte auf. »Ich bin wirklich stolz auf dich.«

Ava tat sich schwer damit, Komplimente zu bekommen. Daher war sie erleichtert, als ihr Telefon sich meldete. »Das ist wahrscheinlich eine der Girls. Ich sollte …«

Ihre Mom nickte und ließ sie in Ruhe. Sobald die Zimmertür sich hinter ihr geschlossen hatte, öffnete Ava die Nachricht. Sie kam von einer Nummer, die sie nicht erkannte.

Glückwunsch zur Coventry Art Gallery!

Das musste jemand aus der Galerie sein. Die Kuratorin oder der Chef vielleicht.

Eine weitere Nachricht poppte auf:

Ich hab echt Respekt. Riesenrespekt.

Das klang nicht nach einem Erwachsenen aus der Kunstbranche.

Hab die Ankündigung auf dem Insta-Account der Galerie gesehen und es hat mich beinahe umgehauen, als ich deinen Namen las. Echt jetzt. Congrats.

Das war definitiv niemand aus der Galerie. Ava schrieb eine Antwort.

Wer ist da?

Sie betrachtete die blauen Pünktchen, während ihr geheimnisvoller Fan sich enttarnte.

Oh. Sorry. Das hätte ich als Erstes sagen sollen. Ich hab deine Nummer aus dem Jahrgangsverzeichnis. Hier ist Logan.

Ava antwortete ihm nicht.

Was es total peinlich machte, als sie ihn am Montag im Kursraum traf. Sie kam früh, doch Logan stand schon vor seiner Staffelei und starrte verunsichert auf das wilde Chaos, das sein Selbstporträt sein sollte. Anscheinend ließ sich sein Talent mit der Kamera nicht so einfach auf die Leinwand übertragen.

Mrs Simon strahlte, als Ava eintrat. »Ava! Komm mal her, du professionelle Künstlerin!«

»Sie haben wohl die Ankündigung der Galerie gesehen?« Ava war sich Logans Anwesenheit sehr bewusst. »Ziemlich cool, oder?«

»Das ist fantastisch. Und ein weiterer Beweis dafür, dass du dich an einer Kunsthochschule bewerben musst. Und nicht zwingend an der Rhode Island School of Design. Das Art Institute könnte sich auch glücklich schätzen, dich zu bekommen, falls du in Ohio bleiben willst.«

Ava warf einen flüchtigen Blick in Logans Richtung. »Ich werde drüber nachdenken«, versprach Ava leise.

Da klingelte es und Ava ging zu ihrer Staffelei.

»Hey«, sagte Logan.

»Hey«, sagte sie und schaute stur geradeaus.

»Du hast mir nicht auf meine Nachrichten geantwortet.«

»Ich … äh, hatte zu tun.«

»Anscheinend kam es dir sehr gelegen, dass du viel zu tun hattest, nachdem klar war, dass ich dir geschrieben hatte.«

»Nein. Ich war nur beschäftigt.«

»Das ganze Wochenende lang?«

»Yep.«

»Du musst ja schon ganz schön aufgeregt sein. Wegen der Ausstellung.«

Ava starrte weiter geradeaus. Wieso war er bloß so schlecht darin, Signale der Kommunikation zu entschlüsseln?

»Schätze, schon«, erwiderte sie kurz angebunden.

»Warum bist du so komisch?«

»Ich bin nicht komisch.«

Dabei benahm Ava sich total komisch. Sie konnte nicht anders. Wenn es um Logan Diffenderfer ging, wusste sie einfach nicht, wie sie sich sonst verhalten sollte.

»Meine Güte, Ava.«

»Was?«

»Ich bin echt total irritiert. Ich dachte, dir eine Nachricht mit einem Glückwunsch zu schicken, das wäre eigentlich eine nette Sache. Deshalb verstehe ich nicht, warum du so –«

Endlich drehte sie sich zu ihm, als wollte sie ihn herausfordern, den Satz zu beenden. Doch das tat er nicht. »Vergiss es. Dann … bewirbst du dich also an einer Kunsthochschule?«

Shit. Ava bohrte die Zehen fester in ihre Schuhsohlen, als sie es je im Leben getan hatte.

»Noch nicht entschieden. Das ist … kompliziert.«

»Warum ist das kompliziert?«

Avas Hand schoss in die Höhe. Sie würde darum bitten, mit ihrer Staffelei umzuziehen. Würde behaupten, dass ein Platz in der hintersten Reihe ihr lieber wäre. »Mrs Simon?«

Mrs Simon sah ihre Hand und winkte ihr kurz zu. »Einen Augenblick, Ava. Ich möchte allen noch einen neuen Auftrag geben.« Dann ging sie im Raum auf und ab, während sie sich an alle aus dem Kurs wandte. »Ich bin wirklich zufrieden mit den Fortschritten bei euren Selbstporträts, auch wenn einige von euch noch daran arbeiten müssen.« Kurz blieb sie hinter Logan stehen, dann setzte sie ihren Weg fort. »Doch insgesamt sehe ich ausgezeichnete Arbeiten. Deshalb ist es jetzt an der Zeit, in einen anderen Gang zu schalten. Ihr werdet entdecken, dass es eine Sache ist, ein Gesicht zu malen, das ihr ganz genau kennt. Es ist aber eine ganz andere Sache, die Züge eines Gesichts darzustellen, mit dem ihr noch nicht so vertraut seid. Ich denke, das wird eine interessante Herausforderung. Also legt nun eure Handspiegel weg und wendet euch der Person neben euch zu.«

Das konnte nicht wahr sein. Das konnte wirklich nicht wahr sein. Ava drehte sich nach rechts und stellte fest, dass Logan Diffenderfer sie anstarrte. »Tja«, stellte er fest, »das könnte echt lustig werden.«

»Was zum Teufel ist Avas Problem?«

Jordan schloss die Tür ihres Spinds und fand Logan Diffenderfer dahinter.

»Ganz im Ernst, warum ist sie immer so –« Jordan riss die Augen auf und kniff sie gleich darauf zusammen, sodass Logan seinen Mund schnell schloss.

»Immer so *wie*, Logan?«

»Ich bin immer nett zu ihr, und sie behandelt mich, als … als hätte ich ihren Welpen gekillt.«

»Sie hat keinen Welpen.«

»Du weißt, wie ich das meine.« Jordan warf sich ihren Rucksack über die Schulter und marschierte los. Er folgte ihr. »Komm schon. Warum ist sie so?«

Jordan wünschte, sie könnte ihm einfach sagen, was Ava mal erlauscht hatte. Er wäre bestimmt nicht begeistert zu hören, dass er sie damit verletzt hatte. Er würde sich schrecklich fühlen. An diesem Punkt wünschte sie sich, Ava würde es verstehen. Er war ein Typ, der etwas Gemeines gesagt hatte. Er war kein gemeiner Kerl. Aber so gern sie ihm das erklärt hätte – Jordan konnte Avas Vertrauen nicht missbrauchen. »Ich hab keine Ahnung, warum sie dich nicht mag«, sagte Jordan.

Logan seufzte. »Du lügst.«

Jordans Handy brummte, weil ein Anruf einging. Sie warf einen Blick auf die Nummer. »Oh mein Gott!«

»Was. Wer ist –«

»Still!« Sie räusperte sich. Dann räusperte sie sich noch mal. Anschließend holte sie tief Luft und nahm den Anruf entgegen. »Hier ist Jordan James«, meldete sie sich so gelassen und professionell wie möglich.

»Jordan James?«, echote Logan. »Mit wem redest du denn –«

Jordan hielt Logan mit einer Hand den Mund zu. Er wirkte überrascht. Zu überrascht, um zu versuchen, sie wegzuschieben.

»Schönen guten Tag Ms James«, sagte eine Männerstimme.

Das war der Bezirksrat. *Oh mein Gott.* Ihr Herz hämmerte. Dabei hatte sie die Interviewanfrage erst heute Morgen geschickt. Da hatte sie nicht erwartet, so rasch eine Rückmeldung zu bekommen.

»Jordan genügt.«

»Hi, Jordan. Mein Name ist Scott Mercer.«

Jordan nahm das als Dämpfer auf, fing sich aber gleich wieder. »Oh. Hallo ... Mr Mercer.«

»Scott genügt. Ich bin der Legislative Deputy, der Assistent von Bezirksrat Kenneth Lonner. Der Bezirksrat steckt gerade in Besprechungen wegen des Verbots von Plakatwänden. Daher, fürchte ich, wird er keine Zeit finden, mit Ihnen über den Park zu sprechen.«

»Oh, okay.« Jordan zuckte zusammen. Nicht nur weil ihre Stimme jung und kindlich geklungen hatte, sondern auch wegen ihrer Wortwahl. Eine echte Journalistin würde sich nicht einfach auf diese Weise abspeisen lassen. Eine echte Journalistin würde gehörig Druck machen. »Tja, was ich damit sagen will, wenn das so ist, dann werde ich den Artikel ohne einen Kommentar von ihm bringen müssen. Und in Anbetracht dessen, was ich da veröffentliche, würde ich vermuten, dass ein Kommentar ihm ein großes Anliegen wäre.«

Logan legte neugierig den Kopf zur Seite. Jordans Hand bewegte sich mit.

»Verstehe«, sagte Scott Mercer. Sie hörte Bewegung im Hintergrund. Jemand tippte in eine Tastatur. »Ähm ... kann ich sie kurz in die Warteschleife schicken?«

»Kein Problem.«

Jordan hörte es klicken. Da nahm sie die Hand von Logans Mund und vollführte an Ort und Stelle auf dem Schulflur einen kleinen Freudentanz. »Oh mein Gott. Ohmeingott, ohmeingott, ohmeingott.«

Logan wischte sich mit dem Ärmel über den Mund. »Was zum Teufel ist –«

Jordan presste sofort wieder die Hand auf Logans Mund, kaum dass es in der Leitung geklickt hatte.

»Jordan? Sind Sie noch dran?«, sagte Scott Mercer.

»Bin da.«

»Ich kann Ihnen Folgendes anbieten. Als Legislative Deputy des Bezirksrats bin ich mit dem Bauprojekt sehr vertraut und habe die Freigabe, in seinem Namen zu sprechen.«

»Oh«, sagte Jordan. »Das wäre eine, äh, annehmbare Lösung für mich.«

»Passt Ihnen Donnerstag um elf Uhr vormittags?«

»Absolut«, erwiderte sie rasch, bevor ihr einfiel, dass sie um diese Zeit Unterricht hatte. »Oh, Moment. Sorry. Ich habe gerade meinen Kalender konsultiert und gesehen, dass ich da bereits eine vorrangige, äh, Verpflichtung habe.« Er brauchte ja nicht zu wissen, dass ihre vorrangige Verpflichtung Englisch auf Collegeniveau war.

»Wie wäre es dann mit drei Uhr?«

Jordan überlegte. Das war perfekt. Das Büro der Schülerzeitung würde nach dem Unterricht leer sein. Dann konnte sie dort in Ruhe telefonieren.

»Drei Uhr geht gut.«

»Großartig. Ist das hier eine Handynummer?«

»Ja. Dann rufen Sie mich unter dieser Nummer an? Oder soll ich Sie anrufen und ...«

»Ich schreibe Ihnen noch eine Nachricht mit der Adresse des Büros vor Ort. Dort können wir uns treffen.«

Ein persönlicher Termin? Das würde nie funktionieren. Der Gedanke hinter der ganzen Sache war doch, dass er eben nicht sehen sollte, wie jung sie noch war. »Ehrlich gesagt, ähm –«

Rrrrrring!

»Was ist das denn?«, fragte Scott. »Das klingt wie eine Schulglocke.«

Das *war* eine Schulglocke. Sie klingelte direkt über Jordans Kopf. »Donnerstag ist prima. Wir sehen uns dann. Bye!«

Hastig legte sie auf. Logan nahm ihre Hand von seinem Mund. »Was war das gerade?«, fragte er.

Ihr Herz hämmerte. Das würde schon gut gehen. Sie konnte es hinkriegen. Sie konnte älter wirken. Sie konnte den letzten Kurs des Tages schwänzen. Das würde ihr mehr als genug Zeit geben, um noch quer durch die Stadt zu fahren. Es handelte sich um Amerikanische Geschichte, und da konnte sie sich immer die Notizen von Ava leihen. Obwohl – CJ machte die besseren Mitschriften. Das würde alles voll und ganz in Ordnung gehen.

»Äh, Jordan«, sagte Logan. »Hast du dieser Person am Telefon gerade zu verstehen gegeben, dass du über schädigende Informationen über das Bauprojekt verfügst?«

Oh, richtig. Das hatte sie auch noch getan.

»Shit«, sagte Jordan.

Am Nachmittag lernte CJ für ihre SATs an dem Schreibtisch, den sie geerbt hatte, als ihre älteste Schwester an die Brown University gegangen war. Jordan hatte alle Freundinnen gebeten, mit ihr shoppen zu gehen. Sie musste sich ein Outfit besorgen, in dem sie alt genug aussah, um jemanden zu interviewen, der sich Legislative Deputy nannte. Normalerweise hätte CJ sich mit in die Mall schleppen lassen, doch die SATs waren schon in wenigen Wochen. Also musste sie absagen. Ava war auch zu beschäftigt. Damit blieb von ihrem Team nur noch die arme Martha.

CJ blätterte durch ihren Riesenstapel Flash-Cards mit Vokabeln und starrte dann auf eines der Wörter. »Arboreal«. Sie kam sich wie eine Idiotin vor, weil sie sich nicht daran erinnerte, was das bedeutete. Dann drehte sie die Karte um und las die Definition: **von Bäumen oder mit Bezug dazu.** CJ versuchte es mit einem Trick, den sie im Vorbereitungskurs gelernt hatte, und visualisierte die Bedeutung des Worts. Sie stellte sich den großen Baum im Memorial Park vor, unter dem sie immer picknickten und dessen Laub sich im Herbst leuchtend orange und rot färbte. CJ fragte sich, ob er wohl gefällt werden müsste, um Platz für das Bürogebäude zu schaffen. Wahrscheinlich.

Jetzt, da sie wieder an den Park dachte, nagte etwas an ihr. Die Bauträgerin hatte die nachlassende Beliebtheit des Parks als Grund für seine Schließung angeführt. So behauptete sie, die Zahl der Besucher sei in den letzten zehn Monaten beträchtlich gesunken. CJ hatte der Frau geglaubt, aber wenn sie jetzt so überlegte, schien das nicht zu stimmen. Auf dem Weg zu Martha fuhr sie dauernd dort vorbei, und der Park war immer voller Kinder und Jugendlicher. Sie ging ins Netz und suchte nach Infos, um die Besucherzahlen zu verifizieren. Dabei stieß sie auf etwas sehr Interessantes. Die Öffnungszeiten des Parks waren jetzt andere. Früher war er bis 22 Uhr offengeblieben. Das war kürzlich geändert worden. Vor zehn Monaten, um genau zu sein. Jetzt schloss der Park bei Sonnenuntergang. Im Winter konnte das schon gegen vier Uhr sein. Es gab noch weitere Informationen und CJ las weiter.

»Holy shit«, murmelte sie schließlich.

So schnell sie konnte, wählte sie Jordans Nummer. Als Jordan nicht ranging, probierte sie es bei Martha.

»Hey«, meldete die sich.

»Gib mir mal Jordan.«

»Ich freue mich auch, dich zu hören.«

»Ich hab was Unglaubliches gefunden.«

»Trotzdem musst du die Regeln der Höflichkeit einhalten. Jordan hat inzwischen zehntausend Röcke anprobiert und ich langweile mich zu Tode. Dafür schuldest du mir was.«

»Ich glaube, der Bezirksrat hat aktiv versucht, den Park kaputtzumachen.«

»Was? Bleib dran.« CJ hörte Geraschel und dann wieder Marthas Stimme, aber aus der Ferne und hohl. »Du bist jetzt auf Lautsprecher. Jordan steht hier neben mir. Soll ich Ava noch per Konferenzschaltung dazu holen?«

»Ja, mach das.«

Ava war gerade im Büro ihrer Mutter und lernte mit ihrer schicken Französischnachhilfe. Oder vielleicht war es auch die schicke Mathenachhilfe. Ihre Mom engagierte jede Menge schicker Nachhilfen. CJ wartete ungeduldig und aufgeregt, dass die Verbindung sich aufbaute.

»Wir sind alle da«, vermeldete Martha.

Ava wollte gerade Hallo in die Runde sagen, aber CJ fiel ihr ins Wort. »Ich glaube, der Bezirksrat hilft der Bauträgerin, den Park kaputtzumachen. Ist so was erlaubt?«

»Was?«, fragten die drei anderen im Chor.

CJs Handy meldete einen eingehenden Anruf. Sie checkte die Nummer. Das war Wyatt, ihr neuer Boss bei Sensational Recreational. Sie wusste nicht, warum er anrief. Sie fing erst nächste Woche dort an.

»Ich muss diesen anderen Anruf annehmen«, erklärte CJ.

»Warte, nein, leg noch nicht auf«, antwortete Jordan.

»Ich muss. Aber ich schicke euch einen Link. Der Grund, warum die Besucherzahlen des Parks so gefallen sind, ist, dass jemand die Öffnungszeiten zusammengestrichen hat. Ratet mal, wer?«

»Wer –?«, riefen drei Stimmen, bevor CJ das Gruppentelefonat mit einem Klick verließ.

»Hallo?«, meldete sie sich, bemüht, ruhig zu klingen, obwohl sie total aufgebracht war. Es war schließlich nicht irgendwer, der die Öffnungszeiten des Parks radikal verkürzt hatte. Es war der Bezirksrat. Warum machte man so was, außer wenn man wollte, dass der Park verschwand?

»Clarke. Ich hoffe, ich rufe nicht ungelegen an.« Er sprach laut, schrie regelrecht gegen irgendwas an, das im Hintergrund passierte. Es klang wie Kreischen.

»Was ist das?«

»Nichts Wichtiges. Ich weiß, dass du erst nächste Woche anfängst, aber gibt es irgendeine Möglichkeit, dich zu überreden, schon früher zu kommen?«

»Äh … ich weiß nicht … wie früh denn?«

CJ hörte ein Krachen und dann noch mehr Geschrei. Genau in dem Augenblick, als sie sagte: »Oh mein Gott, was ist das?«, fragte er: »Wie schnell kannst du hier sein?« Dann sagten sie gleichzeitig: »Was?« Danach trat eine Pause ein.

»Du zuerst«, meinte Wyatt schließlich.

»Was sind das für Geräusche?«

»Das, Clarke, sind die Geräusche spielender Kids. Also, wie schnell kannst du hier sein?«

Fünfzehn Minuten später bog CJ auf den Parkplatz des Freizeitzentrums ein. Sobald sie ausgestiegen war, hörte sie das Geschrei. Es kam aus der Sporthalle. CJ schloss rasch ihren Wagen ab und überquerte, halb rennend, den Parkplatz. Als sie die Doppeltüren aufriss, war sie überrascht – Wyatt hatte die Wahrheit gesagt. Das waren wirklich die Geräusche spielender Kinder. Ungefähr ein Dutzend Jungen in Rollstühlen waren auf dem Basketballfeld verteilt und spielten etwas, von dem sie später erfuhr, dass es Flag Rugby hieß. Das Ganze war total verwirrend, voll brutal, und die Jungs liebten es.

CJ sah Wyatt in einem gestreiften Schiedsrichter-Shirt das Geschehen auf dem Feld verfolgen. Hin und wieder blies er in die Pfeife, die um seinen Hals hing, woraufhin die Jungs entweder jubelten oder lautstark protestierten. Als Wyatt sie bemerkte, winkte er CJ zu sich.

»Clarke«, sagte er, als sie auf ihn zukam. »Wo hast du so lange gesteckt?«

War das sein Ernst? Sie konnte es sich nicht vorstellen. Aber vielleicht ... »Äh, ich bin direkt hergefahren. Aber ich bin sofort startklar. Wo brauchst du mich?«

Wyatts Aufmerksamkeit war von irgendwas auf dem Spielfeld gefesselt und er blies so laut in seine Pfeife, dass CJ vor Schreck zusammenfuhr. »Sorry«, sagte er. Anschließend schrie er einem der Jungen etwas zu, der erst ein bisschen maulte, bevor er schließlich die Strafe akzeptierte. Wyatt drehte sich wieder zu CJ: »Es tut mir echt leid, aber anscheinend habe ich dich für nichts und wieder nichts herkommen lassen. Es hat eine Krise gegeben, aber die ist schon vorbei.«

»Was ist denn passiert?«

»Es ging um Dakota. Mein einziges Mädchen. Sie war unglücklich. Also, so richtig unglücklich. Und ich dachte, du könntest vielleicht kommen und das unter Frauen regeln.

Du weißt schon, der Punkt, mit dem du mich beim Vorstellungsgespräch überzeugt hast. Damit sie sieht, dass das hier eigentlich Spaß macht. Ich meine, sieht das nicht nach Spaß aus?«

CJ beobachtete, wie zwei Jungs zusammenkrachten und daraufhin in kreischendes Gelächter ausbrachen. Das sah tatsächlich nach Spaß aus.

Wyatt pfiff. »Jungs, Jungs. Das ist Flag Rugby! Kein Kontakt!« Er drehte sich wieder zu CJ. »Dakota hat uns, ganz kurz bevor du aufgetaucht bist, geghostet.«

»Oh mein Gott.« Jetzt machte CJ sich Sorgen. »Soll ich sie suchen? Hast du eine Ahnung, wo sie hinwollte?«

»Ja. Nach Hause. Mit ihrer Mom.«

CJ entspannte sich. »Oh, aber du meintest doch, geghostet.«

»Ja, sie hat uns geghostet.«

»Wenn sie dir gesagt hat, wohin sie will, ist das aber kein Ghosten. Ghosten bedeutet, ohne Erklärung verschwinden. So, wie du das vielleicht machst, wenn du jemanden datest.«

»Also, so was würde ich beim Daten niemals machen. Das ist ja fürchterlich. Also ich benutze den Begriff anders. Aber ich respektiere deinen coolen Teenie-Slang.«

»Du weißt schon, dass du nur zwei Jahre älter bist als ich, oder?«

»Das sind entscheidende Jahre.«

CJ warf ihm einen vielsagenden Blick zu.

»Wie auch immer. Sorry, dass ich dich davon weggeholt habe, womit du gerade beschäftigt warst. Hoffentlich nichts Wichtiges.«

»Alles gut«, beruhigte CJ ihn und versuchte, unbekümmert zu klingen. Dabei wollte sie nichts lieber als wieder nach Hause fahren. Inzwischen waren ungefähr tausend Nachrichten ihrer Freundinnen eingegangen. Die meisten ausschließlich in Großbuchstaben. Sie war sich ziemlich sicher, dass sie einer großen Sache auf der Spur waren. »Dann sehen wir uns Montag, ja?«

»Warte. Wo du doch schon mal da bist, bleib noch ein bisschen. Ich will dich den Jungs vorstellen.« Wyatt blies in seine Pfeife. »Jungs! Time out! Kommt mal alle her, damit ihr Clarke kennenlernen könnt.«

CJ folgte ihm aufs Spielfeld. »Du weißt, dass ich CJ genannt werde?«

Martha konnte nicht glauben, was CJ rausgefunden hatte. Und sie konnte auch nicht glauben, dass sie die einzige verfügbare Freundin war, die Jordan an diesem Nachmittag durch die Mall zerrte. Normalerweise arbeitete sie montags, aber das war, bevor Victoria aufkreuzte und ihr ganzer Dienstplan auf den Kopf gestellt wurde, wie es der Nichte ihres Chefs eben passte. Martha beschloss, wenigstens das Beste draus zu machen, wenn sie schon im Einkaufszentrum festsaß. Während Jordan also einen Bleistiftrock und eine langweilige weiße Bluse bezahlte, die sie älter wirken ließen, schaute Martha rasch in der Fressmeile vorbei. Dort wollte sie etwas Chinesisches für sich und ihren Dad zum Abendessen besorgen. Er war als Koch ein hoffnungsloser Fall und würde wahrscheinlich an Unterernährung sterben, wenn Martha jemals von zu Hause auszog.

Auf dem Weg durch die Mall versuchte sie zu verarbeiten, was CJ herausgefunden hatte. Zuerst hatte sie es für keine große Sache gehalten. Doch dann hatte Jordan ein Bild von einem Whiteboard wie für einen Serienmörder hochgeladen, das sie in ihrem Zimmer stehen hatte. Sie benutzte es, um alles festzuhalten, was sie über den Bezirksrat rausbekommen hatte. Das war total umfassend. Und irgendwie unheimlich. Sie hatte die Namen aller politischen Spender des Bezirksrats und die Daten der Spenden aufgeführt. Die Bauträgerin schien ihm einen ziemlich fetten Betrag gespendet zu haben – gerade mal zwei Wochen bevor er die Öffnungszeiten des Parks verkürzte. Das war schon seltsam. Obwohl Martha etwas anderes, das sie auf dem Whiteboard entdeckt hatte, wütender machte. Jordan hatte auch seine Haltung zu einer bevorstehenden Abstimmung über die Erhöhung des Mindestlohns notiert. Er war dagegen. Genau hatte sie sich mit dem Thema bisher nicht beschäftigt, doch sie meinte, sich zu erinnern, dass es um eine lokale Initiative zur Anhebung des Mindestlohns um fünfzig Cent ging. Martha regte sich heftig darüber auf, dass er sich dagegen aussprach. Dabei würden diese fünfzig Cent pro Stunde für manche Leute tatsächlich einen Unterschied machen. Für sie selbst mit Sicherheit. Vor allem, wenn diese Victoria ihr weiterhin Stunden wegschnappte.

»Du siehst aus wie jemand, der demnächst mit der Schule fertig ist«, sagte eine Männerstimme direkt vor ihr.

Martha blickte auf, um zu sehen, wer sie da ansprach. Sie zuckte innerlich zusammen, als sie denjenigen erkannte.

Staff Sergeant Broderick stand vor dem Army Recruitment Center. So ein Anwerbebüro gab es so ziemlich in jeder Mall, die sich in einer Stadt mit hohem Anteil einfacher Arbeiter befand. Sein Name stand zwar nicht auf der Uniform, doch sie kannte ihn von der Visitenkarte, die er ihr schon mal gegeben hatte. Mehrmals, um genau zu sein. Immer versuchte er, sie in ein Gespräch zu verwickeln und schien sich trotzdem ihr Gesicht nie zu merken. Nachdem das zweimal passiert war, recherchierte Martha ein bisschen im Netz. Da erfuhr sie, dass man von ihm erwartete, monatlich eine gewisse Anzahl von Rekruten anzuwerben. Das erklärte sein offensives Verhalten. Sie las auch, dass fünfunddreißig Jahre das Höchstalter für einen Eintritt in die Army war.

»Nein«, sagte Martha. »Ich hab die Highschool schon vor einer Weile abgeschlossen. Ich bin sechsunddreißig. Sorry.«

»Haha«, sagte er fröhlich. »Der war gut. Also was hast du nach der Schule vor? Willst du kurz reinkommen und dich darüber unterhalten?«

Martha wollte nicht. Im Rekrutierungsbüro saß eine Frau in Uniform an einem der Schreibtische. Aus Versehen fing Martha ihren Blick auf, als sie nach einem Fluchtweg Ausschau hielt. Die Frau war ein bisschen älter, vierzig vielleicht, und machte einen sachlichen Eindruck, was Martha gefiel. Ihr gefiel auch, dass sie das Gespräch zu beobachten und über Staff Sergeant Broderick mit den Augen zu rollen schien.

»Was weißt du eigentlich so über die Army?«, fragte Broderick in kumpelhaftem Ton.

»Tja«, sagte Martha, »ich weiß, dass sie seit Jahren ihr Rekrutierungsziel bei Frauen nicht erreicht.« Das hatte sie auch im Netz gelesen. »Daher weiß ich, dass ihr ganz scharf auf Leute wie mich seid.«

Die Frau im Büro schaute wieder zu ihnen herüber.

»Das stimmt genau«, sagte Broderick. »Deshalb bieten wir dir auch vierzig Riesen in Form von Boni zusätzlich zur Übernahme von Studienkrediten.«

Da musste Martha doch vor Staunen die Kinnlade runtergefallen sein, denn er fasste das als positives Signal auf.

»Komm rein und lass uns drüber reden.«

Martha schüttelte nur den Kopf und verschwand.

KAPITEL 6

Am Donnerstagmorgen stand Jordan vor dem Badezimmerspiegel und versuchte herauszufinden, wie sie die violetten Strähnen in ihrem Haar am besten kaschieren könnte. Für später hatte sie ihr neues Outfit sorgsam im Rucksack verstaut, doch sie fürchtete, die bunten Haare würden trotzdem ihr wahres Alter verraten. Sie hatte sich an einem YouTube-Video für einen gepflegten, aber zugleich lässigen Dutt orientiert. Als sie jetzt einen Schritt zurücktrat und stirnrunzelnd das Ergebnis betrachtete – das weder gepflegt noch lässig aussah –, kam ihr kleiner Bruder ins Bad.

»Verdammt, was hast du mit deinen Haaren angestellt?« Lucas war in der achten Klasse und ging immer sofort auf Konfrontationskurs.

»Nichts hab' ich angestellt, und jetzt raus hier.«

»Du siehst übel aus.«

»Mom!«, rief Jordan. Ihre Mutter tauchte an der Badezimmertür auf. Ihr schickes Kostüm passte so gar nicht zu den alten Clogs, die ihr als Hausschuhe dienten. Sie vermied es immer so lange wie irgend möglich, in High Heels schlüpfen zu müssen. »Sag Lucas, er soll mich in Ruhe lassen.«

»Lucas, Abmarsch«, sagte ihre Mom.

Er verdrehte die Augen und ging, während er irgendwas

von wegen Frauen murmelte. Jordan zeigte auf ihren Kopf und drehte sich zu ihrer Mutter um. »Hilf mir.«

»Was soll das denn werden …« Neugierig musterte sie den Dutt. »Was hast du vor?«

»Keine Ahnung. Ich will einfach das hier verstecken.« Verzweifelt zog sie an den violetten Strähnen. »Ich muss professionell aussehen.« Jordan hatte ihr von dem Termin mit dem Legislative Deputy erzählt. Sie erzählte ihrer Mom immer alles.

»Du musst nicht versuchen, wie eine Person auszusehen, die du nicht bist. Der erwartet doch eine Schülerin, keine Reporterlegende wie Barbara Walters.«

Okay, vielleicht hatte sie ihr doch nicht alles erzählt. Dass sie ihm vorgemacht hatte, sie wäre älter, hatte sie kurzerhand weggelassen. »Bitte, Mom, ich habe heute auch meinen Termin mit der Collegeberaterin. Und ich fürchte, dass sie mich nicht ernst nimmt.«

Das war wirklich wahr. Jordan war schon nervös aufgewacht. Sie wusste, dass ihre erste Wahl von Unis vielleicht unrealistisch war. Sie hatte allerdings keinen Plan, was sie der Beratungslehrerin antworten sollte, falls die genau das feststellte. »Ich möchte, dass sie mich ansieht und jemanden sieht, der schon … keine Ahnung … wie vom College wirkt.«

»Ach, Süße, du siehst schon so viel mehr nach College aus als die Hälfte der Chaoten, die mit mir auf der Schule waren. Aber okay. Ich verstehe schon. Setz dich mal hin.«

Jordan ließ sich gehorsam auf dem Badewannenrand nieder und drehte ihrer Mom den Rücken zu. Dann schüttelte sie die Haare aus und ihre Mom fuhr mit den Fingern hindurch. Dieses Gefühl liebte Jordan wie sonst nichts auf der Welt. Es beruhigte sie und dämpfte ihre Bedenken wegen des

Interviews. Weiter konnte sie nichts tun. Die ganze Woche über hatte sie wieder und wieder geübt. Ihre Freundinnen mussten in die Rolle des Legislative Deputy schlüpfen. Ihr Plan sah vor, dass sie ihm erst einmal ein paar harmlose Fragen stellen wollte, damit er sich wohlfühlte. Danach würde sie ihn mit allem konfrontieren, was sie wusste, um zu sehen, wie sehr er zusammenzuckte.

Ihre Mom arbeitete schnell und nahm Jordans Haar mit einem feinen Kamm am Oberkopf zusammen. Sie beherrschte das großartig, denn als Jugendliche hatte sie gefühlt zehntausend Stunden damit verbracht, an all ihren Freundinnen zu üben. Sie war in einer fast ausschließlich Schwarzen Community aufgewachsen, wo fast alle solche Haare wie sie selbst hatten. Manchmal fragte Jordan sich, wie das sein mochte. Da musste es einen gemeinsamen Code und ähnliche Erfahrungen geben. Sie hätte nicht das Gefühl, angestarrt zu werden, wenn sie ihre eigene Straße entlangging. Ihr Viertel war zwar nicht ganz so weiß wie Avas – das war geradezu erschreckend weiß –, aber sie fiel trotzdem auf.

»Lass dir von dieser Beratungslehrerin deine ehrgeizigen Ziele nicht ausreden«, meinte ihre Mom, während sie weiter kämmte. »Mir ist egal, ob sie die Columbia oder die Northwestern für zu ambitioniert hält. Es kann absolut nicht schaden, sich trotzdem dort zu bewerben.«

Daran wollte Jordan jetzt nicht denken. Sie wollte einfach nur entspannt genießen, wie sie vor ihrer Mom auf dem Rand der Badewanne saß. »Können wir über irgendwas anderes reden? Ich bin sowieso schon nervös.«

»Worüber möchtest du reden?«

Jordan zuckte mit den Achseln. »Keine Ahnung. Irgendwas.«

»Okay, da weiß ich was.« Jordan hörte der Stimme ihrer Mom an, dass sie lächelte. »Wie geht's Logan Diffenderfer?«

Jordan versuchte, den Kopf so weit zu drehen, dass sie ihrer Mom einen finsteren Blick zuwerfen konnte. »Ihm geht's gut, Mom.«

Ihre Mutter mochte Logan. Er war höflich und charmant, konnte sich mit Erwachsenen unterhalten. Zudem hatte er kein Problem damit, wenn Jordan neben ihm glänzte. Einmal hatte sie mitbekommen, wie er strahlte, als Jordan von einem Schülerzeitungspreis erfuhr, den sie gewonnen hatte. Irgendwie war sie überzeugt davon, dass Jordan und Logan eines schönen Tages heiraten würden. Was aus ungefähr einer Million Gründe lächerlich war. Und überhaupt, wer heiratete denn heutzutage noch jemanden, den er oder sie auf der Highschool kennengelernt hatte?

»Ava hasst ihn immer noch, Mom. Aber danke, dass du gefragt hast.«

Jordan könnte niemals jemanden daten, den eine ihrer Freundinnen verabscheute.

»Na schön«, sagte ihre Mom. »Aber eines Tages wird sie damit aufhören. Ich finde ja nur, dass er ein sehr netter Junge ist.«

»Ist angekommen.«

Ihre Mom war mit der Frisur fertig und sagte: »Voilà.« Jordan drehte sich zum Spiegel um. Die Strähnen waren fast vollständig unter anderen Partien versteckt. Man konnte sie zwar noch erkennen, aber nur, wenn man sehr genau hinsah. Und Jordan bezweifelte, dass ein Legislative Deputy so genau hinsah.

Martha nahm an diesem Nachmittag den Bus zur Arbeit. Eigentlich hätte Ava sie hinfahren sollen, aber sie hatte ihr mit einer kryptischen Nachricht abgesagt. Sie müsse passen, weil Logan Diffenderfer gerade ihr Leben ruiniere.

Martha stieg an ihrer Haltestelle aus und lief die drei Häuserblöcke bis zum Kino. Erstaunlicherweise war der Eingang nicht zugeschlossen. Drinnen begrüßte Victoria sie aufgekratzt mit ihrem leicht britischen Akzent. »Good afternoon.«

»Hab ich mich mit dem Dienstplan vertan?«, fragte Martha und klang dabei eindeutig genervt. »Ich dachte, ich soll heute arbeiten.«

An den Nachmittagen unter der Woche war normalerweise nur eine Mitarbeiterin vorgesehen. Und Martha konnte es sich nicht leisten, dauernd auf Stunden zu verzichten.

»Ja. Ich meine, ja, du sollst heute arbeiten. Nein wäre die passende Antwort auf deine Frage gewesen, ob du dich mit dem Dienstplan vertan hast.«

»Hä?«, machte Martha verständnislos.

»Ich bin nur hier, um mir den Film anzusehen.« Victoria verlagerte ihr Gewicht von einem Fuß auf den anderen. Sie trug pinkfarbene Jeans, wie Martha sie noch nie an jemandem gesehen hatte. Ich kann auch bezahlen. Soll ich zahlen? Uncle Ben hat mir nicht gesagt, ob wir gratis reindürfen.«

»Dürfen wir nicht. Aber ich drücke ein Auge zu.«

Martha ging zum Ticketschalter und begann, alles vorzubereiten. Victoria folgte ihr. »Und, wie geht's so?«, fragte Victoria.

Martha hasste Smalltalk. »Schönes Wetter heute«, sagte sie tonlos und in der Hoffnung, dass Victoria den Wink verstand.

Das tat sie nicht. »Interessant. Ich finde es auch schön. So viele Leute beklagen sich ja über die Luftfeuchtigkeit, aber mir ist das immer noch viel lieber als diese trockene Kälte.«

Martha musste einsehen, dass sie um eine Unterhaltung nicht herum kam, ob ihr das nun gefiel oder nicht. Also konnte sie genauso gut ein paar Informationen einholen. »Hey, kann ich dich mal was fragen? Woher stammt dein Akzent? Der ist irgendwie …« Sie wollte schon »abartig« sagen, entschied sich dann aber für »schwer einzuordnen«.

»Also, meine Mum ist Amerikanerin. Aber ich nenne sie ›Mum‹, weil ich in London geboren bin. Dad ist Brite. Aber wir sind nach Paris gezogen, als ich fünf war. Dort besuchte ich eine englischsprachige Schule, aber die Lehrkräfte waren fast alle aus Kanada. Nach Paris ging's wieder nach London. Dann hierher.«

»Wie um alles in der Welt endet man dann in Cleveland?«

»Wegen einer hässlichen Scheidung«, erklärte Victoria. Dann fügte sie noch schnell hinzu: »Nicht ich, sondern meine Eltern.«

»Klar. Hab ich mir schon gedacht.« Sie erzählte Victoria nicht, dass die Scheidung ihrer Eltern auch hässlich gewesen war.

Victoria schnappte sich eine Schachtel mit Schokoriegeln aus dem Vorratsschrank und begann, den Verkaufsständer aufzufüllen.

»Das musst du nicht machen«, meinte Martha. »Außerdem fängt der Film gleich an, und ich glaube nicht, dass irgendwer aufkreuzen wird, der sich eine dreistündige Doku über urbane Landwirtschaft anzuschauen.«

Victoria verzog das Gesicht. »Die läuft jetzt? Das wusste ich nicht mal.«

»Warum bist du dann da?« Martha merkte selbst, dass ihre Frage ein bisschen ruppig klang. »Ich meine, klar, das ist ein freies Land. Du kannst abhängen, wo du willst. Aber warum hier?«

Victoria zuckte mit den Achseln. »Ich musste zu Hause raus.«

»Oh, sorry. Alles okay?«

Victoria schichtete die Schokoriegel sorgfältig übereinander, sodass die Aufschriften alle in die gleiche Richtung zeigten. »Alles gut. Es ist auch nicht so, als würde ich vor irgendwas Dramatischem flüchten. Eigentlich nur vor der Langeweile. Wir sind erst vor einem Monat hergezogen. An meiner neuen Schule redet kein Mensch mit mir.«

»Auf welche gehst du?«

»Hawthorne Academy«, sagte Victoria. »Kennst du die?«

»Ja.« Dort hatte Avas Mom sie nach allem, was in der Siebten passiert war, hinschicken wollen. Die Schule war für ihre strengen Lehrkräfte genauso berühmt wie für die fetten Bankkonten ihrer Schülerinnen und Schüler Gerüchte besagten, dass jeder dort einen BMW fuhr und einen Amphetamine-Dealer mit Kurzwahl in seinem Handy gespeichert hätte.

»Nicht gerade ein einfacher Ort, um die Neue zu sein. Und ich bin so quasi Expertin, was das angeht. Hier. Lass mich das machen.«

Victoria nahm sich zwei große Packen Papierservietten, um die Serviettenhalter aufzufüllen.

»Lass mal. Du wirst jetzt doch nicht mal dafür bezahlt.«

Zumindest hoffte Martha das. Es machte sie immer noch nervös, dass dafür vielleicht etwas von ihren Stunden abgezogen wurde.

»Das macht mir nichts aus.«

Victoria lächelte und Martha bemerkte zum ersten Mal, wie hübsch ihre Kollegin war. Zwar war sie definitiv seltsam. Aber auf eine witzige Art seltsam.

»Erzähl mir doch mal, was man in Cleveland Cooles unternehmen kann. Ich versuche immer noch, mich hier zurechtzufinden.«

»In Cleveland kann man nichts Cooles unternehmen.«

Marthas Handy brummte. Wahrscheinlich war das Jordan. Die hatte versprochen, ihr zu schreiben, sobald das Interview vorbei war. Martha war schrecklich gespannt, zu hören, wie es gelaufen war. Jetzt griff sie so hektisch nach ihrem Telefon, dass es ihr aus der Hand rutschte. Victoria bückte sich gleichzeitig mit ihr, um es aufzuheben. Wundersamerweise stießen sie dabei nicht mit den Köpfen zusammen. Ihre Fingerspitzen berührten sich allerdings kurz.

»Sorry«, sagte Martha. »Ich warte auf eine wichtige Nachricht.«

Sie checkte ihr Handy und fand eine Nachricht von Jordan.

Der verspätet sich total. Ich warte hier immer noch in der Eingangshalle. Jetzt muss ich mal pinkeln, aber ich fürchte, wenn ich aufs Klo gehe, kreuzt er auf, um mich zu holen, und denkt, ich bin schon gegangen. WAS MACH ICH BLOSS?

»Alles okay?«, fragte Victoria.

»Ja«, meinte Martha lachend. »Manchmal glaube ich, meine Freundin hat echt alles im Griff, und manchmal wieder so gar nicht.« Martha schrieb schnell eine Antwort.

Geh pinkeln, du Dummkopf.

»Also«, wandte sie sich dann wieder an Victoria, »welchen Elternteil hast du bekommen? Bei der Scheidung?«

Sie nahm richtigerweise an, dass jedes Scheidungskind wusste, was diese Frage bedeutete.

»Meine Mum. Dad ist noch in London.«

»Ich meinen Dad. Meine Eltern sind nämlich auch geschieden.«

»Sorry.«

»Schon okay. Mit der Zeit wird es leichter. Ich weiß ja nicht, wie weit ihr schon seid. Aber irgendwann ist es normal. Seltsam normal.«

»Das hoffe ich. Bei den beiden lief es nie so toll. Deshalb war es unvermeidlich. Dad hat ständig gearbeitet, daher ist es jetzt nicht viel anders, dass er nicht da ist. Cleveland war die größte Umstellung. Eine ziemlich einsame Sache. Ich glaube, deshalb hat Uncle Benny mir den Job angeboten. Er hat mir erzählt, wie cool du bist. Ich glaube, er wollte da was für mich arrangieren.«

Martha schluckte. Schwer. »Oh.«

»Weil ich doch Freunde brauche.«

»Oh«, machte Martha gleich noch mal. Dann brummte ihr Handy. »Halt den Gedanken kurz fest.« Martha las die Nachricht. »Oh-oh.«

»Was passiert?«

Jordan hatte eine Nachricht nur aus Großbuchstaben geschickt.

RIESEN DUCKING PROBLEM.

Victoria spähte über Marthas Schulter. »Was ist ein Ducking Problem? Irgendwas speziell Amerikanisches?«

Martha war sich todsicher, dass Jordan nicht »DUCKING« hatte schreiben wollen.

Ava und Logan sahen einander gerade tief in die Augen, als sie ihr Telefon summen hörte. »Da sollte ich rangehen«, setzte sie an.

Logan schüttelte den Kopf. Irgendwie schaffte er das, ohne den Blickkontakt zu verlieren. Das war, ehrlich gesagt, ein bisschen beunruhigend. »Wir sollen doch nicht weggucken.«

»Wahrscheinlich ist das Jordan«, sagte sie, ihm weiter in die Augen schauend. »Vielleicht ist ihr Interview mit diesem Typen von der Stadt zu Ende.«

»Willst du das hier etwa noch mal von vorne anfangen? Ich nämlich todsicher nicht.« Sie machten mit dem Anstarren weiter. Nach etwa einer Minute schweifte Avas Blick langsam ab. »Nope«, sagte Logan. »Hier bleiben.« Er machte mit zwei Fingern ein V und deutete auf seine Augen.

Ava hasste das. Dabei machte sie Mrs Simon keinen Vorwurf, weil sie sie beide nach dem regulären Unterricht noch dabehielt. Sie wusste, dass ihr Porträt von Logan unterdurchschnittlich war. Sie hatte es hingeschludert, weil sie es einfach nur hinter sich bringen wollte.

»Das ist abartig«, meinte Ava.

»Ich weiß.«

Ava hatte erwartet, dass Mrs Simon ihnen beiden konkretere Hinweise dazu geben würde, wie sie den Schatten der Nase oder den Hals malen sollten. Nicht gerechnet hatte sie mit der Aufforderung, sich fünfzehn Minuten lang in die Augen zu blicken.

Logan kratzte sich am Arm. »Wie viel, denkst du, ist schon vorbei?«

Ava hatte den Timer ihres Handys gestellt, aber sie konnte nicht draufschauen, ohne den Blickkontakt zu unterbrechen. »Keine Ahnung.«

»Oh, warte«, sagte Logan. »Wenn du deinen Kopf ein Stückchen nach links bewegst, kann ich die Uhr hinter dir sehen.«

Ava neigte den Kopf, ohne die Blickrichtung zu ändern. Logan stöhnte. »Was? Was ist denn?«

»Drei Minuten«, jammerte er. »Es sind erst drei Minuten.«

Ava wäre am liebsten aus der Haut gefahren. Vielleicht noch eine Minute verstrich. Das Schweigen war fast so schlimm wie das Starren. Logan musste das auch merken, denn er schlug vor: »Lass uns gegenseitig Fragen stellen.«

»Okay. Was ist deine Lieblingsfarbe?«

»Grau.«

»Grau? *Grau*?«

»Ja. Grau. Hast du ein Problem mit Grau?«

»Das ist keine Farbe.«

Logan schaffte es irgendwie, mit den Augen zu rollen, ohne den Blick von ihr zu wenden. »Na schön. Akzeptierst du Blau?«

»Klar. Jetzt frag du mich was.«

»Warum hasst du mich eigentlich so?«

Sie sagte nichts.

»Komm schon«, meinte er. »Das ist meine Frage. Du musst antworten.«

»Schön. Weil du nervst.«

Das war nicht gelogen. Es war nur nicht die ganze Wahrheit.

»Wie auch immer. Du bist dran.«

»Lieblingsessen?«, fragte sie.

»Baked Ziti, wie mein Vater sie macht. Das ist der patentierte Pastaauflauf der Familie Diffenderfer. Deine Fragen sind schrecklich. Frag mich mal was Richtiges.«

»Du bist dran«, sagte Ava.

Logan überlegte eine Sekunde. »Okay. Ich weiß eine. Wer ist die Frau auf dem Bild? Auf deinem Selbstporträt?« Er deutete mit dem Kopf darauf.

»Tja, es heißt Selbstporträt, weil – «

»Ich weiß, weil du das bist. Ich meine aber die Frau im Hintergrund.«

Ava zögerte.

»Wir können uns aber auch die ganze Zeit nur bescheuerte Fragen stellen«, sagte Logan. »Wie du willst.«

»Das ist meine Mom. Nicht meine Adoptivmutter. Meine leibliche.«

»Oh.«

»Ich weiß nicht, wie sie aussieht. Ich nehme an, dass sie braune Haare und braune Augen hat und wahrscheinlich ein bisschen Ähnlichkeit mit mir hat. Aber ich weiß es nicht wirklich. Deshalb habe ich sie so unscharf gemalt.«

»Das ist ... echt cool«, erwiderte er. »Willst du das bei der RISD einreichen?«

»Ich bin wieder mit Fragen dran.«

Sie überlegte kurz und Logan seufzte. »Meine Lieblingssportdisziplin ist Laufen. Mein Lieblingsbuch *Der Fänger im Roggen*. Meine Lieblingsband ist Amen Dunes. Mein Lieblings-«

»Warum bist du aus dem Physikkurs ausgestiegen?«

Logan machte erst mal den Mund wieder zu.

»Warum?«, fragte sie. »Das will ich wissen.«

Er hielt ihren Blick fest, während er antwortete. »Weil ich eine Panikattacke hatte.«

Sie blinzelte. »Oh«, sagte sie. Und dann: »Ich wollte nicht – «

»Ist schon gut. Ich meine, es ist nicht gut, dass ich eine Panikattacke hatte. Aber so war es eben. Meine Mom war da und ist ausgeflippt. Sie wollte, dass ich zu einem Therapeuten gehe, aber ... kommt gar nicht infrage.«

Es kostete Ava die größte Mühe, nicht auf ihre Füße zu starren.

»Also meinte sie, wenn ich zu keinem Therapeuten gehen will, müsste ich mich in der Schule entlasten. Kunst war das einzige Wahlfach in der ersten Stunde, wo noch ein Platz frei war. Ich hab das nicht genommen, um dich zu ärgern. Auch wenn du das anscheinend denkst.«

»Warum wolltest du denn zu keinem ... Therapeuten?«

Ava hasste das Wort Therapeut. Es bewirkte, dass sie sich winzig und kaputt vorkam. Als wäre sie nicht normal.

»Du hast deine Frage schon gestellt«, meinte Logan. »Ich bin wieder dran.«

Sie machte sich darauf gefasst, was jetzt kommen würde. »Okay.«

»Was ist deine Lieblingsfarbe?«, fragte er.

Sie war sauer auf ihn, weil er einen Rückzieher machte. Sie fühlte sich irgendwie im Stich gelassen. Als wäre die ganze Luft aus dem Raum gelassen worden. Danach stellten sie einander noch ein paar weitere Fragen. Hauptsächlich über Unbedeutendes. Und dann starrten sie sich wieder wortlos an. Das fühlte sich einerseits weniger intensiv an, andererseits aber intensiver als vorher. Während sie ihm in die Augen schaute, fielen ihr auch andere Besonderheiten seines Gesichts auf. Sie erkannte all die Dinge, die sie auf ihrem Bild falsch dargestellt hatte. Seine Ohren standen zwar ab, aber nicht so, dass es lächerlich aussah. Eher jungenhaft. Als sei er noch dabei, herauszufinden, wie er in sich selbst reinwachsen sollte. Sie konnte sehen, dass sein Lächeln leicht schief war. In ihren Augen verriet es, dass dahinter noch eine Spur von etwas anderem steckte. Keine Traurigkeit, aber auch nicht gerade pure Fröhlichkeit. Ihr Porträt hatte nur die erste Schicht von Logan Diffenderfer abgebildet. Alle darunterliegenden hatte sie übersehen.

Endlich ging der Alarm ihres Handys los. Sie hatten ihre fünfzehn Minuten überstanden.

»Bitte erzähl keinem von der Panikattacke«, sagte Logan. »Ich will nicht, dass Leute denken, ich wäre …«

Logan beendete den Satz nicht. Das musste er nicht. Ava wusste auch so, was er hatte sagen wollen. *Verrückt.*

Ava griff nach ihrem Handy, um den Alarm auszuschalten. »Oh-oh«, machte sie.

»Was denn?«

Sie zeigte ihm die Nachricht von Jordan.

RIESEN DUCKING PROBLEM.

KAPITEL 7

Jordan stand in der Tür zum Büro des Legislative Deputy und betete zum Universum, dass der sie nicht erkennen möge. Das schien allerdings kaum möglich. Sie hatte ihn in der Sekunde erkannt, als er von seinem Schreibtisch aufblickte. Tatsächlich ein Riesen Ducking Problem.

Er war noch am Telefon, was ihr ermöglichte, rasch ihren Freundinnen zu schreiben. Jetzt wartete sie darauf, dass er zu Ende telefonierte. Die Assistentin, die Jordan aus dem Eingangsbereich abgeholt hatte, stand immer noch da, um sie vorzustellen. Vielleicht sollte Jordan ihr sagen, dass sie kurz auf die Toilette müsse. Dann konnte sie gehen und nie wiederkommen.

Da legte Scott Mercer auf. »Entschuldigen Sie die Verzögerung«, sagte er.

»Das ist Jordan James«, erklärte die Assistentin.

Jordan nahm die Schultern zurück, reckte den Kopf in die Höhe. CJ schwor, dass sie sich dann selbstbewusster fühle. Scott Mercer stand auf und machte dann das, was so typisch für Politiker ist: mit einer einzigen schnellen Bewegung sein Jackett zuknöpfen und ihr die Hand hinstrecken. Jordan wusste nicht, was sie sonst tun sollte, also schüttelte sie diese. Als ihre Hände sich berührten, wurden seine blauen Augen schmal. »Wir sind uns schon mal begegnet, nicht wahr?«

»Das glaube ich nicht.«

Dabei stimmte das. Es war am Abend der Bürgerversammlung gewesen. Er war der junge Mann an der Seite des Bezirksrats gewesen, als sie diesen um ein Interview gebeten hatte.

»Sind Sie sicher? Sie kommen mir so bekannt vor.«

»Definitiv nicht«, sagte Jordan.

Die Assistentin wandte sich zum Gehen, und Jordan überlegte ernsthaft, ihr nachzulaufen. Vielleicht hätte sie es getan, wären da nicht die Stilettos gewesen, die sie sich, ohne zu fragen, aus dem Kleiderschrank ihrer Mutter geborgt hatte. Sie fühlte sich darauf wackelig. Wie ein kleines Mädchen in den Schuhen der Mutter. Und genau das war sie ja.

»Tja, dann mal los, Jordan. Ich muss noch in eine Besprechung mit dem Bezirksrat, daher kann ich Ihnen leider nur zwanzig Minuten bieten.« Er wollte eben wieder Platz nehmen, als er in der Bewegung innehielt. »Ich weiß genau, woher ich Sie kenne.«

Jordan ließ die Schultern hängen. Sie wusste, dass sie ihm eine Erklärung schuldete. Da konnte sie ihm genauso gut auch gleich die Wahrheit sagen. *Ich wollte einfach nur ernst genommen werden.*

»Ich –«

»Sie waren beim Young Professionals Mixer.«

Sie blinzelte ein paarmal. »Äh …«

»Bei dem im Hyatt Hotel.«

Das ganze Adrenalin, das durch Jordans Körper geflutet war, schien verschwunden. Sie fühlte sich ganz schwer. »Ach ja. Der Young Professionals Mixer. Dort muss es gewesen sein.«

»Sehen Sie? Wusste ich's doch«, sagte Scott. »Müssen Sie da rangehen?«

Jordan hatte nicht einmal mitbekommen, dass ihr Handy die ganze Zeit neue Nachrichten meldete.

»Mist. Sorry. Anscheinend hab ich vergessen, auf stumm zu schalten.«

Sie warf einen Blick aufs Display und sah, dass die Nachrichten alle von Martha stammten.

Was für ein Ducking Problem?

(Mein »Ducking« ist Absicht und soll witzig sein.)

Aber im Ernst? Alles okay?

Oh mein Gott. ANTWORTE.

Hallooooo?

»Ist mein Chefredakteur. Das dauert nur eine Sekunde.« Rasch tippte Jordan irgendwelche Buchstaben, damit es glaubwürdig aussah.

czopiuvawerawlu

Dann drückte sie auf Senden und stellte das Handy auf stumm. »Okay, das wäre erledigt. Also ...« Sie holte tief Luft. Ihr blieben nur zwanzig Minuten. Darin musste sie alles unterbringen. Zunächst setzte sie sich und schlug die Beine übereinander, weil sie fand, das sähe professioneller aus. »Ist es okay, wenn ich unser Gespräch aufnehme?«

»Selbstverständlich«, sagte Scott, während Jordan an dem Aufnahmebutton herumfummelte. »Dann kommen Sie auch gerade frisch vom College?«

Jordan blickte auf. »Oh, ähm ...« Sie versuchte sich zu erinnern, wie alt Martha sie in ihrem Profil bei LinkedIn gemacht hatte. War da überhaupt das Alter angegeben?

»Diese Sache für Young Professionals. Die war ja für Leute, die gerade erst ihren Abschluss gemacht haben, stimmt's?«

Jordan nickte. »Genau. Ja. Gerade abgeschlossen.« Sie musste sich beruhigen und merkte selbst, wie nervös und fahrig sie war.

»Ich gehe zu so vielen solcher Veranstaltungen, dass ich kaum noch den Überblick habe. Aber ich knüpfe mir nun mal gerade mein berufliches Netzwerk.«

»Ja«, sagte Jordan. »Es geht einfach darum, dass man die richtigen Leute kennt, nicht wahr?« Lächelnd holte sie unauffällig tief Luft, um sich besser zu konzentrieren. Dann legte sie das Handy vor sich auf den Schreibtisch und sah, dass jetzt Martha und CJ auf ihren Buchstabensalat reagierten.

MARTHA: Ist das ein Hilferuf?

CJ: Ernsthaft. Bist du okay?

MARTHA: Wurdest du entführt????

CJ: Falls du entführt wurdest, gib uns ein Zeichen.

Jordan schnappte sich noch mal ihr Handy, wechselte in den Flugmodus und legte es zurück. »Okay«, sagte sie. »Wie wär's, wenn wir gleich zur Sache kommen?«

»Bestens.«

Sie holte wieder tief Luft und erinnerte sich an ihre Strategie. In freundlichem Ton beginnen. Ihn die Fakten aufzählen lassen. An Hermine Granger denken, wenn sie nervös wurde. (Das hatte CJ ihr geraten.) Und dann tödlich zuschlagen.

»Ich möchte damit beginnen, ein Gefühl dafür zu bekommen, wie der Bezirksrat zu den Parks in diesem Bezirk steht.«

»Selbstverständlich«, sagte er. »Parks sind ein unglaublich

vitaler Teil einer Gemeinschaft und genießen bei ihm höchste Priorität.«

Jordan machte sich eine Notiz. »Verstehe. Dann erklären Sie mir doch bitte die Verordnung, die er letztes Jahr zur Verkürzung der Öffnungszeiten des Memorial Parks durchgesetzt hat. Dabei interessiert mich besonders das Timing –«

Das Telefon auf Scotts Schreibtisch klingelte und er hob einen Zeigefinger. »Halten Sie den Gedanken kurz fest.« Dann meldete er sich: »Büro von Bezirksrat Kenneth Lonner. Scott Mercer am Apparat.« Er nickte, während am anderen Ende der Leitung jemand sprach. »Ich verstehe. Und wo genau befindet sich das Schlagloch?«

Jordan kniff unwillkürlich die Augen ein bisschen zusammen. Schlagloch? Er hatte sie unterbrochen, um einen Anruf wegen eines Schlaglochs entgegenzunehmen? Sie sah ihm zu, wie er eine Adresse und noch ein paar Einzelheiten notierte. Nachdem er aufgelegt hatte, wandte er sich wieder ihr zu. »Entschuldigen Sie. Sie fragten nach dem Timing?«

Sie fühlte sich aus dem Konzept gebracht. »Lassen Sie uns etwas festhalten. Ich habe bemerkt, dass die Verordnung nur den Memorial Park betraf. Bei keinem der anderen sechs Parks im Bezirk wurden die Öffnungszeiten verkürzt.«

»Das ist korrekt.«

»Was war der Grund dafür?«

»Nun, ich weiß nicht, wie genau sie die Gegend um den Memorial Park kennen.«

Jordan war dort ab ihrem fünften Lebensjahr Fahrrad gefahren. »Ich habe es recherchiert.«

»Dann wissen Sie ja, dass es eine Gegend mit viel Kriminalität ist. Nach Einbruch der Dunkelheit wird viel mit Drogen gedealt. Daher wurden die Öffnungszeiten verkürzt.«

Das war perfekt. Diese Antwort hatte sie erwartet. Und es war die Antwort, die sie sich von ihm erwünscht hatte. Jetzt konnte sie ihn in die Enge treiben.

»Ja. Das verstehe ich. Aber nach meinen Recherchen erreichte die Kriminalitätsrate ihren Höchststand vor *fünf* Jahren. Und sie ist in den letzten Jahren eigentlich leicht zurückgegangen.«

»Richtig. Aber nur leicht.«

»Ja. Das passt zu dem, was ich herausgefunden habe. Was mich interessiert,« – Jordan bemühte sich, völlig ungerührt zu klingen – »ist das Timing. Der Bezirksrat brachte die Verordnung ein, zwei Wochen nachdem er sich erstmals mit der Bauträgerin getroffen hatte, die vorhatte, ein Bürogebäude auf dem Terrain zu errichten.«

Sie lehnte sich zurück und wartete darauf, dass er sich wand. Da klingelte sein Telefon schon wieder. »Sorry«, sagte er. »Da muss ich rangehen.« Jordan fühlte sich hintergangen, während er zum Hörer griff. »Büro von Bezirksrat Kenneth Lonner. Scott Mercer am Apparat. Oh, hallo Mrs Montgomery.« Scott drückte die Stummtaste. »Das könnte jetzt eine Minute dauern. Sie ruft jede Woche an wegen einer Einrichtung für Alkoholabhängige auf Entzug, die in ihrer Straße gebaut wird. Sie ist nicht glücklich darüber. Und sie redet gern.«

Jordan konnte es nicht glauben. Nahm er diese Anrufe absichtlich entgegen? Um sie aus dem Konzept zu bringen? Um ihr die Zeit zu stehlen? Was würde eine echte Journalistin tun? Sie würde sich das nicht gefallen lassen, oder? »Wenn ich schon nur zwanzig Minuten habe –«

Scott legte einen Finger an seine Lippen, als wollte er sagen, *einen Augenblick*.

»Ich verstehe, Mrs Montgomery. Und ich versichere Ihnen, dass ich Ihre Beschwerden an den Bezirksrat weiterleite, aber … Okay … Mh-hmm.« Er stellte das Telefon wieder auf stumm. »Das tut mir echt leid. Aber ich kann diese Anrufe nicht ignorieren. Während der regulären Amtsstunden muss ich für Beschwerden der Wahlberechtigten in diesem Kreis erreichbar sein. Ein Teil meines Jobs besteht darin, sie für den Bezirksrat zu erfassen.« Er hob die Stummschaltung auf. Die Stimme von Mrs Montgomery war laut genug, sodass Jordan sie verstehen konnte. Während sie Scott dabei zusah, wie eine alte Dame ihn zusammenstauchte, kam ihr der Gedanke, dass seine Funktion vielleicht doch nicht so bedeutend war. Irgendwann hatte die Frau sich fertig ausgekotzt und Scott legte auf.

»Sorry«, sagte er noch mal. »Sie wollten etwas über die verkürzten Öffnungszeiten wissen?«

»Genau genommen hatte ich nach dem Timing gefragt. Die Bauträgerin hat den Bezirksrat getroffen. *Danach* verkürzte er die Öffnungszeiten. Wollen Sie mir weismachen, das wäre ein …« – wieder klingelte sein Telefon – »… Zufall gewesen?«, sagte sie im Flüsterton.

»Büro von Bezirksrat Kenneth Lonner«, sagte er, nachdem er den Hörer abgenommen hatte. »Oh, hallo Herr Bezirksrat. Ja. Natürlich. Sofort.«

Er stand auf und steckte sein Smartphone ein. »Ich fürchte, ich muss das hier abkürzen. Ich werde sofort in einer Besprechung gebraucht.«

War das sein Ernst? Sie suchte seinen Blick. »Aber sie haben noch keine einzige meiner Fragen beantwortet.«

»Das tut mir wirklich leid.«

Jordan war zu wütend, um sich weiterhin von ihm

einschüchtern zu lassen. »Sie haben mir zwanzig Minuten zugesagt.«

Scott seufzte, und exakt in diesem Augenblick klingelte sein Telefon erneut. Er lachte über die Absurdität der Situation. Jordan lachte nicht. Also hörte er auch damit auf. »Eine Sekunde«, sagte er zu ihr. »Büro von Bezirksrat Lonner. Scott Mercer am Apparat.«

Jordan konnte es nicht fassen. Sie schnappte sich ihr Handy von seinem Schreibtisch und warf es in ihre Tasche. »Herzlichen Dank auch für Ihre Zeit«, sagte sie tonlos und schickte sich an, das Zimmer zu verlassen.

»Jordan. Warten Sie.«

Sie drehte sich um.

»Können Sie einen Moment dranbleiben?«, sagte er in den Hörer und stellte den Anruf auf stumm. »Hören Sie, wie wäre es damit: Wenn Sie noch mal wiederkommen, gebe ich ihnen die vollen zwanzig Minuten. Dann bleibt mir Zeit, direkt mit dem Bezirksrat zu sprechen und eine Antwort auf Ihre Frage zu bekommen. Denn ehrlich gesagt weiß ich sie nicht. Aber ich besorge Ihnen eine Antwort, und dann kriegen Sie Ihre zwanzig Minuten. Darauf gebe ich Ihnen mein Wort.«

Wieder klingelte Scotts Telefon. Er warf die Hände in die Luft, als könne er es selbst nicht glauben. Diesmal lachte Jordan. Also lachte Scott auch. »Und Jordan, vielleicht sollten wir uns außerhalb der Bürozeiten verabreden. Geht's bei Ihnen auch am Wochenende?«

Jordan nickte. »Mit ›Dann kriegen Sie Ihre zwanzig Minuten‹ haben Sie mich gekriegt.«

»Wie wär's am Samstag? So gegen elf?«

»Lassen Sie mich mal in meinen iCal schauen.« Jordan

wusste, dass sie da Zeit hatte, aber sie machte eine große Show daraus, es nachzusehen. »Das kann ich möglich machen.«

»Großartig«, sagte Scott. Er lächelte und seine blauen Augen strahlten. »Dann haben wir ein Date.«

»Dann haben wir ein Date?« CJ lag ausgestreckt auf dem King-Size-Bett von Avas Mom. Ava saß auf der einen Seite neben ihr, Martha auf der anderen. Zu dritt starrten sie auf Jordans Handy, als wäre es ein altmodisches Kofferradio und nicht ein iPhone, das aufrecht auf einem violetten PopSocket stand und die Aufnahme ihres Interviews wiedergab. »Wie gruselig klingt das denn?«

Jordan steckte den Kopf aus dem großen Kleiderschrank des Schlafzimmers. »So klang es aber nicht. Ich glaube, er war einfach nervös.« Sie grinste triumphierend. »Ich habe ihn nervös gemacht.«

»Ja, verdammt, das kann man wohl sagen«, meinte Martha, bevor sie sich auf den Rücken rollte. Dann schnappte sie sich ein Kissen und presste es an ihre Brust. »Schon gehört, dass die Tylers einen YouTube-Kanal gestartet haben, um den Park zu retten?«

CJ nickte. Die Tylers waren Tyler Welles und Tyler Ziegler, und sie galten als beste Freundinnen. Vor allem, weil sie beide Tyler hießen. »Aber habt ihr ihn schon gesehen?«, fragte CJ. Sie baten Leute, ihre schönsten Erinnerungen an den Park zu teilen. Theoretisch eine großartige Idee. Praktisch ein Desaster. »Ich bin mir nicht sicher, inwiefern ein Video tatsächlich unserer Sache nützt, in dem Grayson sich sentimental daran erinnert, wie er sich mal unter der Rutsche bekifft hat.«

Jordan stand noch zögernd vor dem Schrank. »Mir ist das irgendwie unangenehm.« Sie drehte sich zu Ava um. »Bist du dir sicher, dass es deiner Mom nichts ausmacht?«

»Sie wird nicht mal merken, dass irgendwas fehlt. Die Sachen, die sie spenden will, müssen ganz hinten liegen. In einer Einkaufstasche.«

Wenn Jordan ein zweites Interview durchziehen wollte, brauchte sie ein weiteres professionelles Outfit. Ava hatte großzügig angeboten, etwas von den Sachen zu nehmen, die ihre Mom schon aussortiert hatte. Während Jordan weiter im Schrank herumwühlte, klickte Martha eines der Videos von den Tylers an. Sasha, ein Mädchen aus der Theater-AG mit strahlend grünen Augen und nichtssagender Persönlichkeit lieferte einen übertrieben dramatischen Monolog ab. Darin beklagte sie, wie böse die Stadt sei, weil sie »unser Recht, uns selbst auszudrücken, unterdrückt«. Es war nicht überzeugend, und das stresste CJ. Als würde nun alles von ihnen abhängen. Sie setzte sich auf und strich mit den Fingern über ihre Schläfen.

Sashas Video war zu Ende, und Martha klickte das nächste an. CJ war zu abgelenkt, um hinzusehen. Heute war etwas passiert, das an ihr nagte. Sie zog Martha das Kissen weg und presste es an ihre eigene Brust.

»Hey«, beschwerte Martha sich. »Es gibt noch ungefähr zehn andere Kissen auf diesem Bett. Nimm dir eins von denen.«

CJ gab das Kissen trotzdem nicht zurück, sondern drückte es noch fester an sich. »Ich hatte heute meinen Termin mit der Collegeberaterin.«

Jordan tauchte wieder aus dem Schrank auf. »Ist es die hier?« Sie hielt eine große Tüte hoch. »Was hat CJ denn?«

CJ lockerte den Würgegriff um das Kissen. »Du hattest heute doch auch deinen Termin mit Ms Fischer, oder?«

»Ja«, meinte Jordan.

»War es ...« CJ suchte nach den passenden Worten.

»Es war ... gut«, sagte Jordan so zögernd, dass CJ sich gleich dachte, es musste besser als nur gut gewesen sein. »Warum? Wie war's bei dir?«

»Nicht gut. Als ich erwähnte, dass Stanford mein Traum ist, kräuselte sie die Lippen. Aber so richtig. Dann meinte sie, es wäre bewundernswert, sich himmelhohe Ziele zu stecken, aber dass wir auch über ein paar realistische Optionen sprechen sollten.«

»So ist sie eben.« Martha schnappte sich das Kissen zurück. »Mir hat sie auch gesagt, ich sollte auf mehrere Optionen setzen.«

»Mir auch«, meldete sich Jordan. »Sorry, CJ. Du bist nichts Besonderes.«

Ava trug nichts zu diesem Gespräch bei, weil sie als Einzige ihren Termin noch vor sich hatte.

Jordan leerte den Inhalt der Tüte auf den Boden. Designerklamotten verteilten sich zu ihren Füßen.

CJ griff sich ein anderes Kissen vom Kopfende. Es hatte eine Fransenborte, an der sie jetzt mit ihren Fingern entlangfuhr. »Sie meinte zu mir, die Boston University wäre eine gute Option.«

»Echt? Zu mir auch.« Jordan klang ganz aufgekratzt. »Vielleicht landen wir auf demselben College? Wie witzig wäre das denn?« Jordan wühlte sich durch den Kleiderberg und zog ein kleines schwarzes Etuikleid heraus. »Das ist süß.« Sie hielt es an ihren Körper. »Sie sagte, die BU wäre eine perfekte, sichere Wahl.«

Als sie sie CJ vorschlug, erwähnte Ms Fischer nichts von einer sicheren Wahl. Für den Rest des Gesprächs konzentrierten sie sich auf CJs bisherige SAT-Ergebnisse. Streng ermahnte die Lehrerin sie, sich die Zeit zum Lernen zu nehmen, selbst wenn sie dafür ein paar Wochen lang ihr soziales Leben opfern müsste. CJ hasste, wie kleinlaut ihre Stimme geklungen hatte, als sie fragte, ob es noch andere Möglichkeiten gäbe, um ihre SAT-Ergebnisse auszugleichen.

Ms Fischer hatte anerkannt, dass CJs Notendurchschnitt außerordentlich gut war und ihre lange Liste von Wahlfächern und außerschulischen Aktivitäten etwas gutmachen würde. »Vielleicht, wenn du mit deinem Essay den Nagel auf den Kopf triffst. Und ich meine, so richtig. Allerdings ist es nicht wünschenswert, wenn du dich ganz darauf verlassen müsstest.« Dann gab sie CJ noch praktische Tipps zu Lehrbüchern und kostenlosen Lernprogrammen für die SATs. CJ schämte sich zuzugeben, dass sie all das schon genutzt hatte.

Jordan knöpfte ihre Hose auf und strampelte heraus. Dann stand sie in ihrer Wonder-Woman-Unterwäsche da und musterte das Kleid. CJ wünschte, sie könnte so etwas auch derart entspannt tun. Aber sogar unter ihren Freundinnen verschränkte sie immer die Arme vor ihrem Bauch, damit man ihn nicht sah. Jetzt stand sie auf. »Ich muss los.«

Jordan schlüpfte eben in das Kleid. »Warte. Nein. Das geht nicht.«

»Ich muss.«

»Was ist mit dem Park?«, fragte Jordan.

»Tut mir leid«, meinte CJ. Sie konnte sich jetzt nicht auf

den Park konzentrieren. Das würde sie machen, nachdem die SATs erledigt waren. Jetzt musste sie nach Hause. Sie musste die Karteikarten in ihren Händen spüren, damit sie das Gefühl hatte, irgendwas zu tun. »Tut mir leid«, wiederholte sie und ging.

KAPITEL 8

Martha hatte mal eine Doku über die Kalbfleischproduktion gesehen. Da erfuhr sie, dass die Kälber in engen Ställen gehalten wurden, weil der Bewegungsmangel das Fleisch zarter machte. So fühlte sie sich immer, wenn sie in der winzigen Kassenkabine des Kinos saß. Wie ein eingepferchtes, todgeweihtes Kälbchen.

Es war Samstagvormittag und sie hockte in dem kleinen Kabuff. Während sie ihre Nägel mit Tipp-Ex bemalte, dachte sie über das kommende Jahr nach. Alle machten sich wegen der Collegebewerbungen verrückt. Martha auch. Wobei ihr weniger das Ergattern einer Zusage Sorgen machte, sondern eher, wie sie es bezahlen sollte, nachdem ihr das gelungen war. Alle erklärten ihr zwar, sie solle sich um finanzielle Unterstützung bewerben, als wäre das gar keine große Sache. Als wüssten sie nicht, dass man dieses Geld zurückzahlen musste. Ihre erste Wahl, das MIT, kostete über fünfzigtausend Dollar pro Jahr. Wenn man Wohnen und Essen dazurechnete, würde Martha zu ihrem Studienabschluss auf einem Schuldenberg von zweihundertachtzigtausend Dollar hocken. Mindestens. Bei der Vorstellung wurde ihr schlecht. Ginge sie stattdessen auf die Cleveland State, könnte sie wahrscheinlich ein Stipendium bekommen, das die Studiengebühren abdeckte. Dazu könnte sie zu Hause wohnen und auf diese Weise noch mehr sparen. Sie könnte weiter im Kino jobben. Wenn sie daran dachte, entspannte sie sich ein bisschen. Aber gleichzeitig fühlte sie sich eben auch wie ein Kalb.

»Mir ist langweilig«, sagte eine Stimme hinter ihr. »Soooo langweilig.«

Als Martha sich umdrehte, stand Victoria in der Tür. Sie trug eine winzige abgeschnittene, zerrissene Jeans (von Abercrombie & Fitch zerrissen, nicht von langjährigem Gebrauch) und ein knappes Top mit einer Vespa drauf, das ihre zarten Schlüsselbeine sehen ließ.

»Komisch«, sagte Martha und pinselte den Nagel eines kleinen Fingers an. »Ich hab hier den Spaß meines Lebens.«

»Soll das ein Witz sein? Amerikanischer Humor ist für mich manchmal schwer zu kapieren.«

Martha schraubte den Deckel wieder auf das Tipp-Ex und schüttelte ihre Finger, damit die Nägel trockneten. »Definitiv ein Witz.«

In der Ticketbude gab es nicht viel Platz und nur einen Hocker, also lehnte Victoria sich gegen den Tresen. Sie stand so dicht neben Martha, dass ihre Knie sich berührten. »Was machst du so, damit die Zeit vergeht?«, fragte Victoria.

Martha pustete mit übertriebener Geste auf ihre Nägel.

»Oh. Das tust du aus Langeweile«, sagte Victoria. »Ich dachte, das wäre gerade ein Trend.« Martha lachte, und Victoria drehte sich so, dass auch sie durch das Fenster schauen konnte. »Das ist echt seltsam. All diese Leute, die da vorbeilaufen und sich vom Leben treiben lassen, während wir hier drin festsitzen.«

Martha überlegte, ihr von der Kälberdoku zu erzählen. »Samstage sind immer schwach. Vielleicht kannst du mal mit deinem Onkel über seine Entscheidung reden, düstere ausländische Filme zu zeigen, für die kein Mensch bei Verstand jemals Geld bezahlen würde, um sie abzusitzen. Ich wette einen George Washington, dass wir heute keinen einzigen Zuschauer haben werden.«

Victorias Augen begannen zu strahlen. »Ich wette dagegen!«, rief sie. Dann lehnte sie sich so weit vor, dass ihr Hintern gegen den Oberarm der sitzenden Martha gepresst wurde. »Hallo, guter Mann«, sagte sie ins Mikrofon. »Sind Sie wegen des düsteren ausländischen Films hier?«

Victoria hatte das Fenster blockiert – und blockierte es immer noch –, sodass sie sehen konnte, was Martha nicht sah. Ein echter, lebendiger Zuschauer, der auf die Ticketbox zukam.

»Du musst auf den Knopf drücken, sonst können die dich nicht hören, du Spinnerin.« Wohlwollend schob Martha Victoria beiseite, bis sie einen sehr irritiert dreinschauenden Kunden auf der anderen Seite der Scheibe erblickte. Martha seufzte, als sie ihn erkannte. Sie drückte den Knopf, um das Mikro einzuschalten. »Was willst du, Diffenderfer?«

Logan blinzelte ein paarmal. »Oh. Hallo Martha. Ich nehme eine Karte für die Matinee.«

»Und ich nehme den Dollar«, sagte Victoria grinsend.

Martha ließ den Mikroknopf los. »Du hast noch nicht gewonnen, Queen Victoria. Es mag vielleicht so aussehen, als wärst du jetzt im Vorteil, aber das hier wird genauso ausgehen wie der Unabhängigkeitskrieg.« Dann sprach Martha wieder ins Mikrofon. »Bist du dir sicher, Diffenderfer? Der Film ist düster. Und auf Polnisch.«

»Um genau zu sein, ist der Film französisch«, sagte er. »Aber der Regisseur ist Pole.« Er schob die Hände in die Taschen, zog sie aber sofort wieder heraus, als wäre es ihm peinlich, das zu wissen. »Also kann ich ein Ticket haben? Nur eins. Nur für mich. Ich bin alleine da.« Oder vielleicht war es ihm auch peinlich, allein zu sein.

Victoria schenkte Martha ein triumphierendes Grinsen und drückte selbst den Knopf für das Mikro. »Das macht dann sieben Dollar, bitte.« Er gab ihr das Geld und sie ihm die Karte. »Ich komme gleich nach vorne, um das Ticket abzureißen. Viel Spaß bei der Vorstellung.«

Nachdem er gegangen war, klatschte Martha lahm. »Gut gespielt, Queen Victoria.«

Victoria knickste. »Hätte England zur Zeit der amerikanischen Revolution eine Königin statt eines Königs gehabt, wäre der Krieg ein bisschen anders ausgegangen.« Dann streckte sie lächelnd die Hand aus. »Das macht dann einen Dollar. Einen George Washington, bitte.«

Martha griff nach ihrer Geldbörse. »Schön«, sagte sie. »Aber du hast was vergessen.« Sie nahm eine Münze heraus und drückte sie in Victorias Handfläche. »George Washington ist auch auf dem Vierteldollar.«

Victoria lachte, und Martha merkte, dass es ein fröhliches Lachen war. Ihr fiel auch auf, wie warm und glatt Victorias Hand sich anfühlte, als sie den Quarter hineinlegte.

»Komm«, sagte Victoria. »Lass uns hinten reinsetzen und den Film anschauen.«

»Du willst dir einen polnischen Film über Trauer antun?«

»Es ist ein französischer. Und dieser Typ ist *süß*.«

Jordan fühlte sich stark und gut vorbereitet, als sie auf den Parkplatz der Behörde einbog. Scott hatte sie vorgewarnt, dass am Empfang niemand sein würde. Sie sollte ihm eine Nachricht schreiben, wenn sie da wäre. Er kam, um sie reinzulassen, und sie sah, dass er ein lässiges Wochenend-Outfit trug: Jeans und ein preppymäßiges Button-down-Hemd. Da kam sie sich im Etuikleid von Avas Mom lächerlich overdressed vor. »Ich hab später noch was vor«, platzte es aus ihr heraus. »Ein offizielles Mittagessen. In einem schicken Lokal. Hallo.«

»Hallo«, sagte er. »Schön Sie wiederzusehen.« Er streckte ihr die Hand hin und sie schüttelte sie. »Kommen Sie mit.«

Sie folgte ihm den Flur hinunter und stellte fest, dass heute die meisten Büros dunkel waren. Sie blieben vor einem großen Konferenzraum mit Glaswand stehen. »Ich dachte, das wäre deutlich angenehmer als mein winziges Büro.«

»Toll«, sagte sie, während sie am Saum ihres Kleids zupfte und zerrte.

»Alles in Ordnung?«

»Mhm.«

Das Kleid war geradezu lachhaft eng, und sie konnte kaum atmen. Vorsichtig ließ sie sich auf dem angebotenen Stuhl nieder, legte einen stilettobewehrten Fuß über den anderen und lehnte beide Knie leicht nach rechts. Das war die »Duchess lean«, eine bei den britischen Royals beliebte Haltung, damit die königlichen Unterhosen nicht zu sehen sind. Jordan wandte sie an, damit sie nicht aus ihrem Kleid explodierte. »Dann legen wir mal los«, sagte sie und holte so tief Luft, wie sie konnte.

»Ich möchte mich wirklich noch mal für letztens entschuldigen. Kaffee?«

Jordan trank nur Kaffee, wenn sie sich einen Blended Mokka mit extra Schlagsahne bestellte. Sie vermutete mal, dass Scott so einen nicht meinte. »Nein danke.«

Ungeduldig sah sie ihm zu, wie er sich einen Becher aus einer Kanne auf dem Beistelltisch einschenkte. Sie konnte es kaum erwarten, mit dem Interview zu beginnen. Vor allem weil sie sich danach sehnte, wieder nach Hause zu kommen und den Reißverschluss des Kleids aufzumachen, damit sie wieder atmen konnte.

»Also«, sagte er, »wie war Ihr Samstag bisher so?«

Jordan verlagerte ihr Gewicht ein bisschen. »Ich würde gerne gleich zur Sache kommen.« Das kam ziemlich schroff rüber und sie versuchte, es wiedergutzumachen. »Da ich später noch diese Verabredung zum Mittagessen habe.«

»Natürlich«, sagte er und wirkte nervös. Das hoffte sie schwer. Es würde nämlich bedeuten, dass sie wirklich etwas von Bedeutung aufgedeckt hatte. Vetternwirtschaft, um eine Bauträgerin zu unterstützen. Vielleicht würde sie mit ihrem Artikel einen Preis gewinnen. Eventuell sorgte er sogar für so viel Aufsehen, dass die Leute von der Zulassungsstelle an der Northwestern ihn sahen. Sie beugte sich vor, um ihr Handy aus der Tasche zu holen – sie hatte es diesmal schon vorher auf Flugmodus gestellt – und legte es zwischen sie.

»Okay«, meinte Jordan. »Bei der Frage, die ich gestellt hatte, ging es ums Timing. Bezirksrat Lonner brachte den Antrag ein, die Öffnungszeiten des Memorial Parks zu verkürzen, gerade mal zwei Wochen nachdem die Bauträgerin ihr Bauvorhaben eingereicht hatte. Wie erklärt er das?«

»Ich habe mit dem Bezirksrat darüber gesprochen«, sagte Scott. »Der Grund für seinen Antrag waren Beschwerden aus der Nachbarschaft.« Jordan wartete darauf, dass er weiterredete. »Sie wissen doch, dass ein Teil meines Jobs darin besteht, Beschwerden der Wahlberechtigten aufzunehmen? Die Leute, die direkt am Park wohnen, insbesondere ein einzelner Haushalt, machten sehr intensiv ihrem Frust über den dort vor sich gehenden Drogenhandel Luft. Sie hatten den Eindruck, die Gegend sei nicht mehr sicher. Der Bezirksrat traf sich mit den Leuten und stimmte ihren Bedenken zu, daher ergriff er die Initiative, um die Öffnungszeiten des Parks zu verkürzen.«

»Und das passierte direkt nachdem die Bauträgerin sich mit ihm getroffen hatte? Wirkt arg zufällig.« Jordan beugte sich vor und erwartete, dass er in sich zusammensackte.

Das tat er nicht.

»Nein. Das Treffen mit den Anwohnern fand tatsächlich vorher statt. Es dauert ja immer einige Wochen, so einen Antrag zu entwerfen. Aber ich schätze, es wirkt tatsächlich ziemlich zufällig.« Er zuckte mit den Achseln. »Ja. Ich verstehe schon, dass das seltsam aussieht. Aber nein. Es handelte sich tatsächlich um einen Zufall. Sind Sie sicher, dass sie nicht doch einen Kaffee möchten? Oder vielleicht Wasser?«

Jordan schüttelte den Kopf. Sie kritzelte ein paar Notizen auf einen Block, um eine Sekunde zu gewinnen, in der sie ihre Fassung wiederfinden konnte. Sie hatte noch eine weitere Frage, und sie wollte sichergehen, dass sie kraftvoll rüberkam. »Wie rechtfertigt der Bezirksrat denn die Spende der Bauträgerin für seinen Wahlkampf?«

Sie kannte die exakte Summe. Die stand auf ihrem Whiteboard zu Hause. Die Bauträgerin hatte die maximal legale Summe gespendet.

Scott nippte an seinem Kaffee. Er wirkte ehrlich verblüfft. »Wie er sie rechtfertigt?«

»Diese Frau spendet die maximal mögliche Summe. Und jetzt unterstützt der Bezirksrat ihr Projekt.«

»Ah«, sagte er. »Jetzt verstehe ich, worauf Sie hinauswollen. Der Bezirksrat erhält Spenden von einer Menge Leute. Die viele gegensätzliche Standpunkte vertreten. Ich kann Ihnen versichern, dass sich das in keinster Weise auf seine Entscheidungsfindung auswirkt.«

Jordan beobachtete ihn scharf. Sie stellte keinerlei Anzeichen dafür fest, dass er log. Es gab keine Veränderung in seiner Stimme oder Körpersprache, und er hielt auch den Blickkontakt aufrecht. Seine Gelassenheit beunruhigte sie. Eigentlich hatte sie gehofft, ihn mit dieser Frage ins Schwitzen zu bringen. Also würde sie mehr Druck machen müssen. Sie war nicht bereit, die andere mögliche Option auch nur in Erwägung zu ziehen: dass er die Wahrheit sagte.

CJ verließ an diesem Wochenende kaum das Haus. Ihre Freundinnen schickten ihr allerdings ständig Updates. Daher wusste sie, dass Jordans Interview nicht so gelaufen war, wie sie alle gehofft hatten. CJ hatte ein schlechtes Gewissen, weil sie nicht bei ihnen war, sondern an ihrem Schreibtisch saß, mit ihren Karteikarten lernte und einen SAT-Übungstest nach dem anderen machte. Am Sonntagabend öffnete ihr Dad die Zimmertür einen Spalt und spähte hinein. »Mom fragt, ob du zum Essen runterkommst oder wir wie im Gefängnis ein Tablett unter der Tür durchschieben sollen.«

Ohne zu lächeln drehte CJ sich um. »Ich glaube, für heute Abend bin ich fertig. Ich habe sowieso gerade eine Pause gemacht.«

»Vor deinem PC zu sitzen, das ist keine Pause. Komm mit, lass uns ein paar Körbe werfen.«

CJ schnappte sich ihre Turnschuhe und traf ihren Vater in der Einfahrt. Ohne viel zu reden machten beide eine Minute lang Dehnübungen. Anschließend warf er ihr den Ball zu.

CJ dribbelte auf den Korb zu. Ihr Dad trickste sie aus und nahm ihr mühelos den Ball ab. Sie war wohl eingerostet. Jetzt dribbelte er und sie ging ein Stück in die Knie, bereit zum Sprung. Ihre drei großen Schwestern waren girly Girls. Sie interessierten sich für Klamotten, Jungs und Make-up. CJ mochte das alles auch, aber zu ihren Lieblingsbeschäftigungen gehörten auch Rangeln, dreckig werden und ihren Dad beim Basketball schlagen. Er hatte ihr beigebracht, wie man gut verteidigte, und sie hatten so oft zusammen gespielt, dass sie seine Aktionen vorhersehen konnte. Jetzt versuchte er es mit einem schnellen Ausbruch rechts, und schon war sie dort, um ihn abzublocken. Sie erwischte den Ball und drehte sich zum Korb. Ein weiter Wurf ging total daneben.

»Ach komm, CJ«, rief er. »Lass dir Zeit. Konzentrier dich.«

Ihr Dad war niemals nachsichtig, sondern machte ihr so lange Druck, bis sie besser wurde. Oder weinte. Viele ihrer Spiele endeten damit, dass sie in Tränen ausbrach und sich fragte, ob sie jemals gut genug wäre, um ihn stolz zu machen. CJ erwischte den Ball und zielte erneut auf den Korb. Diesmal ging er *swoosh* rein. Berührte nur das Netz. Sie liebte dieses Geräusch. Es war der Sound des Siegs.

Zwanzig Minuten lang spielten sie mit vollem Einsatz, bis ihre Mom nach draußen kam und erklärte, das Essen würde langsam kalt. Ihre Eltern waren in vielerlei Hinsicht traditionell. Er arbeitete. Sie kochte. Er traf die finanziellen Entscheidungen. Sie ließ ihn machen. CJ bemühte sich, nicht zu hart darüber zu urteilen. Für die beiden funktionierte es ja. Und ihre Mom war eine gute Mutter. Eine großartige Mutter. Und trotzdem hatte CJ immer das Gefühl, es gäbe eine Distanz zwischen ihnen. Sie vermutete, dass das teilweise an ihrem großen Altersunterschied lag. Avas Mom war auch ganz schön alt, aber sie fühlte sich nicht so. Oder wie CJs Mom es mal ausgedrückt hatte: Wir sind Frauen von sehr unterschiedlichem Schlag. CJs Mom hatte nie gearbeitet, wobei sie sich ärgerte, wenn Leute es so ausdrückten. »Kinder großziehen ist meine Karriere.« Sie hatte CJs Vater gleich nach dem College geheiratet und dann nacheinander drei Töchter bekommen. CJ war keine von ihnen. Ihre Eltern wären gerade erst Empty-Nesters geworden und ihre Mom fing an, über Berufstätigkeit nachzudenken, als völlig unerwartet CJ kam. Manchmal fragte sie sich, ob ihre Eltern je andere Optionen in Erwägung gezogen hatten. Dabei hatte sie ihre Mom nie auch nur das Wort »Abtreibung« aussprechen gehört. Daher konnte sie sich auch keine Welt vorstellen, in der sie tatsächlich überlegt hatte, eine vornehmen zu lassen.

CJs zwei ältesten Schwestern hatten bereits eigene Töchter, und als ihre dritte Schwester das letzte Mal zu Besuch war, hatte sie beim Abendessen erwähnt, sie und ihr Mann würden »es probieren«. Soweit CJ wusste, hatte keine der Jacobson-Schwestern jemals expliziter mit ihrer Mutter über Sex gesprochen. Alle drei großen Schwestern wohnten in unterschiedlichen Gegenden des Mittleren Westens. Manchmal kam CJ sich selbst seltsam vor, weil sie weiter weg wollte. Die Welt erschien ihr einfach so viel größer.

Am nächsten Tag hatte CJ den ersten offiziellen Nachmittag ihrer ehrenamtlichen Tätigkeit bei Sensational Recreational. Sie fuhr nach der Schule direkt hin und hatte ihr fröhlichstes Lächeln aufgesetzt, als sie die Doppeltüren zur Turnhalle aufstieß. Wyatt winkte sie gleich zu sich, kaum dass er sie bemerkt hatte. Ein paar Jungs waren bereits da und tobten durch die Halle. CJ trug ihre Sportklamotten in der alten, zerschlissenen und ausgeblichenen Tasche mit ihren Initialen und der 33, ihrer Nummer des Laufteams. »Hi, Wyatt«, sagte sie, als sie auf ihn zuging. »Bin bereit und melde mich begeistert zum Dienst.«

»Clarke, ebenfalls bereit und begeistert, dich dabei zu haben.«

Sie sah, wie sein Blick auf ihre Tasche fiel. »Ich habe Sportklamotten mitgebracht.«

»Bist du eine Läuferin?«

»Ja. Nein. War ich. Inzwischen nicht mehr.«

»Da haben wir was gemeinsam«, meinte er.

CJ war sich nicht sicher, ob das ein Scherz sein sollte. Wurde erwartet, dass sie jetzt lachte? Weil sie es nicht wusste, wandte sie nur unbehaglich den Blick ab. »Ist Dakota schon da?«

»Genau darüber müssen wir uns unterhalten.« Er setzte seinen Rollstuhl in Bewegung und sie ging neben ihm her. »Dakotas Mom hat am Freitag angerufen, um mir zu sagen, dass sie aussteigt.«

»Oh nein.«

»Ich konnte es ihr wieder ausreden.«

»Oh gut.«

»Weil ich ihr versprochen habe, dass ich heute für Dakota was Besonderes hätte.«

»Das ist ja toll. Und was?«

Wyatt sah sie an, und da fiel der Groschen.

»Oh. Mich. Ja. Ja! *Mich.*«

»Clarke ...« sagte er leise. »Sie macht gerade eine schwere Phase durch. Erwarte nicht zu viel von ihr. Und erwarte auch nicht zu viel von dir.«

CJ spürte Nervosität wie eine Welle in sich aufsteigen und gab sich größte Mühe, sie zu ignorieren. »Tu ich nicht. Das wird toll werden.«

»Eigentlich hatte ich heute geplant, mit Basketball anzufangen. Aber Dakotas Mom hat erwähnt, dass Tennis ihr Lieblingssport war. *Bee-Dub.*« Als CJ ihn fragend ansah, erklärte Wyatt: »Bee-Double-U. Steht für *Before Wheelchair.*«

»Ist das ein fester Ausdruck?«

»Nein. Ich hab das eigentlich noch nie in meinem Leben gesagt, aber es gefällt mir. Vielleicht benutze ich das künftig öfter. Aber wie auch immer, ich dachte mir, wir versuchen es heute mal mit Tennis.«

Die Türen der Sporthalle öffneten sich geräuschvoll und Wyatt wandte sich um. »Da ist sie ja.«

CJ drehte den Kopf und sah Dakota zum ersten Mal. Ihr Haar war leuchtend rot, und man konnte sogar auf diese Entfernung die Sommersprossen auf ihrer Nase erkennen. Ihre Mom hatte auch rotes Haar, aber in einem dunkleren, intensiveren Ton. Sie war der Typ Sansa Stark, ihre Tochter eher Anne auf Green Gables.

Mutter und Tochter erblickten CJ und kamen auf sie zu. Die eine bereitwillig, die andere eher nicht.

»Clarke?«, begann Dakotas Mom.

»CJ, um genau zu sein. Und Sie müssen Mrs Gorman sein. Hallo.«

»Sie können mich Margaret nennen.« Sie wirkte nervös.

»Ich freue mich schon so darauf, heute mit Dakota zu arbeiten«, sagte CJ.

»Tja, sie wird dafür sorgen, dass dieses Gefühl nicht von Dauer ist.« Dakota warf ihrer Mom einen so vernichtenden Blick zu, wie er für Teenager, aber nicht für eine Elfjährige typisch ist. Margaret seufzte. »Sweetheart, versuch doch bitte, heute mit einer positiven Einstellung an die Sache zu gehen. Wyatt hat extra für dich Tennis angesetzt. Und CJ ist hier, um dafür zu sorgen, dass du eine gute Zeit hast.«

»Eine gute Zeit?«, sagte CJ. »Oh, wir werden nicht bloß eine gute Zeit haben, sondern eine *GROSSARTIGE* Zeit.«

Dakota verdrehte die Augen und sah ihre Mom an. »Meint sie das ernst? Das kann sie doch nicht ernst meinen.«

Margaret zuckte in CJs Richtung entschuldigend mit den Achseln, bevor sie sich wieder ihrer Tochter zuwandte. »Ich hol dich dann pünktlich um fünf ab.« Sie gab Dakota einen dicken Kuss und formte stumm in CJs Richtung zwei Worte: *Viel Glück*.

Sobald Margaret gegangen war, ging CJ neben Dakota in die Hocke, damit sie auf Augenhöhe waren. »Bist du bereit, ein bisschen Spaß zu haben? Dann lass uns mal den besten Schläger aussuchen. Ich habe auf dem Haufen einen echt coolen violetten gesehen. Magst du Violett?«

Dakota zog an den zwei Hebeln, die die Bremsen ihres Rollstuhls lösten. Dann fuhr sie an die Seitenlinie des Spielfelds und parkte dort. CJ sah Wyatt an. »Das hat nichts mit dir zu tun«, sagte er. »Nimm's nicht persönlich.«

CJ lächelte ihr schönstes Sport-Camp-Betreuerinnen-Lächeln. »Tu ich kein bisschen. Sie braucht nur ein paar aufmunternde Worte. In so was bin ich richtig gut.«

Während die Jungs sich um Wyatt scharten und Schläger aussuchten, gesellte CJ sich zu Dakota. »Soll ich dir ein Geheimnis verraten?«, fragte sie. Als Dakota darauf nichts antwortete, redete sie trotzdem weiter. »Früher war ich vor Sport immer echt nervös. Ich dachte, der einzige Grund, mitzumachen, wäre, zu gewinnen. Dabei hatte ich das beste Sporterlebnis, als ich ein Rennen verlor. Wir sind heute hier, um einfach Spaß zu haben. Sieht das nicht witzig aus?«

Sie zeigte aufs Spielfeld. Wyatt alberte herum, während er den Jugendlichen zeigte, wie sie ihre Schläger halten sollten. Alle lachten.

»Für mich sieht es nicht witzig aus«, murmelte Dakota.

»Das kannst du nicht wissen, solange du es nicht ausprobiert hast. Wie wär's, wenn du es nur für fünf Minuten versuchst? Ich stelle sogar einen Timer, damit wir auch ganz sicher keine Sekunde überziehen.«

Dakota ballte ihre Hände zu Fäusten und blickte zu CJ hoch. Sie wirkte jetzt nicht mehr sauer oder bockig. Nur traurig. »Bitte, zwing mich nicht zu spielen. Bitte.«

Sie klang, als wäre sie den Tränen nahe. CJ fühlte sich völlig überfordert. Und so gab sie die einzige Antwort, die ihr angemessen erschien: »Okay.«

KAPITEL 9

»Denkst du, dass dieser Typ, dieser Danglehoffner, heute noch mal wiederkommt?«

»Hä?«, machte Martha. Sie lehnte am Verkaufstresen für Snacks und Getränke und starrte in ihr Handy, während Victoria geistesabwesend um sie herum putzte.

»Danglehuffer … Darfenderfner, nein. Das war's nicht. Wie heißt der Typ? Dieser süße Kinofan?«

»Dinglehopper«, sagte Martha. Dann widmete sie sich wieder ihrem Handy. Sie las die aktuelle Ausgabe der McKinley *Blaze* online.

»Dinglehopper? So wie die Gabel, die Arielle als Haarbürste benutzt?«

»Yep«, sagte Martha. Jordan hatte entschieden, den Artikel über den Park noch nicht zu bringen, und es gab überhaupt nichts furchtbar Spannendes in dieser Ausgabe.

»Er heißt Diffenderfer, stimmt's? Logan Diffenderfer. Das ist sein Name, oder?«

Nachdem Martha Victoria den Vierteldollar gegeben hatte, waren sie tatsächlich hinten in den Kinosaal geschlichen und hatten sich den komischen französischen Film angesehen. Nur war der überhaupt nicht komisch. Er war wundervoll. Traurig und einsam und doch zutiefst hoffnungsvoll.

Irgendwann war Martha dermaßen ergriffen, dass sie aus dem Saal stürmen musste. Sie schaffte es gerade noch aufs Klo, wo sie einen tiefen, lauten Schluchzer ausstieß. Martha heulte nicht gern, und schon gar nicht vor anderen Leuten. Als sie endlich ihre Fassung wiedergewonnen hatte, sodass sie in den Saal zurückkehren konnte, war der Film vorbei. Logan und Victoria redeten miteinander. Ziemlich vertraut.

»Nein«, sagte Martha tonlos. »Er heißt definitiv Dinglehopper.«

Da klopfte es an der Eingangstür und Martha zuckte zusammen. »Mist«, murmelte sie. »Eine von uns sollte in der Ticketbude sein. Wahrscheinlich ein angepisster Zuschauer.«

»Vielleicht ist es Diffenderfer«, sagte Victoria und klang dabei auf eine Weise hoffnungsvoll, die Martha missfiel.

Martha ging zur Eingangstür und öffnete sie. »Dad«, sagte sie erstaunt.

Noch nie zuvor hatte ihr Vater sie bei der Arbeit aufgesucht. Jemand musste gestorben sein. Das war die einzig denkbare Erklärung. Jemand musste auf dramatische Weise ums Leben gekommen sein. Rasch winkte sie ihn herein. »Was machst du hier?«

»Warum sitzt du nicht in der Ticketbude?«

»Wer ist tot?«

»Warum sollte jemand tot sein?«

Ihr Vater nahm seine Baseballcap ab, als er durch die Tür trat.

»Du kannst deine Mütze aufbehalten, Dad. Das kümmert keinen.«

»Mich kümmert's. Für einen Mann ist es unhöflich, drinnen eine Kopfbedeckung zu tragen.«

Die gesellschaftlichen Konventionen, an denen er festzuhalten beschlossen hatte, waren so nervig willkürlich.

»Also was gibt's dann?«, fragte Martha.

»Ich habe diese Formulare für finanzielle Unterstützung fertig ausgefüllt.«

»Oh«, sagte Martha. »Danke.« Sie wollte sich nicht in Schulden stürzen, aber sie wollte auch kein Kalb sein. Deshalb hatte sie gestern Abend ihrem Dad und ihrer Mom die Formulare geschickt. Da ihre Eltern ja geschieden waren, benötigte sie von jedem welche.

»Da steht, man müsse sie scannen«, sagte er. »Ich dachte, vielleicht habt ihr hier eins von diesen Scannerdingern.«

Sie schüttelte den Kopf. »Nein. Aber ich habe eine App auf meinem Handy. Damit kann ich das machen.«

Ihr Dad zog einen Umschlag aus seiner hinteren Hosentasche. Er zögerte, bevor er ihn ihr gab. »Ich möchte nicht, dass du ausflippst, wenn du die Zahlen siehst. Die wollen auch wissen, wie viel Schulden ich habe. Wenn man das alles addiert, sieht es nach viel aus. Aber das ist es nicht. So leben Erwachsene nun mal. Ich weiß, wie du zu Geld stehst und … du brauchst dir darüber keine Sorgen machen.«

Martha nahm den Umschlag entgegen. »Danke.«

»Patsy. Sieh mich an.«

Das tat sie.

»Ich wünschte, ich könnte dir mehr geben.«

Sie hasste das. Hätte ihr Dad doch nur gewusst, wie man so ein Scannerding bediente oder wie man ein Formular online ausfüllte, so wie jeder andere Elternteil auf der Welt. Sie wünschte, er wäre dahintergekommen, wie er das allein hinkriegte, damit sie jetzt die Verlegenheit in seinem Gesicht nicht sehen müsste.

»Nein, Dad. Ist schon okay. Ganz ehrlich, je weniger Einkommen du hast, desto besser für mich. Dann komme ich für viel mehr finanzielle Unterstützung infrage. Deshalb, ganz im Ernst, je schlechter das ist, desto besser für mich.«

Plötzlich war ihr sehr bewusst, dass Victoria hinter der Snack-Theke stand. Die Hemdsärmel ihres Dads waren hochgerollt. Dadurch konnte man das Tattoo auf seinem Unterarm sehen: den Adler, der über einer amerikanischen Flagge in die Luft stieg. Er hatte es sich zum Jahrestag des 11. September machen lassen. An den Rändern war die Tinte verschwommen und blass. Beim ersten Kennenlernen schätzten Leute ihren Dad immer falsch ein. Und so fragte sie sich, ob Victoria das auch gerade tat. Was diese Leute allerdings nicht wussten, war, dass unter dieser rauen Schale ein extrem effizienter Leser steckte, der einst einen wichtigen Job gehabt hatte. Sie wussten auch nicht, dass ihn an der Highschool alle für etwas Besonderes gehalten hatten. Martha hatte sich sein Jahrbuch angesehen. Im Herbst war er Football-Star, im Frühling eine Baseball-Legende gewesen. In seinem letzten Schuljahr wurde er zum beliebtesten Schüler, (zusammen mit Marthas Mom) zum Best Couple gewählt sowie als derjenige genannt, der mit größter Wahrscheinlichkeit von den Cleveland Browns angeworben würde. Solche Leute wussten nicht, dass er etwas Bewundernswertes getan und ein Football-Stipendium an der Notre Dame ausgeschlagen hatte, um bei ihrer Mom in Cleveland zu bleiben, weil sie schwanger war.

Er nahm die Baseballcap unter seinem Arm weg. »Ich seh dich dann zu Hause, Patsy.«

»Bis dann, Dad. Und danke dafür.« Sie hielt den Umschlag in die Höhe.

Nachdem er gegangen war, hörte Martha Schritte hinter sich. »Patsy?« Victorias Stimme klang ein kleines bisschen spöttisch.

Martha zuckte mit den Achseln. »Was? Hatten deine Eltern nie einen seltsamen Spitznamen für dich?«

Victoria sah getroffen aus und Martha nahm sich gleich ein bisschen zurück. »Sorry«, sagte sie.

»Alles okay?«, fragte Victoria.

Martha nickte. »Mir geht's gut. Patsy war in Martha Washingtons Kindheit ihr Spitzname. Dad hat mich schon immer so genannt. Er findet, ich wäre wie sie. Als würde ich erwachsen und dann ...« *Bemerkenswert* sein. Den Ausdruck verwendete er ständig. »Wie auch immer. Ist nur ein blöder Spitzname.«

Victoria lächelte. »Ich finde das nicht blöd. Ich finde es sogar richtig süß.«

Martha zuckte wieder mit den Schultern. Nicht weil sie den Kosenamen nicht mochte. Im Gegenteil. Sie liebte ihn. Es lag eher daran, dass sie sich, wie sie so dastand, mit dem Umschlag in der Hand, überhaupt nicht bemerkenswert vorkam. Stattdessen hatte sie Angst. »Ich gehe mal die Ticketkabine besetzen«, meinte sie. »Wir sollten echt besser darauf achten.« Den Umschlag nahm sie mit.

Jordan starrte auf ihr Whiteboard, von dem ihre Freundinnen behaupteten, es würde sie wie eine Serienmörderin wirken lassen. Sie war überzeugt davon, dass alles klar würde, wenn sie es nur lange genug einfach anstarrte.

Da kam ihr Bruder rein und ließ sich in ihren violetten

Sitzsack fallen. »Dad sagt, wir machen heute Abend mal wieder Knickknacks.«

Knickknacks bedeutete, dass ihre Eltern keine Lust zu kochen hatten und jeder selbst zusehen musste, was für Reste er im Kühlschrank fand. »Okay«, sagte Jordan.

»Was machst du da?«

Sie antwortete nicht. Sie hatte sich das Datum des Treffens mit den Anwohnern und das Datum, an dem der Bezirksrat den Antrag eingebracht hatte, notiert. Sie lagen so dicht beieinander, dass ein Zufall fast unglaublich erschien.

»Waaas … maaachst … duuu … daaa?« Ihr Bruder machte Dorie aus dem Film *Findet Nemo* nach, als sie mit dem Wal sprechen wollte.

»Ich versuche, deine Zukunft zu retten. Du willst doch auch deinen geschnitzten Namen im Memorial Park hinterlassen, oder?«

»Logisch.« Er trat an ihren Schreibtisch und sah sich den Stapel Broschüren von Colleges an. »George Washington University?«

»Die ist in D.C.« Die Beratungslehrerin hatte sie ihr als gute Alternative empfohlen. Zusammen mit der BU, falls sie es nicht auf die Northwestern schaffte.

»Ich will aber nicht, dass du nach D.C. gehst.«

»Chill. Ich ja auch nicht.« Das war keine Gegend, die sie interessierte. Nicht im Geringsten.

»Warum sollten sich Anwohner über einen Park beschweren?« Er stellte sich vor das Whiteboard und versperrte ihr den Blick.

»Lucas, geh raus. Ich versuche, mich zu konzentrieren.«

»Ich dachte, du machst das für mich.«

»Tu ich auch. Die Nachbarn haben sich beschwert, weil Leute zum Dealen in den Park gehen und da noch andere schlimme Sachen machen.«

»Dafür kann doch der Park nichts.« Lucas nahm sich einen ihrer Whiteboard-Stifte und malte ein Smiley auf die Tafel. Dann drückte er die Kappe wieder auf den Stift. »Die restlichen Spaghetti gehören mir.« Damit verließ er ihr Zimmer.

Nachdem er draußen war, trat Jordan näher an das Whiteboard. Dafür konnte der Park tatsächlich nichts. Es war auch den Kindern gegenüber, die im Viertel wohnten, nicht fair. Marthas Viertel. Von ihnen würde man in Zukunft erwarten, dass sie drinnen spielten. Der einzige Grund, warum der Bezirksrat jetzt nicht wie ein Bösewicht dastand, war, dass er sagen konnte, er handele im Namen der sich beschwerenden Nachbarn. Jordan schaute wieder auf die zwei Datumsangaben, die sie sich notiert hatte, und ging dann noch mal ihre Notizen durch. Scott hatte ihr ein Datum genannt und behauptet, da hätte das Treffen mit den Nachbarn stattgefunden, die gegen den Park waren. Ihr war nicht mal in den Sinn gekommen, das infrage zu stellen. Jetzt war sie sauer auf sich selbst. Es lag an seinen Augen. Diese strahlend blauen Augen schienen gar nicht lügen zu können. Jordan griff nach ihrem Handy. Während sie wählte, machte sie ihre Zimmertür zu. Es läutete nur zweimal, bevor sie seine Stimme hörte. »Büro von Bezirksrat Kenneth Lonner. Scott Mercer am Apparat.«

»Scott. Hi. Hier ist Jordan. Jordan Scha- … äh – ich meine, James. Jordan James.«

»Jordan.« Er klang überrascht. »Was kann ich für Sie tun?«

»Ich arbeite noch an meinem Artikel und habe festgestellt, dass es mir helfen würde, wenn ich die Beschwerden dieser Wahlberechtigten selbst lesen könnte. Die, bei denen es um Drogendeals im Park ging.«

Es herrschte langes Schweigen.

»Hmm«, machte Scott schließlich. »Ich bin mir nicht sicher, ob ich irgendetwas habe, was ich Ihnen zeigen kann. Das Treffen zwischen dem Bezirksrat und den Anwohnern war eine private Sache, daher glaube ich nicht, dass es Notizen darüber gibt.«

Interessant. Jordan wusste nicht, ob das unüblich war. Sie machte sich Sorgen, unprofessionell zu klingen, wenn sie danach fragte.

»Wie wäre es dann mit einem Namen und einer Telefonnummer von irgendwem, der sich beschwert hat?«, sagte sie. »Dann kann ich mir O-Töne direkt besorgen.«

»Ich darf keine persönlichen Daten von Wahlberechtigten weitergeben.«

Das klang legitim. Wenn auch unglaublich praktisch für ihn. Während Jordan so dasaß und ihr Spürsinn geweckt war, beschloss sie, ihm mehr Druck zu machen. »Ihnen ist klar, dass ich Akteneinsicht nach dem Recht auf Informationsfreiheit beantragen könnte?«

Jordan hatte überhaupt keine Ahnung, worauf sich das Recht auf Informationsfreiheit überhaupt erstreckte. Sie setzte einfach darauf, dass Scott es auch nicht wusste.

Sie meinte, ihn seufzen zu hören. Aber anscheinend räusperte er sich nur, damit er leiser weitersprechen konnte. Es war fast ein Flüstern. »Hören Sie«, sagte er. »Offiziell kann ich Ihnen gar nichts geben. Aber ich zeige Ihnen was, wenn das unter uns bleibt.«

»Selbstverständlich.«

»Können wir uns morgen treffen?«

»Definitiv. Soll ich zu Ihnen ins Büro kommen?«

»Auf gar keinen Fall. Wie wäre es da, wo dieses Treffen junger Berufseinsteiger stattgefunden hat? Im Hyatt Regency. Treffen wir uns doch an der Bar in der Hotelhalle.«

»Äh …«

»Seien Sie um sieben dort.«

Damit legte er auf. Sofort rief Jordan im Hyatt Regency an, um rauszukriegen, ob die Bar vielleicht nur für Leute ab einundzwanzig zugänglich war. Zu ihrer Erleichterung erfuhr sie, dass es dort auch Restaurantbetrieb gab. »Kids sind bei uns willkommen.« Das sagte der Typ am Telefon tatsächlich. *Kids sind bei uns willkommen.* Kaum hatte sie das erledigt, zog sie die Kappe von ihrem roten Stift und schrieb etwas an die Tafel.

Lügt der Bezirksrat?

KAPITEL 10

Ava wollte eigentlich nicht auf Logans Leinwand schauen. Er hatte sie gebeten, das nicht zu tun, bis er fertig wäre, und sie hatte eingewilligt. Doch sie hatte den Kunstsaal nach dem Unterricht betreten, weil ihr endlich eine Idee gekommen war, wie sie ihre Mutter im Hintergrund des Selbstporträts malen konnte. Kunststunden nach dem regulären Unterricht waren freiwillig, und normalerweise fanden sich nur Ava, Isla und Tobin dazu ein. Deshalb staunte sie, als sie die Tür aufmachte und Logan mit einem Pinsel in der Hand erblickte. Er war auch überrascht. Seine Staffelei stand so, dass sie darauf schauen konnte. Zuerst wandte sie den Blick ab, um ihr Versprechen zu halten. Doch dann konnte sie nicht anders. Sie schaute noch mal hin. Ein schneller Blick genügte.

»Du hast mich weiß gemacht!«

Logan fuhr herum. »Du hast geguckt? Du hattest versprochen, nicht zu gucken.«

»Nein. Okay, ja. Ich habe geguckt. Ich konnte nicht anders. Logan. Ich bin Latinx. So sieht meine Haut nicht aus. Sogar weiße Menschen sind nicht *so* weiß.«

Logan trat einen Schritt zurück und betrachtete sein Bild. Ava merkte, dass er verlegen war. »Ich weiß. Es ist schrecklich. Ich kann das nicht. Mrs Simon wird mich durchfallen lassen, oder?«

»Tja …«

»Shit. Ich darf einfach in diesem Halbjahr nichts Schlechteres als ein B im Zeugnis haben. Wie kann es denn sein, dass Kunst noch schwerer ist als Physik auf Collegeniveau? Shit, Shit, Shit.«

Logan flippte regelrecht aus, und jetzt bereute Ava ihre Reaktion. Wenn er jetzt wieder eine Panikattacke bekäme, würde sie sich richtig schlecht fühlen. »Okay, beruhig dich. Mrs Simon benotet die Mühe, die man sich gibt, nicht das Talent. Die Tatsache, dass du nach dem Unterricht herkommst … Und dass du die Sache ernst nimmst …«

»Ich werde versuchen, den richtigen Hautton zu finden«, sagte er.

Während Logan sich neue Farbe holen ging, nahm Ava ihr Selbstporträt zur Hand. Sie stellte es auf ihre Staffelei und überlegte, wie sie die Sache angehen sollte. Ihre Idee bestand darin, ihr eigenes Gesicht auf den Kopf ihrer Mutter zu malen. Dann würde sie mit einer Handfläche über die noch feuchte Farbe wischen, um zu bewirken, dass ihre Züge verschwammen. Logan kam mit der Farbe zurück und blieb hinter ihr stehen.

»Bei dir sieht das so einfach aus.«

»Ist es nicht«, sagte sie. »Ich arbeite härter, als den Leuten bewusst ist. Und selbst dann klappt es nicht immer. Das hier ist eine wirklich schwierige Sache. Erst dachte ich, es wäre interessant, ihr Gesicht nicht zu sehen, aber es sieht nur seltsam aus.«

»Überlegst du manchmal, nach ihr zu suchen? Nach deiner Mom?«

Ava griff nach den Bündchen ihrer Ärmel und zog sie sich über die Hände. »Ähm, das ist kompliziert. Und ich will nicht wirklich … Es ist nichts, worüber ich reden möchte.« *Mit dir reden möchte.*

»Sorry«, sagte er. »Ich werde mal versuchen, deinen Hautton zu treffen. Ich geb' mir echt Mühe.«

Er wandte sich wieder seinem Bild zu und sie ihrem. Von Zeit zu Zeit spürte sie, dass er sie anstarrte. Er spähte an seiner Staffelei vorbei und auf ihre, studierte sie und bemühte sich, das Bild gut hinzukriegen.

Natürlich überlegte Ava, nach ihrer leiblichen Mutter zu suchen. Manchmal dachte sie jede Sekunde eines ganzen Tages an nichts anderes. Sie hatte so viele Fragen. Deshalb kam sie auch mit dieser verschwommenen Darstellung nicht zurecht. Weil so ein Bild nie genügen würde. Sie wünschte sich sehnlichst, diese Frau zu treffen, die sie weggegeben hatte. Und sie wollte ihr die Frage stellen, warum.

Plötzlich hatte Ava Gänsehaut auf den Armen. Als sie aufschaute, starrte Logan sie an. Sie wusste, dass es nur wegen des Arbeitsauftrags war, doch als ihre Augen sich begegneten, wandte er den Blick nicht ab.

»Ich werde das hinkriegen«, sagte er.

Ava nickte. Dann kramte sie nach ihrem Handy und verschickte eine verzweifelte Nachricht.

CJ stand schon auf dem Parkplatz des Sportzentrums, als sie Avas Nachricht bekam.

Logan starrt mich an. Es ist furchtbar. Liegt am Arbeitsauftrag. Aber trotzdem. Schrecklich. Kann irgendwer kommen und

mir im Kunstsaal Gesellschaft leisten? BITTE. Mein Diffenderfer-Dämpfer sein?

Martha und Jordan schrieben sofort zurück, sie könnten nicht. CJ seufzte. Sie würde alles für Ava tun. Und offen gestanden war sie erleichtert, einen Grund zu haben, aus dem sie den Freiwilligendienst schwänzen konnte. Sie kam sich mit Dakota wie eine totale Versagerin vor. Alles, was sie sagte, war falsch. Als würde sie alles nur noch schlimmer machen. Also schrieb sie Wyatt eine kurze Nachricht.

Tut mir echt leid, aber ich schaff's heute nicht. Bin krank.

Wyatt antwortete sofort.

Krank oder die Nase voll von Dakota?

CJ fing an, etwas von hohem Fieber zu schreiben, löschte das aber gleich wieder. Vielleicht sollte sie ihm sagen, sie hätte Bauchkrämpfe. Das würde er nie anzweifeln. Aber sie löschte das auch. Bevor ihr eine dritte Lüge einfiel, meldete das Handy eine neue Nachricht von Wyatt.

Die blauen Punkte verraten dich, Clarke. Ich sehe vor mir, wie du versuchst, dir eine Lüge einfallen zu lassen.

Ich lüge nicht.

Okay. Ich lüge.

Aber es ist nicht so, wie du denkst.

Sobald sie auf Senden getippt hatte, klingelte ihr Handy. Das war Wyatt. »Hallo?«, sagte sie.

»Clarke. Du klingst gar nicht krank.«

»Ich hab doch schon zugegeben, dass ich nicht krank bin.«

»Dann red mit mir. Warum beehrst du uns heute nicht mit deiner Anwesenheit? Liegt es daran, dass du denkst, du hättest als Freiwillige versagt? Bitte sei nicht so streng mit dir. Du bist wirklich gar nicht so schlecht, wie du denkst.«

»Aha, danke dafür.«

»Sie ist ein toughes Mädchen, das gerade eine harte Zeit durchmacht.«

»Ich weiß.«

»Was ist denn dann los?«

CJ seufzte. »Die Sache ist«, sagte sie, »Ich habe da noch ein anderes toughes Mädchen, das eine harte Zeit durchmacht.«

»Lügst du jetzt schon wieder?«

»Nicht wirklich.« Ava war siebzehn. Genau genommen war sie daher noch ein Mädchen und das, was CJ sagte, genau genommen nicht gelogen. »Hör zu, es geht um Folgendes: Eine meiner besten Freundinnen wurde mit ihrem Todfeind zu dieser Partnerarbeit in Kunst verdonnert.«

»Ah. Ein Highschool-Drama. Erzähl mir mehr.«

»Tja, das ist eine lange Geschichte. In der Neunten hat er diese Sache gesagt, und –«

»Du musst echt lernen, Sarkasmus zu erkennen. Es interessiert mich nicht die Bohne. Und jetzt sieh zu, dass du deinen Hintern herbewegst.«

»Ich weiß, das klingt jetzt blöd, aber es ist wirklich eine schlimme Sache. Sie ist …« CJ wollte schon »zerbrechlich« sagen. Dabei war Ava definitiv nicht zerbrechlich. Eigentlich war sie die stärkste Person, die CJ kannte. »Sie ist speziell.«

»Ich sag's noch mal, Clarke. Es interessiert mich nicht. Wir sehen uns in fünfzehn Minuten.«

CJ legte auf und betrat dreißig Sekunden später die Turnhalle. »Ich war schon auf dem Parkplatz«, sagte sie, als Wyatt fragend eine Augenbraue hochzog.

»Clarke«, sagte er. »Mach dir nicht selbst so viel Druck. Du bist nicht hier, um Dakotas Leben zu ändern. Falls wir sie am Ende dazu bewegen können, ein bisschen Tennis zu spielen, toll. Aber wir können sie nicht aus dieser Sache rausholen, bis sie nicht bereit dazu ist. Sie muss einfach auch mitspielen, verstehst du?«

Dakota sagte nicht mal Hallo, als sie eintraf. Sie steuerte direkt auf die Seitenauslinie zu, wie es ihre Gewohnheit war. CJ winkte. Dakota winkte nicht zurück. Sie dachte daran, was Wyatt gesagt hatte. Dass Dakota einfach »mitspielen« müsste. Also ließ sie Dakota in Frieden und half bei den Trainingseinheiten der bereitwilligeren Teilnehmer mit. Nach etwa zwanzig Minuten schmollte Dakota so offensichtlich, dass CJ es kaum noch aushielt. Sie sprach Wyatt an. »Was dagegen, wenn ich –«

»Geh«, sagte er nur.

CJ ging an die Seitenlinie und setzte sich neben Dakota auf den Boden.

»Hey, Dakota.«

»Hey.«

»Wo ist deine Mom heute? Ich hab sie dich gar nicht rein begleiten gesehen.«

»Der Dad von Angus hat mich gefahren.« Angus war ein Junge mit lauter Stickern von Death-Metal-Bands auf seinem Rollstuhl. »Meine Mom trinkt Kaffee mit einer anderen Mutter. Der Mom von meiner – von dem Mädchen, das mal mit mir befreundet war.«

»Seid ihr denn nicht mehr befreundet?«

Dakota schüttelte den Kopf. »Sie ist gemein. Ich hasse sie. Wir haben uns gestritten. Und jetzt müssen unsere Moms Kaffee trinken und über uns reden.«

»Worüber habt ihr euch denn gestritten?«

Dakota schaute weg, sodass CJ merkte, sie hatte einen

wunden Punkt getroffen. »Ich streite mich auch manchmal mit meinen Freundinnen«, sagte CJ. »Das fühlt sich schrecklich an, aber tief drinnen, sogar während wir uns streiten, weiß ich, dass wir uns trotzdem noch mögen.«

»Das ist was anderes. Sie wird nie mehr meine Freundin sein. Ich hab keine Freunde.«

»Ich wette, dass das nicht stimmt. Ich weiß sogar, dass es nicht stimmt. Weil, ich bin deine Freundin.«

Dakota warf CJ einen schmerzerfüllten Blick zu. »Das ist sogar noch schlimmer, als keine Freunde zu haben. Denn du bist bloß so eine creepy Erwachsene, die dafür bezahlt wird, mit mir abzuhängen.«

»Ich werde nicht bezahlt«, sagte CJ. »Ich bin auch noch nicht mal erwachsen. Dakota, ich versuche selbst gerade, mich mit allem zurechtzufinden. Um ganz ehrlich zu sein, bin ich eine ziemliche Chaotin. Schlimmer als Leute es mir manchmal ansehen. Ich fühle mich überfordert. Ich habe Schiss. Also verstehe ich dich vielleicht besser, als du denkst. Du kannst mit mir über alles reden. Das machen Freundinnen schließlich füreinander.«

Plötzlich schossen Dakota Tränen in die Augen. Dann blitzte Wut darin auf. »DU BIST NICHT MEINE FREUNDIN!«

Köpfe drehten sich zu ihnen um und der Lärm auf dem Spielfeld erstarb schlagartig. CJ spürte, dass alle sie anstarrten. »Dakota …«

Wyatt fing CJs Blick auf. Sie versuchte, ihm mit den Augen zu verstehen zu geben, dass sie alles unter Kontrolle hätte. Obwohl sie sich ziemlich sicher war, dass das nicht stimmte. CJ beugte sich zu Dakota. Sie berührte ganz leicht ihren Arm und flüsterte: »Warum gehen wir nicht kurz raus? Wir können uns unterhalten, während wir ein bisschen spazieren gehen.«

Diese Worte sollten eigentlich verhindern, dass Dakota ausrastete, doch sie bewirkten das genaue Gegenteil. »Checkst du's nicht? Ich kann nicht spazieren gehen! Lass mich doch einfach in Ruhe! LASS MICH IN RUHE!«

Dakotas Stimme hatte beinahe etwas von einem Urschrei. Verblüfft verstummte CJ. Sie hockte wie erstarrt da, während Dakota die Bremsen ihres Rollstuhls löste und aus der Halle floh. Erst als sie schwungvoll die Türen aufstieß, wurde CJ bewusst, was da gerade geschah. Dakota steuerte rasend schnell auf den Parkplatz zu.

Wyatt war schon unterwegs.

»Dakota!«, rief er ihr nach. »Dakota!«

CJ spürte, wie alle Jungs sie anstarrten. Das war ihre Schuld. Es war ihre Schuld und sie musste es wieder in Ordnung bringen. »Carter«, sagte sie zu dem ältesten Jungen auf dem Spielfeld. »Lass alle ihre Aufschläge üben. Ich bin gleich wieder …« Sie beendete den Satz nicht einmal.

Draußen sah CJ, dass Dakota immer noch einen Vorsprung vor Wyatt hatte. Auf dem Parkplatz befanden sich so viele Autos. Ein Lieferwagen bog um die Ecke. CJ sah ihn noch vor Dakota. Der Wagen legte eine Vollbremsung hin und hupte. Der Fahrer hatte den Mund schon offen, um loszuschimpfen. Doch da bemerkte er, dass es sich um ein Kind in einem Rollstuhl handelte, und winkte nur. »Sorry.«

Der Beinahe-Zusammenstoß musste Dakota aufgerüttelt haben, denn sie hielt an. Wyatt holte sie ein und Dakota wirbelte herum. Sie atmete schwer, und CJ war inzwischen so nah, dass sie die Tränen in ihren Augen sah. »Es … es … es tut mir leid«, sagte Dakota.

CJ beschloss, stehenzubleiben und Wyatt reden zu lassen. Sie hatte zu viel Angst davor, wieder das Falsche zu sagen.

Wyatt sah Dakota voller Mitgefühl an. »Was tut dir leid?«

»Dass ich so geschrien habe.«

»Für mich klang das danach, als hättest du es gebraucht.«

Sie nickte.

»Willst du noch weiter schreien?«

Sie schüttelte den Kopf. »Dann starren alle rüber.«

»Wen kümmert das einen Scheiß?«

Sie musterte ihn. Irritiert, aber auch ein bisschen fasziniert, weil er so ungeniert redete.

»Ja, ich hab ›einen Scheiß‹ gesagt. Du hast gerade einen beschissenen Tag und darfst deshalb rumschreien. Ich glaube, du brauchst das gerade. Also schrei.«

CJ trat von einem Fuß auf den anderen und kam sich so nutzlos vor.

»Versuch's mal«, forderte er sie auf. »Schrei raus, was immer du willst. Brüll, was immer aus dir raus muss.«

Dakota hatte immer noch Mühe, zu Atem zu kommen. »Das hätte nicht passieren sollen.«

»Was denn? Aber sag es mir lauter.«

»Ich hätte operiert und alles wieder in Ordnung kommen sollen. Meine Mom hat gesagt, ich werde wieder. Sie hat's mir versprochen. Aber ich bin nicht wieder geworden und meine Freundin hat Angst vor mir und es ist nicht fair. ES IST NICHT FAIR!«

»Nein«, sagte Wyatt. »Ist es nicht. LAUTER.«

»DAS IST UNFAIR! DAS IST SO UNFAIR!«

Mindestens ein halbes Dutzend Leute überquerten den Parkplatz. Keiner von ihnen sagte etwas. Einige schauten herüber und lächelten höflich. Die Rollstühle brachten alle in Verlegenheit. CJ senkte den Blick auf ihre Füße. Auch sie fühlte sich seltsam und verlegen.

Nachdem die Schleusen einmal geöffnet waren, schrie Dakota. Wyatt erhob seine Stimme und schrie mit. Das erlaubte Dakota, noch lauter zu werden. So schrie sie ihre Wahrheit in Bezug auf alles heraus. Sie schrie, bis ihr die Tränen in Strömen übers Gesicht liefen. Sie schrie, bis sich Gelächter in ihr Geschrei mischte. Wyatt reckte die Fäuste in den Himmel und heulte wie ein Wolf. Dakota schrie, bis ihr die Worte ausgingen, dann heulte auch sie wie ein Wolf. Ihre Stimmen mischten sich und klangen abwechselnd nach Wut und Freude, nach Trauer und Erleichterung.

Für CJ war es eine der schönsten Erfahrungen ihres Lebens. Zugleich hatte sie sich noch nie derart nutzlos gefühlt.

CJ redete nicht mit Wyatt über das, was an diesem Nachmittag passiert war. Sie wich sogar seinem Blick aus, als sie ihm half, die Hütchen einzusammeln und die Tennisschläger aufzuräumen. Dann verabschiedete sie sich. Wyatt versuchte noch, etwas zu ihr zu sagen, aber sie meinte, sie müsse zu einem Termin. Sie rannte zu ihrem Wagen, stieg ein und umklammerte das Lenkrad ganz fest. Sie hatte wieder versagt. Und diesmal nicht bei den SATs oder weil sie Letzte bei einem Laufwettbewerb war. Sie hatte einem Menschen gegenüber versagt.

CJ drehte die Schlüssel in der Zündung und fuhr rückwärts aus der Parklücke. Dabei fragte sie sich, ob sie wohl jemals zurückkommen würde. Sie entschied, dass es für Dakota besser wäre, wenn sie es nicht täte.

An diesem Abend öffnete Martha den Briefumschlag von ihrem Dad. In eine Spalte hatte er seinen Bruttolohn geschrieben, in eine andere seine Schulden. Martha betrachtete die Zahlen und hatte das Gefühl, ihre Knie würden nachgeben. Dabei wusste sie, es war nicht die Schuld ihres Vaters, dass er sich in dieser finanziellen Misere befand. Nicht lange nach der Kündigung hatte er einen Motorradunfall gehabt. Der war nicht mal so schlimm. Er hatte nur Prellungen, allerdings war er damals nicht krankenversichert gewesen, und allein der Krankenwagen hatte zweitausend Dollar gekostet. Sie hatte einmal gehört, wie er sich bei einem seiner Freunde darüber beschwerte. »Ich wünschte, ich wäre nie in das gottverdammte Ding gestiegen.«

Martha ließ sich rücklings auf ihr Bett fallen. Wie sie so an die Zimmerdecke starrte, konnte sie noch die vergilbten Umrisse einer ganzen Galaxie von Leuchtsternen sehen, die dort noch klebten. Ihr Dad hatte sie gekauft und am ersten Abend in der neuen Wohnung geholfen, sie dort anzubringen. Damals steckte Martha noch in ihrer Astronomiephase. Einige Jahre lang hatte sie davon geträumt, zu den Sternen zu fliegen. Jetzt war ihr Traum so viel bescheidener. Sie wollte nur in der Lage sein, das College zu bezahlen.

Martha beschloss, CJ anzurufen. Ava und Jordan hätten sich auch Mühe gegeben, sie zu verstehen, doch das würde nur CJ wirklich gelingen. Wenn auch nicht komplett. Ihre Familie stand nicht annähernd so schlecht da, aber das Geld war trotzdem knapp. Ihre Eltern schnitten Rabattcoupons aus und beschwerten sich über die Wirtschaftslage, und das war immerhin etwas. CJs Eltern mussten ebenfalls diese schrecklichen Formulare ausfüllen. Als CJ nicht ranging, rief sie Jordan an. Danach Ava. Anschließend warf sie ihr

Handy in die Ecke und kniff die Augen zu. Sie wollte sich verstecken. Vor all dem Zeug. Den Schulden, der Angst und vor den Sternen, von denen sie einst geglaubt hatte, sie erreichen zu können.

Als Marthas Handy klingelte, ging sie durchs Zimmer, um es dort aufzuheben, wo es gelandet war. Sie hoffte, CJ wäre es. Vergeblich.

»Hallo?«, meldete sie sich zögernd.

»Hi«, sagte Victoria. »Passt es dir gerade?«

»Klar. Was gibt's?«

Wahrscheinlich rief Victoria an, um ihr noch mehr Stunden wegzunehmen. »Uncle Benny« hatte schon erwähnt, dass er den Dienstplan noch mal ändern würde.

»Ich rufe nur an, um zu reden«, sagte Victoria. »Ich wollte eigentlich nur hören, wie's dir geht. Du kamst mir heute so ... keine Ahnung. Du kamst mir vor, als hättest du einen schlechten Tag.«

»Ich glaube kaum, dass du das verstehen würdest«, sagte Martha.

»Dann stell mich auf die Probe.«

»Es geht um finanzielle Sachen. Das scheint für dich nicht wirklich ein Problem zu sein. Und das meine ich nicht böse.«

»Schon okay. So hab ich es auch nicht verstanden. Wahrscheinlich hast du sogar recht. Aber ich kann trotzdem zuhören.«

Martha ging zu ihrem Bett zurück und kuschelte sich hinein. Dann erzählte sie Victoria alles, während sie ihre Sterne anstarrte.

Jordan hatte ihre Lektion mit dem zu engen Etuikleid gelernt. Als sie an diesem Abend durch die Drehtür das Hyatt Regency betrat, war sie deshalb elegant, aber trotzdem bequem gekleidet. Sie trug ihre eigene knallrote Zigarettenhose. Normalerweise kombinierte sie die mit einem funkig bedruckten T-Shirt und Sneakers, aber heute hatte sie sich für ein schlichtes schwarzes Tanktop und High Heels entschieden. Sie fühlte sich mehr wie sie selbst – wie die erwachsene Version ihrer selbst – und das schenkte ihr Selbstvertrauen, während sie an der Bar nach Scott Ausschau hielt.

Er saß an einem kleinen Tisch, auf dem eine einzige Kerze flackerte. Vor ihm lag eine cremefarbene Akte. Jordans Herz machte einen kleinen Sprung, als sie diese entdeckte. Sie wusste nicht, was sich darin befand, aber ihr war klar, dass es womöglich alles verändern würde.

Scott stand auf, als sie näherkam, und schüttelte ihr die Hand. Er war so tadellos wohlerzogen. Nie hätte sie sich vorstellen können, dass einer der Jungs aus ihrer Highschool sich so benahm. »Schön, Sie zu sehen«, sagte er, als sie sich beide gesetzt hatten.

»Ist das für mich?«, fragte sie und ihr Blick ging zu der Akte.

Er schob sie in ihre Richtung. »Das ist für Sie. Allerdings können Sie nichts davon in Ihrem Artikel verwenden. Ich könnte eine Menge Schwierigkeiten bekommen, weil ich Ihnen das hier zeige.«

»Das bleibt absolut unter uns«, sagte sie. »Versprochen.«

Sie öffnete die Mappe und sah, dass etwa dreißig Blätter darin lagen. Handgeschriebene Notizen auf herausgerissenen gelben Blockblättern sowie ausgedruckte E-Mails. Sie begann zu lesen. Sobald sie begriff, um was es sich handelte, schaute sie zu Scott hoch. »Das sind die Beschwerden der Wahlberechtigten«, stellte sie verdutzt fest.

Er nickte. »Ich konnte Ihnen ansehen, dass Sie dachten, ich würde lügen. Und ich verstehe das. Aber es ist die Wahrheit. Die Mehrzahl der Anwohner hasst den Park. Die handschriftlichen Notizen hat mein Vorgänger gemacht. Bei Telefonanrufen. Die E-Mails sprechen so ziemlich für sich.«

Sie hörte ihn kaum, denn sie las schon eine der Mails. Dieser Nachbar zum Beispiel wohnte in der Straße direkt gegenüber vom Park und er hasste ihn. Leidenschaftlich. Das Schwerste für Jordan war, dass seine Klagen berechtigt klangen. Spätabendliche Drogengeschäfte. Nadeln neben den Spielgeräten. Er fand es nicht mehr sicher, seine Tochter dort spielen zu lassen. Jordan klappte die Mappe zu. »Danke dafür.«

Das war Marthas Viertel. Es war so hart, dass sie sehen musste, wie schlimm es dort geworden war.

»Ich weiß, es ist nicht das, was Sie sehen wollten«, sagte er.

Jordan versuchte, so zu tun, als wüsste sie nicht, was er meinte. »Ich bin Journalistin. Ich bin hier, um über die Wahrheit zu berichten. Und wenn das die Wahrheit ist ...«

Er hob fragend eine Augenbraue. Sie lehnte sich zurück. Es war sinnlos, weiter zu lügen. »Na schön«, sagte sie. »Ich habe gehofft, mein Artikel könnte den Park retten. Verklagen Sie mich ruhig.«

Scott lächelte. »Tja, nachdem wir hier gerade vertraulich miteinander reden, werde auch ich etwas zugeben. Einen Moment lang haben Sie mich verunsichert.« Sie blickte auf. »Bei unserem ersten Interview. Als sie das Timing der Verordnung über die verkürzten Öffnungszeiten des Parks ansprachen.«

»Wirklich?«

Er nickte. »Ich habe inzwischen schon ein paar Interviews zum Thema Park gegeben, und kein anderer Journalist stellte diese Verbindung her. Sie wissen, wie man tiefer bohrt. Und Sie sind auch sehr gut darin, ihr Gegenüber einzuschüchtern.« Den letzten Halbsatz sagte er mit einem Lächeln, und Jordan setzte sich wieder ein bisschen gerader hin.

»Echt?«

»Du meine Güte, ja.«

Das Kompliment tat ihr so gut und glich beinahe die Enttäuschung darüber aus, dass ihr Artikel sich erledigt hatte. Fast. »Ich habe mir wirklich gewünscht, mit diesem Artikel etwas zu bewirken«, sagte sie. »Ich weiß zwar, dass Journalisten sich nicht von ihrer eigenen Meinung beeinflussen lassen sollten, aber hier ging es nicht anders. Ich kann nicht erkennen, was an der Schließung des Parks positiv sein soll. Meinen Sie nicht, dass die Kinder aus der Gegend einen Ort zum Spielen verdienen?«

Scott zuckte mit den Achseln, aber nicht auf abfällige Weise. Eher zum Zeichen, dass er überlegte. »Ich bin überzeugt davon, dass der Bürokomplex hier das Richtige ist. Die Gegend braucht einen wirtschaftlichen Booster. Aber ganz unter uns, mich macht es auch nervös, wenn wir anfangen, Parks dichtzumachen.«

»Warum kann das Ding nicht irgendwo anders hin? Könnten Sie das nicht anregen?«

Scott lachte.

»Was?«, fragte Jordan.

»Erstens ist das nicht so einfach. Da geht's um ein Großprojekt mit viel Geld und Bürokratie. Und zweitens, *ich*? Es schmeichelt mir, dass Sie mir so viel Macht zutrauen. Ich weiß, dass es vielleicht wirkt, als hätte ich etwas zu sagen, aber so ist es nicht. Im Grunde genommen bin ich nur ein besserer Sekretär. Ein Niemand.«

»Sie sind kein Niemand.« Er suchte ihren Blick, und sie merkte, wie ihre Wangen warm wurden. Rasch sah sie woanders hin. »Ich meine ja nur, Sie haben doch direkten Zugang zum Bezirksrat.« Jordan konnte sich gar nicht vorstellen, was sie tun würde, wenn sie diesen Zugang hätte. »Sie könnten doch einfach mal mit ihm reden.« Endlich hatte sie wieder den Mut, ihn anzusehen. Scott machte ein irgendwie abwesendes Gesicht. Als würde er sich etwas vorstellen. »Was ist denn?«, fragte Jordan.

»Ich denke nur darüber nach, was Sie vorhin gesagt haben. Warum kann es nicht irgendwo anders hin?«

Seine Worte gaben ihr Hoffnung. Einen winzigen Hoffnungsschimmer. Sie ließ ihn in Ruhe weiter überlegen. Die Sache verarbeiten.

»Ich weiß nicht«, meinte er schließlich. »Vielleicht.«

Vielleicht genügte. Sie würde sich damit zufriedengeben. »Na gut«, sagte sie, »dann sollte ich wohl besser wieder gehen.«

Scott nickte. »Ja, ich auch.« Aber keiner von beiden stand auf. »Außer … Sie möchten vielleicht noch auf einen Drink bleiben?«

Jordan sah ihn an. Seine Frage überraschte sie, aber nicht im negativen Sinn. Sie hatte Lust, sich weiter zu unterhalten. Auf einen Drink zu bleiben, das war kein Problem. Oder? Sie konnte ja eine Cola bestellen. Es war schließlich gut, professionell in Verbindung zu bleiben.

»Klar«, sagte sie.

KAPITEL 11

An diesem Samstag absolvierte CJ die SATs zum dritten Mal. Sobald sie fertig war, schrieb sie Wyatt eine Nachricht und bat ihn um einen Termin. Sie fühlte sich zwar von dem Test noch ein bisschen benebelt, doch das war genauso wichtig. Ein paar Minuten zu früh traf sie bei Starbucks ein und hielt nach einem Platz Ausschau. Es ärgerte sie, dass die beiden Tische mit Rollstuhl-Zugang von Leuten belegt waren, die sie eindeutig nicht brauchten. Erst überlegte sie, etwas zu sagen, doch dann entschied sie sich für einen leeren Vierertisch weiter hinten im Café. Als Wyatt auftauchte, stand CJ auf.

»Clarke«, meinte er zur Begrüßung. »Du brauchst doch nicht extra aufzustehen.«

»Daran ist mein Dad schuld. Ich bin einfach so erzogen.«

»Tja, dann fasst du es hoffentlich nicht als Beleidigung auf, wenn ich das nicht nachmache.«

Sie lächelte verlegen. Dann sagte sie: »Möchtest du Kaffee?«, während er im selben Moment sagte: »Du willst also kündigen, ja?«

Sie senkte den Blick auf den Tisch. »Ich glaube, es wäre für alle das Beste. Vor allem für Dakota. Ich wollte ihr nicht wehtun.«

»Du bist nicht der Mittelpunkt des Universums, Clarke.«

Seine Feststellung ließ sie aufschauen. »Was?«

»Du scheinst zu glauben, du wärst der Grund für ihre Probleme. Oder dass du versagt hast, weil du sie nicht lösen konntest. Sorry, aber so viel Macht hast du gar nicht.«

Sie verschränkte ihre Finger und betrachtete sie. »Ich möchte dir die Möglichkeit geben, jemanden einzustellen, der nicht so ungeschickt ist. Jemanden, der die richtigen Worte findet. Ich mache doch alles nur noch schlimmer.« Als sie wieder hochschaute, sah Wyatt sie völlig ungerührt an. »Jetzt komm schon, ich versuche hier, ohne Gesichtsverlust zu kündigen.«

»Tja, das machst du echt furchtbar schlecht. Ich nehme deine Kündigung nicht an.«

Jemand hatte seinen Namen in die Tischplatte geritzt – Laura. CJ fuhr die Buchstaben mit den Fingerspitzen nach. Dabei fragte sie sich, wer Laura war und warum sie wohl ihren Namen hinterlassen hatte. Das rief ihr den Park in Erinnerung. Noch ein Problem, das sie nicht lösen konnte.

»Komm schon, Clarke. Ich werde dich nicht vom Haken lassen. Und jetzt lass uns rausgehen. Das Wetter ist so schön.«

Wyatt drückte sich vom Tisch weg und CJ folgte ihm nach draußen. Der Gehweg war zu schmal, um nebeneinander zu bleiben, also benutzte sie den Radweg.

»Diese Sache auf dem Parkplatz«, sagte Wyatt. »Das Schimpfen und Schreien …«

»Das war meine Schuld«, unterbrach CJ ihn. »Ich übernehme die volle Verantwortung dafür.«

»Ich sag's noch mal, Clarke. So viel Macht hast du nicht. Außerdem glaube ich, dass du eines nicht verstanden hast.

Sie brauchte das. Sie musste schreien.« Er sah sie direkt an. »Und nebenbei bemerkt, ich glaube, ich auch.« CJ schaute in seine tiefgründigen braunen Augen und sah, dass es kompliziert war. »Das weißt du nicht, weil du nie danach gefragt hast. Ich schätze mal, weil du nicht unhöflich sein wolltest. Aber ich sitze auch noch nicht so lange in diesem Stuhl.«

CJ hatte die Narben auf seinen Armen und an seinem Nacken bemerkt. Sie hatte angenommen, dass es irgendeinen Unfall gegeben hatte. »Ich habe mich das tatsächlich schon gefragt. Und du hast recht. Ich fand es unhöflich.«

»Ich weiß, Clarke.« Er sagte das ohne Vorwurf. »So denken viele Leute. Aber manchmal macht Höflichkeit es nur noch schwerer.« Er lächelte sie an. »Also, gibt es irgendwas, das du mich gern fragen würdest?« Seine Miene war freundlich. Das sollte kein Trick sein.

»Was ist dir passiert?«, fragte sie.

»Tja, die Kurzfassung lautet: extralange Laken.«

»Und die Langfassung?«

»Ich war gerade in mein Zimmer im Wohnheim an der Ohio State eingezogen. Aber wie du vielleicht noch nicht weißt, Betten in Wohnheimen brauchen extralange Laken. Bei Gott, das ist das Verrückteste, was man je gehört hat. Aber man braucht sie. Ich fuhr gerade zurück von meinem Einkauf bei Bed, Bath & Beyond. Da raste ein Typ mit einem Kleinlaster über die rote Ampel. Ich habe ihn nicht mal kommen sehen.«

»Das tut mir leid.«

»Warum? Du saßt doch nicht hinterm Steuer.«

CJ warf ihm einen genervten Blick zu. »Wenn ich dir schon Fragen stellen muss, die mir unangenehm sind, dann musst du aufhören, Witze zu reißen.«

»Fair«, sagte er. »Das ist total fair. Aber wir haben eben alle unsere Bewältigungsstrategien.«

Sie hörten ein Fahrrad hinter sich und ließen es vorbei.

»Eine der Sachen, die sie dir erzählen, wenn du aufwachst und gesagt kriegst, dass du nie wieder laufen wirst, ist, dass alle Verletzten wie du glauben, sie werden das Wunder sein. Dass alle wie du glauben, sie werden die eine Person sein, bei der es wider Erwarten passiert.«

»Besteht die Chance? Dass du irgendwann wieder laufen kannst?«

»Glaubst du an den Weihnachtsmann?«

CJ warf ihm einen Blick zu, um sich zu vergewissern, dass das nicht wirklich eine Frage gewesen war.

»Bei mir wurde der zehnte Brustwirbel verletzt. Also ist es, mal abgesehen von irgendeinem Weihnachtswunder, nicht besonders wahrscheinlich. Sie sagen dir auch, du sollst nicht für ein Wunder beten, weil je früher du es akzeptierst, desto früher kannst du anfangen zu trauern. Und je eher du damit anfängst, desto eher wird es leichter.«

»Wann hast du angefangen zu trauern?«, fragte CJ.

Wyatt schaute auf seine Uhr und tat so, als würde er kopfrechnen. »Wann war die Sache auf dem Parkplatz?«

Sie warf ihm erneut einen Blick zu. »Meinst du das jetzt ernst oder machst du schon wieder Witze?«

Er zuckte mit den Achseln. »Ein bisschen was von beidem, um ehrlich zu sein. Ich habe akzeptiert, dass ich nicht das Wunder bin. Aber ich weiß nicht, wie viel ich schon getrauert habe. Das Rausschreien meiner Gefühle auf einem Parkplatz hat sich jedenfalls verdammt gut angefühlt.«

Er lächelte und sie lächelte zurück.

Wyatt war mit dem Bus gekommen, deshalb bot CJ an,

ihn nach Hause zu fahren. Sie fragte, ob er Hilfe beim Einsteigen brauche, was er bejahte. Also zeigte er ihr, wo sie sich hinstellen und wie sie ihren Arm halten sollte, damit er sich an ihr festhalten konnte. Sie konnte den sauberen Duft nach Shampoo in seinen Haaren und die Süße des Weichspülers riechen.

Wyatt wohnte mit seinen Eltern in Gates Mills, einer netten Gemeinde, etwa zwanzig Minuten von CJs Zuhause entfernt. Sie bog in eine lange Einfahrt und machte den Motor aus. Dann holte sie seinen Rollstuhl vom Rücksitz und klappte ihn auseinander. Sie wiederholten die gleiche Aktion wie vorher, nur diesmal in umgekehrter Reihenfolge. Wyatt lehnte sich gegen sie, und seine Haut fühlte sich glatt und warm an. Er rollte sich aus eigener Kraft die Metallrampe über den Stufen der Veranda hinauf. Eine ausgeblichene Fahne der Football-Mannschaft der Ohio State flatterte in der Brise. Vor der Schwelle hielt Wyatt an und drehte sich noch mal um. »Hey, Clarke, wie sind deine SATs gelaufen?«

Es wunderte sie, dass er sich daran erinnerte. Sie hatte nur ein einziges Mal beiläufig davon gesprochen.

»Es ist ja bloß ein dummer Test«, antwortete sie. »Nicht so wichtig.« Er sah sie eindringlich auf eine Weise an, die ihr verriet, dass er ihre Lüge durchschaute. »Na gut. Schön. Es ist mir wichtig. Sehr sogar.«

»Und?«

»Und ich glaube, dass ich es diesmal wirklich gut hingekriegt habe.«

Das stimmte. Alles an diesem Test hatte sich anders angefühlt. Ihre harte Arbeit hatte sich bezahlt gemacht. Das spürte sie tief in ihrem Inneren.

»Gut für dich, Clarke«, sagte er. »Dann seh ich dich am Montag.«

Als sie sich verabschiedete, wurde CJ erst bewusst, wie froh sie war, dass er sie nicht hatte kündigen lassen.

Ava runzelte die Stirn und schaute nach der Uhrzeit, nachdem es an der Tür geklingelt hatte. Es war ein paar Minuten nach elf, und Jordan hatte ihre Verspätung schon angekündigt. Sie wusste auch, dass sie das nicht sein konnte, weil Jordan niemals klingelte. Sie patschte stattdessen mit der flachen Hand gegen das kleine Fenster wie ein Oktopus. Das war schon so lange ein Insider-Scherz, dass niemand sich mehr daran erinnerte, wie es damit angefangen hatte. Ava entriegelte die Tür und öffnete sie. Auf der Veranda stand Logan Diffenderfer. »Hey«, sagte er.

Ava wusste gar nicht, warum sie sich auf diese Sache eingelassen hatte. Jordan hatte nicht mal richtig gefragt. Sie hatte Ava nur gesagt, dass sie einen Artikel darüber schreiben würde, dass ihr Bild von der Coventry Art Gallery angenommen wurde. Ava hasste es, im Mittelpunkt zu stehen. Sie hasste die Vorstellung, dass über sie geschrieben würde. Sie hasste es, fotografiert zu werden. Vor allem wenn Logan Diffenderfer hinter der Kamera stand.

»Jordan ist noch nicht da«, sagte Ava.

Logan rückte die Kameratasche auf seiner Schulter zurecht. »Kein Problem. Ich wusste nicht mal, dass sie auch kommt. Aber wir brauchen sie gar nicht.«

Er brauchte sie vielleicht nicht. Ava schon. Die Vorstellung, mit Logan in ihrem Haus allein zu sein, war zu abartig, zu furchterregend. Deshalb hatte sie Jordan das Versprechen abgenommen, bei dem Fotoshooting dabei zu sein.

»Kann ich reinkommen?«, fragte Logan.

Ava machte die Tür weiter auf und winkte ihn rein. Er folgte ihr ins Wohnzimmer. »Schönes Haus.«

»Danke.«

»Also, wo ist dein Bild? Wo sollen wir die Aufnahme machen?«

»Im Wintergarten gibt es wahrscheinlich das beste Licht«, meinte Ava.

»Das Licht spielt nicht wirklich eine Rolle. Ich kann überall arbeiten. Mir ist es lieber, wenn das Foto die wahre Geschichte erzählt. Wo malst du normalerweise?«

»Ähm.« Ava schaute kurz auf ihr Handy. Nichts von Jordan. »Die Staffelei steht in meinem Zimmer.«

»Cool«, sagte er und wartete anscheinend darauf, dass sie es ihm zeigte.

So führte sie ihn den Flur hinunter und er folgte ihr. Sofort fiel ihr Blick auf den BH, der vor dem Schrank auf dem Boden lag. Es war ihr niedlicher pinkfarbener. Sie wusste nicht, ob das die Sache schlimmer oder weniger schlimm machte. »Vielleicht sollten wir trotzdem auf Jordan warten.«

Logan stellte seine Fototasche auf den Boden und öffnete den Reißverschluss des größten Fachs. »Warum?«

»Äh ...« Kaum hatte er den Kopf gesenkt, griff Ava nach dem BH und warf ihn in ihren Schrank. Dann ließ sie den Blick rasch schweifen, um sicherzugehen, dass es keine weiteren Peinlichkeiten gab. Oh, nichts Dolles. Nur ihr Antidepressivum. Unübersehbar mitten auf ihrer Kommode. Ava würde Jordan *umbringen*. Die hatte ihr das Treffen bei ihr eingebrockt. Schnell legte sie die Finger um die orangefarbene Plastikdose und verbarg sie hinter ihrem Rücken. »Ich muss nur eben das Bild holen«, sagte sie. »Es steht im Wintergarten. Weil ich dachte, wir würden es da fotografieren, also …«

»Kein Problem. Ich brauche sowieso eine Minute, um alles vorzubereiten.«

Ava verließ rückwärts gehend das Zimmer. Kaum war sie im Flur, ließ sie die Pillendose in der Ziervase auf dem Beistelltisch im Flur verschwinden. Dann beeilte sie sich, das Bild zu holen und checkte nebenbei noch mal ihr Handy.

Logan stand vor ihrer Staffelei, als sie zurückkam. Ihre Brust wurde ganz eng, als sie sich erinnerte, welches Bild darauf stand. Von allen Dingen in ihrem Zimmer, die ihr das Gefühl vermittelten, bloßgestellt zu werden, war dies mit Abstand das Schlimmste.

»Es ist unglaublich«, meinte er.

Sie nickte und murmelte einen Dank. Auf dem Bild war eine schlichte Kirche von erstaunlicher Schönheit zu sehen.

»Wo ist das?«, fragte er.

»Mexiko City.«

Sie hatte die Kirche von einer Postkarte abgemalt, die an der Staffelei klemmte.

»Warst du dort?«, fragte er und zeigte auf die Karte.

»Nein.«

Mehr sagte sie dazu nicht.

»Oh-kay«, sagte er nur.

»Ich nehme es weg, damit wir das Bild für die Galerie draufstellen können.«

Es war schwer, es sicher anzufassen, während die Leinwand noch feucht war. So stieß sie versehentlich gegen die Ansichtskarte, die zu Boden flatterte, und mit der beschriebenen Seite nach oben zu liegen kam. »Nicht!«, rief sie so laut, dass sie beide erschraken. »Nicht lesen!«

»Hab ich nicht.«

»Schau sie nicht an.«

»Okay!«

Logan blickte an die Decke, dann aus dem Fenster. Überall hin außer nach unten.

Ava legte inzwischen die Leinwand auf ein altes Handtuch, das sie genau für solche Zwecke bereithielt. Dann hob sie die Postkarte auf und ließ sie in ihrem Schrank verschwinden. Logan starrte noch immer an die Decke.

»Kann ich jetzt gucken?«

»Ja.«

»Ich werde nicht mal fragen«, versicherte er ihr.

Gut. Denn sie würde ihm auch nichts erzählen. Wortlos stellte sie das Bild für die Galerie auf die Staffelei. »Lass uns das jetzt einfach erledigen«, sagte sie.

Jordan hatte Ava nicht absichtlich versetzt, sondern nur die Zeit aus dem Blick verloren. Ihr Dad half ihr bei den Essays für die Colleges, und auch wenn er bei solchen Ratschlägen ziemlich schroff sein konnte, war er wirklich gut darin. Sie versuchte, darüber zu schreiben, warum sie auf die Northwestern wollte, und es fiel ihr erstaunlich schwer, eine gute Antwort darauf zu finden. Sie wusste, dass es dort einen angesehenen Studiengang für Journalismus gab, außerdem hatte sie den Campus besichtigt und gleich gemocht. Ihr Dad fand nicht, dass das als Antwort genügte, um sich von der breiten Masse abzuheben.

»Weil eine ihrer Schulfarben Violett ist und das meine Lieblingsfarbe ist?«, schlug sie hoffnungsvoll vor.

Ihr Vater empfahl ihr, weiter nachzudenken. Jordan kam allerdings mit ihren Überlegungen nicht besonders weit, weil ihr Telefon sich meldete.

Ich muss dauernd daran denken, was du gesagt hast.

Die Nummer war nicht in ihrem Handy gespeichert, aber sie wusste genau, wer das war. Scott Mercer. Sie konnte sehen, dass er noch an einer Nachricht schrieb. Eine Sekunde später erschien sie auf ihrem Display.

Du hast recht. Die Gegend verdient einen Park.

Es wurde weiter geschrieben und eine dritte Nachricht ging ein.

Kannst du reden?

Jordan warf einen Blick zu ihrem Dad. »Bin gleich wieder da. Muss nur kurz was erledigen.«

Er wedelte sie weg, ohne von seinem Computerbildschirm aufzuschauen. Jordan schrieb schon eine Antwort.

Gib mir 30 Sekunden.

Sie lief in ihr Zimmer, weil sie in der Nähe des Whiteboards sein wollte. Und sie wollte ungestört sein. Also holte sie tief Luft und wählte die angezeigte Nummer.

»Hey«, meldete er sich.

»Hey. Du hast also weiter über den Park nachgedacht?«

»Genau.« Er schwieg kurz. »Aber das muss wirklich absolut unter uns bleiben. Einverstanden?«

Sie fragte sich, warum er sie dann überhaupt anrief. »Okay.«

»Ich wünschte«, begann er, »ich wünschte, der Bezirksrat würde anders damit umgehen. Ich wünschte, er könnte den Wert sehen, den der Park für die Bewohner des Viertels hat.«

Sie schaute auf ihr Whiteboard. »Warum sieht er das nicht?«

Scott seufzte hörbar. »Wie viel Zeit hast du?«

Jordan streckte sich auf ihrem Bett aus. »Ich habe alle Zeit der Welt.« Doch da fiel ihr ein, wo sie gerade sein sollte. »Shit!« Jordan schoss wieder in die Höhe. Sie hatte Ava vergessen.

»Was? Was ist passiert?«

Jordan beeilte sich, ihre Schuhe zu finden. »Ich bin zu spät. Oh mein Gott, ich bin so viel zu spät für eine Sache.«

Sie fiel fast hin, als sie einen ihrer Stiefel anzog.

»Hoffentlich nichts Wichtiges.«

»Doch. Etwas sehr Wichtiges. Meine Freundin wird mich umbringen.«

»Oh Gott. Ich hoffe, sie tut's nicht. War nett, mit dir zu plaudern. Dann mal los. Und wenn du später noch am Leben bist, ruf mich vielleicht noch mal an.«

Jordan legte auf. Ihr Herz klopfte aus einer Million Gründen wie wild. Rasch wählte sie Avas Nummer und landete sofort auf der Mailbox. Jordan hinterließ eine hektische Nachricht. »Tut mir *so* leid. Ich bin jetzt unterwegs. Und in fünfzehn Minuten da. Nein, in zehn. Ich beeil mich. Weil es mir so, so, so leid tut. Hab dich lieb. Bye. Bin schon unterwegs.«

Sie hielt eine Sekunde inne, um zu Atem zu kommen. Sie musste sich wieder einkriegen. Scott wollte, dass sie ihn später vielleicht noch mal anrief. Und vielleicht wollte sie das auch.

Ava fühlte sich vor Logans Kamera verlegen und unbeholfen. Wenigstens hatte er sie nicht aufgefordert, irgendeine Pose einzunehmen oder »Cheese« zu sagen. Er hatte sie gebeten, einfach natürlich zu bleiben. Als ob das möglich wäre.

»Wer sind deine Lieblingsmalerinnen und -maler?«, fragte er jetzt, während er ein paar Probeaufnahmen schoss.

»Frida Kahlo, David Hockney, Rodrigo Cabrera, Julio Reyes, Fernand Léger, Joaquin Sorolla.«

Logan machte weitere Bilder. »Schon besser«, sagte er. »Du entspannst dich.«

»Ah. Die Frage war also nur ein Trick.«

»Na klar«, sagte er. »Menschen wirken natürlicher, wenn sie über etwas sprechen, das sie mögen.«

»Ich könnte dir noch eine Million Maler aufzählen, wenn es mir dabei hilft, das hier schneller hinter mich zu bringen.«

Lachend machte er eine weitere Aufnahme. Jedes Mal machte seine Kamera *klick, klick*. »Dir geht's wie mir mit Regisseuren.«

»Regisseuren?«

»Filmregisseure und -regisseurinnen. Stanley Kubrick, Max Ophüls, Orson Welles. Das sind wahrscheinlich meine Top drei. Kathryn Bigelow und Kimberly Peirce, wenn wir über die Gegenwart reden.«

»Wirst du das studieren? Film?«

»Das würde ich liebend gern studieren. Aber nein. Jura.«

»Warum?«

Er zuckte mit den Achseln. »Damit ich Anwalt werden kann?«

»Willst du das denn werden?«

Er zuckte wieder mit den Achseln. »Nicht wirklich. Aber meine Eltern sind beide Anwälte. Sie haben ihre eigene

Kanzlei und wollen, dass ich dort einsteige. Das ist die Familientradition. Mein Schicksal sozusagen. Seit meiner Geburt wurde ich darauf getrimmt.«

»Ja, schon«, sagte Ava. »Aber wenn es nicht das ist, was du willst … Nicht dein Traum …« Sie überlegte kurz. »Ich weiß selbst nicht, warum ich das gerade gesagt habe. Ich habe meiner Mom auch noch nicht erzählt, dass ich mich an der Kunstakademie bewerben will.«

Klick, klick. Logan checkte die letzte Aufnahme. »Die ist toll geworden. Da habe ich dich in einem echt interessanten Moment getroffen.«

Er richtete seine Kamera wieder auf sie. »Aber du hast es vor? Dich dort zu bewerben?«

»Das will ich unbedingt. Ich will es unbedingt.« *Klick, klick*. »Aber ich weiß nicht. Wahrscheinlich komme ich nicht mal rein, also wird es keine Rolle spielen. Die Konkurrenz an der Rhode Island School of Design ist dermaßen groß.«

»Ava. Du wirst reinkommen. Völlig ausgeschlossen, dass das nicht klappt. Du bist die beste Künstlerin der ganzen Schule.«

Das Kompliment löste ein seltsames Gefühl bei ihr aus. »Das sagt noch nicht besonders viel aus. Ich liebe Mrs Simon ja, aber es ist nur Kunst an einer Public School. Ich muss gegen Leute von Schulen mit Schwerpunkt Kunst antreten, und gegen solche, die bei echten Künstlern Unterricht hatten. Das ist eine ganz andere Form von Konkurrenz.«

»Ist das Bild nach der Postkarte für dein Portfolio gedacht?«, fragte Logan.

Falls er versuchte, sie dazu zu bringen, dass sie sich entspannte, würde das mit diesem Thema nicht funktionieren. »Nein.«

Klick, klick. Er checkte die Aufnahme, die er gerade gemacht hatte. Seine Miene veränderte sich und er sah sie an. »Habe ich gerade was Falsches gesagt? Du wirkst so ... angespannt.«

Ava verlagerte ihr Gewicht. Er hatte recht. »Das Bild ist nur für mich«, sagte sie. »Die Postkarte ist von Mom. Von meiner leiblichen Mutter.« Er ließ die Kamera sinken. »Sie ist das Einzige, was ich von ihr habe.«

Darauf sagte er nichts, aber sein Gesichtsausdruck schon. Eine Mischung aus Mitgefühl und *Ach du Scheiße.*

»Ich überlege schon, sie zu suchen«, meinte Ava. »Aber das ist kompliziert. Ich kann nichts tun, bevor ich achtzehn bin. Und vielleicht mache ich es nicht mal dann.«

Logan hob die Kamera und ließ sie wieder sinken. Hob sie in die Höhe und ließ sie wieder sinken. Nicht weil er sich unwohl fühlte, sondern eher, weil er nachdachte.

»Was?«, fragte sie.

»Ich weiß nicht, ob ich überhaupt was dazu sagen soll. Das geht mich rein gar nichts an. Aber ich denke, ich kenne einen Weg, wie du sie finden könntest«, sagte er. »Sogar bevor du achtzehn bist. Solltest du das überhaupt wollen.«

Ava wandte den Blick ab. War das sein Ernst? Damit anzugeben, für jemanden die leibliche Mutter zu finden, nachdem sie sich ihr ganzes Leben lang mit dieser Frage herumgeschlagen hatte?

»Ich meine das ernst.«

»Logan. Du weißt absolut nichts über meine Adoption.«

»Ich helfe in der Kanzlei meiner Eltern mit, wenn sie viel zu tun haben. Nur mit Aktensortieren und so was. Sie haben diesen Privatdetektiv, der für sie arbeitet. Wir sind inzwischen ziemlich gut miteinander. Er ist ein cooler Typ. Er macht solche Sachen. Das kostet normalerweise eine Menge, aber ich wette, er würde mir einen Gefallen tun. Falls du interessiert wärst …«

»Nope«, sagte Ava. »Ich bin nicht interessiert.« Das war gelogen. Sie wünschte sich mehr als alles andere in der Welt, ihre leibliche Mutter zu finden. In der Neunten, als es ihr am schlechtesten ging, hatte sie sich so verzweifelt nach dieser Verbindung gesehnt. Es fühlte sich an wie eine klaffende Wunde, die sich erst schließen würde, wenn sie sie zumindest sehen, sie berühren und nach dem Warum fragen konnte. Sie hatte es ihrer Mom erzählt und dann hatten sie bei einer ihrer Familientherapie-Sitzungen mit Dr. Clifford darüber gesprochen. Anschließend hatten Dr. Clifford und ihre Mom entschieden, dass es nicht zu Avas Bestem wäre. Alle entschieden immer, was das Beste für sie wäre. Alle außer Ava selbst. »Definitiv nicht interessiert«, sagte sie.

Gleichzeitig fragte sie sich, ob er in der Lage wäre, die Lüge zu erkennen, wenn er sie jetzt fotografierte. Sie stand einfach da und wartete, dass er seine Kamera anhob. In dem Moment, als er das tat, hörte sie ein Geräusch vom Eingang. Es klang wie ein Oktopus, der mit einer seiner Tentakeln gegen eine Fensterscheibe patschte.

»Was zum Teufel ist das denn?«, fragte Logan.

»Das«, erwiderte Ava erleichtert, »ist Jordan.«

KAPITEL 12

Obwohl es jetzt offiziell Herbst war, fühlte sich das Wetter nicht so an. Sie hatten Mitte Oktober, doch weder Martha noch ihr Dad trugen einen Anorak, als sie den großen Parkplatz der Shopping-Mall überquerten. Dabei sollte die Luft inzwischen knackig kalt sein und nach Kaminfeuer duften. Marthas Dad sprach immer noch von *Indian Summer*, denn egal wie oft sie versuchte, es ihm zu erklären, er sah nicht ein, was daran problematisch sein sollte. Jetzt hielt er ihr die Tür auf und folgte ihr ins Gebäude. Er war zu einem Vorstellungsgespräch eingeladen worden. Bei einem Unternehmen, das Teile für Motorräder produzierte. Sollte er den Job bekommen, würde das täglich zwei Stunden Pendeln bedeuten. Für eine Strecke. Aber es würde auch Krankenversicherung, ein gutes Gehalt und Rentenversicherung mit sich bringen. Martha wollte ihm helfen, ein Button-down-Hemd für das Vorstellungsgespräch zu besorgen.

Sie mussten am Anwerbebüro der Army vorbei, um zu JCPenney zu gelangen, und Martha spähte hinein. Die Anwerbeoffizierin Major Malone saß an ihrem Schreibtisch. Martha fand sie faszinierend. Sie entsprach so gar nicht Marthas Vorstellung von einer Soldatin. Martha wusste, dass es seltsam war, aber nachdem sie die Offizierin das erste Mal gesehen hatte, hatte sie sie gegoogelt. Viel hatte sie nicht gefunden, nur ein Bild von ihr mit Pilotenhelm vor einem Apache-Hubschrauber. Martha konnte sich nicht vorstellen, wie es sich anfühlen musste, einen Helikopter zu steuern. Sie war noch nie auch nur an Bord eines Fliegers gewesen.

Egal. Warum dachte sie überhaupt darüber nach? Schließlich war das Militär nicht gerade bekannt für seinen freundlichen Umgang mit der lesbischen und bisexuellen Community. Oder zumindest war es früher so. Offen gestanden war sie sich nicht sicher, wie es jetzt war. Vielleicht sollte sie danach fragen. Wobei sie vielleicht als Erstes rausfinden sollte, ob sie selbst überhaupt in diese Kategorie gehörte. Marthas Gedanken gingen zu Victoria. Wie so oft in letzter Zeit.

»Was tut sich eigentlich wegen des Parks?«, fragte ihr Dad.

»Hä?« Marthas Wangen fühlten sich heiß an. Wahrscheinlich lag das am Wetter, doch dann fiel ihr auf, dass sie sich ja drinnen aufhielten, wo die Luft klimatisiert war. »Oh. Der Park.«

Seit ihnen klar geworden war, dass es sich nicht um eine große politische Verschwörung handelte, hatten sie praktisch aufgehört, sich damit zu beschäftigen. An der Schule wurde zwar hin und wieder noch über den Park geredet, aber eben auch über andere Dinge. Über Collegebewerbungen und Halbjahresprüfungen. Über die Football-Mannschaft und das bevorstehende Lokalderby gegen die Walsh Jesuit. Jordan hatte von diesem Legislative Deputy erfahren, dass die Stadt noch auf die Ergebnisse eines Berichts über die Umweltfolgen wartete. Theoretisch konnten die das ganze Projekt noch zum Kippen bringen.

»Eigentlich nichts. Es gibt da diese Umweltsache, auf die wir noch warten. Aber es sieht nicht danach aus, als würde sie uns helfen.«

»Na ja«, meinte er. »Ich schätze mal, das ist der Preis des Fortschritts.«

Das hatte er auch zu Marthas Mom gesagt, nachdem die Fabrik geschlossen worden war. Martha konnte sich noch erinnern, wie sie damals unbemerkt unter dem Tisch im Esszimmer saß, während ihre Eltern in der Küche stritten. Ihre Mom flippte aus und verlangte, dass ihr Dad irgendetwas tat. »Was soll ich denn deiner Meinung nach machen?«, hatte er erwidert. »Die Produktion wird nach Übersee verlagert, und die Fabriken werden dichtgemacht. Die Welt verändert sich, und ich kann nichts dagegen tun. Das ist der Preis des Fortschritts.« Vorher hatte sie ihre Mom noch nie schreien gehört. Aber nachdem die Fabrik zu war, wurde nur noch geschrien. *Das* war aus Marthas Sicht der Preis des Fortschritts.

Sie nahmen die Rolltreppe in die Herrenabteilung und fanden dort einen Ständer mit reduzierten Oberhemden. Martha suchte ein blaues aus und hielt es ihrem Dad hin. Ein schönes Hemd. Sie hoffte, es würde gut genug sein.

Ava war tatsächlich die Letzte ihres Jahrgangs, die zum Termin mit der Collegeberaterin ging. Wieder und wieder hatte sie den Termin verschoben, in der Hoffnung die Lehrerin würde irgendwann aufgeben. Das tat sie auch. Ihre Mom allerdings nicht. Frustriert und ungeduldig kam sie zu Ava und blieb neben ihr stehen, während ihre Tochter eine Mail an Ms Fischer schickte, um den neuen Termin zu vereinbaren. Den trug sie anschließend in ihren eigenen Kalender ein. So würde er nicht untergehen.

Das Erste, was Ava an der Collegeberaterin auffiel, war ihr fließender türkisfarbener Infinity-Schal. Der einzige Farbtupfer an dem ansonsten komplett schwarzen Outfit. Sie trug eine runde Schildpattbrille, die sie intellektuell, aber auch ein wenig hipstermäßig elitär wirken ließ. Ava war sofort eingeschüchtert. Sie spürte, wie die Verunsicherung ihren ganzen Körper erfasste, und musste an ihre Mutter denken. An ihre leibliche. Nicht an Lynn. Sie dachte an die Frau, deren Gesicht im Hintergrund ihres Selbstporträts ganz verschwommen war. Sie fragte sich, ob sie wohl vor wichtigen Besprechungen auch Herzklopfen hatte und feuchte Hände bekam.

»Ava?«, sagte Ms Fischer und streckte ihr die Hand hin. »Komm doch herein.«

Ava schüttelte zaghaft die angebotene Hand. »Hi«, sagte sie mit einer Stimme, so schwach wie ihr Händedruck.

»Setz dich.«

Ms Fischer schob einen Stuhl für Ava und einen für sich zurecht. Nachdem die Lehrerin sich gesetzt hatte, beugte sie sich vor. Die Geste sollte vertraulich wirken, aber Ava empfand sie als abstoßend. Dazu sagte sie: »Wir warten also noch auf deine Mom, ja?«

»Meine Mom?« Ava war in Gedanken noch bei ihrer leiblichen Mutter, daher brauchte sie einen Moment, um zu verstehen, was Ms Fischer meinte. »Oh. Meine Mom. Nein. Sind Eltern hier überhaupt vorgesehen? Ich dachte, das wäre nur ich.«

»Grundsätzlich ja. Aber wenn ein Elternteil dabei sein möchte, habe ich nichts dagegen. Und deine Mom hat mir ein paar Mails geschrieben.«

Ava zuckte zusammen, denn jetzt ergab eine Sache von heute Morgen Sinn. Sie erinnerte sich, dass ihre Mom nach dem Termin gefragt hatte. Sie wollte sichergehen, dass Ava ihn nicht vergessen hatte, und vielleicht erwähnte sie auch, dass sie vorhatte, dabei zu sein. Ava war in Eile gewesen und hatte nur mit halbem Ohr hingehört, weil CJ schon in der Einfahrt gehupt hatte. Sie versuchten, wegen des Klimawandels Fahrgemeinschaften zu bilden, und CJ war an ihren Tagen immer früh dran.

In diesem Moment klopfte es energisch an der Tür. Bevor Ms Fischer auch nur »Herein« gesagt hatte, öffnete sie sich schon.

»Hallo, hallo!«, rief Lynn. »Tut mir leid wegen der Verspätung. Ich hab doch noch nichts verpasst, oder?«

»Absolut nichts.« Ms Fischer erhob sich und Avas Mom schüttelte ihr entschlossen die Hand. Es war ein eindrucksvoller Händedruck von der Sorte, die Ava niemals hinkriegen würde.

»Entschuldigen Sie die Verspätung. Ich komme aus der Innenstadt und der Verkehr war mörderisch.«

Ms Fischer griff nach einem dritten Stuhl und arrangierte damit ein Dreieck. Als würden sie gleich eine Séance abhalten. Vielleicht taten sie das ja. Denn Ava würde ihrer Mom durchaus zutrauen, dass sie ein Medium engagierte, damit ihre Tochter aufs College kam. Ms Fischer begann die Besprechung, indem sie ein wenig von sich selbst erzählte. Sie erwähnte ihre Qualifizierungen, als ob sie die gerahmten Zeugnisse an der Wand hinter ihr nicht selbst sehen könnten. Sie verfügte über einen Master in Pädagogik von der Penn. Als sie die Universität erwähnte, machte Avas Mom sich vor Glück beinahe in die Hose.

»Dort habe ich Jura studiert.«

Von da an ging es ausschließlich um ihre ruhmreichen Zeiten an der Penn. Ava fragte sich, ob sie überhaupt mitkriegen würden, wenn sie das Zimmer verließ. Bevor sie diese Theorie überprüfen konnte, nahm das Gesicht ihrer Mutter einen verträumten Ausdruck an und sie sagte: »Es wäre so ein Traum für Ava, dorthin zu kommen. Auch wenn ich weiß, dass es ein bisschen unrealistisch ist.« Ava bohrte die Zehen in ihre Schuhsohlen. »Ava ist so ein besonderes Mädchen. Wirklich unglaublich. Ich weiß, dass alle das über ihre Kinder sagen, aber es stimmt. Sie hat so hart gearbeitet und ...« Jetzt wurde ihre Mom emotional. Ava drehte sich zu ihr, um sie anzusehen. Ihre Mom wurde eigentlich niemals emotional. »Das hast du, Ava. Und du verdienst es, an den Ort zu gehen, von dem du träumst.«

Die Komplimente kamen so unerwartet und fühlten sich so wunderbar an, dass Ava beinahe die Wahrheit geflüstert hätte. *Mein Traum ist die Rhode Island School of Design.* Die Worte lagen ihr schon auf der Zunge, doch sie brachte sie nicht über die Lippen.

Ms Fischer nahm die Brille ab und putzte sie mit ihrem Schal. »Ich habe mir Avas Noten angesehen, ihre Testergebnisse und Wahlfächer. Und meine Einschätzung lautet: Ava ist die ideale Kandidatin, um weit nach oben zu zielen.«

Avas Mom drehte sich zu ihr. »Ich wusste es. Hab ich dir nicht gesagt, du sollst dir keine Grenzen setzen?« Sie wandte sich wieder erwartungsvoll Ms Fischer zu.

»Ava, du hast ein heikles Halbjahr in deinem Zeugnis, aber du hast exakt das getan, was Universitäten in so einem Fall sehen wollen. Du hast dich zusammengerissen und gute Noten erzielt. Du kannst unglaublich stolz auf dich sein.«

Ava lächelte verlegen. »Danke.«

»Was dich so oder so über die Netzkante bringen wird, das sind die persönlichen Essays.«

»Selbstverständlich«, warf ihre Mom ein. »Eine der anderen Partnerinnen in meiner Kanzlei hat mir die Nummer einer Beraterin für College-Essays gegeben. Ich habe gehört, sie soll phänomenal sein.«

»Das wird helfen«, sagte Ms Fischer. Dann richtete sie das Wort wieder an Ava. »Ich habe auch mit Mrs Simon gesprochen, deiner Kunstlehrerin.« Ava spürte, wie ihr Mund trocken wurde. »Sie hat mir versichert, du wärst eine der begabtesten Schülerinnen, die sie je hatte.«

Ava zuckte mit den Achseln. »Kann schon sein.«

Da gab ihre Mom ihr einen kleinen Schubs und flüsterte: »Ava, du kannst das Kompliment ruhig annehmen.«

»Danke schön«, sagte Ava.

Ms Fischer lächelte. »Sie hat sehr geschwärmt. Sie erwähnte auch, dass du an einem Portfolio für die Rhode Island School of Design arbeitest.«

»Äh …«, machte Ava. »Ähm.«

Ihr Herz hämmerte wie wild und sie spürte, dass ihre Mom sie anstarrte. Genau in diesem Moment tauchte vor ihrem inneren Auge ein unerwartetes Bild auf. Logan Diffenderfer. Sie sah ihn mit seiner Kamera, wie er seine Lieblingsregisseure aufzählte. Er hatte einen Traum und ignorierte ihn. So wollte sie nicht sein.

»Das ist meine erste Wahl«, sagte Ava. »Ich will auf die RISD.«

Avas Mom lächelte gequält. Ava konnte ihr nicht in die Augen sehen.

»Oh?«, brachte ihre Mom hervor.

Die Stimmung im Raum war umgeschlagen. Sie unterhielten sich noch eine halbe Stunde lang, doch Ava hörte nicht viel, weil das Blut in ihren Ohren derart rauschte. Ihre Mom saß mit fest überschlagenen Beinen und gefalteten Händen da. Es war beunruhigend, nicht zu wissen, was sie gerade dachte.

Sobald sie im Auto saßen, erfuhr Ava es. »Es ist ja nicht so, dass ich deine Kunst nicht unterstütze«, sagte ihre Mom, die Hände fest ums Lenkrad gelegt. »Es ist nur so, dass du zu dermaßen viel mehr imstande bist. Hast du überhaupt schon begriffen, wie unglaublich du bist? Es braucht Mumm und Kraft, um hinzukriegen, was du in der Neunten geschafft hast. Du hast dich nach etwas Schrecklichem berappelt und bist jetzt eine der Besten an deiner Schule. Überleg doch nur, was du mit deinem Leben alles anfangen kannst. Deine Möglichkeiten sind grenzenlos.«

»Ich will das, Mom. Es ist das, was ich am liebsten tue.«

Ihre Mom fädelte sich in den fließenden Verkehr ein, ohne wirklich aufzupassen. Eine Hupe ertönte und ein Wagen wich ihnen aus. »Ich habe Vorfahrt, du Idiot!«, rief sie, obwohl das nicht stimmte. »Du kannst Kunst immer noch als Wahlfach dazu nehmen. Aber sieh es mal praktisch: Was willst du mit einem Abschluss in Kunst?«

Ava entspannte ihre Zehen. Sie wusste nicht einmal mehr, wann sie begonnen hatte, sie zu verkrampfen. »Künstlerin sein.«

Ihre Mom seufzte und warf für einen Moment die Hände in die Luft, bevor ihr wieder bewusst wurde, dass sie eigentlich am Steuer liegen sollten. »Das ist doch keine realistische Karriere.«

Vor ihnen wurde gebremst und ihre Mom ging vom Gas, als der Verkehr sich staute.

»Ich weiß, es ist schwer zu verstehen, solange man noch auf die Highschool geht und alles für einen erledigt wird, aber wenn du ein bisschen älter bist, dann wirst du den Wert finanzieller Sicherheit erkennen. Du willst nie in einer Lage sein, wo du auf irgendjemanden angewiesen bist. Dann hast du keine Wahlmöglichkeiten mehr. Ich habe hart gearbeitet, um dir einen guten Start zu ermöglichen, damit du nie auf einen Mann angewiesen bist. Oder auf eine Frau«, fügte sie rasch hinzu. Immerhin ließ sie Ava diese Wahl für ihr Leben.

»Ich werde nie auf einen Mann angewiesen sein, Mom. Das verspreche ich dir. Aber warum willst du nicht, dass ich meinen Traum verwirkliche?«

Ihre Mom umklammerte das Lenkrad fester. »Ach, Ava. Warum, glaubst du, nennt man sie Träume? Weil sie unrealistisch sind. Du bist zu klug – «

»Was, wenn ich das nicht bin?«, unterbrach Ava sie leise und ruhig.

Ruckartig wandte ihre Mom den Kopf. »Natürlich bist du klug. Dein Notendurchschnitt – «

»Ist nur so gut, weil du eine Million Nachhilfelehrer engagiert hast. Was, wenn ich nur wegen all der zusätzlichen Hilfe gut bin? Was, wenn ich in Wirklichkeit dumm bin?«

Das war Avas größte Angst. Das hatte sie Logan Diffenderfer in der Neunten sagen hören. Er hatte sie dumm genannt, und seither fragte sie sich täglich, ob er damit recht hatte.

»Ava, jetzt komm.« Ihre Mom versuchte, die Aufmerksamkeit zwischen dem Straßenverkehr und ihrer Tochter aufzuteilen. »Du bist klug.«

»Bin ich nicht. Ich weiß es. Die Schule weiß es. Ich weiß, dass sie mich in der Neunten aus dem Programm mit den anspruchsvollen Kursen schmeißen wollten.«

Ava bemerkte die Panik im Gesicht ihrer Mutter. Sie hatte nicht gewusst, dass Ava Bescheid wusste.

»Ich weiß, was du getan hast, Mom. Du bist der einzige Grund, warum sie mich nicht rausgekickt haben, wie sie es hätten tun sollen. Ich habe es die ganze Zeit gewusst.«

Das war noch vor Avas Diagnose gewesen. Bevor sie eine Bezeichnung dafür hatte, was mit ihr los war. Sie wusste damals nur, dass es ihr immer schwerer fiel, morgens aus dem Bett zu kommen. An manchen Tagen war es so schwer, dass sie nicht in die Schule konnte, und an den meisten war es unmöglich, zu den schicken Tutoren zu gehen, die dafür sorgten, dass sie in ihren Kursen gute Noten bekam. Sie war daher nicht im Mindesten überrascht, als der Brief kam, in dem stand, sie würde zurückgestuft. Es kümmerte sie nicht. Aber ihre Mom kümmerte es. Oh mein Gott, und wie es sie kümmerte. Es war beinahe so, als wäre das Leben an sich sinnlos, wenn Ava nicht die Englisch- und Geschichtskurse für besonders Begabte besuchte. Also ging ihre Mom zum Direktor, schaltete in den Modus furchterregende Anwältin und verlangte, dass ihre Tochter im Programm für Hochbegabte blieb, obwohl sie es gar nicht verdiente.

»Ich bin nicht wie du«, sagte Ava. »Ich habe nicht deine Gene. Also sind wir doch einmal ehrlich. Ich bin dumm, Mom. Ich bin dumm.«

»Ava –«

»Du weißt es. Tief in uns drin wissen wir es beide.«

»Ava. Hör auf, das zu sagen.«

»Ich bin dumm!«

»Ava …«

Ihre Mom sah sie an. Weil sie den Blick von der Straße genommen hatte, sah Ava, was ihre Mutter nicht sah. Der Wagen vor ihnen war stehengeblieben.

»Mom!«

Ihre Mom schrie auf und machte eine Vollbremsung. Ava hob die Hände, um den Aufprall abzuwehren. Wenige Zentimeter vor dem anderen Wagen stoppten sie. Das Sensorsystem ihres Mercedes piepte wie wild, um anzuzeigen, wie dicht sie aufgefahren waren. Der Schock war zu groß, und so sah Ava ihre Mom etwas tun, was sie noch nie zuvor erlebt hatte. Sie weinte.

»Mom?«

Die Tränen flossen und sie bebte am ganzen Körper. Sogar als Autos hinter ihnen hupten und jemand etwas aus einem geöffneten Fenster schrie, weinte sie weiter.

»Mom?«

»Ich tue mein Bestes, Ava. Nie habe ich irgendetwas anderes gewollt, als mein Bestes zu geben, und trotzdem schaffe ich es nicht, dir gerecht zu werden.«

KAPITEL 13

CJ konnte nicht schlafen. Sie war irgendwie beunruhigt. Als hätte sie vergessen, das Bügeleisen auszumachen oder so. Dabei hatte CJ in ihrem ganzen Leben noch nie gebügelt. Es war nur ein Gefühl in der Art. Allerdings wusste sie nicht, was es sein konnte. In der Schule lief es okay. Mit dem Park stand im Moment alles quasi still. Ihren Freundinnen ging es gut.

CJ griff nach dem Handy, um sich mit Instagram abzulenken. Sie wollte sich mit den kleinen Bildchen müde machen, die ihr sonst immer beim Einschlafen halfen. Während sie herumscrollte, wurden ihre Augenlider schwer. Sie war schon halb eingeschlafen, als sie auf das Video stieß. Ruckartig riss sie die Augen auf und setzte sich aufrecht hin. Der Text lautete: **Die Ergebnisse sind da. #SATday #1490 #Yasssss.** Eine Elftklässlerin, die CJ noch aus dem Geländelauf-Team kannte, tanzte triumphierend zu Kool & The Gang, während sie auf die beneidenswerte Punktezahl beim SAT zeigte, die sie soeben online nachgesehen hatte.

Das hatte CJ vergessen. Ihre SAT-Ergebnisse. Die wurden heute gepostet. CJ schoss aus dem Bett. Wie hatte sie das bloß vergessen können? Sie hatte es nicht mal in ihren Kalender eingetragen, weil sie es für ausgeschlossen hielt, das zu vergessen. Und doch war genau das passiert.

Jetzt fuhr sie ihren Computer hoch und ging direkt zum SAT-Portal. Sorgsam tippte sie jeden Buchstaben, jede Zahl und jedes Symbol ihres Passworts ein. Ihr Ergebnis poppte auf und CJ starrte darauf. Sie empfand nichts. Absolut nichts. Ein, zwei Minuten lang saß sie einfach nur da, dann tat sie etwas, das sie nicht mehr gemacht hatte, seit sie aus dem Laufteam ausgeschieden war. Sie zog ihre Laufschuhe an.

CJ schlich zur Hintertür, weil die nicht quietschte, und schlüpfte leise hinaus. Dann stieg sie in ihr Auto und ließ den Motor an. Es war schon fast Mitternacht, daher benötigte sie bis zur Schule nur ein paar Minuten. Als sie auf der Laufbahn stand, wurde sie etwas ruhiger. Die Nachtluft war erfrischend und nicht annähernd so kalt, wie sie zu dieser Jahreszeit eigentlich sein sollte. CJ wusste, das lag vermutlich an der Erderwärmung und sie sollte sich darüber ärgern. Doch in diesem Moment genoss sie es in vollen Zügen.

Sie begann langsam, damit ihre Beine sich an die Bewegung gewöhnten. Bald fiel sie in einen gleichmäßigen Rhythmus, der sich immer wie eine Art Hypnose anfühlte. Sie wartete darauf, dass wie sonst ihr Verstand abschaltete. Im Kopf sagte sie sich sogar die Schritte vor, um den Vorgang zu beschleunigen: *rechts, links, rechts, links.*

Sie versuchte zu vergessen, was gerade passiert war. *Rechts, links, rechts, links.* Wie ihre Finger auf der Tastatur geklackert hatten, als sie ihre Zugangsinformation eingegeben hatte. *Rechts, links, rechts, links.* Der Moment, als ihre Ergebnisse aufgepoppt waren. *Rechts, links, rechts, links.* Die Erkenntnis, dass ihre Punktezahl nicht gestiegen war. Sie war noch nicht mal gleichgeblieben. Sie war gesunken. Zehn Punkte weniger bei den sprachlichen Fähigkeiten. Zwanzig in Mathe. *Rechts, links, rechts, links.* Ihr

Verstand schaltete nicht ab. Warum schaltete er nicht ab? *Rechts, links, rechts, links. Rechts, links, rechts, links.* Er schaltete nicht ab, weil CJ vor dieser Sache nicht weglaufen konnte. Sie war nicht gut genug. *Nicht gut genug. Nicht gut genug.* Die Worte hallten in Dauerschleife durch ihren Kopf.

CJ lief schneller. Sie wechselte in einen Sprint, ohne es überhaupt zu merken. Die Trainerin würde ihr zurufen, das Tempo zurückzunehmen, denn sie konnte es niemals ein ganzes Rennen lang durchhalten. Aber das hier war ja kein Rennen und ihre Trainerin nicht da. Also lief sie schneller und schneller. Immer weiter. *Nicht gut genug. Nicht gut genug.* Sie würde laufen, bis sie zusammenbrach, wenn das nötig war, um die innere Stimme verstummen zu lassen. Sie könnte vor all dem davonlaufen, wenn sie nur schnell genug wäre.

In dem Moment hörte sie die Stimme: »Hallo?«

CJ verlangsamte ihr Tempo. »Ist da wer?«, rief sie.

Diesmal hörte sie die Worte klar und deutlich. »CJ? Bist du das?« Sie erkannte die Stimme sofort.

Es war Logan Diffenderfer.

Ava konnte nicht schlafen. Dabei war sie sich ziemlich sicher, dass sie heute Morgen ihr Escitalopram genommen hatte. Trotzdem zählte sie sicherheitshalber die verbliebenen Pillen in der Dose. Solange der Wirkstoff sich in ihrem Organismus befand, sollte sie sich eigentlich nicht so fühlen, oder? Sie ging in ihrem Zimmer auf und ab, und die graue Wolke ging mit. Wegen einer Kleinigkeit wie dem Streit mit ihrer Mom sollte sie eigentlich nicht dermaßen traurig sein. Nur war es so viel mehr als ein Streit. Es ging um ihre gesamte Zukunft. Vielleicht war es deshalb ganz normal, wie sie empfand. Sie lief weiter auf und ab. Dabei fühlte sie sich alles andere als normal.

Ava schob den Stuhl an ihrem Schreibtisch vor den Kleiderschrank. Dann stieg sie hinauf, um an den Schuhkarton zu kommen, den sie im obersten Fach nach ganz hinten geschoben hatte. In dem Karton lagen Fotos, Konzertkarten und eine Serviette von Denny's, die sie für immer an einen wundervollen Abend mit ihren Freundinnen dort erinnern sollte. Sie bewahrte darin auch die Postkarte auf, wenn sie sie nicht gerade abmalte. Es war die mit dem Foto der Kirche in Mexico City. Sie drehte sie um und las die Worte, die sie schon eine Million Mal gelesen hatte:

Liebes Baby Girl,

wieder und wieder habe ich versucht, diesen Brief zu schreiben, aber ich weiß nicht, was ich sagen soll. Diese Kirche fand ich schon immer wunderschön. Dabei habe ich sie nie in natura gesehen, nur auf dieser Postkarte, die deine Großmutter bis zu ihrem Tod aufbewahrt hat. Dort betete sie immer, bevor sie nach Amerika kam. Du hast ihre Augen. Damit hatte ich nicht gerechnet, und es hat alles so viel schwerer gemacht. In dem kurzen Moment, als du in meinen Armen lagst. Ich habe dich geliebt. Es tut mir so leid.

Die Karte war nicht unterschrieben. Da stand kein Name. Keine Absenderadresse. Es klebte nur eine Briefmarke aus Kalifornien drauf.

CJ musste nicht fragen, was Logan mitten in der Nacht auf der Laufbahn machte. Es war ja ziemlich offensichtlich, dass er das Gleiche tat wie sie. Deshalb antwortete sie, als er fragte, ob sie »Lust auf noch ein paar Runden« habe: »Absolut.«

Nachdem sie in einen gleichmäßigen Rhythmus gefunden hatten, fragte CJ: »Also … vor welchem Problem versuchst du gerade wegzulaufen?« Sie konnte in der Dunkelheit sein Gesicht nicht sehen, sondern nur, dass er den Kopf in ihre Richtung drehte. »Diffenderfer«, meinte sie, »es ist Mitternacht. Du bist doch nicht zum Spaß hier. Also was gibt's?«

»Nichts Spezielles«, antwortete er. »Einfach alles. Und du?«

Er blieb verschlossen. Das war seine Sache, aber ihr war nach Ehrlichkeit zumute.

»Ich habe meine SAT-Ergebnisse bekommen, und sie sind nicht gut genug. Damit ist so ziemlich ausgeschlossen, dass ich es nach Stanford schaffe.«

Er drehte den Kopf erneut in ihre Richtung. »Sorry«, sagte er und lachte dann leise.

»Hast du etwa gerade über meinen miesen SAT gelacht?«

»Nein. Nein. Das hatte nichts mit dir zu tun. Sorry. Es ist bloß … ich klinge wie ein Arschloch, wenn ich es laut ausspreche.«

»Raus damit.«

CJs Beine fingen nach der langen Trainingspause zu schmerzen an. Ein wunderbares Gefühl.

»Als du gesagt hast, du würdest es nicht nach Stanford schaffen, da spürte ich schlagartig … ach, mir fällt das Wort gerade nicht ein …«

»Schadenfreude?«, schlug sie vor. »Das ist ein Begriff aus dem SAT. Bedeutet, dass man sich über das Unglück von jemand anderem freut.«

»Oh«, machte er. »Das definitiv nicht. Nein. Überhaupt nicht. Eher im Gegenteil. Ich war neidisch.«

Jetzt drehte sie den Kopf. »Warum das?«

»Weil ich da nicht hin will. Ich musste gerade daran denken, wie erleichtert ich wäre, wenn ich nicht reinkäme.«

CJ unterdrückte den Wunsch, ihn einfach von der Laufbahn zu schubsen. Sie wusste, dass Logans SAT-Ergebnisse gut waren. Jedes Jahr verschickte das Direktorat einen Newsletter, in dem den Schülerinnen und Schülern der McKinley High School mit den besten SAT-Resultaten gratuliert wurde. Sein Name hatte auf der Liste gestanden. Ihrer natürlich nicht. Weil sie nicht gut genug war. *Nicht gut genug. Nicht gut genug.* Sie lief schneller.

»Hey, hey, immer langsam«, sagte Logan. »Das ist kein Wettkampf.«

Alles war ein Wettkampf.

»Ich kann nichts dran ändern. Gerade hasse ich dich, Logan. Mein ganzes Leben lang habe ich immer gemacht, was ich sollte. Ich habe alles richtig gemacht. Und jetzt, weil ich in einem Test schlecht abgeschnitten habe, ist mein Traum praktisch ausgeträumt.«

»Es ist noch nicht vorbei. Du hast immer noch eine Chance.«

Aber CJ wollte nicht bloß eine Chance. Sie hatte zu hart gearbeitet, zu viel geopfert, um bloß eine Chance zu haben.

Gott, es fühlte sich so gut an, wieder zu laufen. Am Nachthimmel standen einen Million Sterne, und sie gaben ihr das Gefühl, ganz klein zu sein. Aber auf eine gute Weise. Als wären ihre Probleme im so viel größeren Rahmen des Universums nicht besonders bedeutend. Sie erinnerte sich daran, als Martha sich nach den Sternen gesehnt hatte. Sie hatte hinaufgezeigt und behauptet, eines Tages zu ihnen zu fliegen.

»Hey, Logan?«, sagte CJ.

»Ja?«

»Hast du jemals eine transformative Erfahrung gemacht?«

»Redest du von dem Thema für den Stanford-Essay?«

Sie nickte. Das war eines der Stichwörter, über das sie in dem Bewerbungsessay schreiben mussten. **Schildern Sie eine transformative Erfahrung und wie diese Sie zu dem Menschen gemacht hat, der Sie heute sind.**

»Ich weiß nicht mal, was das bedeutet«, sagte Logan.

»Ich glaube, es meint so was, als würdest du aus dir selbst heraustreten. Eine Erfahrung, die den Blick auf dein eigenes Leben komplett verändert.«

»So was habe ich definitiv noch nicht erlebt. Du?«

»Nein«, sagte sie. Aber CJ wünschte es sich. Nicht nur wegen des Essays. Nicht nur, weil es ihre letzte Möglichkeit wäre, auf eine Uni zu kommen, die ansonsten nichts mit ihr zu tun haben wollte. Sie wünschte sich eine derart tiefgreifende und absolut bedeutende Erfahrung, dass dadurch alles in spektakulären, unglaublichen Farben erstrahlte. »Ich habe als Freiwillige bei diesem außerschulischen Freizeitprogramm angefangen. Da gibt es diesen Typen.«

Logan warf ihr einen Blick zu. »Diesen Typen, ja?«

CJ spürte, wie ihre Wangen rot wurden. »Nicht in diesem Sinn.« Zumindest kam es ihr nicht so vor. »Er ist einfach schonungslos und ehrlich und …« Sie wusste nicht, wie sie es beschreiben sollte, ohne seltsam zu klingen. »Er sorgt dafür, dass ich mir wünsche, ich könnte die Welt anders sehen. Ganz ehrlich, du könntest –«

»CJ, nimm's mir nicht übel, aber ich will nichts über irgendeinen Typen hören.«

Dabei war Wyatt nicht bloß irgendein Typ. Das wollte sie Logan gerade erwidern, als er sich zu ihr drehte und ihren Gedankenfluss unterbrach.

»Jetzt habe ich mal eine Frage an dich. Eine ernste Frage.«

CJ sah ihn an. »Ja?«

»Lust auf ein Wettrennen?«

Er wartete ihre Antwort gar nicht ab, sondern sprintete sofort los. CJ, die nie einer Herausforderung aus dem Weg ging, zog ihr Tempo an. Sie sprintete schneller und schneller. Es wurde härter und härter. Sie sprintete mit all der Energie, die sie noch in ihrem Tank hatte. Als sie ihn eingeholt hatte, stießen sie im Dunkeln zusammen. Doch das war nicht besonders schlimm und keiner von ihnen entschuldigte sich. Sie rannten einfach weiter und stießen noch mal mit den Armen aneinander. CJ wollte gewinnen, sie wollte verzweifelt gewinnen, aber Logan war schneller. Er zog davon und sie sah seinen Vorsprung größer werden. Am liebsten hätte sie losgeheult. *Nicht gut genug. Nicht gut genug.*

Da klingelte Logans Handy.

»Shit«, sagte er und verfiel in Schritttempo. CJ holte ihn ein und verlangsamte ihr Tempo ebenfalls. »Das sind bestimmt meine Eltern. Die fragen sich, warum zum Teufel ich nicht in meinem Bett liege.« Er nahm das Telefon aus der Tasche und war komplett verwirrt, als er den Namen des Anrufers sah. »Das ist Ava.«

CJ spähte aufs Display. »*Meine* Ava?«

Logan meldete sich mit irgendwie behutsamer Stimme. »Hallo?«

CJ beugte sich so dicht zu ihm, dass sie mithören konnte. Avas Stimme war leise, aber für sie trotzdem zu verstehen.

»Gilt dein Angebot noch? Denn ich möchte meine leibliche Mutter finden.«

KAPITEL 14

Auf ihrem Weg zur Schule hielt Jordan bei Dunkin' Donuts. Heute Morgen nach dem Aufwachen hatte sie zwei Textnachrichten vorgefunden, beide an sie und Martha adressiert. Die erste stammte von CJ und besagte, dass Ava überstürzt entschieden habe, ihre leibliche Mutter zu finden, und CJ sich deshalb Sorgen mache. Dann, keine Stunde später, eine Nachricht von Ava. Sie schrieb, dass CJ ihre SAT-Ergebnisse bekommen hätte, die nicht gut wären, und Ava sich Sorgen um sie mache. Jordan war sich nicht sicher, um welche Freundin sie sich mehr Gedanken machen sollte, aber wie auch immer schien es ein guter Tag für Donuts zu sein. Sie nahm gleich ein Dutzend.

Das Wetter war über Nacht umgeschlagen. Auf Rasenflächen und Dächern lag Raureif. Es war zu kalt, um sich auf dem Schulhof zu treffen, wie sie es ursprünglich verabredet hatten, also schickte Jordan eine Nachricht an alle in der Gruppe. Darin stand, dass sie sich in ihrem Auto treffen sollten. CJ stieg als Erste ein. »Hey«, sagte sie, »ich weiß, ich sehe scheiße aus. Lange Nacht gehabt. Viel zu erzählen. Oooh! Donuts.«

Jordan hielt ihr die Schachtel hin und CJ nahm sich einen mit Zucker und Zimt.

»Tut mir leid, das mit deinen SATs«, sagte Jordan.

CJ seufzte unwillkürlich und blies dadurch ein bisschen Zucker von ihrem Donut. »Hat Ava es dir erzählt?«

Jordan nickte. »Tut mir echt so leid.«

»Danke. Ich kann's noch gar nicht begreifen. Wahrscheinlich stehe ich noch unter Schock.«

CJs Handy meldete sich und sie wühlte in ihrem Rucksack danach.

»Falls das Ava oder Martha ist, sag ihr, sie soll sich beeilen«, sagte Jordan. »Scheint so, als hätten wir 'ne Menge zu bereden.«

CJ las die Nachricht und lachte. »Ist es nicht.« Sie hielt Jordan das Handy hin, damit sie es sehen konnte.

Die Nachricht war von CJs Boss beim Freiwilligenprogramm. Jordan betrachtete mit leicht zusammengekniffenen Augen das winzige Foto neben seinem Namen. »Du hast vergessen zu erwähnen, dass er hot ist. Und er will mit dir ausgehen?«

CJ schüttelte den Kopf. »Nein.« Sie kicherte. Das war eigentlich seltsam, wenn man bedachte, dass sie wegen ihrer SATs vor zehn Sekunden noch wie benommen gewesen war. »Das ist einfach seine Art zu reden.«

Jordan las den Text laut. »›Clarke. Würdest du mir den Gefallen erweisen und mich morgen Abend auf eine Erkundungsmission begleiten? Sag einfach Ja, und ich liefere die einschlägigen Details.‹ So redet er?«

CJ zuckte mit den Achseln. »Ja. Er ist ... ich weiß nicht ... albern. Intelligent albern. Einfach witzig.« Sie schnappte sich ihr Handy wieder und schrieb eine Antwort.

Jordan spähte über CJs Schulter. »Warum steht er als Wyatt Da-Steht-Kein-Nachname-Dabei in deinem Handy?«

CJ lachte schon wieder. »Das ist ein blöder Insider-Joke.« Ihr Handy meldete den Eingang seiner Antwort.

Genial. Hol mich um acht Uhr ab und trag nichts Beengendes.

CJ lachte erneut.

»*Clarke*«, sagte Jordan, »was passiert da?«

Die beiden hinteren Türen öffneten sich gleichzeitig, dann stiegen Martha und Ava ein. Die Stimmung im Wagen schlug schnell um. CJ stellte ihr Handy auf stumm und legte es mit dem Display nach unten auf ihren Schoß.

»Okay«, sagte Jordan. »Nur zehn Minuten bis zum ersten Klingeln. Wir müssen eine Triage machen. Wer hat die größere Krise? Die an zweiter Stelle ist in der Mittagspause dran. CJ scheint okay zu sein, also meine ich, Ava kommt als Erste dran.«

»Ist mir recht«, meinte CJ.

Ava gähnte. »Ich bin okay. Nur müde. Mir ist auch nicht wirklich nach reden zumute.« Jordan hielt ihr die Schachtel mit den Donuts hin. Ava winkte ab. »Ganz ehrlich«, sagte Ava. »CJ hat euch geschrieben, bevor sie mich anrief. Mir geht's gut. Sie hat eine viel zu große Sache draus gemacht. Ist nicht bös gemeint, CJ.«

CJ drehte sich um, sodass sie Ava ansehen konnte. »Oh, Verzeihung, dass ich dachte, Logan Diffenderfer um ein Uhr nachts anzurufen wäre ein gewisser Grund zur Sorge.«

»Moment«, sagte Jordan. Sie spürte, wie ihr Körper ganz starr wurde. »Du hast Logan um ein Uhr nachts angerufen?«

»Ho-ly shit«, sagte Martha. »Da brauchen wir aber noch ein paar Einzelheiten.«

»Er hat angeboten, mir dabei zu helfen, meine leibliche Mutter zu finden«, sagte Ava. »Ist eine lange Geschichte.«

»Die du uns erzählen wirst«, sagte Martha und drehte sich zu Jordan. »Wusstest du irgendwas davon?«

Jordan schüttelte den Kopf. Ihr gefiel nicht, was für eine Stimmung das bei ihr auslöste. Sie hatte eine Vertrautheit zwischen Ava und Logan gespürt, an dem Tag, als er sie bei Ava zu Hause fotografiert hatte. Das kam ihr damals schon seltsam vor. Und jetzt zu erfahren, dass Ava und Logan spätnachts telefoniert hatten: Sie war nicht direkt eifersüchtig, aber viel fehlte dazu nicht. Jordan wusste, dass Logan nicht ihr gehörte, und selbst wenn, was aber absolut nicht der Fall war, hatte sie sich doch die letzten drei Jahre gewünscht, dass Ava endlich über diesen Groll hinwegkäme, den sie seither gegen ihn hegte. So gesehen war das hier also eine gute Sache. Eine absolut gute Sache.

»Moment, ich bin immer noch verwirrt«, sagte Martha. »Also nachdem du mit ihm gesprochen hast, hast du CJ angerufen?«

»Nicht ganz«, sagte Ava und warf CJ einen vielsagenden Blick zu. »Ich schätze, CJ hat ein Detail weggelassen.«

»Das klingt jetzt seltsamer, als es war«, sagte CJ. »Ich war zu dem Zeitpunkt bei ihm.«

»Was?!«, riefen Jordan und Martha im Chor.

»Mann!«, stöhnte Martha. »Wir müssen die erste Stunde sausen lassen.«

»Das geht bei mir nicht«, meinte CJ. »Bei dir auch nicht. Physiktest. Wie auch immer. Es war keine große Sache. Nur ein komischer Zufall. Wir sind beide zum Laufen gegangen und haben uns auf dem Leichtathletikplatz getroffen.«

»Mitten in der Nacht«, stellte Martha in zweifelndem Ton fest. Sie wandte sich wieder an Jordan. »Glaubst du diesen Mist?«

Jordan sagte nichts. Von irgendwo tief in ihrem Inneren tauchte plötzlich eine Erinnerung auf, und die war so lebendig, als wäre es eben erst passiert. Ihr kam in den Sinn, wie Logan zum ersten Mal ihre Hand gehalten hatte. Sie hatten auf dem Gehweg vor ihrem Haus gestanden. Er war so nervös gewesen, dass er sie vorher um Erlaubnis fragte. Das war so süß und liebenswürdig, dass sie meinte, ihr Herz müsste in eine Million Teile zerspringen.

Ava schaute nach der Uhrzeit. »Es wird jeden Moment läuten«, stellte sie fest. »Reden wir später?«

Jordan nickte. Jahrelang hatte sie nicht mehr an den Moment gedacht, als sie mit Logan Händchen gehalten hatte. Sie fragte sich, warum er ihr gerade jetzt wieder einfiel.

Martha erwischte Jordan an jenem Tag ein paarmal dabei, wie sie Logan Diffenderfer ansah. Als es das erste Mal passierte, war es nur ein kurzer Blick, der auch ganz bedeutungslos sein konnte. Beim zweiten Mal ruhten Jordans Augen schon länger auf ihm. Das konnte Martha ihr nicht verübeln. Tatsächlich fing sie an zu kapieren, was Logans Anziehungskraft ausmachte. Er tauchte in letzter Zeit regelmäßiger beim Kino auf. Und immer hatte er kluge und interessante Dinge über die Filme zu erzählen. Er war sensibel und scheute sich nicht, Gefühle zu zeigen. Das fand Martha faszinierend. Abgesehen von Spinnen und der Furcht davor, lebendig begraben zu werden, war das Zeigen von Emotionen das Schlimmste für sie.

Logan kam am Nachmittag wieder ins Kino. Es lief *Before Sunrise*. Als Martha ihm erzählte, sie hätte den Film noch nie gesehen, beharrte er darauf, dass er ihr Leben ändern würde. Victoria war auch da, nicht zum Arbeiten, sondern nur so. Das tat sie häufiger, seit Logan Stammgast geworden war. Zu dritt saßen sie hinten in einer Reihe, Martha in der Mitte.

Der Film gefiel Martha nicht. Das waren nur zwei Leute, die miteinander redeten. Sie wünschte sich, dass endlich irgendwas passierte. Logan und Victoria redeten dauernd flüsternd auf sie ein oder bestätigten sich gegenseitig über ihren Kopf hinweg, wie wundervoll der Film doch sei. Martha war viel zu abgelenkt, um das mitzukriegen. Das Bewerbungsgespräch ihres Dads fand heute Nachmittag statt, und er hatte versprochen, sie danach sofort anzurufen. Nachrichten zu schreiben war nicht sein Ding.

Endlich brummte ihr Telefon, und zwar an einer Stelle, als Victoria gerade weinen musste. Rasch stand Martha auf und eilte wortlos ins Foyer. »Hey«, sagte sie, nachdem sie den Anruf angenommen hatte, »wie ist es gelaufen?«

»Wie ist was gelaufen?«, fragte Jordan.

Martha hatte nicht mal geschaut, von wem der Anruf kam. »Sorry. Ich dachte, du wärst mein Dad.«

»Hatte er sein Bewerbungsgespräch schon?«

Martha ging zu einem der Tischchen und setzte sich. »Nein. Ich glaube nicht.« Dann merkte sie, dass sie zum Sitzen zu nervös war, und begann, auf und ab zu laufen.

»Ich halte weiter die Daumen«, sagte Jordan. »Übrigens habe ich gerade einen Anruf von Scott bekommen.«

»Von wem? Ach so, ja.« Der Legislative Deputy. Aus irgendeinem Grund waren Jordan und *Scott* jetzt per Du. »Und was hat *Scott* gesagt?«

»Warum so ein komischer Unterton?«, fragte Jordan.

Martha blieb stehen. »Hat nichts zu bedeuten. Ich bin nur nervös wegen meinem Dad. Was hat Scott gesagt?«, wiederholte sie in neutralerem Ton.

Jordan seufzte. »Der EIR ist da.« EIR stand für Environmental Impact Report, also den Bericht über die Umweltauswirkungen des Projekts. Jordan hatte angefangen, solche Abkürzungen zu verwenden. Das war irgendwie cool. Sie klang dann wie eine echte Reporterin. Andererseits nervte es aber auch. »Da steht nichts drin, was uns helfen könnte.«

Martha seufzte. »Okay. Also was machen wir jetzt?«

»Ganz ehrlich? Keine Ahnung.«

Es entstand eine lange Pause, in der keine von beiden etwas sagte. Da meldete sich Marthas Handy und sie schaute aufs Display. »Shit. Das ist mein Dad. Da muss ich ran.«

»Viel Glück«, meinte Jordan noch rasch. »Hab dich lieb.«

»Ich dich auch.« Martha wechselte zu dem anderen Anruf. »Hi«, sagte sie.

»Hey.« Sie konnte schon an der Stimme ihres Vaters hören, dass er keine guten Neuigkeiten hatte. »Tja«, sagte er. »Die haben mir gesagt, dass ich bis nächste Woche von ihnen hören werde, aber ich glaube nicht, dass das klappt. Auf zum nächsten Versuch«, sagte er bemüht optimistisch.

»Was war denn los, Dad?«

»Sie fanden die Riesenlücke in meinem Lebenslauf nicht gut. Anscheinend bin ich nicht auf dem neuesten Stand darüber, wie man inzwischen arbeitet.«

»Aber du könntest auf den neuesten Stand kommen«, sagte sie. »Locker.«

»Das wird nichts, Patsy.« Die Enttäuschung in seiner Stimme brach ihr das Herz. »Ich lasse dich jetzt lieber, denn ich störe dich nicht gern bei der Arbeit.«

»Das ist gar kein Problem, Dad.«

Aber er hatte schon aufgelegt.

»Verdammt«, rief Martha. Eigentlich dachte sie, sie hätte das nur zu sich selbst gesagt, doch als sie sich umdrehte, stand Victoria hinter ihr.

»Hey«, meinte Martha bemüht lässig.

»Was ist passiert?«, fragte Victoria.

»Nichts.«

Offensichtlich war nicht nichts, sondern irgendwas. Irgendwas Großes. Victoria machte einen Schritt auf sie zu, legte ohne jede Vorwarnung beide Arme um Martha und drückte sie an sich. Martha stand stocksteif da, die Arme an den Seiten. »Äh, was ist das jetzt?«, fragte sie.

»Ich habe keine Ahnung, was los ist«, erklärte Victoria. »Aber irgendwas ist los. Tut mir leid. Du musst es mir auch nicht sagen. Ich dachte nur, du könntest eine Umarmung gebrauchen.«

Martha war stinksauer. Weil Victoria recht hatte. Sie konnte eine Umarmung gebrauchen. Das fühlte sich gut an. Also hob sie die Arme und drückte Victoria ebenfalls an sich.

CJ brauchte länger als erwartet, um zu Wyatts Haus zu fahren. Trotz des unerwartet dichten Verkehrs war sie zehn Minuten zu früh da. Sie kam immer pünktlich, aber erst recht, wenn sie nervös war. Wyatt hatte ihr immer noch nicht verraten, worin ihre Erkundungsmission bestand. Sie schaute auf die Uhr am Armaturenbrett und entschied, dass sie nah genug an der verabredeten Zeit war und es nicht abartig wäre, schon zu klopfen. Es dauerte nur zwei Sekunden, bis eine Frau in den Fünfzigern öffnete.

»Du musst Clarke sein«, sagte sie,

»CJ. Hallo. Sie müssen Wyatts Mom sein.«

»Nenn mich Katherine. Und bitte komm rein.«

CJ hörte Wyatt, bevor sie ihn sah. Er rief den Flur entlang: »Nein. Komm nicht rein. Sie muss nicht reinkommen, Mom.«

Schon eine Sekunde später rollte er ins Wohnzimmer. CJ war erleichtert, aber zugleich auch noch nervöser, als sie ihn erblickte. »Du bist früh dran, Clarke.«

»Drei Dinge im Leben sind sicher: Sterben, die Steuer und dass ich überall zehn Minuten zu früh komme.«

Katherine klatschte in die Hände. »Sie ist witzig. Oh, Wyatt, sie ist witzig.«

»Ja, sie ist urkomisch.« Wyatt fuhr zu CJ, und keiner von beiden wusste, ob sie sich die Hand geben oder einander umarmen sollten. Also taten sie gar nichts. »Hi«, sagte Wyatt. »Sorry, meine Mom ist seltsam.«

»Ich bin nicht seltsam«, widersprach Katherine. »Und jetzt komm rein und setz dich, Clarke. Erzähl mir ein bisschen was über dich.«

CJ nahm auf der Couch Platz. Als sie sich im Wohnzimmer umschaute, waren zwei Dinge nicht zu übersehen. Erstens ein Foto von Wyatt im Wettkampftrikot einer Highschool. Das Bild stand prominent auf dem Kaminsims, eindeutig ein Ehrenplatz. Er war darauf zu sehen, wie er eben die Ziellinie überquerte, beide Arme in Siegerpose nach oben gereckt. Seine Beine waren gebräunt und kräftig. Er sah so überglücklich aus. CJ wäre auf das Foto eingegangen, wenn ihr nicht noch eine weitere Sache aufgefallen wäre.

Der Raum war randvoll mit Keramik. Die war einfach überall. Wirklich überall. Auf den Bücherregalen und Tischchen. Natürlich stand ein gigantisches Objekt aus Ton auf dem Couchtisch. CJ war sich ziemlich sicher, dass es eine Vase sein sollte, auch wenn sich nicht leugnen ließ, dass jedes einzelne Stück einen phallischen Eindruck machte.

»Oh«, sagte CJ unwillkürlich, als ihr Blick an einem besonders fragwürdigen und besonders steil aufgerichteten Werk hängenblieb. Wyatt beugte sich zu ihr und flüsterte. »Erwähn das meiner Mom gegenüber nicht. Sie hat keine Ahnung.«

»Keine Ahnung wovon?«, hakte Katherine nach.

»Ich glaube, Clarke sind gerade deine Töpfersachen aufgefallen.«

Katherines Miene hellte sich auf. »Siehst du irgendwas, das dir gefällt?«

CJ bemühte sich, kein Stück direkt anzustarren. War das ein Test? »Äh, also …«

»Meine Mom hat alle Sachen, die du hier siehst, selbst gemacht.«

CJ lächelte verlegen. »Wie hübsch. Sie sind sehr … elegant.«

»Es ist mein neues Hobby. Ich überlege schon, einen Shop bei Etsy aufzumachen. Aber wenn du irgendwas siehst, was dir gefällt, wäre es mir eine Freude, es dir zu schenken.«

Wyatt warf CJ wieder einen Blick zu und bemühte sich, nicht zu lachen. »Wow. Das ist wirklich sehr freundlich.«

»Such dir irgendein Stück aus. Welches auch immer dir gefällt.«

Je mehr CJ sich bemühte, nicht zu starren, desto unwillkürlicher tat sie genau das. Ihre Augen blieben an einem

Ding mit bauchiger Basis und hohem – tja, man konnte es mit keinem anderen Wort als »Schaft« beschreiben.

»Gefällt dir das?« Katherine zeigte auf das Stück, das CJ gerade ansah, und wartete ihre Antwort gar nicht erst ab. »Ich hole ein bisschen Seidenpapier.«

»*Mutter.*«

»CJ möchte es. Und ich möchte es ihr schenken.« Katherine winkte in Wyatts Richtung ab und stand auf, um nach Papier zu suchen. »Wyatt hat mir erzählt, dass du nächstes Jahr nach Stanford möchtest.«

»Oh, da bin ich mir noch nicht wirklich sicher.« CJ faltete die Hände im Schoß, aber das kam ihr zu förmlich vor, also löste sie die Finger sofort wieder voneinander. »Es steht auf meiner Liste, aber da habe ich noch andere Sachen drauf. Also ...« Sie faltete ihre Hände erneut. »Ich weiß noch nicht, wo ich am Ende landen werde.«

»Vielleicht kannst du ja Wyatt davon überzeugen, zurück an die Ohio State zu gehen.«

»Okay«, schnitt Wyatt ihr das Wort ab. »Das war nett, aber wir sind schon spät dran.«

»Tja, ich finde gerade kein Seidenpapier, aber du kannst es einfach so mitnehmen und musst halt vorsichtig sein.«

CJ stand auf und streckte die Hand aus. »Es war so nett, Sie kennenzulernen.«

Katherine ignorierte die ausgestreckte Hand und schloss CJ stattdessen in die Arme. Irgendwie drückte sie ein bisschen zu fest und zu lange. Aber CJ kam nicht dazu, länger darüber nachzudenken, denn als Nächstes hielt sie auch schon einen Penis aus Ton in der Hand.

Nachdem sie und Wyatt das Haus verlassen hatten, hielt CJ es für besser, zu warten, bis sie beide im Auto saßen und außer Hörweite von Wyatts Mutter waren. Nachdem sie sich beide angeschnallt hatten, erklärte Wyatt ihr, sie solle erst mal auf der Hauptstraße Richtung Osten fahren, bevor er ihr den weiteren Weg ansagen würde.

Nachdem sie losgefahren war, fragte sie: »Was hat es mit diesen Vasen auf sich?«

Wyatt seufzte. »Warum müssen wir über so was sprechen?«

Sie setzte den Blinker und schaute kurz in den Rückspiegel. »Weil eine davon auf meinem Rücksitz liegt und ich glaube, das Ding starrt mich an.«

»Ich bringe es nicht übers Herz, es ihr zu sagen. Das macht keiner. Eigentlich ist es meine Schuld.«

»Du bist der Grund dafür, dass deine Mom Penisse töpfert?«

»Clarke. Ich bin schockiert. Ist es das, was du darin siehst?« CJ könnte seiner Stimme anhören, dass er grinste.

»Jetzt komm. Keine Witze. Erzähl mir, warum es deine Schuld ist, dass deine Mom obszöne Keramik produziert.«

Wyatt seufzte. »Vor meinem Unfall hat sie immer davon geredet, einen Töpferkurs machen zu wollen. Aber sie hat es nie getan. Dann passierte das hier.« Wyatt zeigte auf seine Beine. »Als ich aus dem Krankenhaus entlassen wurde, war sie so erleichtert. Sie redete dann davon, dass sie jetzt anfangen würde, ihr Leben auf neue Weise zu leben. Du weißt schon, all die Dinge machen, die sie sich immer vorgenommen, aber nie in die Tat umgesetzt hatte. Also pflanzte sie Tulpen und meldete sich zu einem Töpferkurs an. Das war alles ziemlich Oprah-mäßig. Es ist ihre Art, ihr bestmögliches Leben zu führen.«

»Ich finde das absolut großartig.«

Wyatt warf ihr einen misstrauischen Blick zu.

»Nicht die getöpferten Sachen. Die sind schrecklich. Aber die Geschichte dahinter, die finde ich richtig schön.«

»Du bist ziemlich cool, Clarke.«

CJ sah ihn kurz an, und als ihre Blicke sich trafen, spürte sie etwas Kleines, Unbeschreibliches. Rasch schaute sie wieder weg. »Was ist mit deinem Dad? Was denkt der?«

»Über die Töpferei? Das meiste von dem Zeug hasst er. Aber er gibt zu, dass sie Fortschritte macht.«

»Über deinen Unfall.«

»Ah«, machte Wyatt. »Er ist auch auf dem Oprah-Trip. Hier links abbiegen.«

»Willst du mir nicht mal sagen, wo wir hinfahren?«

»Das ist eine Überraschung. Aber keine sehr gute. Also freu dich nicht zu sehr.«

»Perfekt. Solche Überraschungen mag ich am liebsten.«

CJ bog von der Straße ab und Wyatt kam auf seine Eltern zurück. »Ich glaube, meine Eltern befinden sich noch in der Verdrängungsphase. Meine Mom hat ihre Töpferei und mein Dad redet immer davon, die Sache mit seinem Bruder wieder in Ordnung zu bringen. Ich schätze, da hat es vor einer Million Jahre einen Familienkrach gegeben. Ich habe den Kerl noch kein einziges Mal getroffen, und plötzlich heißt es: Familie ist das Allerwichtigste. Versteh mich nicht falsch. Es freut mich ja, dass ich sie inspiriert habe, ihr Leben oder was auch immer, anders anzugehen, aber ...«

»Aber was?«, fragte CJ.

»Es kommt mir vor, als würde mein Vater versuchen, die Sache mit seinem Bruder wieder in Ordnung zu bringen, weil er das hier ...« – Wyatt zeigte erneut auf seine Beine – »... nicht in Ordnung bringen kann.«

CJ hatte das Bedürfnis, den Arm auszustrecken und seine Hand zu nehmen. Sie fragte sich, wie er wohl darauf reagieren würde.

»Wir sind da«, sagte er.

»Du machst Witze.«

»Ich mache Witze über eine Menge Sachen. Aber über Minigolf? Das nehme ich ernst.«

CJ war seit Marthas neuntem Geburtstag nicht mehr im »Great Lakes Center für Minigolf und Spaß für die ganze Familie« gewesen. Schon damals hatte sie das nicht besonders spaßig gefunden, und so freute sie sich jetzt auch nicht gerade darauf. »Was für ein Spaß«, sagte sie tonlos.

»Wird es nicht«, sagte Wyatt. »Wir sind ja auch auf Erkundungsmission hier. Ich möchte sehen, ob die Anlage rollstuhltauglich ist. Denn ich denke weiterhin, dass Dakota vielleicht doch Spaß haben könnte, wenn wir nur die richtige Aktivität finden.«

CJ lächelte und es wurde ihr warm ums Herz. »Dann bin ich absolut dabei.«

Der Typ an der Kasse gab ihnen zwei Schläger und zwei bunte Golfbälle. Einen blauen und einen pinkfarbenen. CJ nahm den blauen, weil sie Gendernormen zum Kotzen fand. Dann folgte sie Wyatt zum ersten Loch. »Weißt du«, meinte sie zu ihm, »wenn sich rausstellt, dass Minigolf etwas ist, das Dakota zum Lächeln bringt, dann hat es sich voll gelohnt, dass du mir den Abend versaut hast.«

»Clarke. Der Satz hat so schön angefangen und endete so gemein.«

Sie schenkte ihm ein Grinsen, das er erwiderte. Als sie sich dem ersten Loch näherten, verblasste sein Lächeln.

»Schöne Scheiße«, sagte er. »Ich glaube nicht, dass wir

einen guten Start hinkriegen. Sieht so aus, als wäre das erste Loch schon mal nicht rollstuhltauglich.«

CJ wollte nicht unwissend klingen, aber sie hatte gedacht, alles in Amerika müsste für Rollstuhlfahrer zugänglich sein. »Gibt's nicht Gesetze dafür?«

Wyatt lachte, als hätte sie gerade das Drolligste der Welt gesagt.

»Okay«, schränkte CJ ein, »ich weiß, dass es historische Orte gibt, wo man keinen entsprechenden Zugang hat. Aber so was Modernes wie Minigolf muss doch zugänglich sein, oder?«

»Es gibt ein Gesetz, das 2010 in Kraft trat«, sagte Wyatt. »Danach müssen alle Minigolfanlagen mindestens 50 Prozent zugängliche Löcher haben.«

»Nur 50 Prozent?«

»Und erst seit 2010. Das Great Lakes Center ist uralt. Also mal sehen, was uns erwartet.«

Sie näherten sich dem zweiten Loch und CJ sah sofort, dass Wyatt sich dort praktisch nicht bewegen konnte. Der Drache, der den Abschlag bewachte, war total lächerlich. Aber er war vor allem so breit, dass Wyatt mit dem Rollstuhl nicht daran vorbeikam. Das dritte Loch war auch nicht besser. Es gab einen unüberwindlichen Wassergraben. Am Ende stellte sich heraus, dass lediglich ein einziges Loch der ganzen Anlage frei zugänglich war. Als sie dort hinkamen, war Wyatt schon so frustriert, dass es CJ nicht einmal Spaß machte, dass sie ihn mit drei Schlägen besiegte.

»Jetzt komm«, sagte CJ, nachdem Wyatt eine große Sache daraus gemacht hatte, ihre Punkte auszurechnen. »Weißt du, was wirklich für alle zugänglich ist? – Pizza.«

Die Snackbar bestand aus einer Reihe von Picknicktischen mit Bänken, die allerdings fest am Boden verschraubt waren. »Wie im Knast«, bemerkte Wyatt. Es sollte wohl ein Scherz sein, klang aber irgendwie nicht danach. Die einzige Möglichkeit, überhaupt an die Tischplatte heranzukommen, bestand für Wyatt darin, sich ans hinterste Ende zu setzen. CJ schob sich an die Ecke neben ihm.

»Sorry«, sagte Wyatt.

»Wofür?«

»Dafür, dass dieser Abend so eine Nerverei war.«

»Das ist genau, was ich gebraucht habe.«

Er warf ihr einen Blick zu.

»Das meine ich ernst. Ist eine gute Ablenkung.«

»Von was lenke ich dich denn unabsichtlich ab?«

»Ich habe gestern meine SAT-Ergebnisse bekommen.« Sie zupfte an einem Klumpen Käse auf ihrer kalten Pizza. »Ich hab es verbockt. Noch mal. Deshalb glaube ich, mein Traum von Stanford ist ausgeträumt.«

»Clarke, darf ich dir was sagen, das vielleicht kränkend klingt?«

Sie zuckte mit den Achseln. »Klar.«

»Du brauchst bessere Träume.«

»Es ist nur so peinlich. Ich arbeite so viel härter als alle, die ich kenne. Warum kann ich nicht auch eine von diesen Leuten sein, denen alles leichtfällt?«

»Weil solche Leute meist Arschlöcher sind.« Sie blickte auf. »Du hast so viel Mitgefühl, Clarke. Ich glaube, deshalb hältst du es nicht aus zu sehen, dass Dakota am Rand steht.« Ihre Blicke trafen sich und sie spürte wieder dieses unbeschreibliche Etwas. So wie vorhin im Auto. »Du hast ein riesiges Herz. Das ist besser als viele Punkte.«

Normalerweise hasste CJ es, wenn Leute irgendetwas an ihr »riesig« nannten. Aber diesmal hätte sie am liebsten angefangen zu heulen. Sie wünschte, sie könnte das auch so sehen wie Wyatt. Aber ob sie wollte oder nicht, die Punkte spielten eine Rolle. Gewinnen zählte.

»Wie auch immer«, sagte er, »ich weiß, dass Stanford dein Traum ist. Aber Träume ändern sich.«

CJ spürte, wie ihr Bein unabsichtlich seins streifte. Rasch zog sie es zurück. »Hey, Wyatt, kann ich dich was fragen?«

»Du kannst mich alles fragen, was du willst.«

»Was hat deine Mom damit gemeint? Dich zu überzeugen, an die Ohio State zurückzugehen?«

»Wie ich schon sagte, Clarke, Träume ändern sich.« Er knüllte seine Serviette zusammen und ließ sie auf den Teller mit Pizzarändern fallen. »Hey, magst du Videospiele? Sieht so aus, als hätten die hier eine ganz nette Spielhalle.«

Bevor CJ auch nur antworten konnte, hatte Wyatt sich schon vom Tisch weggeschoben.

KAPITEL 15

Ava brauchte noch ein Werk für ihre Mappe, mit der sie sich an der RISD bewerben wollte. Online hatte sie gelesen, dass es eine gute Idee wäre, etwas zu malen, das ihre Persönlichkeit zum Ausdruck brachte. Also starrte sie auf die leere Leinwand und überlegte, welche verschiedenen Eigenarten ihren Charakter ausmachten. So sehr sie es sich wünschte – es wäre eine Lüge, wenn sie ihre Depression wegließ. Sie war sich allerdings nicht sicher, auf welche Weise sie das mit Farben ausdrücken sollte, und entschied, es mit einer abstrakten Darstellung zu versuchen.

Heute Morgen war sie die Einzige im Kunstsaal. Ava mischte Farben, bis sie das exakte Braun ihrer Haut hatte. Dann tauchte sie den Pinsel hinein und fuhr mit schnellen, scharfen Strichen über die Leinwand. Sie hatte keinen Plan und malte rasch, damit sie ihre Entscheidungen nicht selbst infrage stellte.

»Hey«, sagte eine Stimme hinter ihr.

Ava fuhr zusammen und der Pinsel flog über die Leinwand, wo er einen langen Farbstrich hinterließ. Sie wirbelte herum und sah Logan Diffenderfer dort stehen.

»Shit«, sagte er. »Sorry.«

»Ist schon gut. Das ist …« Sie legte den Kopf schräg und

betrachtete den langen Pinselstrich. »Das ist sogar … ziemlich cool. Gefällt mir.« Sie drehte sich wieder zu ihm und bemerkte Logans ernste Miene. »Was?«, fragte sie.

»Ich hab mit dem Privatdetektiv geredet. Um zu hören, ob er deinen Fall übernehmen würde.«

Ava nickte. Sie war bereit, jede Antwort zu akzeptieren. Tatsächlich wäre es wahrscheinlich besser, wenn er ablehnte. Ihre Mom und die Therapeutin hatten recht. Sie war in keiner guten Verfassung dafür, einfach nicht stark genug.

»Er würde es machen.«

Erleichterung erfasste Ava wie eine Welle. Ihr Verstand war nicht bereit gewesen, sich einzugestehen, wie sehr sie sich das wünschte. Aber ihr Körper hatte es anscheinend gewusst. »Gott sei Dank«, sagte sie leise.

Logan trat von einem Fuß auf den anderen. »Bevor ich ihm sage, dass er loslegen soll, will ich mich nur versichern. Ich meine, versichern, dass du dir sicher bist. Carl, so heißt der Detektiv, meinte, wie kompliziert solche Fälle wären. Also, nicht kompliziert, sie zu finden. Aber … emotional. Für dich. Er fühlt sich ein bisschen unwohl dabei, so was für jemanden zu machen, der noch so jung ist.«

Alle meinten zu wissen, was das Beste für sie war. Ihre Mom, ihre Therapeutin und jetzt dieser Carl. »Aber wird er es machen?«

Logan nickte. »Ja. Aber …« Logan trat wieder von einem Bein aufs andere. Noch nie hatte sie ihn so unsicher gesehen. »Ava, bist du dir sicher? Das klingt nach … einer großen Sache.«

»Und du denkst, ich wäre dafür nicht stark genug?«

»Nein. Überhaupt nicht. Ich *weiß*, dass du stark genug bist.«

Ihre Blicke trafen sich und sie schaute rasch wieder weg.

»Ich bin bereit«, sagte Ava. »Es ist das, was ich will.«

»Okay, dann sag ich ihm das.«

Ava merkte, dass Logan auf ihre Leinwand starrte. Plötzlich war sie verlegen. Das Bild war mehr als abstrakt. Es war chaotisch. Ava fühlte sich bloßgestellt und verletzlich. Sie wollte nicht, dass Logan die wilden, verrückten Pinselstriche ihrer wilden, verrückten Seele sah.

»Es ist noch nicht fertig«, beeilte sie sich zu sagen. »Ich probiere was Neues aus.«

»Aber es ist cool. Es ist das Klettergerüst, oder?«

Ava war irritiert, bis sie selbst wieder auf die Leinwand schaute. Er hatte total recht. Die Pinselstriche ergaben eine Andeutung des Klettergerüsts im Park.

»Ich gehe mal Carl anrufen«, sagte Logan.

Nachdem er weg war, trat Ava näher an ihr Bild heran und betrachtete es ausgiebig. Es war überhaupt nicht verrückt, sondern wunderschön.

CJ sammelte nach einem Nachmittag mit Hallenfußball die Hütchen vom Boden auf.

»Ich finde, das lief gut«, meinte Wyatt.

CJ nickte, aber nicht besonders enthusiastisch. Dakota war heute Nachmittag überhaupt nicht aufgetaucht.

Wyatt legte den Kopf schräg und CJ machte sich gefasst darauf, dass er irgendwas sagen würde wie sie könnten Dakota nicht zwingen und CJ solle nicht so streng mit sich sein.

»Mir kommt gerade ein verrückter Gedanke«, sagte Wyatt stattdessen. »Musst du jetzt irgendwohin?«

Sie schüttelte den Kopf.

»Gut. Weil ich denke, wir sollten Dakota entführen.«

CJ lachte. Bis ihr klar wurde, dass Wyatt es ernst meinte. Da seufzte sie und holte ihre Autoschlüssel. Zehn Minuten später hielten sie vor Dakotas Haus.

»Wir reden hier nicht von echtem Kidnappen, oder?«, fragte CJ, während sie die Automatik auf Parken stellte.

»Wenn du das nächste Mal zustimmst, bei einer Entführung mitzumachen, solltest du wahrscheinlich alle Einzelheiten im Vorhinein klären. Anfängerfehler, Clarke.«

Das Haus war klein. Die Farbe der Fassade blätterte ab und die vordere Terrasse hätte dringend eine Renovierung gebraucht, doch der Garten war hübsch und liebevoll gepflegt. CJ stieg aus dem Wagen, stellte Wyatts Rollstuhl neben den Beifahrersitz und blockierte die Räder. Dann bückte sie sich und er legte einen Arm um ihre Schulter. »Okay«, meinte er, sobald er im Rollstuhl saß. »Dann holen wir sie mal.«

Der Weg zur Haustür war glatt und rollstuhlgerecht neu angelegt.

»Ich hasse es, auf die praktischen Seiten hinzuweisen, wo du gerade so begeistert von der Spontaneität dieser Aktion bist«, sagte CJ. »Aber hast du überhaupt eine Idee, was wir mit ihr unternehmen sollen?«

»Keinen Schimmer.« Er läutete an der Tür.

»Hast du dir wenigstens überlegt, was wir ihrer Mom sagen?«

Wyatt schaute in den Himmel und dann zur Seite. »Hmm, nein, aber wahrscheinlich sollte ich das tun.«

Die Tür ging auf, bevor Wyatt lange nachdenken konnte. Margaret schien überrascht, sie zu sehen. »Hi«, sagte sie.

»Hi«, erwiderte Wyatt. »Wir sind hier, um Ihre Tochter zu entführen. Ich weiß, das klingt jetzt seltsam, und wir sind uns auch nicht ganz sicher – «

»Nehmt sie mit«, sagte Margaret. »Sie gehört euch. Oh mein Gott. Bitte. Nehmt sie ruhig mit.« Margaret drehte sich um und rief ins Haus. »Dakota! Schnapp dir deine Jacke!«

Nachdem Dakota auf dem Rücksitz saß und CJ rausgefunden hatte, wie sie zwei Rollstühle im Kofferraum verstauen konnte, fuhr sie rückwärts aus der Einfahrt. »Wo soll's hingehen?«

»Wohin auch immer die Straße uns führt«, sagte Wyatt.

CJ warf ihm einen Blick zu. »Dann lenke ich dieses Auto zu Baskin-Robbins, bis jemand eine bessere Idee hat.«

»Ich hasse Eis«, sagte Dakota.

CJ schaute in den Rückspiegel und begegnete Dakotas Blick. »Ich wette, dass das nicht wahr ist.«

Dakota verschränkte die Arme. »Ist es doch. Ich habe eine Laktose-Intoleranz.«

Wyatt drehte sich zu ihr um. »Du meine Güte, Kiddo. Der Rollstuhl *und* keine Milchprodukte? Da hast du aber echt schlechte Karten bekommen.«

»Hey, Dakota«, meinte CJ. »Ich hab mich übrigens gefragt, warum du überhaupt im Rollstuhl sitzt. Aber wenn's dir was ausmacht, darüber zu reden, müssen wir das auch nicht machen.«

Wyatt berührte CJs Knie. Sie wusste, was die Berührung bedeutete. Er fand die Frage gut. Aber sie wusste nicht, was es bedeutete, dass sie sich wünschte, er würde die Hand dort liegenlassen.

Dakota ließ ihre Arme wieder sinken. »Bestimmt hat meine Mom dir das schon erzählt«, sagte sie leise.

»Nein«, erwiderte CJ.

Dakota schaute aus dem Fenster. Es schien, als wollte sie nicht darüber reden. Gleichzeitig hatte man den Eindruck, dass sie darüber reden musste. »Ich wurde mit was geboren. Weißt du, was Spina bifida ist?«

»Ich hab schon mal davon gehört«, sagte CJ. »Aber viel weiß ich nicht. Kannst du's mir erklären?«

»Mein Rückenmark hat sich nicht so entwickelt, wie es sollte. Das hat mir aber nie wehgetan und ich hatte auch keine Probleme. Dann bin ich im letzten Jahr viel gewachsen. Und das hat anscheinend irgendwas bewirkt oder so. Ich war im Sportunterricht und wir haben Volleyball gespielt. Ganz plötzlich fühlten meine Beine sich komisch an, und ich schaute an mir runter und ... ähm ... ich pieselte. Alle lachten. *Alle.* Meine beste Freundin hat gelacht. Aber es war nicht lustig, und ich konnte nichts dafür.«

»Natürlich konntest du nichts dafür«, sagte CJ.

»Ich musste operiert werden, und die haben mir gesagt, damit käme alles wieder in Ordnung und mir würde es gut gehen. Aber so war's nicht. Es wurde noch schlimmer. Es war ein missratenes, furchtbares Ergebnis. Und es ist mir passiert. Das ist so unfair.« CJ warf wieder einen Blick in den Rückspiegel. Dakota hielt die Augen gesenkt. »Manchmal piesele ich immer noch, obwohl ich es nicht will.« Ihre Stimme klang jetzt zaghaft und ängstlich. »Ich will nicht, dass alle bei Sensational Recreational mich auslachen.«

CJ und Wyatt wechselten einen Blick voller Mitgefühl. Sie hatten das Rätsel gelöst. Den Grund erfahren, warum Dakota keinen Fuß oder besser gesagt Reifen aufs Spielfeld setzen wollte.

Wyatt drehte sich wieder um. »Sie werden dich nicht auslachen, Dakota. Das verspreche ich dir. Keiner wird über dich lachen.«

Aber vielleicht doch. CJ konnte sich nicht einmal vorstellen, wie es sein musste, so etwas durchzumachen wie Dakota, aber sie wusste genau, wie es sich anfühlte, ausgelacht zu werden. Reflexartig legte sie einen Arm schützend vor ihren Bauch, um eine Erinnerung abzuwehren, die sie niemals loswerden würde.

»Meine beste Freundin hat gelacht«, sagte Dakota. »Sie hat mich nicht einmal im Krankenhaus besucht. Und sie hat kein Wort mehr mit mir geredet, seit ich wieder in die Schule gehe.« CJ warf einen flüchtigen Blick nach hinten. »Das ist schrecklich.« CJs Freundinnen hatten nie gelacht. Niemals. Als Grayson gesagt hatte, sie müsse ein Mann sein, weil sie so ein Brocken wäre, da war Jordan ganz nah an sein Gesicht herangegangen und hatte geflüstert: »Bist wohl neidisch, was?« Als er beim nächsten Mal etwas in der Art sagte, hatte Martha ihn geboxt. Und Ava, die süße, wunderbare Ava, war immer an CJs Seite, um ihr zu versichern, dass sie wunderschön sei.

Dakota zuckte mit den Achseln. »Also machen wir jetzt irgendwas oder fahren wir einfach nur durch die Gegend wie Loser?«

»Es tut mir echt leid, Dakota«, sagte CJ. »Ich will es nicht entschuldigen, aber wahrscheinlich hat deine Freundin wirklich Schiss und schämt sich furchtbar. Sie weiß nicht, was sie sagen oder wie sie sich verhalten soll, also führt sie so einen Eiertanz auf.«

»Apropos Eier ...«, meldete Wyatt sich zu Wort. »Lasst uns doch ihr Haus mit Eiern bewerfen.«

»Ja!«, jubelte Dakota auf dem Rücksitz.

»Nein.« CJ sah Wyatt an. »Wyatt, nein.«

»Bitte, CJ.« Dakota klang so begeistert, wie CJ sie noch nie gehört hatte. »Bitte, bitte, bitteeeee.«

Wyatt fiel in den Chor mit ein. »Bitteeee. Und gleich da an der Ecke ist ein Supermarkt. Also, wenn das kein Zeichen ist, dann weiß ich auch nicht.«

»Wyatt ... ich bin nicht der Typ, der Gesetze bricht. Und das ist ... Beschädigung von Privateigentum ... Und es geht gegen ein Kind. Das ich eine schrecklich schlechte Idee.« Doch als sie Dakotas hoffnungsvolle Miene im Rückspiegel sah, ging ihr das gerade genug zu Herzen, sodass sie den Blinker setzte und in den Parkplatz einbog.

»Ja!«, kreischte Dakota.

Zehn Minuten später stand CJ allein in der Supermarkttoilette und füllte Wasserbomben. Immerhin hatte sie den beiden die Eier ausreden können. Es klopfte an der Tür und Wyatt steckte den Kopf herein. »Wie läuft's?«

»Großartig«, sagte CJ tonlos. »Ich bin alleine hier drin. Du kannst reinkommen.«

Wyatt drückte die Tür ganz auf und rollte herein. »Du hasst die Idee, stimmt's?«

»Ich will das Verhalten ihrer Freundin nicht entschuldigen. Überhaupt nicht. Aber ... Ich verstehe es. So was ist irritierend. Es macht einem Angst. Und sie ist erst elf. Wie kann man von ihr erwarten, dass sie mit elf damit umgehen kann? Ich bin siebzehn und schaffe das kaum.« CJ spürte Tränen in sich aufsteigen und versuchte, sie zurückzuhalten. »Ein Teil von mir möchte das Mädchen am liebsten umbringen. Aber ein anderer Teil hat das Gefühl, ich wäre damals dieses Mädchen gewesen.« Die Tränen kamen trotzdem. »Ich weiß nicht, ob ich auch nur eine Spur besser damit umgegangen wäre. Ich bin einfach genauso schrecklich. Ihr solltet die Wasserbomben auf mich werfen.« CJ merkte, wie ihr die Tränen über die Wangen liefen. Sie schämte sich. »Ich weiß auch nicht, warum ich jetzt heule. Das ist auch nicht fair. Sie ist diejenige, die im Rollstuhl sitzt, aber ich heule hier rum.«

»Bück dich«, sagte Wyatt.

»Hä?«

»Du bist zu groß. Du musst dich zu mir runterbücken.«

CJ beugte sich bis auf seine Augenhöhe vor. Da nahm er ein Papiertuch und wischte ihr damit die Tränen ab.

»Du bist überhaupt nicht schrecklich, Clarke. Du hättest niemals gelacht.«

»Woher weißt du das?«

»Ich weiß es eben.«

Einen langen Moment sahen sie sich an. Seine Hand lag immer noch an ihrem Gesicht. Sie fragte sich, wie es wohl wäre, ihn zu küssen. Sie war sich fast sicher, dass er sich das Gleiche fragte. Wenn sie sich noch ein Stückchen vorbeugte, könnte sie es rausfinden. Doch das tat sie nicht. Sie wich zurück.

»Also«, meinte sie, richtete sich wieder auf und schüttelte den Moment irgendwie ab. »Ich schätze, wir sollten hiermit weitermachen.«

Wyatt sah sie unverwandt an, aber CJ wich seinem Blick aus und legte alle Wasserbomben in eine Tüte.

»Keine Sorge, Clarke. Wir werden nicht wirklich ein Kind mit Wasserbomben bewerfen. Ich dachte mir, wir könnten sie stattdessen dort gegen Bäume schmeißen oder so was. Wärst du damit einverstanden?«

Sie nickte. Dann hielt sie die Tür auf und folgte ihm nach draußen.

Jordan fuhr gerade Martha nach Hause, als sie die Nachricht bekam. Da ihre Eltern sie eine echte juristische Vereinbarung hatten unterschreiben lassen, in der stand, dass sie am Steuer die Finger von ihrem Handy lassen würde, bat sie Martha, die Nachricht für sie zu checken. Das bedauerte sie in der Sekunde, als Martha ihr sagte, vom wem sie war.

»Von diesem Jungpolitiker, Scott Mercer.« Marthas Stimme klang ehrlich überrascht. »Warum schreibt der dir?«

»Keine Ahnung. Seltsam.« Rasch streckte Jordan die Hand nach ihrem Telefon aus.

Sie hatten sich viel geschrieben. Einiges davon war beruflich gewesen, anderes nicht. Sie hatten sich hin und her geschrieben, welche Serien sie sahen. Und über ihre Hoffnungen und Träume. Lauter zwangloses Zeug.

Martha hielt das Handy außer Griffweite. »Soll ich es dir nicht vorlesen?«

»Ich bin mir sicher, dass es nichts Wichtiges ist. Mach dir keine Gedanken darüber.« Sie versuchte noch mal, nach dem Handy zu greifen und das Auto schlingerte, weil sie das Lenkrad verzog.

Martha warf ihr einen erschrockenen Blick zu. »Jordan. Was zum Teufel ist los?«

»Nichts«, sagte Jordan. »Keine Ahnung, was er will.«

»Na, dann lass es uns rausfinden.« Martha presste sich so eng ans Fenster, dass Jordan sie nicht erreichen konnte.

Als sie die Nachricht öffnete, spürte Jordan eine gewisse Unruhe. Sie wusste tatsächlich nicht, warum Scott ihr schrieb.

»Er schreibt ...« – Jordan machte sich auf was gefasst – »Kannst du heute Abend im Rathaus sein? Ich kann dir hier nicht schreiben, warum, aber du willst es wegen deines Artikels bestimmt nicht verpassen.«

»Oh«, machte Jordan. Die Nachricht war beruflich. *Gott sei Dank.* »Interessant. Da sollte ich wohl hin.«

»Schätze schon«, meinte Martha. Aus ihrer Stimme klang ein gewisses Misstrauen. »Dann schätze ich mal, dass wir heute Abend nicht zusammen abhängen?«

Eigentlich waren sie auf dem Weg zu Marthas Wohnung, um an ihrem gemeinsamen Projekt für Geschichte zu arbeiten. »Hm, ich sollte dieser Spur im Rathaus wohl nachgehen«, sagte Jordan. »Klingt wichtig, findest du nicht?«

Martha drehte sich um und starrte sie unverwandt an. Jordan war sich ziemlich sicher, dass sie sie gleich zur Rede stellen würde. Doch dann zuckte sie nur mit den Achseln. »Wie du meinst. Kannst du mich am Kino rauslassen?«

»Ich dachte, du arbeitest heute Abend nicht?«

Martha zuckte wieder mit den Achseln. »Tu ich auch nicht.« Mehr sagte sie nicht, und Jordan war sich fast sicher, dass Martha das mit Absicht tat. Wenn Jordan Geheimnisse hatte, würde sie auch einiges für sich behalten.

Nachdem sie Martha abgesetzt hatte, beeilte Jordan sich, nach Hause zu kommen, und zog sich rasch um. Erst griff sie nach ihren Autoschlüsseln, dann überlegte sie es sich anders. Das Parken in der Innenstadt würde ein Vermögen kosten. Also musste sie den Bus nehmen.

Der Bus brauchte ewig, und als sie ausstieg, war sie schon spät dran. Trotzdem gönnte sie sich einen Moment, um vor dem Rathaus stehenzubleiben und es zu betrachten. Sie war erst ein einziges Mal hier gewesen. Im Rahmen eines Schulausflugs. Abends hatte sie es noch nie gesehen. In voller Beleuchtung. Es sah eindrucksvoll aus.

Jordan stieg die Stufen zum Gebäude hinauf. Sie erinnerte nicht, dass es so prachtvoll gewesen war. Über ihr flatterte eine amerikanische Flagge. Als sie darunter herging, fühlte sie sich wichtig und unbedeutend zugleich. Sie suchte den Aufzug und drückte den Knopf ins oberste Stockwerk. Als die Türen sich öffneten, erwartete Scott sie schon.

»Hi«, sagte er.

Jordan spürte, wie ihr Herz klopfte. »Hi.«

Er beugte sich vor und kam mit seinem Mund dicht an ihr Ohr. Einen Moment lang wusste sie nicht, was er vorhatte. Dann flüsterte er: »Ratszimmer. Am Ende des Flurs.« Sein Atem kitzelte sie. »Die Bezirksratssitzung beginnt in fünf Minuten. Du weißt das nicht von mir, aber die Bürgermeisterin hat vor, sich zum Park zu äußern. Wir wissen noch nicht, was sie sagen wird. Die Bauträgerin ist nervös. Mein Boss auch.« Er wich zurück, weil jemand auf sie zukam. Jordan bemühte sich um eine gleichmütige Miene. »Geh«, sagte Scott nur noch.

Jordan marschierte mit flottem Schritt den Flur hinunter und ihr ganzer Körper kribbelte. Männer und Frauen in Anzügen und Kostümen starrten in ihre Handys und schauten wichtig drein. Jordans Absätze klapperten laut. Im Ratszimmer blieb sie kurz stehen. Die Bürgermeisterin und alle Stadträte saßen auf einem langen Podium. Jetzt kam Jordan sich nicht mehr wichtig vor, eher eingeschüchtert. Sie war unsicher, wo sie sich hinsetzen sollte, und traute sich auch nicht zu fragen. Schließlich nahm sie in der letzten Reihe Platz, wo sie niemandem im Weg sein würde.

Der Ratsvorsitzende eröffnete die Sitzung und begann mit dem Thema Mindestlohn-Erhöhung. Jordan spitzte die Ohren. Martha verfolgte diese Debatte genau. Eine der Frauen auf dem Podium (es waren nicht viele), Bezirksrätin Morales, las ein vorbereitetes Statement vor und trat leidenschaftlich für die Erhöhung ein. Sie war das jüngste Mitglied des Bezirksrats und ließ sich von den Männern nicht unterbrechen. Jordan wünschte, Martha wäre hier, um das zu erleben. Ava und CJ auch.

Nach ein paar weiteren Tagesordnungspunkten kam endlich der Park zur Sprache. Bezirksrat Lonner fasste zusammen, wie weit das Genehmigungsverfahren gediehen war. Er sprach von dem Bericht über die Umweltauswirkungen und behauptete, es gäbe keinerlei Hindernisse. Jordan war sich nicht sicher, ob sie das aufnehmen durfte, also holte sie ihren Block heraus und schrieb so schnell mit, wie sie konnte. Sie merkte, dass Bezirksrat Lonner besorgt wirkte, als der Ratsvorsitzende Bürgermeisterin Wilhelm das Wort erteilte. Die Bürgermeisterin beugte sich vor und sprach direkt ins Mikro.

»Meine Sorge«, sagte sie würdevoll, »ist nicht die Umwelt.« Sie sah Bezirksrat Lonner an. »Meine Sorge sind die Kinder, die in dem Viertel spielen. Haben wir auch eine Wirkungsanalyse dazu, was die Schließung des Parks für sie bedeuten wird?« Sie machte eine Pause, um ihm Gelegenheit zu geben, darauf zu antworten. »Das war keine rhetorische Frage, Herr Bezirksrat. Ich hätte gerne, dass Sie darüber nachdenken.«

Der Bezirksrat murmelte etwas von wegen, er würde das

überprüfen und mit seinen Wahlberechtigten sprechen. Die Bürgermeisterin blieb ruhig und entschlossen.

Scott saß ein paar Reihen vor Jordan, aber irgendwann drehte er sich um und suchte ihren Blick. Dann zog er eine Augenbraue hoch, als wollte er sagen: *Das ist interessant.*

Nachdem die Sitzung vorbei war, packte Jordan ihre Sachen ein und ging hinaus. Scott wartete am Fuß der Treppe auf sie. Er trug einen langen Wollmantel und hatte die Hände in den Taschen vergraben. Es waren noch andere Leute aus der Sitzung da, deshalb deutete Scott eine Kopfbewegung an und bog mit Jordan um die Ecke, damit sie ungestört sprechen konnten. Als sie außer Sichtweite waren, meinte er: »Und? Was hältst du davon?«

Zum ersten Mal seit all das begonnen hatte, verspürte Jordan Hoffnung. »Bürgermeisterin Wilhelm hat deinen Boss ganz schön zurechtgewiesen. Ich glaube, das hat er verstanden.«

»Kein Kommentar«, meinte Scott grinsend. »Komm, ich begleite dich zu deinem Auto.«

»Ich hab den Bus genommen. Du kannst mich zur Haltestelle begleiten.«

Er schob die Hände noch tiefer in die Tasche und sie konnte seinen Atem in der kalten Luft sehen. »Es ist viel zu kalt, um auf den Bus zu warten«, meinte er. »Ich fahre dich nach Hause.«

»Danke«, sagte sie.

Sie spazierten zu seinem Wagen und er hielt ihr die Tür auf. CJ und Martha fanden solche Sache ja sexistisch und altmodisch, aber Jordan hatte nichts dagegen. Sie fand solche Gesten süß. Nachdem sie eingestiegen war, schnallte sie sich an.

»Also«, sagte Scott und nahm hinter dem Steuer Platz, »wo wohnst du?«

Bevor er die Frage auch nur zu Ende gestellt hatte, wusste Jordan, dass sie ein großes Problem hatte.

»Äh«, sagte sie und bekam Panik. »Ähm ...« Das war nicht gut. Überhaupt nicht gut. Ausgeschlossen, dass sie ihm zeigen würde, wo sie wohnte. Außer, ihr fiel noch eine wirklich gute Erklärung dafür ein, warum eine freie Journalistin sich ein sehr großes Haus im Ranchstil und mit vier Schlafzimmern leisten konnte.

»Adresse?«, hakte er nach. Er hatte sein Handy gezückt und das GPS bereit.

»Äh ... ähm ... meine Adresse ...«

»Ja«, sagte er und schien nicht zu verstehen, warum sie so seltsam reagierte. »Deine Adresse. Das wäre hilfreich.«

Wenn sie ihm jetzt die Wahrheit sagte, wäre alles ruiniert.

»Jordan? Ist irgendwas nicht in Ordnung?«

»1558 Bader Court!« Das stieß sie so laut hervor, dass sie sich am liebsten dafür entschuldigt hätte. Das war Marthas Adresse. »1558 Bader Court«, wiederholte sie. Diesmal ruhiger.

Er tippte es in seine Navi-App. »Schon unterwegs.«

Martha sah mit einer Spur Ehrfurcht zu, wie Victoria vorsichtig ein Gummibärchen auf dem Turm platzierte, der schon sieben Bärchen hoch war. Victoria zog ihre Hand zurück und passte auf, dass der Glücksbringer an ihrem Armband das ganze Gebilde nicht umwarf. Als alles hielt, rief sie mit ihrem eigenartigen Akzente-Mischmasch: »Boom, Bitch!«

Martha war verblüfft. »Das ist architektonisch unmöglich. Ich glaube, dass es sogar den Gesetzen der Physik widerspricht.«

»Und doch ist es so. Du bist dran.«

Das Spiel war Victorias Erfindung. Eine Möglichkeit, die Langeweile an einem Abend zu bekämpfen, wenn nichts los war. Martha nahm sich ein neues Gummibärchen aus der Tüte, leckte es an und näherte sich damit langsam dem Turm.

»Hey, kann ich dich was fragen?«, sagte Victoria.

»Nicht, wenn du es tust, weil du mich ablenken willst.«

»Was machst du eigentlich hier?«

Martha ließ den Turm nicht aus den Augen. »Hab ich doch schon gesagt. Ich hab mich im Dienstplan vertan. Ganz schön dumm, was?«

»Stimmt das wirklich?«

Martha merkte, wie ihre Wangen warm wurden. Dann klebte sie das Bärchen auf den Turm und wich zurück. »Du bist dran.«

»Ich wollte dich nicht in Verlegenheit bringen«, sagte Victoria. »Bin ja froh, dass du hier bist. Ich hab mich nur gefragt, ob du vielleicht aus irgendeinem Grund nicht zu Hause sein willst.«

»Oh«, machte Martha. »Nein. Das bestimmt nicht.«

Martha sah zu, wie Victoria das nächste Gummitier aus der Tüte nahm. Ihr gefiel, dass Victoria über ernste Sachen reden wollte. »Ich liebe mein Zuhause«, sagte Martha. »Da sind nur mein Dad und ich, und wir kommen richtig gut miteinander klar. Was auch gut ist, weil ich wahrscheinlich nächstes Jahr nur auf die Cleveland State gehen werde.«

»Echt? Ich dachte, du wolltest ans MIT.«

Martha hatte das MIT nur ein einziges Mal erwähnt. Victoria war eine aufmerksame Zuhörerin.

»Ich meine, es ist eine der besten Unis für Ingenieurwissenschaften. Und Boston scheint auch cool zu sein. Ich bin mir nur nicht sicher, ob es das wert ist. Wenn ich auf die Cleveland State gehe, kann ich meinen Abschluss wahrscheinlich schuldenfrei machen. Oder beinah. Ich meine, warum sollte ich das nicht tun? Die Vorstellung von all den Schulden. Und meinen Dad zurückzulassen. Das ist alles so ... furchteinflößend.« Das letzte Wort rutschte ihr einfach so raus. Sie hatte nicht zugeben wollen, dass sie sich fürchtete. Victoria trat von dem Bärchenturm zurück, um sie anzusehen.

»Kann ich dir was sagen?«, fragte sie.

Martha nickte.

»Mach das, wovor du dich fürchtest. Mir sind die besten Dinge in meinem Leben passiert, als ich Angst hatte.«

Sie wandte sich wieder dem Turm zu und legte behutsam ihr Bärchen ab. Victoria hielt den Atem an, als er zu wackeln begann, doch er beruhigte sich wieder. Martha hatte auch der Atem gestockt. »Du bist dran«, sagte Victoria jetzt.

»Und zwar?«, fragte Martha. »Was hast du gemacht, wovor du Angst hattest?«

Victoria lächelte. »Oh, zum Beispiel einer Person gesagt, dass ich sie küssen wollte, als ich mir nicht sicher war, ob sie mich überhaupt küssen wollte.«

»Und ...«, hakte Martha nach. »Wollte die Person?«

Victoria lachte. »Einmal, ja. Ein andermal hat es mir das Herz gebrochen, aber ich bin trotzdem froh, dass ich es ehrlich ausgesprochen habe.«

Martha bemerkte, dass Victoria nicht wegschaute. Sie hatte keine Angst vor Blickkontakt. Martha schon. Verlegen zog sie hastig ihr Handy aus der Tasche und ging die üblichen Apps zur Ablenkung durch. Dabei stieß sie auf eine Nachricht von Jordan, die diese ihr früher am Abend geschickt hatte. Ihre Miene musste sich verändert haben, als sie sie las, weil Victoria nachfragte, ob alles okay wäre.

»Schon«, meinte Martha. Jordan hatte geschrieben, dass der Park vielleicht doch noch nicht gestorben sei.

»Wirklich?«, bohrte Victoria nach.

Martha ließ das Handy wieder in ihrer Tasche verschwinden. »Doch. Es sind gute Neuigkeiten.«

»Warum schaust du dann so …«

Martha seufzte. »Weil meine Freundin bei dieser wichtigen Sitzung war und versucht, die Welt zu verändern.« Sie lächelte bedauernd. »Und ich bin hier und baue einen Turm aus Kino-Snacks.«

»Du sagst das, als wäre es irgendein beliebiger Turm«, tat Victoria gespielt empört. »Dabei glaube ich, dass wir kurz vor einem Weltrekord stehen.«

Martha lächelte. Dann würde sie wenigstens auf diese Weise eine Spur in der Welt hinterlassen. Sie wusste, wie albern es war, aber trotzdem lag ihr daran, ihren Namen in das Klettergerüst zu ritzen. Sie nahm ein neues Bärchen aus der Tüte und leckte es an.

»Du schaffst das«, sagte Victoria. »Fürs Guinnessbuch der Rekorde. Man wird sich an uns beide erinnern.«

Genau in dem Moment, als Martha ihr Bärchen absenkte, ertönte das Handy in ihrer Tasche. Martha stöhnte. »Wenn ich jetzt meine Hand bewege, fällt alles in sich zusammen.«

»Dann kommen wir eben nicht ins Guinnessbuch. Mach dir keinen Stress.«

Martha nahm all ihre Konzentration zusammen. Da meldete ihr Handy sich schon wieder. Sie ignorierte es. Ihre Hand blieb ganz still. Noch eine Nachricht. Und noch eine. Martha versuchte, sich davon nicht aus der Ruhe bringen zu lassen.

»Warte«, sagte Victoria. »Ich hole es für dich raus.«

Victoria schob sich hinter Martha und schob so behutsam, wie sie die Gummibärchen abgelegt hatte, ihre Hand in Marthas hintere Hosentasche. Martha spürte, wie ihr Körper erstarrte, während Victoria vorsichtig mit dem Telefon – und ihrer Hand – über Marthas Hintern fuhr. Martha sehnte sich danach, sich umzudrehen. Sie wollte ihre Hand in Victorias Tasche stecken und ihr alle Geheimnisse erzählen.

Nachdem sie das Handy herausgezogen hatte, schaute Victoria aufs Display. »Es ist deine Freundin Jordan.«

»Ignorier es.« Martha würde den Turm einstürzen lassen. Sie würde sich umdrehen und Victoria fragen, ob sie genauso empfand wie Martha. »Der Park ist mir gerade egal.«

»Äh, es geht wohl nicht um den Park«, sagte Victoria. »Ich glaube, du solltest dir das lieber ansehen.«

Scott setzte den Blinker und fuhr auf die Schnellstraße. Jordan schickte Martha mehrere verzweifelte Nachrichten.

Bist du zu Hause?

Bitte sag, dass du zu Hause bist.

Es ist eine lange Geschichte, aber du muss so tun, als wärst du meine Mitbewohnerin.

Sie wusste, dass Scott drauf bestehen würde, sie bis zur Haustür zu begleiten. Er war der Typ für so was. Und irgendwie wollte sie, dass er es vorschlug. Weil sie wusste, was so ein Angebot bedeuten würde.

WO. BIST. DU?

Scott folgte seinem Navi. Es war eine zwanzigminütige Fahrt und sie plauderten die ganze Zeit. Dabei ließ Jordan ihr Handy nicht aus den Augen. Sie hatte immer noch nichts von Martha gehört, als Scott schon am Gehsteig anhielt.

»Tja«, sagte Jordan, »da wären wir.«

Scott blickte an dem Gebäude hinauf und sah dann sie an. »Ich begleite dich lieber bis zur Wohnungstür.«

Jordan versuchte sich vorzustellen, was passieren würde, wenn sie dort ankämen. Wie sollte sie erklären, dass sie keinen Schlüssel hatte? Sie konnte klopfen. Nein, konnte sie nicht. Vielleicht würde Marthas Dad aufmachen. Jetzt, wo er nicht mehr im Schichtdienst arbeitete, war er abends meist zu Hause.

»Das ist schon okay«, sagte Jordan. »Das musst du nicht machen. Danke fürs Mitnehmen.«

Jordan stieg aus dem Wagen und Scott tat das Gleiche. »Jordan. Ich kenne die Kriminalitätsstatistik dieser Gegend, also begleite ich dich bis zu deiner Tür.«

Sie sah ihn an und er missverstand ihre zögerliche Miene.

»Ich hoffe, das kam jetzt nicht unhöflich rüber«, sagte er. »Ich wohne auch nicht gerade in einem Palast.« Er musterte Marthas Wohnblock. Von dem er glaubte, es wäre Jordans. »Das ist hübscher als mein Haus, und ich kann mir dort die Miete kaum leisten.«

Jordan war sich nicht sicher, wie sie darauf antworten sollte. »Erste eigene Wohnung, was?«, meinte sie.

Scott lachte. »Genau. Ich glaube, das ist quasi verpflichtend, in den Zwanzigern so eine Wohnung zu haben. Wenn wir mit dreißig noch in Dreckslöchern hausen, dann sollten wir anfangen, uns Sorgen zu machen.«

Sie drehten sich beide um, als sie Schritte hörten.

»Hey, Roomie«, sagte Martha und kam auf sie zu. Jordan wusste nicht, ob sie ihre Unterhaltung mitgehört hatte. »Kommst du auch gerade nach Hause?« Jordan warf Martha einen vielsagenden Blick zu. Der sollte sie bitten, das hier nicht zu verbocken, und gleichzeitig eine Entschuldigung sein. Martha wandte sich an Scott. »Hi. Ich bin Martha. Jordans Mitbewohnerin.«

Er schüttelte ihre Hand. »Schön, dich kennenzulernen.«

»Danke, dass du sie nach Hause gebracht hast«, sagte Martha. »Jetzt übernehme ich. Wir gehen abends immer zusammen. Man kann in dieser Dreckslochgegend nicht vorsichtig genug sein.« Jordan lachte verlegen, bis Martha sich zu ihr umdrehte und ihr einen vernichtenden Blick zuwarf. »So ist das mit den ersten eigenen Wohnungen, stimmt's?«

Sie hatte es gehört. Sie hatte alles gehört. Jordan fühlte sich schrecklich. Schlimmer als schrecklich. Sie sah Scott kaum noch an. »Danke für … alles. Gute Nacht.«

»Nacht, Jordan«, sagte er. »War nett, dich kennenzulernen, Martha.«

Aus Marthas Stimme klangen Wut und Verletzung. »War mir ein Vergnügen.«

Jordan wartete, bis Scott weggefahren war, bevor sie etwas zu Martha sagte. »Es tut mir so leid. So unglaublich leid.«

Martha zuckte mit den Achseln. »Vergiss es«, sagte sie in kühlem Ton. »Ich bin mir sicher, das war es wert. Sich über mein Zuhause lustig zu machen, um den Park zu retten.« Sie blickte Scotts Wagen nach und sah dann wieder Jordan an. »Denn es geht hier ja nur darum, den Park zu retten, oder?«

KAPITEL 16

Ava saß auf der Bank zwischen Jordan und Martha und spürte die Kälte, die beide ausstrahlten. Es war das letzte Footballspiel der Saison und der erste richtige Schnee des Jahres. Das ganze Spielfeld war weiß getupft. Normalerweise besuchten die Mädchen keine Footballspiele – CJ war der einzige Sportfan von ihnen. Aber das hier war das letzte Spiel der Saison. Es war das letzte Spiel ihrer ganzen Highschool-Zeit. Also hatten sie sich in braungoldene Schals gewickelt und sich auf der Tribüne unter Decken gekuschelt. Die Hände hielten sie sich mit heißer Schokolade in Pappbechern warm.

Irgendwas Gutes musste die Football-Mannschaft gemacht haben, denn plötzlich fingen die Cheerleader an, ihre Beine in die Luft zu werfen und mit ihren behandschuhten Fingern zu winken. Jordan klatschte und rief *»Go Bears!«* Richtung Spielfeld. Anschließend beugte sie sich an Ava vorbei und tippte Martha auf den Arm. »Das ist spaßig.« Sie gab sich solche Mühe, alles normal wirken zu lassen. »Ich wünschte, wir wären öfter zu den Spielen gegangen, als wir noch die Möglichkeit dazu hatten.«

»Weißt du überhaupt, wer gewinnt?«, fragte Martha.

»Keinen Schimmer«, antwortete Jordan. »Aber darum

geht's ja auch nicht. Es ist einfach schön, zusammen hier zu sein.«

»Tja. Wir sind gerade dabei, haushoch zu verlieren«, bemerkte Martha. »Wie lange bleiben wir überhaupt noch? Ich muss bald zur Arbeit. Ihr wisst schon, weil ich arm bin.«

Ava und CJ wechselten einen angespannten Blick, während Jordan sich wieder an Martha wandte.

»Es tut mir leid«, erklärte sie. »Ich hab doch schon gesagt, wie leid es mir tut. Ich weiß nicht, was ich sonst noch sagen soll –«

CJs Handy meldete sich und sie nutzte es als Ausrede, um Jordan zu unterbrechen. »Hilf mir mal«, sagte sie und hielt Jordan ihr Telefon vor die Nase. Jordan war nämlich die Einzige von ihnen, die Handschuhe mit Sensor-Pads an den Fingern trug. Mit dem Zeigefinger entsperrte Jordan das Handy. Den Code kannte sie, weil sie alle denselben nutzten. 0908 – 9. August. Der Tag, an dem sie sich im Park kennengelernt hatten.

Als die Nachricht aufging, schnappte Jordan nach Luft. »Clarke Josephine Jacobson«, sagte sie. »Warum schickt Wyatt Da-Steht-Kein-Nachname-Dabei dir ein Dick Pic?«

Vor ihnen saß eine Mutter mit kleineren Kindern. Sie drehte sich um und warf CJ einen strengen Blick zu. »Tut mir total leid«, sagte CJ zu der Mutter. »Aber das ist in Wirklichkeit gar kein … Sie wissen schon. Das ist eine Vase.«

Die Mutter wandte sich wieder ihren Kindern zu, während Martha und Ava sich beide herüberbeugten, um auf CJs Display zu gucken. Wyatt hatte ihr ein Foto von einer knollenförmigen Keramik geschickt.

»Das ist ein Insider-Scherz«, erklärte CJ entschuldigend. »Seine Mom macht diese Vasen.«

»Nope«, entschied Martha. »Das ist auf keinen Fall eine Vase, sondern definitiv ein Penis.«

Die Mutter fuhr wieder zu ihnen herum.

»Hi«, sagte Martha lässig. »Wie geht's? Gutes Spiel, oder?« Die Mutter bedachte sie mit einem zornigen, warnenden Blick, bevor sie sich wieder wegdrehte.

CJ sank auf ihrem Platz in sich zusammen und sah verlegen drein. »Okay, ihr könnt mich auch gleich umlegen.«

Ava lachte. Obwohl CJ wirklich aussah, als wollte sie auf der Stelle sterben, lächelte sie auch. »Du und Wyatt, ihr habt echt eine Menge Insider Jokes, was?«, meinte Ava ironisch.

CJ redete dauernd von Wyatt. So erzählte sie beispielsweise lustige Geschichten über ihn, die tatsächlich gar nicht so besonders lustig waren. Irgendwie fand sie immer wieder Möglichkeiten, seinen Namen zu erwähnen.

»Wie auch immer«, sagte Martha. »Ich muss jetzt echt gehen.«

CJ steckte ihr Handy wieder ein. »Okay, wie wär's, wenn wir nach dem Spiel zu dir ins Kino kommen? Wir müssen ja noch besprechen, was unser nächster Schritt wegen des Parks sein soll.«

Was die Bürgermeisterin gesagt hatte, fanden sie ermutigend. CJ hatte das Gefühl, jetzt müsse man Druck machen. Ava stimmte ihr zu. Sie wussten nur nicht, wie dieser Druck aussehen sollte. Jordan zögerte, irgendetwas zu veröffentlichen. Sie wollte sich noch nicht als Schülerin einer Highschool outen. Ava begriff nicht ganz, was für eine Rolle das spielte.

»Was gibt's denn da zu besprechen?«, sagte Martha. »Wenn Jordan nichts tun will …«

Jordan richtete sich gerade auf. »Ich will ja was tun. Ich glaube nur nicht, dass es irgendwie weiterhilft, jetzt einen langweiligen Artikel rauszubringen.«

»Dann schreib ihn eben nicht langweilig«, sagte Martha.

»Du weißt, wie ich das meine. Es lohnt sich noch nicht, meine Quelle zu verbrennen.«

Martha rollte mit den Augen. »Ja. Okay. Was auch immer.«

»Nein. Komm mir jetzt nicht wieder mit ›was auch immer‹. Wenn du mich anschreien willst, dann schrei mich an.«

»Okay«, sagte Martha. »Ich schreie dich an. Nein. Ich werde es ruhig sagen. Wen interessiert deine blöde Quelle? Scott ist ein Arschloch.«

Jordan wischte sich den Schnee von ihren Wimpern. »Ist er nicht. Er war unglaublich hilfsbereit. Er hat mir den Tipp mit der Ratsversammlung gegeben, weil –«

»Weil er dir an die Wäsche will!«, rief Martha. »Der will doch nur mit dir schlafen.«

Die Mutter fuhr wieder zu ihnen herum. Gerade in dem Moment, als Jordan den Mund aufmachte, um etwas zu sagen, ging CJ dazwischen. »Yep. Sie haben ganz recht«, sagte sie zu der Mutter. »Wir erledigen das nicht hier auf der Tribüne. Ladies.«

CJ stand auf, Ava ebenfalls. Jordan verschränkte die Arme. »Nein. Ich bleibe. Wir sind hergekommen, um das letzte Footballspiel der McKinley High School zu sehen, das wir je sehen werden. Das werde ich nicht verpassen.«

Martha stand auch auf. »Schön. Sag mir Bescheid, wenn du rausgefunden hast, welche Seite unsere ist.«

Damit stürmte sie von der Tribüne. CJ sah Jordan an.

»Komm schon. Lass uns gehen und miteinander darüber reden.«

Jordan verschränkte die Arme nur noch fester. »Ich bleibe.«

Ava und CJ gaben ihr eine Minute, um ihre Meinung zu ändern. Als klar war, dass Jordan sich nicht von der Stelle rühren würde, gingen sie, um Martha zu suchen. Ava schaute noch einmal zurück. Jordan saß immer noch mit verschränkten Armen da und ließ sich langsam aber sicher einschneien.

Martha stieg aus dem Bus, um den Weg zum Kino einzuschlagen. Sie trat aufs Pflaster und direkt in eine tiefe Pfütze. Sie war sowieso schon sauer auf Scott und sauer auf die ganze Welt, und jetzt war sie auch noch sauer auf diese Pfütze. Sie versuchte, auf Jordan sauer zu sein, aber es gelang ihr nicht. Sie war nur verletzt. Wenn Jordan doch nur verstehen könnte, wie schlimm sich das angefühlt hatte. Auf diese Weise taxiert und gering geschätzt zu werden. Für etwas, wofür sie überhaupt nichts konnte. Martha blieb stehen. Sie bückte sich und drückte Wasser aus dem Saum ihrer Jeans. Dabei fühlte sie sich wie ein Miststück. Denn Jordan wusste natürlich, wie sich so was anfühlte. Das wusste sie besser als jede andere von ihnen. Also war Martha wieder sauer auf die Welt. Und auf Scott.

Als sie beim Kino angekommen war, zog sie die Tür auf. Erst spürte sie den Schwall warmer Luft, dann eine Welle der Erleichterung, als sie Victoria sah. Ob die wohl sofort wissen würde, dass irgendwas los war? Wahrscheinlich.

Vielleicht würde sie Martha sogar in den Arm nehmen. Martha hoffte es.

Doch Victoria war nicht allein. Sie saß mit Logan Diffenderfer an einem der Tische im Foyer. Sie schienen ins Gespräch vertieft.

»Hey«, sagte Martha.

»Was ist denn los?«, fragte Victoria.

Noch vor einer Minute hatte Martha sich verzweifelt gewünscht, dass sie so etwas sagen würde. Doch jetzt zuckte sie nur mit den Achseln. »Nichts.« Sie zog ihren Anorak aus und stampfte sich den Schnee von den Stiefeln, sodass ein kleiner Haufen davon liegenblieb.

»Sicher?«, fragte Logan. »Du wirkst so …«

»Wie wirke ich, Diffenderfer?«, fragte Martha abwehrend.

Er hob besänftigend die Hände. »Okay. Das war doch nur eine Frage.« Er wandte sich wieder Victoria zu. »Wie auch immer, ich geh dann besser mal rein. Ich will den Anfang nicht verpassen. Aber im Ernst, sieh dir mal *Blue Velvet* an. Der ist eigenartig, aber ich glaube, du wirst ihn mögen.«

Victoria nickte. »Ich setze ihn auf meine Liste.«

Nachdem Logan in den Saal verschwunden war, ging Martha hinter die Theke und stopfte ihren feuchten Anorak in einen der Schränke. Mit einem lauten Knall kickte sie die Tür zu.

»Im Ernst«, sagte Victoria, »was ist los?«

»Mir geht's gut. Du kannst dich zu Logan gesellen, wenn du willst. Ich behalte die Bar hier im Auge. Dann könnt ihr euch weiter über Filme unterhalten. Oder was auch immer.« Sie sagte heute Abend echt oft »was auch immer«.

Victoria lehnte sich über die Theke. »Ich will den Film nicht sehen. Ich will wissen, warum du so komisch bist.«

Martha wusste nicht einmal, wo sie anfangen sollte. Der Streit mit Jordan machte ihr nichts aus. Nicht wirklich. Sie wusste, das würde wieder in Ordnung kommen. Sie bezweifelte überhaupt nicht, dass es Jordan leidtat. Ihr tat es auch leid. Dass sie wieder und wieder gestichelt und keine Ruhe gegeben hatte. Sie wusste, dass diese Gefühle irgendwann vergehen würden. In einem Jahr würde sich keine von ihnen daran erinnern. Jordan wäre dann wahrscheinlich an der Northwestern in einem Studentenwohnheim oder im Büro der Uni-Zeitung auf dem Campus und diese Sache nichts weiter als irgendetwas Unbedeutendes, das ihr mal auf der Highschool passiert war. Martha fragte sich, wo sie dann sein würde. Wahrscheinlich genau hier, an exakt dieser Stelle. Sie würde sich die Stiefel auf genau demselben Teppich abtreten und ihren Anorak in denselben Schrank stopfen. »Hast du dich jemals … wie soll ich das sagen? … wertlos gefühlt?«

Victoria nickte zaghaft. »Na klar. Jeder hat sich schon mal so gefühlt.«

Martha störte es nie, dass sie mit wenig Geld aufgewachsen war. Sie war stolz auf ihren Dad und seine harte Arbeit. Sie liebte auch die winzige Wohnung mit dem grauen Teppichboden. Deshalb hatten Jordans Worte sie auch so verletzt. Als Scott, in seinem preppymäßigen Button-down-Hemd und seinem fancy Job ihr Zuhause herabsetzte, da war Jordan nicht für sie eingestanden. Sie hatte ihm nicht erklärt, dass er absolut keine Ahnung davon hatte, wie das war, wenn Fabriken dichtmachten und die Produktion nach Übersee verlegt wurde. Wenn einem das Leben, wie man es kannte, unter den Füßen weggezogen wurde. Scott kannte den Preis des Fortschritts nicht.

»Aber das bist du nicht«, sagte Victoria. »Du bist es wert. Ich weiß ja nicht, wer dir das Gefühl gegeben hat, du wärst es nicht. Jedenfalls liegt diese Person falsch.«

In Marthas Augenwinkeln sammelten sich Tränen. Victoria ergriff ihre Hand. »Hey«, sagte sie und drückte sie. »Du bist es wert.«

Martha nickte. Sie dachte jetzt nicht mehr an Scott. Sie dachte nur noch an Victoria und daran, wie gut es sich anfühlte, händchenhaltend mit ihr dazustehen. »Victoria ... kann ich dir was sagen?«

Plötzlich flogen die Türen des Kinosaals auf. Erschrocken ließen die beiden sich los und fuhren herum. Logan kam mit schnellen Schritten auf sie zu.

»Meine Güte, Diffenderfer«, sagte Martha und wischte sich rasch über die Augen. »Lern mal, zivilisiert eine Tür aufzumachen.«

Ohne sich zu entschuldigen, lief er weiter. »Weißt du, wo Ava ist?«, fragte er.

»Warum? Was ist passiert?«

Logan drehte sein Handy um und zeigte ihr etwas auf dem Display.

»Oh mein Gott«, stieß Martha hervor.

»Ich weiß«, sagte Logan. »Ist sie zu Hause?«

Martha zog ihr eigenes Handy hervor. »Ich finde sie.«

Victoria schaute zwischen den beiden hin und her. »Ist alles okay?«

Martha nickte. »Ja. Aber es ist eine lange Geschichte. Ava hat schon lange nach ihrer leiblichen Mutter gesucht –«

»Ich weiß«, sagte Victoria.

Martha blickte überrascht hoch. »Ach ja?«

»Logan hat mir davon erzählt.«

Martha hatte keine Zeit, darüber nachzudenken oder sich richtig klarzumachen, wie viel Logan und Victoria in letzter Zeit miteinander geredet hatten. Sie hob nur den Blick von ihrem Handy und wandte sich an Logan. »Ava ist zu Hause. Schick mir das File per AirDrop.«

Er zögerte. »Sollte ich nicht …?«

Martha sah ihm eindringlich in die Augen. »Ich weiß, dass du es nur gut meinst. Aber ich glaube, es wäre besser, wenn sie das von mir erfährt. Und von CJ und Jordan.«

Man musste es Logan hoch anrechnen, dass er nicht diskutierte. »Ja, okay. Wahrscheinlich hast du recht.«

Er schickte ihr das Dokument, und Martha wartete auf das elektronische Signal, das den Empfang meldete. »Danke.« Sie drehte sich zu Victoria um. »Kannst du hier im Kino übernehmen?«

»Klar. Natürlich.«

Martha schnappte sich ihren Anorak aus dem Schrank und schlüpfte im Gehen hinein. Bei der Tür angekommen, drehte sie sich noch mal um. Victoria winkte ihr und sah sie mit einem rätselhaften Blick an.

CJ war noch nie unangekündigt bei Wyatt zu Hause aufgekreuzt. Sie bedauerte es in der Sekunde, als sie an die Tür klopfte. Hoffentlich war niemand zu Hause.

Einen Augenblick später ging die Tür auf.

»Clarke«, sagte Wyatt. »Was machst du denn hier?«

»Keine Ahnung. Und wahrscheinlich bist du gerade total beschäftigt.«

»Das bin ich wirklich.«

»Tut mir leid. Bin schon wieder weg.«

»Warte, Clarke. Es ist etwas, bei dem du mitmachen kannst.«

Er machte die Tür weiter auf. Sie trat ein, ließ aber ihre Jacke an. Sie wusste ja nicht, wie lang sie bleiben würde. Im Haus war es warm und still. Er führte sie ins Esszimmer, und sie sah, dass der Tisch mit tausend Puzzleteilchen bedeckt war. Sie lachte. »Ein Puzzle? Das machst du gerade?«

»Clarke. Ich habe dich nicht in mein Haus gebeten, damit du dich über mich lustig machst. Also setz dich hin und hilf mir. Wenn ich fertig bin, soll es ein Kätzchen sein, das an Vorhängen hochklettert. Ich glaube, es steht sogar noch irgendeine inspirierende Botschaft dabei, aber ich habe den Deckel der Schachtel verloren.«

CJ setzte sich hin und fing an, nach Randstücken zu suchen. Sie dachte, so würde jeder Mensch auf der ganzen Welt puzzeln, aber Wyatt hatte mit der Mitte angefangen. Das war echt geradezu barbarisch.

»Also …«, sagte Wyatt und ließ den Blick auf der Suche nach dem Stück, das ihm fehlte, über den Tisch schweifen. »Was treibt dich an einem so stürmischen Abend nach draußen?«

CJ steckte zwei Teile ineinander. »Ich war auf dem Heimweg von einem Footballspiel, aber dann merkte ich, dass ich keine Lust hatte, nach Hause zu fahren. Also bin ich ein bisschen rumgegondelt und … bin hier gelandet. Aber wenn du möchtest, dass ich gehe …«

»Clarke. Ich möchte nicht, dass du gehst.«

CJ streckte die Hand nach einem Puzzleteil aus, aber es war dasselbe, das Wyatt wollte. Ihre Hände berührten sich.

CJ spürte das gleiche Kribbeln wie jedes Mal, wenn sie sich berührten. Rasch zog sie die Hand zurück. »Sorry«, sagte sie.

»Ich verzeihe dir.«

Sie mochte ihn. Das wusste sie inzwischen. Sie wusste auch, warum sie jedes Mal ihre Hand zurückzog. Es lag am Rollstuhl. Sie war nicht stolz darauf. Aber es war einfach die Wahrheit. Sie wusste, es sollte keine Rolle spielen. Wäre sie ein guter Mensch, dann *würde* es auch keine Rolle spielen. Aber sie war nun mal kein guter Mensch. Denn sie konnte nicht aufhören, über all die Komplikationen nachzudenken. Über all die Orte, an die sie nicht zusammen gehen könnten. Die Dinge, die sie nicht machen konnten. Sie wusste nicht mal, ob er Sex haben konnte. Sie war noch Jungfrau und bisher kaum über Knutschen hinausgekommen. Trotzdem musste sie in seiner Nähe dauernd an Sex denken.

»Woran denkst du gerade?«, fragte er.

»An nichts.«

»Clarke. Du hast an irgendwas gedacht. Sag's mir.«

»Oh Gott. Bitte frag mich nicht noch mal.«

»Clarke.«

»Ich hab mich gefragt, ob du Sex haben kannst.«

Wyatts Hand blieb über einem Puzzleteil in der Luft hängen. Wahrscheinlich hatte sie ihn gekränkt. Natürlich hatte sie ihn gekränkt. Es war kränkend, so etwas zu fragen. Aber als er aufschaute, grinste er. »Clarke Jacobson. Soll das etwa eine Anmache sein?«

»Nein. Natürlich nicht.« Sofort senkte sie den Blick wieder auf die Tischplatte. »Es ist mir so peinlich. Ich hätte das nicht fragen sollen –«

»Ja.«

Sie schaute hoch. Er nickte. Langsam, bedächtig und entschieden. »Kann ich. Gibt es sonst noch was, das du mich fragen möchtest?«

CJ merkte, wie ihr Gesicht warm wurde. »Hattest du schon?«

Sie wollte eigentlich wegschauen, aber sie tat es nicht.

»Ja. Nicht seit dem Rollstuhl. Aber ja, hatte ich schon.«

»Oh.« CJ widmete sich wieder dem Puzzle und griff nach einem weiteren Randstück. Die Vorstellung von Wyatt mit einem anderen Mädchen gefiel ihr nicht. Wahrscheinlich war sie wunderschön. Wahrscheinlich war sie normalgroß und total selbstbewusst.

»Ich hatte vor dem Unfall eine Freundin. Wir haben nicht Schluss gemacht wegen dem, was mir passiert ist, oder so. Wir haben gemeinsam entschieden, Schluss zu machen, als wir beide aufs College weggezogen sind. Also musst du sie nicht hassen.«

»Kann ich sie trotzdem hassen?«

»Ich hätte gern, dass du sie hasst.«

CJ flüchtete sich wieder ins Puzzeln.

»Okay, Clarke. Jetzt darf ich was fragen.«

Sie suchte plötzlich sehr konzentriert nach dem Teilchen, das sie brauchte. »Klar«, sagte sie, »das ist nur fair.«

»Okay, meine Frage lautet, warum hast du mir diese Frage gestellt?«

CJ fand das gesuchte Puzzleteil. *Sag's ihm. Sag ihm, dass du was für ihn empfindest.* Sie drehte es zwischen ihren Fingern. *Sag ihm, dass du noch nie so für jemanden empfunden hast.* Sie legte das Puzzleteil wieder hin. *Erzähl ihm alles. Erzähl's ihm!* CJ blickte auf. »Ich war nur neugierig.«

Sie sah, wie er nickte. Sonst ließ er sich nichts anmerken.

Dann widmete er sich wieder dem Puzzle. CJ fand noch ein paar zusammenpassende Teile und wünschte sich, sie wäre ein besserer Mensch. Da summte ihr Handy wegen einer Nachricht von Martha.

Jordan lief auf dem Gehweg vor Avas Haus auf und ab. Der Schneefall hatte eine Zeitlang nachgelassen, doch jetzt schneite es wieder heftig. Sie drehte sich um, als CJs Auto hielt. Als sie Martha auf dem Beifahrersitz entdeckte, war sie sofort verlegen und fühlte sich furchtbar.

»Hey«, sagte sie unsicher, während ihre beiden Freundinnen ausstiegen.

Martha antwortete das Gleiche. »Hey.«

Es war schwer zu erkennen, wer den ersten Schritt machte. Jordan wusste nur, dass sie in der einen Minute noch dastanden und gegen den Schnee traten, in der nächsten lagen sie sich schon in den Armen.

»Es tut mir so leid«, sagte Jordan. Dann lehnte sie sich ein Stück zurück, sodass sie Martha ansehen konnte, und wiederholte es noch mal. »So, so leid. Ich hätte Scott sagen sollen, dass er die Klappe halten soll. Ich wünschte, ich könnte es rückgängig machen.«

»Ist schon gut. Ich weiß, du hast es nicht so gemeint.«

»Mach es mir nicht so leicht. Ich fühle mich schrecklich.«

»Das weiß ich. Und ich fühle mich auch schrecklich. Weil ich weiß, dass du schon eine Million Mal mit solchen Sachen klargekommen bist und –«

»Das ist ja kein Wettbewerb. Ich hab dich lieb, Martha.«

»Ich dich auch.«

Sie umarmten sich erneut. Diesmal ließ keine von ihnen los, bis CJ sich räusperte. »Äh, Leute?«

Jordan berichtete, dass sie es schon an der Haustür probiert hätte. Sie hatte mit der Handfläche gegen das kleine Fenster gepatscht wie ein Oktopus, damit Ava wusste, dass sie es war. »Aber nichts.«

»Dann muss sie in der Dusche sein. Oder schon schlafen«, sagte CJ.

Zum Glück kannten sie noch einen anderen Weg ins Haus.

Der Abend war bitterkalt und ihr Atem stieg in Wolken auf, während sie auf der Seite, wo sich Avas Zimmer befand, ums Haus herumgingen. CJ fand den großen Blumentopf, den sie umdrehen und als Leiter benutzen konnten. Es war jetzt fast vier Jahre her, dass sie durch Avas Fenster geklettert waren. Damals hatten sie nicht gewusst, was mit ihr los war. Sie wussten nur, dass sie manchmal anscheinend nicht aus dem Bett kam. Sie glaubten, ihr zu helfen, wenn sie sie ermutigten, es doch zu versuchen. Sie meinten, das Richtige zu tun, wenn sie versuchten, sie rauszuzerren. Aber jedes Mal wenn sie das taten, wollte Ava sich nur noch tiefer vergraben. Es bewirkte auch, dass sie die Tür abschloss. Aber das ist ja das Besondere an besten Freundinnen – sie finden immer einen Weg zueinander. Jordan würde niemals den Abend vergessen, als sie in ihr Zimmer einbrachen und Ava so erschöpft in ihrem Bett lag, dass sie sich nicht einmal umdrehte. Sie richtete ihre Worte an die Wand: »Ich werde nicht aus dem Bett aufstehen.« CJ war diejenige, die darauf antwortete: »Das musst du auch nicht. Aber wir kommen zu dir.« Und das taten sie dann. Alle drei. Sie stiegen ein und setzten sich zu ihr. Dann nahm eine von ihnen – sie würden sich auf ewig uneins darüber sein, wer es gewesen war – Avas Hand und drückte sie. »Das bedeutet, ich hab dich lieb«, sagte sie. Wer auch immer es war. »Wenn du mich auch liebhast, musst du nichts sagen, nur zweimal meine Hand drücken.« Avas Hand war schwach, aber sie tat es. Zweimal.

Der Schnee fiel in dicken Flocken, als die drei zum ersten Mal seit Jahren wieder zusammen vor Avas Fenster standen. CJ balancierte auf dem Blumentopf und tastete nach der kleinen Öffnung am unteren Fensterrand. Sie schob es nach oben und das ging leicht. Ava hatte ihrer Mom nie erzählt, dass ihre Freundinnen die Verriegelung des Fensters aufgebrochen hatten, also war die auch nie ersetzt worden. Das Erste, was Jordan auffiel, war die Musik, die nach draußen drang. Blechern und hohl. Wie aus viel zu laut aufgedrehten Kopfhörern. Und genau das war es.

Ava stand an ihrer Staffelei, vertieft in die Musik und ihre Arbeit. Doch als CJ den Vorhang aufschob, schrie sie auf. Sie war so erschrocken, die Gesichter ihrer drei besten Freundinnen zu sehen, dass sie den Pinsel in ihre Richtung schleuderte. Sie traf CJ mitten auf der Stirn.

»Was zum Teufel soll das?«, rief Ava, während sie sich den Kopfhörer aus den Ohren riss.

CJ wischte sich braune Farbe vom Gesicht.

Ava schnappte nach Luft. »Echt jetzt, was soll das?«

Martha antwortete. »Wir haben den Namen deiner leiblichen Mutter.«

Ein paar Minuten später saßen alle vier in Avas Zimmer auf dem Boden. Die nassen Schuhe lagen auf einem Haufen unter dem Fenster. Avas Mom war bei einer Konferenz in

Chicago. Ava würde sich für immer daran erinnern, wie leer und still das Haus an diesem Abend gewesen war.

»Ich kann das nicht«, sagte sie, während sie Marthas Telefon in der Hand hielt. Sie musste das File nur noch öffnen. »Ich kann nicht. Kann das jemand anderes machen?«

Sie streckte das Handy von sich weg und CJ nahm es. Ava schloss die Augen, als CJ den Anhang öffnete. Dann stießen die drei, deren Augen offen waren, unterschiedliche Varianten von »wow« aus.

»*Was?*« Ava kniff die Augen weiter fest zu. »Was ist los?«

»Ähm ... sie ist ...« Die Stimme klang nach Martha. Aber es klang auch, als sei sie kurz vorm Weinen. Und Martha weinte nicht. »Sie sieht aus wie du, Ava.«

Langsam öffnete Ava ein Auge. Dann das andere. CJ gab ihr das Handy, und Ava schnappte nach Luft, als sie das Bild sah. »Oh mein Gott. Ist das ... bin das ich? Mit meiner –« Ihre Stimme brach, bevor sie das Wort aussprechen konnte.

Auf dem Foto war ihre leibliche Mutter in einem Krankenhausbett zu sehen. Mit großen, ängstlichen Augen, aber auch voller Liebe. In ihren Armen lag ein Baby. Ava.

»Wow«, sagte Ava. Das Bild war klar und scharf. Diese Frau würde nie mehr nur eine verschwommene Gestalt sein.

»Isabel Castillo«, sagte Martha. »So heißt sie.«

»Ava Castillo.« Ava sagte das, als würde sie den Namen anprobieren. Er fühlte sich klobig und unbeholfen an. »Ich glaube, wenn sie mich behalten hätte, hätte ich auch einen anderen Vornamen bekommen.«

Ava las sich die Informationen durch. Isabel Castillo lebte in Kalifornien. Es gab eine Adresse in East Palo und sogar eine Telefonnummer.

»Es ist dort noch früh genug«, meinte CJ. »Die sind in

Kalifornien drei Stunden hinter uns, wenn du anrufen möchtest.«

Darüber musste Ava nicht lange nachdenken. Sie schüttelte den Kopf. »Nein. Ich kann nicht.« Ava hatte nie die Absicht gehabt, mit ihrer leiblichen Mutter Kontakt aufzunehmen. Sie wollte sie nur sehen, um irgendein Bild für diese Leerstelle zu haben. Und das hatte sie jetzt. Das war genug. Es war mehr als genug. »Danke, dass ihr hergekommen seid«, sagte Ava. »Aber jetzt möchte ich gern allein sein.«

Ihre Freundinnen verstanden sie. Jede umarmte sie lang und innig und sagte, sie würde ihr Handy die ganze Nacht anlassen, falls sie irgendetwas brauchte. Ava wusste selbst nicht, ob das so sein würde.

Nachdem die anderen gegangen waren, starrte Ava auf die Leinwand, an der sie gearbeitet hatte. Sie hatte beschlossen, den Park zu malen. Diesmal nicht abstrakt. Sie malte ihn nach einem alten Foto, das gemacht worden war, als die Mädchen vierzehn waren. In einem der besten Sommer, an die Ava sich erinnern konnte. Obwohl sie sich rückblickend nicht sicher war, ob es wirklich am Sommer gelegen hatte oder daran, dass es der letzte vor der Depression gewesen war. Vor Dr. Clifford, vor Escitalopram und bevor Logan Diffenderfer sie »dumm« genannt hatte.

Sie wusste, dass sie ihn anrufen musste. Er hatte die Information für sie besorgt. Er hatte ihr das Geschenk eines Fotos gemacht. Sie musste sich zumindest bei ihm bedanken. Aber immer, wenn sie nach ihrem Handy griff, brachte sie es nicht über sich. Also schickte sie ihm eine Nachricht.

Thnx.

Logan benahm sich seltsam, als sie ihn am Montag in der Schule sah. Oder nicht unbedingt seltsam. Wachsam. Er fragte, wie es ihr ginge. Und zwar so, dass es total bedeutungsschwer klang. Sie wusste, was er meinte. Wie es ihr damit ging, dass sie jetzt wusste, wie ihre Mom aussah.

»Gut«, sagte Ava.

Nur dass es ihr eigentlich nicht gut ging. Als ihre Mom am Sonntagabend aus Chicago zurückgekommen war, hatte Ava sich eigenartig und sprunghaft benommen. Sie war wütend auf ihre Mom – auf ihre Adoptivmutter –, weil sie ihr diese Information verheimlicht hatte. Aber sie fühlte sich auch furchtbar, weil sie sie selbst herausgekriegt hatte. Sie fühlte sich betrogen und wie eine Betrügerin zugleich.

Und es stellte sich heraus, dass es schlimmer war, ein klein wenig über ihre leibliche Mutter zu wissen als gar nichts. Jedes Mal, wenn Ava in den Spiegel schaute, blickte das Gesicht von Isabel Castillo zu ihr zurück. Es war da, wenn sie an Fenstern vorbeiging, und erschreckte sie, wenn sie sich in einer spiegelnden Glasfassade erkannte. Sie sah sich sogar in den Pfützen, die sich überall auf den Gehwegen bildeten, als die Temperaturen am Mittwoch in die Höhe schossen, und der ganze Schnee auf einmal schmolz. Logan war an diesem Tag früh im Kunstsaal. Die ganze Woche über war er jeden Tag früh gekommen.

»Wie geht's dir?«, fragte er in seinem neuen, besorgten Ton.

»Mir geht's gut.«

Es war seine Idee, Isabels Adresse bei Google einzugeben. Ava wollte nur sehen, wo sie wohnte. Um einen kleinen Eindruck davon zu bekommen, was für ein Leben ihre leibliche Mutter wohl lebte. Vielleicht war sie arm. Aber vielleicht auch reich. Während Logan die Adresse eintippte, ertappte Ava sich dabei, wie sie lautlos den Song *Maybe* aus dem Musical *Annie* sang. *Maybe far away or maybe real nearby.*

Ava beugte sich über Logans Schulter und starrte auf das Display, während das Bild scharf wurde. Der Wohnblock war nichtssagend, gewöhnlich und frustrierend gesichtslos. Als Nächstes gingen sie zu Facebook und Instagram, doch es gab so viele Isabel Castillos, dass sie die ganze Kunststunde und die Mittagpause brauchten, um alle durchzugehen. Keine von ihnen war *ihre* Isabel Castillo.

Am nächsten Tag kam Logan wieder früh in den Kunstsaal. »Ich glaube, ich weiß, wie du nach Kalifornien kommen könntest, um sie zu sehen.«

Ava schüttelte den Kopf. »Sie will mich nicht treffen.«

»Ich sage ja nicht, dass du sie treffen musst. Ich meine nur, sie *sehen*. Vor ihrem Wohnblock warten, bis sie rauskommt.«

»Wie eine Stalkerin?«

»Wie eine Tochter, die einfach etwas erfahren will.«

Ava schüttelte den Kopf. »Auf keinen Fall. Nein und noch mal nein.«

»Kann ich dir wenigstens meine Idee erzählen?«

»Nein heißt nein, Logan.«

In der Mittagspause präsentierte Jordan ihnen das neue Kleid, das ihre Großmutter ihr geholfen hatte zu nähen. Wieder kam Ava dieser blöde Song aus *Annie* in den Sinn. Sie musste schnell auf die Toilette verschwinden, damit niemand sah, dass sie weinte.

Nach dem Unterricht suchte sie Logan. »Sagen wir mal ganz hypothetisch, ich wäre nicht *total* dagegen, meine Mutter zu stalken. Du meintest, du hättest eine Idee, wie ich nach Kalifornien kommen könnte?«

Logan zeigte ihr auf einer Karte, dass East Palo Alto nur ungefähr fünfzehn Autominuten von Stanford entfernt war. »Sag deiner Mom, du willst dich in Stanford bewerben.«

»Aber ich will mich nicht in Stanford bewerben.«

»Sag ihr, vielleicht. Und dass du dir den Campus ansehen willst, um dich entscheiden zu können. Kurz nach Thanksgiving gibt es ein Wochenende für künftige Studierende. Du könntest hinfliegen, und dann ist es nur eine kurze Busfahrt zum Haus deiner Mutter.«

Ava senkte den Blick. »Ich weiß nicht.« Es fühlte sich nicht richtig an. Ihre Adoptivmutter auszutricksen, damit sie ihr einen Flug bezahlte, um ihre leibliche Mutter sehen zu können.

»Ich könnte dich sogar begleiten«, sagte Logan. »Ich hab den Campus zwar schon gesehen. Aber ich bin mir sicher, meine Eltern wären einverstanden. Sie wünschen sich ziemlich heftig, dass ich dorthin gehe.«

Ava starrte auf ihre Füße. »Ich überleg's mir.«

KAPITEL 17

Zu Beginn der Thanksgiving-Ferien fuhr CJ mit ihren Eltern drei Stunden nach Ann Arbor, um wie jedes Jahr im Haus ihrer ältesten Schwester zu trockenen Truthahn zu essen. Sie rief Wyatt an, sobald sie angekommen waren. »Ich wollte dich nur daran erinnern, dass meine Familie schon früh in die Ferien aufgebrochen ist«, sagte sie. »Deshalb werde ich morgen nicht da sein.«

Eigentlich hatte sie ihm das schon gesagt. Mehrmals.

»Du rufst bloß an, um es mir unter die Nase zu reiben, was? Dass ich hier in Cleve festsitze.«

»Werden denn nicht die meisten deiner Freunde vom College nach Hause kommen? Das sollte doch eigentlich ganz witzig sein.«

Wyatt seufzte theatralisch. »Definier mal ›eigentlich ganz witzig‹.«

»Für meine Begriffe braucht das keine Definition.« Ihre Nichte flitzte in einem pinkfarbenen Tutu und Feenflügeln durchs Haus. Sie war klein und zierlich, ein Spiegelbild von CJs großer Schwester. Jetzt blieb das Mädchen vor CJ stehen und schlug ein Rad. CJ zeigte ihr einen erhobenen Daumen.

»Ja, es wird witzig, sie zu sehen«, sagte er. »Aber auch problematisch.«

»Problematisch?«

»Kompliziert.«

»Ich weiß, was es bedeutet. Ich verfüge tatsächlich über einen ziemlich guten Wortschatz. Lass dich von meinem mittelmäßigen SAT-Wert nicht täuschen.«

»Clarke«, sagte er fröhlich. »Du hast einen Witz über deine eigene Unzulänglichkeit gerissen. Das klingt, als würdest du Fortschritte machen.«

»Danke.« Sie sah zu, wie ihre Nichte eine Pirouette nach der anderen drehte. »Aber wechsele nicht das Thema. Warum ist es problematisch?«

Wyatt seufzte wieder. Diesmal nicht theatralisch. Es klang echt. »Die meisten meiner Freunde von der Highschool machen Geländelauf oder Leichtathletik. Und viele von ihnen laufen auch auf dem College noch. Es ist hart, sie darüber reden zu hören.« Eine lange Pause entstand. Ihre Nichte drehte sich schneller und schneller. »Ich vermisse das Laufen«, sagte er. »Gott, wie ich es vermisse.«

»Das tut mir leid.« Sie dachte an ihre eigenen Laufschuhe, die sie sorgsam in ihren Koffer gepackt hatte. Mit ihrem Dad würde sie den Thanksgiving Turkey Trot laufen. Das war eine ihrer Lieblingstraditionen.

»Danke. Es wird trotzdem schön sein, sie wiederzusehen. Wir feiern dann auch meinen Geburtstag.«

»Wann hast du denn?«

»Erst nächsten Samstag.« CJ machte sich in Gedanken eine Notiz. »Aber weil jetzt alle da sind, werden wir es krachen lassen. Und damit meine ich, dass sie alle zu mir kommen und mein Dad seine berühmte Pasta auf neapolitanische Art kocht.«

»Das ist doch wunderbar«, sagte CJ.

»Ich weiß, du meinst das ironisch, aber das ist es wirklich. Das Rezept stammt von meiner Großmutter. Es ist eines meiner absoluten Lieblingsessen. Und apropos: Was sind deine drei liebsten Beilagen zu Thanksgiving? Los.«

CJs Nichte war inzwischen schwindelig und ließ sich in ihren Schoß fallen. CJ strich ihr das Haar zurück und drückte einen Kuss auf ihre Stirn. »Füllung. Grüne Bohnen. Und Maisbrot. Deine?«

»Kürbis-Pie. Pekannuss-Pie. Und jede andere Sorte Pie.«

»Ein Pie ist keine Beilage, sondern ein Nachtisch.«

»Ein Pie ist Dessert und Beilage zugleich.«

Sie debattierten noch bis Mitternacht darüber.

Am nächsten Tag rief er sie an. »Meine Freunde sind unterwegs und laufen alle zusammen eine große Runde durchs Gelände. Lenk mich ab. Was machst du gerade?«

CJ saß mit ihrem Laptop vor dem Kamin auf dem Boden. »Ich versuche, einen Essay darüber zu schreiben, wie ich mal eine transformative Erfahrung gemacht habe.«

»Klingt furchtbar. Warum das?«

Sie erzählte ihm vom Thema des Bewerbungsessays für Stanford und las die genaue Aufgabenstellung vor. »Schildern Sie eine transformative Erfahrung und wie diese Sie zu dem Menschen gemacht hat, der Sie heute sind.«

»Das ist ein schreckliches Thema, Clarke.« Ohne das weiter auszuführen, kam er zum nächsten Punkt. »Und jetzt sag mir, warum du nach Stanford willst. Das hab ich dich noch nie gefragt.«

Die Holzscheite im Kamin verrutschten und ein Funkenregen stieg auf. »Du wirst lachen.«

»Ich würde niemals lachen.«

CJ schnappte sich den Schürhaken und stocherte damit

im Feuer herum. »Ich möchte nach Stanford, weil ich die Welt zu einem besseren Ort machen will.« Sie hörte auf zu stochern. »Lachst du?«

»Überhaupt nicht. Aber ich habe eine Detailfrage. Warum braucht man ein Diplom aus Stanford, um die Welt zu einem besseren Ort zu machen?«

Sie zuckte mit den Achseln. »Braucht man nicht. Es gibt mir nur eine gewisse Berechtigung, wenn du verstehst, was ich meine?«

»Nein. Verstehe ich nicht.«

»Das war nur eine rhetorische Frage.«

»Ich glaube nicht, dass es das war.«

»Ich will, dass Leute mich ernst nehmen, Wyatt.«

Dieses Geständnis machte sie verwundbar. Seine Antwort klang entschieden. »Dann bring sie dazu.«

CJ hielt inne. Was er da gesagt hatte, traf sie. Es traf sie so hart, dass sie das Bedürfnis hatte, einen Scherz zu machen. »Ach ja, und auch wegen dem Wetter. Ich hab die Winter in Cleveland satt. Stanford ist sonnig.«

»Na gut«, sagte er. »Das kann ich gelten lassen.«

»Warum wolltest du auf die Ohio State?«, fragte sie.

»Ich hatte ein Leichtathletik-Stipendium.«

»Wow«, sagte CJ.

»Ja. Das *war* ziemlich wow. Wirklich aufregend.«

CJ schaute in das nur noch glimmende Feuer. »Wann glaubst du, wirst du ans College zurückkehren?«

Er sagte so lange nichts, dass sie kurz auf ihr Handy schaute, um zu sehen, ob die Verbindung noch bestand. »Bist du noch da?«, fragte sie.

»Ich bin noch hier.« Wieder ein langes Schweigen. »Ich weiß nicht. Es wird so … anders sein. Ich hatte diese feste

Vorstellung vom College … Ich weiß nicht, wie es jetzt sein wird.«

Sie musste daran denken, was er beim Minigolf zu ihr gesagt hatte. »Träume ändern sich.«

Seine Tonlage war plötzlich anders. »Aber wie auch immer, meine Mom ist gerade nach Hause gekommen. Ich muss los. Bye, Clarke.«

»Bye«, sagte sie.

Während sie an Thanksgiving ein Brathähnchen von Whole Foods aßen, beschloss Ava, dass sie nach Kalifornien fliegen wollte, um ihre leibliche Mutter zu sehen. Ava und ihre Mom saßen sich am Esstisch gegenüber. Auch wenn sie nur zu zweit waren, stellte ihre Mom immer ein Blumengesteck in die Tischmitte und Ava schrieb Tischkarten. Das war so Tradition.

Ava schob das Essen auf ihrem Teller herum. Sie hatte in den letzten paar Tagen kaum Appetit gehabt.

»Wie kommst du mit deiner Mappe für die RISD weiter?«, fragte ihre Mom.

Ava hörte auf, das Essen herumzuschieben. Seit dem schrecklichen Tag im Büro der Collegeberaterin hatten sie nicht mehr über die RISD gesprochen. »Ganz … ganz okay.«

»Ich geb mir Mühe, für alles offen zu sein«, erklärte ihre Mom.

»Danke.« Ava zog die Gabel durch die Füllung des Hühnchens und fragte sich, warum man bei Whole Foods Rosinen hineinmischte. Das war ja schon beinahe kriminell.

»Ich möchte nur, dass du glücklich bist.«

Ava schaute hoch. Ihre Mom gab sich Mühe. Es war nicht ihre Schuld, wenn keine Mühe, wie groß sie auch sein mochte, ausgleichen konnte, dass sie manche Dinge nie begreifen würde. Ihre Mom würde nie das Verlangen kennen, Farbe auf eine unberührte Leinwand zu bringen. Sie würde nie wissen, wie es war, die einzige Latinx in einem Meer von *Weißen* zu sein. Sie würde nie erfahren, wie es sich anfühlte, von einer Depression niedergemacht zu werden. »Ich gebe mir auch Mühe, für alles offen zu sein«, erwiderte Ava. »Deshalb überlege ich, mich vielleicht in Stanford zu bewerben.«

Ihre Mom hob den Blick. »Wirklich? Das wäre fantastisch.«

Die Überschwänglichkeit in der Stimme ihrer Mom brach Ava fast das Herz. »Es gibt da ein Wochenende für künftige Studierende. Um sich den Campus anzusehen. Denkst du, da könnte ich vielleicht hin?«

»Ja. Ja! Du meine Güte. Natürlich.« Sie strahlte richtig. »Wir können heute Abend noch unsere Flüge buchen, wenn du willst.«

»Oh«, sagte Ava. »Du musst nicht … Ich weiß doch, wie eingespannt du bei der Arbeit bist und …«

»Ava. Dafür bin ich bestimmt nicht zu eingespannt.«

Ava schaute wieder auf den Tisch. Sie hatte das Hühnchen noch nicht mal angerührt.

»Und die Vorstellung, dass du da allein hinfliegst. Ganz ehrlich, das macht mir ein bisschen Sorgen.«

Ava blickte wieder auf. Sie konnte alleine fliegen. Sie konnte alle möglichen Dinge, die ihre Mom ihr nicht zutraute. »Mom. Ich komme schon klar.«

»Das ist am anderen Ende des Landes.«

»Bitte, Mom«, sagte Ava. »Ich ...« Ihre Stimme brach ein wenig. »Ich muss das machen.«

Ihre Mom sah immer noch nervös aus.

»Und was, wenn ich das nicht allein machen würde? Wenn eine Freundin oder ein Freund mitkäme ... dürfte ich dann?«

Ihre Mom überlegte. »Ich denke, das wäre okay.«

Ava hätte beinahe noch am selben Abend Logan Diffenderfer angerufen. Beinahe. Stattdessen rief sie CJ an.

»Also ...«, meinte CJ, nachdem Ava ihr den Plan erklärt hatte. »Du möchtest, dass ich an dem Wochenende Stanford mit dir besichtige, damit wir deine leibliche Mutter stalken können?«

Ava lag zusammengerollt auf ihrem Bett, die Postkarte ihrer Mutter in der Hand. »Du hast den Campus doch auch noch nie gesehen, deshalb müsstest du deine Eltern doch dazu überreden können.«

Eine ungewöhnlich lange Pause trat ein.

»CJ?«

»Ich denke noch nach.« Wieder Schweigen. »Okay. Fertig nachgedacht. Nein, doch nicht. Ich überlege noch. Aber, ja. Ich würde für dich durchs Feuer gehen. Also werde ich einen Weg finden, das Geld aufzutreiben.«

Ava legte die Postkarte weg und setzte sich auf. Sie hatte nicht einmal überlegt, wie viel das kosten würde, und wie schwer es für CJ wäre. »Shit, CJ, daran habe ich nicht mal gedacht. Vergiss die ganze Sache. Es ist eine schreckliche Idee.«

»Warte«, sagte CJ. »Mir ist gerade was eingefallen.« Sie lachte leise. »Der SAT-Kurs, den ich diesen Sommer absolviert habe, der war mit Geld-zurück-Garantie. Entweder deine Ergebnisse verbessern sich oder du bekommst dein ganzes Geld zurück.«

»Verplempere dein Geld nicht für mich«, sagte Ava. »Gib es für dich selbst aus. Für etwas Wichtiges.«

»Das ist etwas Wichtiges«, erwiderte CJ.

»Ich hasse es, diejenige sein zu müssen, die den Finger in die Wunde legt«, sagte Martha am nächsten Montag. »Aber ich werde jetzt genau das tun.« Ungläubig starrte sie Ava über den Tisch in der Cafeteria hinweg an. »Du kannst an dem Wochenende nicht nach Stanford.«

Ava zupfte an dem Etikett ihrer Wasserflasche herum. »Ich muss.« Heute gab es Chicken Nuggets, und ein Berg davon lag unberührt auf ihrem Teller.

»Ich weiß nicht«, meinte Jordan. »Wenn sie nicht hinfliegt, wird sie sich immer weiter quälen.«

»Meine Rede.« CJ schnappte sich ein Nugget von Avas Teller und hielt es in die Höhe. »Isst du nicht?«

Ava schüttelte den Kopf. »Du kannst es haben.«

»Nein. Ich meine …« Sie senkte die Stimme. »Isst du nicht?« Die Frage rechtfertigte den vielsagenden Ton nicht. Aber alle wussten, was gemeint war. Ava hörte auf zu essen, wenn sie depressiv war.

»Es ist einfach eine harte Woche«, sagte Ava. »Ich bin überfordert. Aber ich bin okay.«

»Versprichst du das?«, fragte CJ.

Ava zuckte mit den Achseln.

Jordan holte ihr Handy raus. »Damit ist es entschieden. Ich komme auch mit. Du brauchst alle emotionale

Unterstützung, die du kriegen kannst. Welches Wochenende ist das?« Sie öffnete ihren Kalender.

»Das übernächste«, sagte Ava.

Martha wurde ungeduldig. »Das meine ich ja«, sagte sie. »Und was ist noch an diesem Wochenende?«

Ava knibbelte weiter an ihrer Wasserflasche. Das erzeugte ein nerviges, anhaltendes Geräusch. »Keine Ahnung.«

Martha streckte den Arm aus und nahm ihr die Wasserflasche weg. »Ava. Deine Ausstellungseröffnung.«

Ava schaute hoch. »Oh mein Gott. Ich kann nicht glauben, dass ich das vergessen hatte.«

Sie hatten geplant, da zusammen hinzugehen. Alle vier. Martha hatte sich deshalb schon im Kino freigenommen.

»Shit«, sagte Ava und sah ihre Freundinnen der Reihe nach an. »Sagt mir jemand, was ich tun soll? Das muss jemand anderes für mich entscheiden.«

»Nein«, sagte CJ. »Was willst du? Wir stehen hinter dir, egal, was ist.«

Ava starrte auf ihre Nuggets. Die Panade fing an, an manchen Stellen weißlich zu werden und irgendwie gummiartig auszusehen, weil das Fett dort erstarrte. »Ich muss es tun«, sagte Ava schließlich. »Jordan hat recht. Ich werde mich sonst immer weiter damit quälen.«

Martha hatte unwillkürlich das Gefühl, dass das eine schreckliche Idee war. Denn es bestand durchaus die Möglichkeit, dass dadurch alles nur schlimmer würde, nicht besser. Sie wusste aber auch, dass sie so etwas nicht laut sagen konnte. Deshalb streckte sie nur den Arm über den Tisch und ergriff Avas Hand. Sie drückte sie einmal. Ava drückte zweimal zurück. Ihr Griff war stark, sodass Martha sich etwas weniger Sorgen machte. Aber immer noch genug.

KAPITEL 18

Wyatt schaute aus dem Fenster von CJs Wagen und sah die Bäume größer und die Landschaft immer fremder werden. »Du fährst in den Wald, um mich umzubringen. Das ist die Überraschung, stimmt's?«

»Happy Birthday«, sagte sie.

»Tja, sogar das wäre besser als die Feier mit meinen Freunden letzte Woche. Also sage ich: cool. Lass uns genau das machen.«

»Warum?«, fragte sie. »Was ist passiert?«

»Ach, nichts Schlimmes«, sagte er leichthin, wie um es abzutun.

CJ bog auf eine andere, dicht bewaldete Straße ab, und er sah sie fragend an.

»Im Ernst jetzt, wo bringst du mich hin?«

»Ich hab's dir doch schon gesagt: Das ist eine Überraschung. Was war mit deinen Freunden?«

Er zuckte unverbindlich mit den Achseln. »Es war in Ordnung. Sie haben sich alle große Mühe gegeben, das Richtige zu sagen. Es ging sehr höflich zu.«

»Puuh.« CJ hatte inzwischen genug Zeit mit ihm verbracht, um zu wissen, dass Höflichkeit das Schlimmste für ihn war. Egal, wie die Leute es meinten, Wyatt hörte da immer Mitleid heraus. Sie sah kurz zu ihm hinüber und lächelte verständnisvoll. Das lenkte sie so ab, dass sie beinahe die Abzweigung verpasst hätte. »Sorry«, sagte sie, als sie die Kurve etwas zu scharf nahm.

Sie befanden sich schon so weit außerhalb der Stadt, dass einige Straßen nicht mehr beschildert waren. Schließlich bog CJ auf einen langen Schotterweg ab. Sie sah wieder zu ihm und merkte, dass Wyatt sie anstarrte. »Danke«, sagte er.

»Wofür?«

»Für das hier. Selbst wenn du mich in den Wald bringst, um mich umzulegen. Danke schön.«

CJ war selbst ganz aufgeregt wegen des Geschenks, das sie für ihn gefunden hatte. Ursprünglich hatte sie ihm ein Buch über Franklin Roosevelt gekauft: *Der Präsident im Rollstuhl*. Zum Glück hatte sie es vorher überflogen. Sie hatte gedacht, es würde ermutigend sein, doch es stellte sich raus, dass ihr Geschichtskurs Roosevelts Legende gänzlich falsch verstanden hatte. Er war absolut kein Mann gewesen, der sich mit seinen Einschränkungen abgefunden hatte, sondern scheute keine Mühen, zu verheimlichen, was er als Schwäche empfand. In der Einleitung ging man so weit zu behaupten, heutzutage würde ein Mann im Rollstuhl wahrscheinlich niemals gewählt. CJ hätte das Buch am liebsten zerrissen.

Bis sie das Ende des Weges erreicht hatten, knirschte der Kies unter den Reifen. Sie gelangten zu einer unbefestigten Einfahrt, an deren Ende stand eine große rote Scheune. »Wir sind da«, sagte sie.

Wyatt las die großen weißen Buchstaben auf der Scheunenwand. »Cross Creek Ranch Stables?«

»Es ist ein integrativer Reitstall. Überraschung!«

Er wirkte verwirrt. »Für die Kids?«

»Nein«, sagte CJ. »Für dich. Happy Birthday.« Sie machte den Motor aus und sah ihn an. »Ich hab mir gemerkt, dass du gesagt hast, wie du das Laufen vermisst. Das verstehe ich. Ich kann das wirklich total gut verstehen. Also habe ich rumgegoogelt und bin auf den Stall hier gestoßen.«

Draußen führte eine Betreuerin ein schokoladenbraunes Pferd auf den Reitplatz. Das Pferd trug einen Sattel, aber der sah anders aus als alles, was CJ bisher gesehen hatte.

»Online habe ich gelesen, dass die Hüften eines Pferds für Menschen die Laufbewegung imitieren. Und viele Leute im Rollstuhl sagen, Reiten würde ihnen das Gefühl geben, laufen zu können. Das soll dein Geschenk sein. Das Geschenk, wieder zu laufen.«

Wyatt sagte nichts. Er starrte das Pferd so eindringlich an, wie CJ es noch nie an ihm gesehen hatte.

»Bist du bereit?«, fragte sie ein wenig eingeschüchtert.

Da drehte Wyatt sich zu ihr hin. Oder besser: wandte sich von dem Pferd ab. »Das Geschenk, wieder zu laufen? Clarke, ich werde nie wieder laufen.«

»Du weißt, was ich meine.«

»Nein, das weiß ich nicht.«

Seine schroffe Art machte sie verlegen. »Vielleicht hätte ich es dir vorher sagen sollen. Aber ich wollte, dass es eine Überraschung ist.«

Draußen winkte die Betreuerin CJ und Wyatt zu. CJ winkte zurück. Wyatt nicht. CJ hob einen Finger mit der Geste »Wir brauchen noch eine Sekunde«.

»Die Kundenbewertungen waren wirklich unglaublich gut. Und die Frau, mit der ich geredet habe, klang so nett. Vielleicht redest du einfach kurz mit ihr. Lässt dir die Details erklären. Sie meinte, es gäbe hier eine Menge Wege, und sobald du dich im Sattel sicher fühlst, kannst du hinreiten, wo du willst. Ich hab mir überlegt, dass ich meine Laufschuhe mitbringe und wir zusammen Laufen gehen können.«

Wyatt schnaubte. Es war ein schreckliches Geräusch. »Checkst du es nicht? Wir werden nicht zusammen laufen, weil ich nie wieder laufen werde!«

CJ senkte den Blick. Sie fühlte sich furchtbar. »Wyatt. Es tut mir leid. Alles, was ich sage, kommt falsch an. Bitte. Versuch's doch einfach.«

»Ich will das nicht, CJ!« Noch nie hatte er sie CJ genannt. »Mein Gott«, sagte er. »Wie konntest du denken, dass ich so was jemals wollen würde?«

»Ich … es tut mir leid.«

»Bring mich hier weg«, sagte er. »Bitte. Bring mich von hier weg.«

CJ ließ den Motor an und fuhr davon. Sie ließen eine Staubwolke und eine sehr verdutzte Betreuerin zurück.

Keiner von ihnen sagte etwas, bis sie wieder auf dem Highway waren. CJ war erleichtert, als er das Schweigen brach. »Kann ich dich was fragen?« Er sah sie dabei nicht an.

Sie nickte. »Alles, was du willst.«

»War das hier für dich oder für mich?«

Sie sah kurz zu ihm rüber. Ihre Augen verrieten, dass sie die Frage nicht verstand.

»Clarke, ich werde nie in der Lage sein, alles zu tun, was du kannst. Und ich glaube, ich frage mich gerade, wird dir das je genügen?«

Sie nahm den Blick wieder von der Straße. »Natürlich«, sagte sie. »Wyatt, es macht mir nichts aus, dass –«

»Warum hast du mich dann nicht geküsst?«

Seine Frage schockierte sie dermaßen, dass sie wieder in Schweigen verfiel.

»An dem Tag mit den Wasserbomben. Da wolltest du. Ich wollte es auch. Aber du hast es nicht getan. Und an dem Tag mit dem Puzzle und all den Fragen. Warum hast du die gestellt?«

Sie sah ihn kurz an und beschloss, ihm ehrlich zu antworten. »Ich wollte dich ja küssen. Ich habe es nicht getan, weil ... weil ich Angst hatte.«

»Wovor?«

CJ schaute wieder auf die Straße. »Du weißt, wovor. Es macht alles kompliziert. Wir können so tun, als wäre es nicht so, aber das ist es eben doch.«

»Danke für deine Ehrlichkeit.« Seine Stimme hatte einen scharfen Unterton.

CJ traf eine Entscheidung. Sie war es leid, Angst zu haben. Also setzte sie den Blinker, bog in eine kleine Straße, hielt an und schaltete die Automatik auf Parken. Dann löste sie ihren Sicherheitsgurt. Anschließend beugte sie sich zu ihm hinüber und küsste ihn. Als ihre Lippen sich berührten, spürte sie seine Hand fest auf ihrem Arm. Sein Griff war so stark und zielsicher, dass sie einen Moment brauchte, um zu begreifen, dass er sie nicht enger an sich zog. Er schob sie weg.

»Ich bin nicht dazu da, dass du dir irgendetwas beweisen kannst, Clarke.«

Die Schmetterlinge in ihrem Bauch verwandelten sich in Raupen. Dicke, sich windende Raupen. »Das ist nicht der Grund –«

»Du willst allen davon erzählen können, wie es war, als du einen Jungen im Rollstuhl geküsst hast. Als du eine wertvolle Lektion über dich selbst gelernt hast. Dass es eine transformative Erfahrung war.« Er schüttelte den Kopf. »Kommt nicht infrage. Der Typ dafür bin ich nicht.«

Den Rest der Strecke legten sie schweigend zurück. Sie setzte ihn zu Hause ab und half ihm in den Rollstuhl. Dann stand sie da und hoffte, er würde etwas sagen. Tat er nicht.

»Wyatt …«

»Keine Sorge, Clarke. Das wird die Dinge im Sportzentrum nicht ändern. Oder wenigstens möchte ich das nicht. Du bist zu gut mit den Kids.«

»Danke«, antwortete sie. Denn was gab es denn noch zu sagen? »Dann bis Montag.«

Sie ging um den Wagen herum zur Fahrertür und blieb noch einmal stehen, weil ihr etwas einfiel. »Wyatt. Das ist ein schreckliches Timing, aber ich wollte dir längst sagen, dass ich diesen Freitag nicht kann.«

»Fährst du irgendwohin?«

»Nach Stanford. Den Campus besichtigen.«

Er nickte. »Kein Problem. Dann hoffe ich, es wird alles so, wie du es dir erträumt hast.«

Ava beugte sich über Jordan und beobachtete, wie eine große Maschine die Flügel ihres Flugzeugs enteiste. Falls sie nicht vorher sterben müssten, würden sie bei der Landung in Kalifornien 21 Grad und Sonnenschein haben.

»Ich bin nervös«, sagte Ava.

»Musst du nicht sein«, meinte Jordan, die selbst nervös wirkte. »Das ist total normal. Flügel vereisen andauernd. Es wird alles gut gehen.«

Ava warf ihr einen Blick zu. »Ich bin nervös, weil ich meine leibliche Mutter sehen werde.«

»Musst du nicht sein«, sagte CJ vom Gangplatz aus. »Alle Adoptivkinder denken doch tagtäglich an ihre leiblichen Mütter. Es wird alles gut gehen.«

Ava drehte sich zu CJ und warf ihr den gleichen Blick zu wie eben Jordan.

Draußen ertönte ein lautes Surren, als die Maschine wieder irgendwelche Chemikalien auf das Flugzeug sprühte.

»Okay«, sagte Ava. »Jetzt bin ich doch nervös wegen dem Flugzeug. Ich hätte mir eine Zeitschrift oder irgendwas mitnehmen sollen.«

»Oh«, sagte CJ, »das hätte ich fast vergessen. Ich habe da was für dich.«

Es dauerte ein bisschen, bis CJ sich bei ihrer Größe so kleingemacht hatte, dass sie den Rucksack unter dem Vordersitz hervorziehen konnte. Sie nahm ein Buch heraus, und gab es Ava.

»Eine Biografie über Franklin Roosevelt«, sagte Ava und strich mit den Fingern über den Einband. »Danke.« Als sie es aufschlug, stieß sie auf der Titelseite auf eine Widmung. **Kleine Inspiration, falls du jemals beschließen solltest, fürs Präsidentenamt zu kandidieren. XOXO, Clarke.**

CJ streckte den Arm aus und klappte das Buch zu. »Ganz vergessen, dass ich das reingeschrieben habe. Ursprünglich war das für Wyatt gedacht.«

Jordan beäugte das Buch. »Es ist total seltsam, das weiterzuverschenken, *Clarke*.«

»Vertrau mir«, sagte CJ. »Überspring die Kapitel zu Franklin. Fang gleich bei Eleanor an. Das wirst du, glaube ich, interessant finden.«

Ava legte das Buch in ihren Schoß. Das Enteisungsfahrzeug rollte weg. Die Stimme einer Flugbegleiterin ertönte knackend über Lautsprecher und verkündete, dass sie in Kürze starten würden. Jetzt gab es kein Zurück mehr. Jordan und CJ nahmen jeweils eine Hand von Ava und drückten sie.

Der Start war rumpelig, aber sie gewannen schnell an Höhe, und kaum war die Todesgefahr gebannt, schliefen CJ und Jordan auch schon ein. Ausgeschlossen, dass Ava ein Auge zutun würde. Sie war viel zu nervös. Beim Blick aus dem Fenster erinnerte sie sich daran, wie sie mit ihrer Mom geflogen war. Eigentlich waren es eine Million Erinnerungen. Ihre Mom war beruflich viel geflogen, als Ava noch klein war, und immer hatte sie ihre Tochter mitgenommen. Bei jedem Flug hatte Ava begeistert aus dem Fenster gesehen, überzeugt, dass ihre Mom den coolsten Job der Welt hätte.

Ava rutschte auf ihrem Sitz herum und versuchte, die Erinnerung abzuschütteln. Sie spürte, wie das schlechte Gewissen sie beschlich, und fürchtete, die Fassung zu verlieren. Weil ihr Handy aus war und die Freundinnen neben ihr fest schliefen, griff sie zur Ablenkung doch nach dem Buch, das CJ ihr gegeben hatte. Wie empfohlen übersprang sie die Stellen über Franklin Roosevelt und fing gleich bei Eleanor an. Ava hatte aus dem Geschichtskurs auf Collegeniveau schon einige Vorkenntnisse. So wusste sie, dass Eleanor die Rolle der First Lady neu definiert hatte. Und dass es einige Historiker gab, die sogar glaubten, Eleanor hätte selbst das Zeug zur Präsidentin gehabt, wenn die Welt damals nicht noch ein extrem sexistischer Ort gewesen wäre. Die Liste ihrer Errungenschaften war jedenfalls beeindruckend. Ob CJ ihr die vor Augen halten wollte?

Ava interessierte sich wirklich nicht dafür, dass eine beeindruckende Frau beeindruckende Dinge tat. Solche Storys gaben Ava immer ein Gefühl der Unzulänglichkeit. Aber Ava las trotzdem weiter, denn das Einzige, was sie noch mehr fürchtete, als ihr Potenzial nicht auszuschöpfen, war, mit ihren Gedanken allein zu sein. Nach ein paar Seiten mehr erfuhr sie, was sie im Geschichtsunterricht nie gehört hatte. Eleanor Roosevelt hatte unter Depressionen gelitten.

Wie konnte es sein, dass Ava das nicht wusste? Warum hatte ihr das nie jemand beigebracht? Sie verschlang das Kapitel. Eleanor Roosevelt war eine schüchterne Ehefrau gewesen, als ihr Mann sie ins Rampenlicht gestoßen hatte. Nur weil sie dazu gezwungen war, hatte sie ihre Stimme gefunden. Aber, Mannomann, wie sie die gefunden hatte! Sie litt auch nicht bloß an Depressionen, sondern sie schämte sich nicht dafür. Die First Lady der Vereinigten Staaten hatte offen und ehrlich zu ihren Problemen gestanden. Sie hatte ihren finsteren Phasen sogar einen Spitznamen gegeben. Familie und Freunden pflegte sie zu sagen, sie sei »in einer ihrer Griselda-Stimmungen«. Ava war entzückt. Griselda-Stimmungen. Irgendwie klang das so viel würdevoller. Und viel weniger beängstigend.

Als sie alles gelesen hatte, wusste Ava zwei Dinge mit Sicherheit: Erstens, ihre Geschichtslehrer hatten ihnen nie etwas wirklich Wichtiges beigebracht, und zweitens war es eine absolute Schande, dass die Welt damals ein extrem sexistischer Ort war, denn Eleanor Roosevelt wäre eine verdammt gute Präsidentin gewesen.

Ava blätterte zur Titelseite zurück und las CJs Widmung ein zweites Mal. *Kleine Inspiration, falls du jemals beschließen solltest, fürs Präsidentenamt zu kandidieren.*

Sie schloss das Buch. Kurz darauf rüttelte sie Jordan und CJ wach. »Wir sind gleich da.«

Martha fühlte sich nicht richtig eifersüchtig, weil ihre Freundinnen ohne sie in Kalifornien waren. Sie befanden sich ja nicht dort, um eine gute Zeit dort zu haben oder so was. Trotzdem wünschte sie sich, sie wäre bei ihnen. Sie hatte überlegt zu versuchen, sich ein Ticket zu kaufen. Hatte sich sogar Flüge angesehen. Der billigste hätte knapp vierhundert Dollar gekostet. Sie erlaubte sich nicht mal, im Kopf auszurechnen, wie viele Stunden sie im Kino hätte arbeiten müssen, um sich den zu leisten.

Anstatt also ihre Freundinnen auf diese emotionale Reise zu begleiten, die sie ohne Zweifel ihr Leben lang nicht vergessen würden, stieg Martha in den miefigen Stadtbus, der sie so nah zum Haus ihrer Mom bringen würde, wie man mit öffentlichen Verkehrsmitteln kommen konnte. Ihre Mom hatte ihr immer noch nicht den Antrag für finanzielle Unterstützung zurückgegeben. Das Formular ihres Vaters war schlimm gewesen, aber er hatte es immerhin ausgefüllt. Ihre Mom dagegen hatte sie nur mit Ausreden vertröstet. Martha beschloss, dass der einzige Weg, um an das Ding zu kommen, sein würde, dass sie bei ihr aufkreuzte und neben ihr stehenblieb, während sie es ausfüllte.

Die Busfahrt dauerte lang. Martha zupfte an ihrem Nagellack und ließ kleine Stückchen davon auf den Boden fallen. Ihre Mom wartete auf dem Gehweg, als sie aus dem Bus stieg.

»Es ist eiskalt«, sagte Martha, noch auf den Stufen, »du hättest doch im Auto warten können.«

Martha wünschte sich, ihre Mutter hätte im Auto gewartet. Sie wollte sauer sein. Und es war einfacher, sauer zu sein, wenn ihre Mom keine netten Sachen machte.

»Wie schön, dich zu sehen.« Eine Sekunde lang standen sie verlegen da, und Martha fragte sich, ob vielleicht eine Umarmung angebracht wäre, aber dann war der Moment auch schon vorbei. »Komm. Das Auto steht in dieser Richtung.«

Zwanzig Minuten später fuhren sie in die notdürftig freigeschaufelte Einfahrt des Hauses. Ihre Mom erzählte Martha amüsiert, dass die Zwillinge das für zwanzig Dollar pro Nase erledigt hätten. War das nicht lieb von ihnen?

»Lieb von ihnen«, sagte Martha. Es war mehr als das Doppelte ihres Stundenlohns. Im Haus war es unerträglich warm und roch nach Zimt. Ihre Mom bot ihr Tee an, und Martha sagte, okay, obwohl sie Tee gar nicht besonders gern mochte.

»Und«, sagte ihre Mom, während sie den Wasserkessel aufsetzte, »wie geht's deinem Dad?«

»Ihm geht's gut. Er arbeitet jetzt zu viel normaleren Zeiten.«

»Freut mich für ihn.«

Martha rutschte auf dem Hocker von Pottery Barn herum und trommelte mit den Fingern auf die Arbeitsplatte aus Marmor. »Ich brauche diese Formulare, Mom. Die für die finanzielle Unterstützung.«

Ihre Mom seufzte. »Ich weiß. Wir arbeiten daran.«

»Mom. Ich brauche sie wirklich. Jetzt. Also eigentlich schon vor zwei Wochen. Aber ich gebe mich mit jetzt zufrieden.«

Ihre Mom holte zwei Teebeutel aus dem Schrank und warf sie in zwei gleiche Becher. »Roger hat die nötigen

Informationen, und ich kann da nichts machen, damit es schneller geht.«

»Na gut, kann ich dann mal mit ihm reden?« Martha wusste nie, ob sie ihn Roger oder Mr Russell nennen sollte. Sie umging das Problem, indem sie immer nur ein Pronomen benutzte.

»Ich habe schon mit ihm geredet, Martha. Er ist dran.«

Martha trat mit den Füßen gegen die weiße Verschalung der Küchentheke. Das würde Abriebspuren hinterlassen und ihre Mom verrückt machen. Es war ihr egal. Oder vielleicht war es ihr nicht egal, und genau deshalb machte sie es.

Als der Kessel pfiff, goss ihre Mom heißes Wasser in die Becher und stellte einen Timer auf zwei Minuten. Es handelte sich um einen Tee-Timer. Ein kleines silbernes Gerät mit nur einem einzigen Zweck. Die Zeit für Tee zu messen. Das machte Martha fast so wütend wie die schlecht geräumte Einfahrt.

»Mom. Wenn ich diese Formulare nicht bekomme –«

»Du wirst sie bekommen. Aber es ist eben kompliziert.«

»Warum ist es kompliziert?«

Ihre Mom stellte den Kessel mit etwas zu viel Schwung auf den Herd zurück. »Da geht's um Erwachsenensachen. Darüber musst du dir keine Gedanken machen.« Sie setzte sich auf den Hocker neben Martha. »Jetzt erzähl mir, was mit dem Park ist.«

»Nichts ist mit dem Park.« Seit die Gedanken ihrer Freundinnen sich um Avas leibliche Mutter drehten, war der Park in den Hintergrund getreten. Sie wusste nicht mal, warum ihre Mom überhaupt danach fragte. Vielleicht wollte sie ihr Steakmesser zurück.

Ihre Mom blies auf den Tee. »Tut mir leid, dass du und deine Freundinnen eure Namen nicht hinterlassen könnt.«

Martha zuckte mit den Achseln. »Ist schon gut.« Sie dachte wieder an das Messer. Seltsam, dass ihre Mom es all die Jahre aufgehoben hatte. »Das war damals wohl eine große Sache. Deinen Namen reinzuschnitzen?«

Ihre Mom lächelte. »Es war ein besonderer Abend.« Sie schaute wie in weite Ferne und schien sich an etwas zu erinnern. »Es fühlte sich an, als hätten wir unser ganzes Leben vor uns. In diesem aufregenden, guten Sinn.«

Martha schaute auf ihren Tee. »Bereust du manchmal, nicht aufs College gegangen zu sein?«

»Natürlich nicht.«

»Mom. Das ist okay. Es macht mir nichts aus, wenn du Ja sagst.« Sie wusste, dass sie der Grund war, warum ihre Mom nicht wie geplant auf die Indiana State gegangen war. »Ich bin fast erwachsen. Du kannst es mir sagen.«

Ihre Mom tippte mit den Fingernägeln gegen den Teebecher. Die Nägel waren perfekt lackiert. »Ich bereue es nicht«, sagte sie. »Wirklich nicht.« Dann schaute sie hoch und Martha konnte sehen, dass sie bewegt war. »Okay, vielleicht ein bisschen. Es ist ja unmöglich, sich nicht zu fragen, wie die Dinge sich anders entwickelt hätten.« Ihre Mom schaute wieder in ihren Tee. Sie starrte so eindringlich, dass Martha glaubte, sie würde gleich reinfallen. »Martha, Roger tut wirklich sein Bestes mit diesen Formularen. Geldangelegenheiten sind kompliziert. Und welches zu haben ist tatsächlich komplizierter, als keins zu haben.«

Das bezweifelte Martha stark.

»Er redet mit seinem Steuerberater darüber, wie man das am besten bewerkstelligen kann. Aber wie schon gesagt, es ist kompliziert. Sein Einkommen ist zwar hoch, aber viel davon ist ans Geschäft gebunden. Es ist nicht zugänglich.«

Martha war sich nicht sicher, worauf sie hinauswollte. Sie nippte an ihrem Tee. Er schmeckte wie ein ganzer Apfelgarten.

»Als die Zwillinge auf die Welt kamen, hat Roger College-Sparpläne für sie eingerichtet. So macht man das eben. Ich bin davon ausgegangen, dass dein Dad das auch für dich gemacht hatte. Ich habe mich ja nicht um die Finanzen gekümmert.«

Während ihre Mom weiterredete, hatte Martha Schwierigkeiten, überhaupt zu verstehen, was sie da sagte. Dann wurde es ihr klar. In aller Schärfe klar und deutlich. Der Grund, warum ihre Mom ihr die Formulare bisher nicht gegeben hatte, war nicht Bequemlichkeit. Es lag daran, dass ihr Stiefvater zu viel verdiente. Martha würde nicht zu finanzieller Unterstützung berechtigt sein.

»Also … was soll ich machen?«, fragte Martha. Sie hatte in ihrem ganzen Leben den Stiefvater noch nie um Geld gebeten. Sie hasste die Vorstellung, aber vielleicht würde ihre Mom das anbieten. Vielleicht würde noch alles in Ordnung kommen.

»Ich weiß es nicht, Martha. Es tut mir so leid.« Martha hatte das Gefühl, ihre Welt würde einstürzen. »Ich hätte mehr darauf achten sollen. Ich dachte einfach, dein Dad – ich bin einfach davon ausgegangen, dass er seine Sachen inzwischen im Griff hat.«

Martha stellte ihren Teebecher ab. Sie würde nicht zulassen, dass ihre Mom ihrem Dad die Schuld in die Schuhe schob. Sie schrie und heulte nicht, obwohl ihr genau danach zumute war. Sie bat nur darum, zurück zur Bushaltestelle gefahren zu werden. Im Bus schrieb sie hektisch eine Nachricht für ihre Freundinnen, die sie aber gleich wieder löschte. Sie wollte nicht, dass Ava mitten an diesem emotionalen Wochenende über diese Sache nachdenken müsste. Dann überlegte sie, nur an CJ und Jordan zu schreiben, aber die hatten genug damit zu tun, für Ava da zu sein. Martha war darüber gar nicht verbittert. Sie hätte sich nur gewünscht, dass auch für sie jemand da gewesen wäre. Lange starrte Martha auf ihr Handy. Schließlich fiel ihr jemand ein, den sie anrufen konnte. Victoria hob nach dem zweiten Klingeln ab.

»Hallo«, sagte sie.

»Hi«, sagte Martha.

»Was ist los?«

Martha liebte es, dass Victoria schon einem einsilbigen Wort anhörte, dass irgendwas nicht stimmte. »Alles. Besteht die Chance, dass du Lust hast, heute Abend was zusammen zu machen?«

Sie konnte im Hintergrund hören, dass Victoria irgendetwas machte. Sie hörte aber auch, wie sie schlagartig damit aufhörte. Victoria schenkte Martha ihre ganze Aufmerksamkeit. »Ich kann nicht. Ich hab heute Abend Dienst im Kino.«

»Stimmt.« Victoria übernahm ja Marthas Schicht. »Das hatte ich vergessen. Und ich muss ja zu der Ausstellung meiner Freundin. Also vergiss es.«

»Nein, warte. Ich kann aber jetzt reden. Was ist denn los?«

Martha hatte das Gefühl, gleich weinen zu müssen. Das wollte sie im Bus nicht. Auf der anderen Seite des Gangs saß ein Typ, der sie schon anstarrte. Am liebsten hätte sie ihn angeschrien: *Kümmer dich um deinen eigenen Mist!* Sie drehte ihm den Rücken zu. »Ist egal«, sagte sie zu Victoria. »Mach dir keine Gedanken.«

»Martha.«

»Im Ernst. Wir reden wann anders. Bye.«

Schnell legte sie auf. Fast sofort summte ihr Handy, weil Victoria anrief. Sie leitete den Anruf auf die Mailbox und starrte aus dem Fenster. Sie würde klarkommen. Alles würde in Ordnung kommen. Sie würde einen Weg finden, um das selbst zu regeln. So, wie sie es bisher immer getan hatte.

KAPITEL 19

Die Studentin, die die Führung machte, lief rückwärts und gestikulierte viel. CJ hasste sie. Und das lag nicht an ihrer Überschwänglichkeit. Aber sie zog die Führung wirklich unnötig in die Länge, und Ava sah schon so aus, als würde sie gleich aus der Haut fahren. Seit der Ankunft in Kalifornien hatte sie nicht viel gesagt. Und das war auch nicht nötig. Ihre Angst war ohnehin deutlich sichtbar.

CJ hatte gehofft, die Besichtigung von Stanford würde sie enttäuschen. Das hätte es leichter gemacht, wenn sie die unvermeidliche Absage bekäme. Aber leider war es umwerfend. Sogar noch schöner als die Version, die sie sich erträumt hatte. Die Führerin wies auf den Hoover Tower hin, das berühmte (und für seine phallische Form berühmte) Gebäude in der Mitte des Campus'. CJ kamen die Tränen, ohne dass sie etwas dagegen tun konnte. Der Turm erinnerte sie an die Vase, die Wyatts Mom ihr geschenkt hatte. Sie liebte diese Vase wegen all ihrer Unzulänglichkeiten. In vielerlei Hinsicht erinnerte sie das Ding an sie selbst. Ein riesiges Chaos mit großem Herzen. Sie wünschte, Wyatt wäre jetzt hier. Während sie so über den Campus liefen, fühlte sie sich immer mehr wie eine Schwindlerin. Er würde irgendwas sagen, das sie zum Lachen brächte, und er würde sie daran erinnern, dass sie keinen Zusagebrief brauchte, um zu wissen, dass sie ein wertvoller Mensch war.

Sobald die Führung vorbei war und sie sie angemessen auf Instagram dokumentiert hatten (Avas Mom folgte ihrer Tochter auf Instagram und sie vermuteten, dass sie dort nachsehen würde), fragten sie nach der nächsten Bushaltestelle. Zu dritt quetschten sie sich in eine Bank und sprachen nicht viel, während sie einmal quer durch die Stadt fuhren. CJ sah beim Blick aus dem Fenster den Übergang von Villen zu kleinen Einfamilienhäusern und schließlich Wohnblocks.

Nur einige Blocks entfernt von dem Haus, in dem Avas Mutter in einem Apartment wohnte, stiegen sie aus und gingen das letzte Stück zu Fuß. Der Wohnblock war einer der netteren in der Gegend, und CJ sah Ava an. Die reagierte nicht. Das hatte sie schon den ganzen Tag über nicht getan. Sie hatte auch kaum etwas gegessen. »Bist du bereit?«, fragte CJ.

Ava nickte. Die Bewegung war allerdings so schwach, dass man sie kaum wahrnehmen konnte.

Jordan nahm ihren Rucksack ab und holte eine Schachtel mit Schokoriegeln heraus. Ihr Plan sah so aus, dass sie an der Wohnungstür klingeln und behaupten sollte, sie würde Süßigkeiten für ihre Schule verkaufen. Dafür hatten sie den Namen der nächsten Highschool recherchiert – Menlo-Atherton – und Jordan hatte sich das Maskottchen und sogar die Namen einiger Lehrkräfte eingeprägt. Für alle Fälle.

»Okay«, sagte Jordan. »Dann gehe ich jetzt rein.«

Als Jordan die Straße überquerte, spürte CJ, wie Ava nach ihrer Hand griff. Sie sahen Jordan klingeln. Sie klingelte ein zweites Mal.

»Vielleicht ist sie bei der Arbeit«, meinte CJ.

Ava sagte nichts.

Eine Frau kam mit Einkaufstüten an die Haustür. CJ konnte sehen, dass Jordan sie ansprach. Sie kniff die Augen ein bisschen zusammen, um von ihren Lippen zu lesen, aber es war zu weit weg, und außerdem konnte CJ überhaupt nicht Lippen lesen. Einen Augenblick später nahm Jordan der Frau eine Einkaufstüte ab und verschwand mit ihr im Haus.

»Ähm …«, sagte CJ. »Was denkst du, passiert da jetzt?«

Ava sagte nichts.

Eine Minute später tauchte Jordan ohne ihre Schachtel mit Süßigkeiten wieder auf. Sie kam zu ihnen gejoggt, und CJ bestürmte sie sofort mit Fragen: »Was ist passiert? Wer war das? Wo sind deine Süßigkeiten?«

»Diese Frau hat sie alle gekauft«, sagte Jordan. »Sie war total nett. Wir müssen das Geld irgendwie dieser Schule spenden. Ich fühle mich schrecklich, weil ich sie angelogen habe.«

Avas Stimme klang neben ihren ganz zaghaft. »Hat sie irgendwas über Isabel gesagt?«

»Ich wollte nicht, dass es creepy klingt, deshalb habe ich es allgemein gehalten und nur gefragt, ob ihre Nachbarin Isabel vielleicht auch Süßigkeiten kaufen würde. Darauf meinte sie, sie wäre nicht da.« Jordan schwieg kurz. »Sie sagte, Isabel sei im Krankenhaus.«

»Hat sie gesagt, warum?«, fragte Ava.

Jordan schüttelte den Kopf. »Nein, aber ich hab beiläufig gefragt, Stanford Hospital, und da sagte sie, nein, in dem Krankenhaus für Bedürftige, gleich die Straße hoch.«

»Krankenhaus für Bedürftige?«, wiederholte Ava. »Weil sie *bedürftig* ist?«

»Lasst uns keine voreiligen Schlüsse ziehen, bevor wir dort waren«, wandte CJ ein.

»Ich weiß nicht, ob ich da hinwill«, sagte Ava. Aber eine Sekunde später korrigierte sie sich. »Ich muss da hin.«

CJ bestellte ein Lyft und der Wagen brachte sie direkt vor ein kleines Krankenhaus. Es war ziemlich offensichtlich, dass, falls Isabel hier behandelt würde, das nichts Gutes verhieß.

CJ und Jordan folgten Ava ins Gebäude und nahmen sie in die Mitte, als sie sich an die Krankenschwester am Empfang wandte. Die Frau begrüßte sie auf Spanisch, doch Ava schüttelte den Kopf.

»Tut mir leid. Ich spreche kein –«

»Was kann ich für Sie tun?«, schnitt die Schwester ihr ungeduldig auf Englisch das Wort ab.

»Ich suche ...«, sagte Ava kleinlaut. »Ich suche eine Patientin. Isabel Castillo.«

Die Schwester wirkte sehr irritiert. »Eine Patientin?«

»Ja«, bekräftigte Ava.

In dem Moment krachte etwas. Alle drehten sich um und starrten eine Frau an, die gerade ihren Kaffeebecher hatte auf den Boden fallen lassen. Sie stand in weißem Kittel zwischen verschüttetem Kaffee und vielen Scherben. Und sie starrte Ava an. Sie starrte so intensiv, dass es unangenehm war. Sie hatte irgendwas Vertrautes an sich, aber CJ konnte es nicht genau definieren. Erst als sie den Namen auf dem Schildchen am Kittel las, machte es klick. DR. ISABEL CASTILLO. Es war Avas Mutter.

Martha war für die Coventry Art Gallery total underdressed. Ihre Jeans und die zerschlissenen schwarzen Converse stachen in dem Raum voller eleganter Blazer und Chelsea-Boots heraus. Sie hatte sich nicht mal die Mühe gemacht, Make-up aufzutragen. Jetzt kam sie sich dumm vor, weil sie nicht daran gedacht hatte, was für ein schicker Anlass das sein würde.

Eine Frau mit den coolsten kniehohen Stiefeln, die Martha je gesehen hatte, kam auf sie zu. »Ich kann die für Sie aufhängen«, sagte sie und deutete auf Marthas Winterjacke.

»Oh, das ist schon okay. Ich kann sie mir einfach über den Arm legen.« Martha musste relativ laut sprechen, um die Musik zu übertönen, die von überallher zu kommen schien.

»Wir möchten heute Abend, dass alle Gäste ihre Garderobe abgeben.« Martha zögerte und die Frau schien langsam ungeduldig zu werden. »Damit man nicht aus Versehen gegen die Objekte stößt. Und es kostet auch nichts.« Den letzten Satz fügte sie in einem Ton hinzu, der eine Spur verächtlich klang.

Martha schlüpfte aus ihrer Jacke und gab sie der Frau. »Oh, Moment«. Sie nahm auch noch schnell die Mütze ab und stopfte sie in die Jackentasche. »Danke.«

Martha schlenderte durch die Galerie und kam sich zwischen all den schicken Leuten klein und dumm vor. Dabei fragte sie sich, was Martha Washington wohl denken würde, wenn sie das sehen könnte. Wahrscheinlich wäre sie verlegen und enttäuscht, dass ihre Nachfahrin eine solche Fehlbesetzung war. Die Porträts von Martha Washington zeigten sie immer als matronenhafte Dame mit Haube, aber das lag nur daran, dass man sie in Geschichtsbüchern gern so darstellte. Als einfache Frau, die froh war, sich im Hintergrund zu halten, während ihr Ehemann im Mittelpunkt stand. In Wahrheit war Martha berühmt für ihre Eleganz und ihren Reichtum gewesen. Nichts davon kam von George. Das Geld gehörte ausschließlich ihr. Natürlich auch die Sklaven. Darüber schwiegen sich die Geschichtsbücher gern aus.

Martha (die moderne, nicht die längst verstorbene Rassistin) betrat den nächsten Raum, und hörte jemanden ihren Namen rufen.

»Martha.«

Sie drehte sich um. Es war Logan. Noch nie im Leben war sie so erleichtert gewesen, jemanden zu treffen. »Hi«, sagte sie. »Bitte sag, dass du weißt, wo ihr Bild hängt.«

Er zeigte hinter sich. Stolz erfasste sie wie eine Welle, kaum hatte sie es entdeckt. Sie hatte das Bild vorher schon mal gesehen, aber nicht so. Nicht an der Wand einer Galerie, perfekt beleuchtet und umringt von einer Schar beeindruckter Betrachterinnen und Betrachter.

»Oh mein Gott«, sagte Martha.

»Ich weiß. Ich hab mir schon die ganze Galerie angesehen. Die gesamte Auswahl ist gut, aber ihres …«

Martha nickte. Sie wusste genau, was er meinte. Das Bild stach heraus. Man konnte die Augen kaum davon lassen. »Ich wünschte, Ava wäre hier.«

»Ich auch.« Er schwieg kurz und trat von einem Fuß auf den anderen. »Hast du was von ihr gehört? Ich habe ihr geschrieben.« Er machte wieder einen nervösen Schritt. »Aber sie hat nicht geantwortet.«

Martha schüttelte den Kopf. »Von ihr nicht. Aber Jordan und CJ halten mich auf dem Laufenden.«

»Und?«

Martha berichtete ihm von der letzten Neuigkeit. Dass sie auf dem Weg zu einem Krankenhaus wären, in dem Avas Mom wahrscheinlich Patientin war. Logan schluckte. »Danke. Sag mir Bescheid, wie es weitergegangen ist, ja? Ich möchte nur wissen, dass es ihr gut geht.«

Martha nickte. »Ja, klar.« Dabei musste sie so fertig ausgesehen haben, wie sie sich fühlte, denn er legte den Kopf ein wenig schräg und fragte: »Geht's *dir* gut?«

»Ja«, antwortete sie automatisch. Doch dann besann sie sich sofort. »Nein, ehrlich gesagt, nein.« Martha sehnte sich verzweifelt danach, jemandem ihr Herz auszuschütten. Irgendjemandem. Sie wollte ihm die Wahrheit erzählen. Die *musste* sie loswerden. »Mir geht's nicht gut, Logan. Überhaupt nicht gut.«

Genau in diesem Moment wurde es um sie herum durch Stimmengewirr und Gelächter deutlich lauter. Die Geräusche hallten von den Wänden wider. Das fühlte sich an, als wollten sie Martha übertönen und verschlucken. Logan kam näher, damit sie ihn überhaupt hören konnte. »Was ist denn los?«, fragte er.

Sie beugte sich zu ihm. Ihre Arme berührten sich. Dann erzählte sie ihm von der langen Busfahrt und dass der Tee wie ein ganzer Apfelgarten geschmeckt hatte. Und von dem Moment, als sie begriff, dass sie keinen Anspruch auf finanzielle Unterstützung haben würde.

»Shit«, sagte Logan.

»Ich hab Angst. Ich weiß nicht, was ich machen soll.«

Der ganze Raum schien jetzt zu lachen. Sie wusste, dass niemand über sie lachte, aber es fühlte sich so an. Sie betrachtete erneut Avas Bild. Die Galeriegäste waren hingerissen davon. Noch nie war Martha neidisch auf ihre Freundinnen gewesen. Kein einziges Mal. Die Mädchen waren immer wie eine Einheit gewesen, und ihr Erfolg hatte sich angefühlt, als wäre es auch Marthas. Heute Abend hatte sich etwas verändert. Sie wollte nicht in den Hintergrund abdriften, während die anderen sich hervortaten. Sie wollte auch mit ihrem Leben etwas Bemerkenswertes anfangen. Doch wie sollte ihr das gelingen, wenn sie nicht einmal das College bezahlen konnte? Tränen traten ihr in die Augen. Rasch wischte sie sie mit dem Ärmel weg. »Oh mein Gott. Sorry. Ich weiß gar nicht, was mit mir los ist.«

Logan ergriff ihre Hand. »Martha. Das ist okay.« Es war eine freundliche Geste. Nur ein Nettsein. Aber sie brauchte genau das gerade so dringend. Er drückte ihre Hand und instinktiv drückte sie zurück. Zweimal.

Sie blickte zu Logan hoch und ließ seine Hand nicht los. Sie hielten sich immer noch an den Händen, als sie merkte, dass jemand sie beobachtete. Victoria stand im Türrahmen. Sie sah total enttäuscht aus.

Martha erwachte aus, was immer das gerade gewesen sein mochte, und ließ sofort Logans Hand los. »Victoria.«

Doch sie drehte sich um und ging weg.

Es war so voll, dass Martha ihr kaum hinterher kam. Als sie das Foyer erreicht hatte, war Victoria verschwunden. Martha hielt sich nicht damit auf, die Frau zu suchen, die ihr die Jacke abgenommen hatte. Sie sprintete direkt zur Tür hinaus und hinter Victoria her. Es hatte angefangen zu schneien. Dicke Flocken wirbelten um sie herum. Martha fror und rannte schneller. Victoria kam nicht sehr schnell voran, sonst hätte Martha sie niemals einholen können. »Victoria!«, rief sie.

Das Mädchen, das nach Queen Victoria benannt, aber nicht mit ihr verwandt war, fuhr herum. Sie schien überrascht, Martha vor sich zu sehen. Besonders schien sie zu wundern, dass sie keine Jacke und Mütze trug. »Was machst du denn? Du wirst dir noch den Tod holen.«

Martha ging nicht darauf ein. »Ich dachte, du arbeitest heute Abend.«

Victoria lächelte und wirkte dabei verletzt. »Ich hatte meinen Onkel gebeten, für mich einzuspringen. Du klangst so …« Victoria riss sich zusammen, »als würdest du eine Freundin brauchen. Aber ich wollte dich nicht stören.«

»Du hast überhaupt nicht gestört.«

»Ist schon gut. Ich will es nicht unnötig kompliziert für dich machen. Mir war nicht klar, dass … Also du und Dinglehopper, ja?«

»Nein. Nein, nein, nein. Er hat mich nur getröstet.« Martha fror entsetzlich. Sie pustete in ihre Hände und schob die Finger dann in die Hosentaschen. »Bitte komm wieder mit zurück. Dann können wir reden.«

»Worüber denn?«

Es schneite jetzt so heftig, dass Martha die Augen leicht zukneifen musste. Victoria blinzelte auch. Das machte alles nur noch verwirrender. Es war fast unmöglich, die Gefühle an ihrem Gesicht abzulesen.

»Komm einfach mit zurück. Es ist kalt.« Martha erschauerte.

»Das merke ich. Ich gehe jetzt nach Hause. Geh du zurück in die Galerie. Sonst erfrierst du hier draußen noch.«

»Kein Problem. Mir geht's gut.«

»Nein, geht es nicht.« Victoria nahm ihre Mütze ab und hielt sie Martha hin.

Die schüttelte den Kopf. »Ich nehme bestimmt nicht deine Mütze.«

Victoria kümmerte das nicht. Sie setzte Martha einfach ihre Mütze auf und zog sie ihr bis über die Ohren. »Ich bin nicht sauer oder so«, sagte sie. »Nur verletzt. Ich habe was missverstanden. Aber das ist nicht deine Schuld.«

Damit drehte sie sich um und ging weg. Martha blieb zurück und fragte sich: *Bist du verletzt, weil du Gefühle für Logan hast? Oder bist du verletzt, weil du Gefühle für mich hast?*

Schneeflocken wirbelten um sie herum und Martha fror. Es war einfach zu kalt, um irgendwas anderes zu tun, als zur Galerie zurückzulaufen und ihre Jacke zu holen.

»Magst du Bagels?«

Es war das Erste, was Avas leibliche Mutter zu ihr sagte, nachdem CJ und Jordan gegangen waren und sie beide einfach dagestanden und sich angestarrt hatten.

»Die Cafeteria hier ist nicht toll, aber es gibt Bagels. Wir können uns welche holen und dann reden. Oder wir nehmen nur Kaffee. Oder Wasser.«

»Ich brauche nichts«, sagte Ava.

Sie saßen sich an einem länglichen Tisch unter grell fluoreszierenden Lampen gegenüber. Der Raum war voller Menschen, aber alle schienen in ihrer eigenen Welt zu sein, sodass niemand Ava und Isabel beachtete.

»Ich vermute, du hast eine Menge Fragen«, sagte Isabel, nachdem sie eine Weile geschwiegen hatten. »Frag mich, was du willst.«

Ava wusste genau, womit sie anfangen wollte. »Woher wusstest du, wie ich aussehe?«

In der Cafeteria war es laut genug, sodass ihre Unterhaltung sich privat anfühlte. »Deine Mutter schickt mir jedes Jahr einen Brief und ein Foto. Zu deinem Geburtstag.«

Ava merkte, dass ihr Körper plötzlich wie taub wurde. Sie legte die Handflächen auf den Tisch, aus Angst vielleicht zusammenzuklappen. »Das wusste ich nicht.«

»Ich bin diejenige, die das so wollte. Lynn hat sich nur an meine Wünsche gehalten.«

»Warum?«, fragte Ava mit einer leichten Verärgerung in der Stimme.

Isabel seufzte so schwer, dass es für Ava nach ungeheuer komplizierten Gefühlen klang. »Vor allem aus Scham. Und aus Verlegenheit. Ich dachte, es wäre vielleicht schwerer für dich, wenn du es weißt.« Dann schüttelte Isabel den Kopf, als wollte sie es zurücknehmen. »Stimmt nicht. Ich habe mir das lange Zeit eingeredet. Aber die Wahrheit ist, ich wusste, dass es für *mich* schwerer sein würde. Ich wollte nicht, dass du mein Gesicht kennst. Ich konnte damit zurechtkommen, dass du mich hasst, wenn ich nur diese abstrakte Vorstellung von einer Mutter bin. Aber wenn du mich kennen würdest …«

»Ich hasse dich nicht.«

Isabel hielt sich, genau wie Ava es eben getan hatte, am Tisch fest.

»Das tue ich nicht«, wiederholte Ava.

»Würdest du gern wissen, warum ich damals die Entscheidung getroffen habe?«

Ava nickte.

»Ich weiß nicht, ob es gut ist, das zu hören, oder ob es

das Gegenteil ist. Aber ich war sehr nahe dran, dich zu behalten. Sehr nahe. Ich hatte mich schon für das Medizinstudium beworben, als ich herausfand, dass ich schwanger war. Doch dann begannen die Absagen zu kommen, und ich dachte, das wäre ein Zeichen. Ich hatte schon immer vom Medizinstudium geträumt, aber vielleicht sollte es nicht sein. Es kam mir vor, als hätte das Universum einen anderen Plan für mich. Ich dachte, dieser Plan wärst vielleicht du.«

Ava senkte den Blick.

»Mit meinem Freund lief es nicht allzu toll, aber auch nicht schlecht. Es war ein Leben, das ich mir vorstellen konnte. Ich stand auf der Warteliste für Stanford, und in einer Million Jahre hätte ich mir nicht vorstellen können, tatsächlich reinzukommen. Aber dann kam der Brief. Ich war im siebten Monat schwanger und hielt den Brief in der Hand, in dem stand, dass mein Traum wahr geworden war. Meine Mom, deine Abuela, pflegte in ihrer Kirche in Mexiko immer eine Kerze anzuzünden und dafür zu beten, dass sie mir ein besseres Leben geben könnte. Sie hatte so viel riskiert, um es in die USA zu schaffen, und diese Zusage fühlte sich an wie alles, wofür sie gekämpft hatte. Ich weiß, es klingt, als würde ich ihr Opfer benutzen, um mein Verhalten zu rechtfertigen. Aber das will ich nicht. In vielerlei Hinsicht hat es sogar alles noch schwerer gemacht. Meine Mom wäre so enttäuscht von mir gewesen, wenn sie gewusst hätte, was ich getan habe.«

Ava blickte auf, nur um zu sehen, dass jetzt Isabel die Augen abgewandt hatte. Sie schaffte es nicht, ihrer Tochter in die Augen zu sehen.

»Sie ist ein paar Jahre vor deiner Geburt gestorben. Ich wusste, sie hätte gewollt, dass ich dich behalte. Aber dann hätte ich mein Leben für sie gelebt. Und ich musste es für mich leben.«

Aus ihren Worten klang Reue, aber auch Stärke.

»Die Adoptionsagentur schickte mir viele Briefe von verschiedenen Familien. Als ich Lynns Brief las …« Isabel räusperte sich, und Ava wusste, dass sie das machte, um zu überspielen, wie bewegt sie war. »Sie wollte dich so sehr. Und ich wollte so ein Leben für dich. Ein Leben, in dem du …« Noch ein Räuspern. Isabel holte tief Luft. Atmete ein und aus. »Ich wollte dich in die Arme von jemandem geben, der bereit für dich war.«

»Ich verstehe«, sagte Ava. »Oder wenigstens glaube ich, zu verstehen.«

»Es ist auch okay, wenn du das nicht tust. Ich hätte es dir früher erklären sollen. Ich hätte einwilligen sollen, dich vor vier Jahren zu treffen.«

Ava schaute wieder hoch. »Was meinst du damit?«

»Als Lynn mich kontaktiert hat.« Ava starrte auf die Tischplatte. Sie wollte Isabel nicht merken lassen, dass sie davon nichts wusste. »Sie sagte, du hättest gefragt. Ich dachte darüber nach. Das habe ich wirklich getan. Aber ich konnte es einfach nicht. Eine bessere Antwort habe ich nicht. Ich konnte es einfach nicht.«

Ava erinnerte sich an den Tag, als ihre Mom gemeint hatte, sie hätte entschieden, dass Ava noch nicht so weit sei, ihre leibliche Mutter zu treffen. Das war eine Lüge gewesen. Eine wunderschöne. Sie beschützte Ava davor, sich zurückgewiesen zu fühlen. Zu einer Zeit, als sie es dringend nötig hatte, sich geliebt zu fühlen.

»Was für Fragen hast du noch?«, fragte Isabel.

»Hasst du Koriander?«

Isabel lachte. »Die ist viel leichter zu beantworten. Ich hasse ihn leidenschaftlich.«

»Ich auch. Und ich dachte, ich sei die einzige Mexikanerin auf der Welt, die ihn nicht mag. Kannst du deine Daumen nach hinten biegen?«

Isabel streckte einen Daumen aus und bog ihn in seltsamem Winkel nach hinten. Ava hob die Hände und machte das Gleiche.

»Bist du künstlerisch veranlagt?«

Isabel lächelte, als hätte die Frage bittersüße Erinnerungen geweckt. »Kein bisschen. Das hast du von deinem Vater.«

Ihr Vater. Ava hatte sich auch zu ihm schon Fragen gestellt. Allerdings nicht mit der gleichen Dringlichkeit, mit der sie über Isabel nachgedacht hatte.

»Ich habe ihn seit über zehn Jahren nicht mehr gesprochen. Das Letzte, was ich von ihm weiß, ist, dass er Grafikdesigner bei Electronic Arts war. Er ist so begabt. Aber kein Vergleich mit dir. Lynn hat mir Fotos von vielen deiner Arbeiten geschickt.«

Ava spürte etwas in ihrer Kehle. Es fühlte sich an wie ein riesiger Ball. Sie lenkte das Gespräch auf etwas Unverfänglicheres, damit der Ball sie nicht überrollte. »Lieblingsfächer in der Schule?«

»Naturwissenschaften und Mathe.«

Ava schüttelte den Kopf. »Nichts für mich. Kunst und Englisch. Und Geschichte.«

Ava stellte noch ein paar weitere Fragen, die nicht wirklich von Bedeutung waren. Aber sie nahm Anlauf für die eine große, für die Sache, die sie wirklich wissen wollte. »Bist du manchmal traurig?«

Isabel legte eine Hand auf ihr Herz. »Oh, Ava. Oh Gott. Ja. Es vergeht nicht ein Tag, an dem ich nicht traurig über die Entscheidung bin, die ich getroffen habe.«

Ava senkte wieder den Blick. »Oh. Das meinte ich nicht … ich meine, danke. Aber ich meine, wirst du manchmal traurig. Also … ohne einen bestimmten Grund.«

Isabel nahm die Hand von ihrem Herz und legte sie zurück auf den Tisch. Sie beschrieb kleine Kreise mit ihrem Zeigefinger. »Ich schätze, du hast noch einiges mehr von mir als nur die Augen.« Isabel seufzte. Das war das Komplizierteste. »Ja, ich leide unter Depressionen. Mit den Medikamenten ist es viel besser, aber ich habe immer noch schlechte Tage.«

»Ich auch«, sagte Ava.

»Es tut mir wirklich leid, dass du das von mir geerbt hast.«

»Ist schon okay. Ich glaube, ich habe auch ein paar gute Sachen geerbt.«

Isabel blickte über Avas Kopf hinweg, und Ava merkte, dass sie auf die Uhr an der Wand sah.

»Wahrscheinlich musst du gehen.«

Isabel nickte. »Ich arbeite in zwei Krankenhäusern, und meine zweite Schicht fängt bald an. Hier bin ich freiwillig, weil es mein Viertel, meine Community ist. Die sind wirklich unterfinanziert. Deshalb sieht es auch nicht nach viel aus.«

»Das Krankenhaus für Bedürftige«, sagte Ava.

Isabel sah sie neugierig an. »Ja, so nennt meine Nachbarin es immer. Woher weißt du …? Moment, noch ein Stück weiter zurück. Wie hast du mich überhaupt gefunden?«

»Ein Junge aus der Schule hat mir geholfen.«

»Wow. Netter Kerl.«

»Ja. Vielleicht ist er das.«

»Tja …« Isabel stand auf. »Ich bin mir echt unsicher, wie wir das hier beenden sollen. Wenn du möchtest, muss es nicht das Ende sein. Du kannst mich mit weiteren Fragen kontaktieren oder mit allem anderen.«

»Das wäre schön.«

Weil ja der Tisch zwischen ihnen stand, musste eine Umarmung eine linkische Sache werden, aber andererseits war alles an dieser Aktion linkisch und unbeholfen, also beugten sie sich beide vor und versuchten es trotzdem kurz.

Dann ging Isabel, und Ava wartete, bis sie wirklich weg war, bevor sie Jordan und CJ schrieb. Dreißig Sekunden später kamen die beiden durch die Tür der Cafeteria.

»Wir waren gleich da draußen«, sagte Jordan.

»Alles okay?«, fragte CJ.

Ava merkte ihren Freundinnen an, dass sie sich bemühten, sie nicht zu bedrängen. Aber es war auch offensichtlich, dass sie eigentlich genau das am liebsten getan hätten. »Ja«, sagte Ava. »Alles okay. Mir … geht's gut. Aber lasst uns von hier verschwinden. Ich bin bereit, nach Hause zu fahren.«

KAPITEL 20

Die Mädchen kamen spät am Sonntagabend aus Stanford zurück. Am nächsten Morgen wachte Ava in einer ihrer Griselda-Stimmungen auf. Die Gefühle am Wochenende und dazu die Erschöpfung waren einfach zu viel. Diesmal hatte sie jedoch keine Angst. Oder nicht so viel Angst. Sie wusste, dass sie das durchstehen würde. Sie wusste auch, dass sie um Hilfe bitten musste. Sie fand ihre Mutter in der Küche und sagte ihr, dass sie heute nicht zur Schule gehen würde, und einen Termin bei Dr. Clifford brauchte. Danach brach ziemlich schnell auch alles andere aus ihr heraus. Das Angebot von Logan Diffenderfer. Der wahre Grund für das Stanford-Wochenende. Isabel Castillo.

Ihre Mom machte große Augen, aber sie flippte nicht aus. Zumindest nach außen hin nicht. Sie meinte zu Ava, dass sie in der Schule anrufen und sie krankmelden würde. Danach würde sie sich bei Dr. Clifford nach dem nächstmöglichen Termin erkundigen. Sie schlug eine Familiensitzung vor, und das hielt auch Ava für eine gute Idee. Sie kroch wieder ins Bett, während ihre Mom telefonierte.

Nicht lange danach klopfte es leise an ihre Tür. »Kann ich reinkommen?«

Ava antwortete: »Ja.«

Ihre Mom setzte sich auf die Bettkante. »Dr. Clifford hat gesagt, dass sie später heute noch Zeit für uns hat.«

Ava drehte sich zu ihr um. »Musst du denn nicht zur Arbeit?«

Ihre Mom strich das Haar aus Avas Gesicht und hinter ihr Ohr. »Ich hab mich auch krank gemeldet.«

»Das hättest du nicht tun müssen.«

»Ach, Ava. Wir stecken da doch beide drin, okay?«

Ava nickte. Für mehr fehlte ihr die Energie.

»Ich weiß, es ist nicht so gut wie mit deinen Freundinnen, aber wenn du möchtest, kann ich mich ein bisschen zu dir legen. Außer du möchtest lieber allein sein.«

Ava schüttelte den Kopf. »Nein. Bleib.«

Avas Mom krabbelte zu ihr ins Bett und schmiegte sich an sie. Sie sagte nichts, aber Ava fühlte sich mit ihr ein bisschen sicherer.

»Es tut mir leid, Mom. Es tut mir so leid, dass ich es dir nicht gesagt habe.«

»Mir tut es leid, dass ich *dir* nichts gesagt habe. Von Isabel. Und von den Briefen.«

»Du konntest doch nicht. Das verstehe ich. Danke, dass du sie geschrieben hast. Und, Mom?«

»Ja, Süße?«, sagte sie und strich Ava über den Rücken.

»Danke, dass du dafür gekämpft hast, dass ich in den Kursen für Begabte bleiben konnte.«

Die Miene ihrer Mutter veränderte sich. »Du hattest es verdient, dort zu sein. Eine Depression ist nicht deine Schuld, und ich konnte doch, verdammt noch mal, nicht zulassen, dass sie dich dafür bestrafen.«

Ava hatte ihre Mom noch nie fluchen gehört. Es gefiel ihr. Während sie neben ihr lag, starrte Avas Mom an die

Zimmerdecke. »Es tut mir leid, dass ich es nicht gleich kapiert habe.«

»Was meinst du?«

»Als das zum ersten Mal angefangen hat. Ich dachte, du wärst einfach nur launisch. Es kam mir vor wie normales Teenager-Zeug. Dann wurde es schlimmer, und ich dachte immer noch, wir kämen damit alleine klar. Im Internet hatte ich diesen Artikel gelesen, in dem stand, man soll kein Gluten essen. Das war Unsinn. Dann diese Studie, in der es hieß, Endorphine würden helfen. Da dachte ich, wenn ich dich bloß vor die Tür und in Bewegung kriege.«

Ava drehte sich um und sah ihrer Mom ins Gesicht. »Hast du deshalb immer versucht, mich zum Joggen mitzunehmen?«

»Ich weiß, das war lächerlich.«

»Nein. Es ist … du hast es eben versucht. Du wusstest es halt in dem Moment nicht besser.«

»Ich glaube, ich habe nur bewirkt, dass es dir noch schlechter ging. Aber immerhin hat es mir geholfen. Ich hatte damals solche Angst und war so überfordert. Das Joggen hat mir echt geholfen.«

»Das freut mich.«

»Dich kriegen wir auch wieder hin. Wir werden rausfinden, wie das geht.« Ihre Mom drückte sie an sich und hielt sie. »Ich bin für dich da. Solange, wie es braucht. Ich bin immer hier.«

Ava schloss die Augen, und zum ersten Mal seit Langem hatte sie das Gefühl, alles würde gut werden.

Jordan hatte seit dem Abend vor Marthas Wohnblock nicht mehr mit Scott gesprochen oder auch nur ein einziges Mal mit ihm geschrieben. Deshalb war sie auch so überrascht, eine Sprachnachricht von ihm vorzufinden, als sie ihr Handy nach dem Flug aus San Francisco in Cleveland wieder anmachte.

»Äh, hey, hier ist Scott. Mercer. Wie auch immer, kannst du mich zurückrufen?«

Er hatte ziemlich nervös geklungen und das machte wiederum sie ziemlich nervös. Es war zu spät gewesen, um ihn anzurufen, deshalb hatte sie sich vorgenommen, es gleich als Erstes am nächsten Morgen zu tun. Doch das war, bevor ihr kleiner Bruder total panisch zu ihr gelaufen kam, weil ihm eben erst eingefallen war, dass er ein Referat über die Great Depression, also die Weltwirtschaftskrise halten sollte. Das Einzige, was er bisher darüber wusste, war, dass sie in den USA begonnen hatte und irre deprimierend gewesen war. Jordan gab ihm einen Crashkurs und half ihm, Karteikarten zu schreiben, damit er sich auch alles merken konnte.

Dann würde sie Scott eben auf dem Weg zur Schule anrufen. Doch ihr Handy klingelte in dem Moment, als sie seine Nummer wählen wollte. Es war CJ. »Wussten wir, dass Marthas Mom sie wegen des Antrags auf finanzielle Unterstützung total im Regen stehengelassen hat?« CJ war an einem Ort, an dem es hallte.

»Nein. Was ist passiert?«

»Ich kenne nicht die ganze Geschichte. Diffenderfer hat mir davon erzählt. Ich hab mich heute Morgen mit ihm in der Cafeteria getroffen, um die Notizen von Geschichte am Freitag zu bekommen.«

»Ich bin schon fast an der Schule. Lass uns Ava abfangen und zusammen Martha zur Rede stellen. Liebevoll, natürlich.«

»Hast du Avas Nachricht nicht bekommen?«

»Nein. Was steht drin?«

CJ las sie vor. »›Ich bin in einer Griselda-Stimmung und bleibe heute zu Hause. Mom ist hier bei mir und macht das wirklich gut, also keine Sorge. Ich werde schon wieder. *Doppelter Händedruck*‹. Der Händedruck steht zwischen Sternchen, wie eine Tätigkeit.«

»Ja, das hab ich schon verstanden«, sagte Jordan. »Aber was ist eine Griselda-Stimmung?«

»Jetzt komm einfach her. Ich gehe schon mal Martha suchen.«

Martha erzählte ihnen von dem furchtbaren Gespräch mit ihrer Mom. Sie wirkte jedoch ganz okay. Seltsam okay. Sie fragten, was sie jetzt vorhätte, und sie meinte: »Keine Ahnung. Cleveland State, schätze ich mal. Selbst wenn ich nur ein Teilstipendium bekomme, kann ich es irgendwie hinkriegen, denke ich.«

Martha fand sich damit vielleicht ab, Jordan nicht. Sie war den ganzen Tag über wütend. Es war einfach nicht fair, dass jemandem wegen etwas so Dummem wie Geld sein Traumcollege entging. Martha hatte das nicht verdient. Sie war immer noch stinksauer deswegen, als sie nach dem Unterricht zu ihrem Auto ging. Ihr Telefon klingelte. Es war Scott. Den hatte sie völlig vergessen.

»Hi«, sagte sie und fühlte sich mies. »Sorry, dass ich noch nicht zurückgerufen habe.«

»Du weichst mir aus, oder?«

»Nein. Es ist nur dauernd was.« Sie stieg in ihren Wagen

und drehte, so schnell es ging, die Heizung hoch. Es war eiskalt.

»Ich habe mir schon Sorgen gemacht, du würdest denken, dass ich aus unangemessenen –«

Ihr Handy wechselte zu Bluetooth und sie verpasste dadurch die zweite Hälfte des Satzes. »Was?«

»Was meinst du mit *was*?«

»Ich hab dich kurz nicht gehört. Du warst weg nach« – ihr Herz schlug jetzt schneller – »unangemessenen.«

»Vielleicht war das gar nicht so schlecht.«

»Wieso? Was wolltest du mir denn sagen?«

»Vergiss es. Wie geht's dir? Du warst übers Wochenende weg?«

Jordans Fenster beschlugen, weil sie nicht losfuhr. »Ja. Ein Kurztrip mit meinen Freundinnen.«

»Cool. Wo wart ihr denn?«

»Äh … in Kalifornien.«

»Wow. Großer Trip. Das Wetter muss schön gewesen sein.«

»War es.« Jordan wunderte sich über die Richtung, die dieses Gespräch nahm. Er schien sie nicht wegen des Parks angerufen zu haben. Und wenn nicht aus diesem Grund, aus welchem dann?

»Hey, Scott. Was wolltest du vorhin sagen? Als ich dich kurz nicht gehört habe?«

Er hüstelte, und sie merkte, dass es ihm peinlich war. »Nichts. Vergiss es.«

Ihre Fenster waren jetzt komplett beschlagen. Sie konnte überhaupt nichts mehr sehen, was sich außerhalb des Autos befand. »Bitte sag's mir.«

Er seufzte, als würde er seinen Mut zusammennehmen.

»Wir haben seit dem Abend, als ich dich nach Hause gefahren habe, nicht mehr miteinander gesprochen. Aber ich habe an dich gedacht. Oft.«

Ihre Fenster beschlugen noch mehr.

»Gerade bevor deine Mitbewohnerin kam, dachte ich, wie cool du bist und …« Er lachte über seine eigene Verlegenheit. »Ach, was soll's. Jordan, hast du Lust, dieses Wochenende mal Abendessen zu gehen?«

Jordan schluckte. Schwer. »Du meinst, ein Date?«

»Ja. Ein Date?«

Jordan war noch nie nach einem Date gefragt worden. Also nicht richtig. Mit Logan hatte sich alles langsam entwickelt. Da war diese monatelange gewisse Anspannung gewesen, bis er eines Tages zu ihr rübergeschaut und gefragt hatte, ob er ihre Hand halten könne.

»Ich kann nicht«, sagte Jordan.

»Oh.«

Es tat ihr beinahe weh, Nein zu sagen. Aber das musste sie. Oder etwa nicht? Sie lagen zwar altersmäßig nicht so weit auseinander, doch ihr Alter spielte eine Rolle. Sie fühlte sich nicht mehr wie ein Kind, aber offiziell war sie eben noch minderjährig. Da fiel ihr etwas ein. »Ich meine, dieses Wochenende kann ich nicht. Aber in ein paar Wochen.«

»Oh«, machte er wieder und klang schon entspannter.

»Ja. Im Moment bin ich wegen einer Sache sehr beschäftigt. In drei Wochen, werde ich … nicht mehr so beschäftigt sein.« Sie nannte ihm ein genaues Datum.

Er meinte, er würde es sich in seinem Kalender notieren. Sie versicherte, sie würde das Gleiche tun. Aber das brauchte sie nicht. Es war ein Datum, das sie sowieso nicht vergessen würde: ihr achtzehnter Geburtstag.

Nachdem sie aufgelegt hatten, saß Jordan noch eine Sekunde lang einfach nur da. Ihr ganzer Körper fühlte sich an, als stünde er in Flammen, dabei mühte sich die Heizung gegen die Kälte ab. Sie fantasierte ein bisschen von Scott, dachte an seine schönen blauen Augen und die schicken Anzüge. Auch daran, dass er erwachsen war und ihr das Gefühl gab, es auch zu sein.

Plötzlich wurde die Beifahrertür aufgerissen. Sie erschrak dermaßen, dass ihr ein Schrei entfuhr.

Martha sprang herein. »Sorry.« Hektisch rieb sie ihre Hände aneinander und blies darauf. »Es ist so scheißkalt da draußen. Kannst du mich bitte zur Arbeit fahren?« Martha drehte sich zu ihr und machte mit den Händen eine bittende Geste. »Ich fürchte nämlich, zu erfrieren, wenn ich jetzt auf den Bus warten muss.«

Jordan nickte. »Klar. Ja. Kein Problem. Überhaupt kein Problem.«

»Stimmt irgendwas nicht?«, fragte Martha und blies wieder auf ihre Finger.

»Nein. Gar nicht. Alles gut. Bestens. Und bei dir?«

»Meine Güte, ist das dampfig hier drin«, sagte Martha nur.

Jordan ließ den Motor an. Dann warf sie Martha einen Blick zu. »Ist die Mütze neu?«

Martha berührte die Strickmütze mit den Fingern. Sie war pink, verziert und entsprach so gar nicht Marthas Stil. Aber sie stand ihr gut.

CJ saß ganze zehn Minuten in ihrem Auto auf dem Parkplatz, bevor sie das Freizeitzentrum betrat. Sie wollte Wyatt so gern alles vom Wochenende erzählen. Dass sie es seltsam schmerzhaft empfunden hatte, Stanford zu besichtigen, und das Gefühl hatte, nicht gut genug zu sein. Davon, wie stark Ava gewesen war und wie stolz sie das selbst gemacht hatte. Wie sehr sie Martha vermisst hatte und wie deutlich ihr das bewusst gemacht hatte, dass sie nächstes Jahr alle an verschiedenen Orten sein würden. Sie wollte ihm sagen, dass sie sich überfordert fühlte und sich fürchtete.

Als sie schließlich den Mut aufbrachte, reinzugehen, begrüßten sie einander nur mit einem verlegenen Hallo.

»Hi, Clarke. Wie war Stanford?«

»Toll.«

Sie wollte ihm eine Million Sachen erzählen. Aber sie konnte nicht. Weil sie schon alles verbockt hatte.

Dakota kam aufgeregt angerollt.

»CJ. CJ! Meine Ex-Freundin hat Herpes.«

»Dakota!« Ihre Mutter war direkt hinter ihr. »Was hatte ich gesagt?« Margaret wandte sich an CJ, um es zu erklären: »Ihre Freundin, frühere Freundin, hat eine Fieberblase.« CJ sah, dass Margaret versuchte, erwachsen damit umzugehen, aber sie entdeckte auch ein winziges Lächeln in ihrem Gesicht. »Eine von der schlimmen Sorte.«

»Alle haben sich drüber lustig gemacht.« Dakotas Stimme zitterte vor Begeisterung. »Das war der beste Tag überhaupt. Jetzt glaube ich an Karma.«

»Ich fürchte, da hat jemand nicht die richtige Lehre gezogen«, bemerkte Margaret.

»Was denn? Ich hab nicht gelacht. Es hat mich nur gefreut, dass alle anderen es gemacht haben.«

Margaret zuckte mit den Achseln, und CJ wandte sich an sie: »Kann ich kurz allein mit Dakota sprechen?«

»Bitte, nur zu.«

Margaret machte ein paar Schritte beiseite, und CJ ging in die Knie, damit sie auf Augenhöhe mit Dakota war.

»Willst du mir jetzt eine Standpauke halten, dass man sich nicht über Leute lustig machen soll?«, fragte Dakota.

CJ schüttelte den Kopf. »Nein. Ich wollte dir erzählen, dass wir heute mit Volleyball anfangen. Ich weiß, das war der Sport, den du gemacht hast, als …« Sie musste den Satz nicht zu Ende bringen. »Ich glaube, es wird wirklich Spaß machen. Aber ich weiß auch, dass du keine guten Erinnerungen daran hast. Falls du also ein bisschen Zeit extra brauchst, bevor du da rausgehst, oder wenn du vor dem Spielen noch kurz reden möchtest – ich bin da. Okay?«

Dakota nickte. »Okay.«

»Ich glaube, du schaffst das.« CJ streckte ihr eine Faust hin. Dakota stieß mit ihrer dagegen.

Dakota spielte an diesem Tag nicht gerade mit großem Einsatz, aber sie spielte immerhin. CJ war stolz, und hätte sich gern mit Wyatt zusammen gefreut. Sie sah zu ihm hin und lächelte. Er lächelte nicht zurück, aber er schaute auch nicht weg. Dafür deutete er ein bedeutungsvolles Nicken an. Das gab ihr Hoffnung.

Als die Sportstunde vorbei war, blieb CJ noch da. Sie wollte ohne anwesende Eltern oder Jugendliche mit Wyatt reden.

»Hey«, sagte sie und ging auf ihn zu.

»Hey«, erwiderte er. »Heute lief es gut, finde ich.«

»Das finde ich auch.«

Sie dachte an alles, was sie ihm eigentlich sagen wollte. Dass er der freundlichste, witzigste und wunderbarste

Mensch war, der ihr je begegnet war. Dass sie nicht aufhören konnte, an ihn zu denken.

»Ich … ich …«, fing sie an und verstummte. Fing noch einmal an und verstummte wieder. »Ich bin echt froh, dass Dakota einen guten Tag hatte.«

»Ich auch«, sagte er.

Ihre Mom klopfte leise an Avas Zimmertür. Draußen war es grau, sodass Ava zuerst nicht wusste, ob es Abend oder schon wieder Morgen war.

»Da ist jemand, der dir deine Hausaufgaben bringen will.«

Ava schaute die Uhrzeit auf ihrem Handy nach. Abend. Es war früher Abend. Der Termin bei Dr. Clifford war kurz gewesen. Sie hatte Avas Medikamente angepasst und ihr ein Rezept für ein Mittel gegen Angstzustände mitgegeben. Sie hatte auch einen Termin für eine längere Sitzung in ein paar Tagen vorgeschlagen. Während Avas Mom zur Apotheke fuhr, war Ava wieder in ihr Bett gekrochen. Dort hatte sie den ganzen Nachmittag verschlafen.

»Ich habe ihm gesagt, dass es wahrscheinlich besser wäre, wenn er die Sachen einfach dalässt. Aber er fragte, ob er kurz Hallo sagen könnte.«

Er? Ava setzte sich auf. »Okay. Ich komme gleich.«

Im Wohnzimmer fand sie Logan Diffenderfer auf der leinenbezogenen Couchgarnitur. Er stand auf, als sie reinkam, und machte Anstalten, sie zu umarmen, aber dann entschied er sich doch dagegen. »Hi«, sagte er nur und setzte sich wieder. »Ich hab dir ein paar Nachrichten geschickt, aber du hast nicht reagiert.«

»Ich habe den ganzen Tag noch nicht auf mein Handy geschaut.«

Sie konnten Avas Mom in der Küche herumhantieren hören. In Anbetracht der Tatsache, dass sie überhaupt nicht kochen konnte, durchschaute Ava, dass das nur Tarnung war, um in der Nähe zu bleiben.

»Meine Mom meinte, du hättest mir Hausaufgaben gebracht?«

»Nicht wirklich. Steht ja alles online. Ich brauchte nur eine Ausrede, um dich zu besuchen.«

»Oh?« Ava war stolz darauf, dass sie seinem Blick standhielt. »Warum?«

Logan rutschte unbehaglich herum. »Äh … also … ich, ähm …« Ava hatte Logan noch nie so verlegen gesehen. Das war seltsam, aber auch irgendwie charmant. »Ich hab mir Sorgen um dich gemacht. Das war so ein bedeutsames Wochenende. Und dann sagte Jordan, du wärst heute krank. Als du dann nicht auf meine Nachrichten geantwortet hast …«

»Ich bin nicht krank. Ich meine, genau genommen schon. Aber ich hab keine Grippe oder so was. Ich habe eine Depression.«

»Oh«, sagte er. »Das wusste ich nicht.«

»Das wissen auch nicht viele. Bisher war es mir peinlich, aber jetzt nicht mehr. Es ist nun einmal das, was ich habe.« Es fühlte sich gut an, das laut auszusprechen.

Falls Logan entsetzt war, ließ er es sich nicht anmerken. »Ich bin froh, dass du es mir gesagt hast.«

»Logan«, sagte sie, »willst du immer noch wissen, warum ich dich hasse?«

Er antwortete ohne Zögern. »Ja.«

Ihre Mom kam aus der Küche und hielt einen Holzspatel wie ein Requisit in der Hand, was er ja auch war. »Kinder, möchtet ihr was zum Abendessen?«

Ava hätte ihrer Mom am liebsten den Hals umgedreht. Dann fiel ihr wieder ein, wie großartig sie heute gewesen war, und sie bekam ein schlechtes Gewissen. »Alles gut, Mom. Können wir bitte nur einen Moment unter vier Augen reden?«

Ihre Mom verschwand wieder in die Küche. Ava setzte sich neben Logan auf die Couch.

»Erinnerst du dich an die neunte Klasse, als die Schule mich aus den Kursen für die besonders Begabten nehmen wollte?«

Logan schien sich sichtlich unwohl zu fühlen. »Äh …«

»Ich weiß, dass du davon wusstest. Denn ich habe dich darüber reden gehört.«

Logan senkte den Blick. »Shit.« Sie merkte ihm an, dass er sich erinnerte. »An dem Tag war Geländelauf-Training.«

Sie nickte. »Ich hockte unter der Tribüne.«

»Warum?«

»Weil ich einen richtig schlechten Tag hatte und es im Unterricht nicht mehr aushielt. Ich hab gesagt, ich müsste aufs Klo, und am Ende hockte ich dort.«

Sie erinnerte sich daran, dass sie seine Stimme hörte. Sie erinnerte sich auch an die Pfeife der Trainerin. Die erschreckte sie, weil ihr klar wurde, dass der Unterricht zu Ende war. Sie hatte mehr als fünf Stunden lang unter der Tribüne gehockt. Das war der Moment, als sie begriff, dass irgendwas mit ihr gar nicht in Ordnung war. Sie versuchte zu sprechen. Sie versuchte, um Hilfe zu bitten. Sie würde Logan Diffenderfer ansprechen. Er war der Freund ihrer besten Freundin. Er war keine Gefahr. Er würde ihr aufhelfen, und es wäre okay für sie. Doch es war nicht okay. Denn sie hörte Logan lachen. Über sie.

»Du hast mich eine Idiotin genannt«, sagte Ava.

Logan schüttelte den Kopf. »Shit. Ava. Das hatte überhaupt nichts mit dir zu tun.«

Ava erinnerte sich noch genau daran. Sie starrte auf die Erde und realisierte, dass sie nicht aufstehen konnte, wenn Logan gleichzeitig über sie redete. Sie erinnerte sich noch an den exakten Wortlaut: »Ich kann echt nicht begreifen, wie sie so eine Idiotin sein kann und es der Schule einfach egal ist.« Er redete mit Malik und Grayson aus seiner Mannschaft. Die lachten auch über sie. »Sie ist so offensichtlich dumm, hatte Logan gesagt. Der einzige Grund, warum sie sie bleiben lassen, ist ihre Mom.«

Ava erinnerte sich, den Kopf gehoben zu haben, als sie das hörte. Hätte sie damals die emotionale Energie besessen, dann hätte sie selbst infrage gestellt, warum die Schule ihre Drohung, sie aus den Kursen für besonders Begabte zu nehmen, nicht wahrmachte. Aber das hatte sie nicht. Also wusste sie es nicht. Nicht bis sie es von Logan Diffenderfer hörte. »Sie hat sich praktisch eine Anwältin genommen. Hat ihre Mom hergeschickt, damit sie die Direktorin anschrie. Ich hab gehört, ihre Mom hat so was gesagt wie: ›Wenn Sie meine Tochter da rausnehmen, mach ich ihnen das Leben mit lauter Prozessen zur Hölle, blablabla.‹« Logan hatte eine gar nicht schlechte Imitation ihrer Mom zum Besten gegeben. »Das ist der einzige Grund, warum man sie nicht rausgeworfen hat. Aber das hätten sie besser tun sollen. Die ist so was von dumm. An manchen Tagen schaue ich sie an und frage mich: ›Kannst du überhaupt lesen und schreiben?‹«

»Du bist keine Idiotin«, sagte Logan auf der Couch neben ihr. »Du warst nie eine Idiotin. Der Idiot war ich.«

»Ich weiß«, sagte Ava mit einem schwachen Lächeln. »Aber ich habe fast vier Jahre gebraucht, um dahinterzukommen. Ich wusste nicht, dass meine Mom die Direktorin angeschrien hatte. Ich kam mir so dumm und schwach vor. Und das zu einer Zeit, als ich mir sowieso schon dumm und schwach vorkam.«

»Du bist nichts von all den Sachen.« Logan seufzte. »Alles, was ich gesagt habe, hatte nichts mit dir zu tun.«

»Warum hast du es dann gesagt?«

Logan stand auf und ging zum Kamin. Er legte eine Hand an seine Schläfe, als könne er es selbst nicht glauben. »Weil man mich gedemütigt hat. *Ich* wurde aus den Kursen für die besonders Begabten genommen und Malik zog mich deshalb auf. Es war mir peinlich.«

Ava hatte davon nichts erfahren.

»Aber es war meine eigene Schuld. Ich war zu faul zum Lernen. Doch Mrs Geller mochte mich, und sie fand, ich sollte nicht so streng bestraft werden. Also erzählte sie meinen Eltern, was deine Mom gemacht hatte.«

Mrs Geller hatte in der Neunten Englisch für die besonders begabten Schülerinnen und Schüler unterrichtet. Ava hatte sich bei ihr immer unwohl gefühlt. Man merkte ihr an, dass sie Depressionen nicht ernst nahm. Eine Zeitlang hatte Ava deshalb auch geglaubt, sie wären eigentlich nicht der Rede wert.

»Sie dachte, sie würde mir damit helfen«, erzählte Logan weiter. »Sie sagte, wenn meine Eltern bei der Direktorin Terror machten, würde man mich auch bleiben lassen. Aber meine Eltern waren dazu nicht bereit. Sie meinten, es wäre meine eigene Schuld und ich müsste eben die Konsequenzen tragen. Da hatten sie recht. Für den Rest des Halbjahrs musste ich die Kurse wechseln. Dann habe ich mich auf meinen Hosenboden gesetzt und bewiesen, dass man mich wieder zurück in diese Kurse lassen sollte.«

Ava erinnerte sich nicht daran, dass er nicht mehr in den Kursen gewesen war. Diese Phase ihres Lebens war einfach zu verschwommen.

»Ich hatte ja keine Ahnung«, sagte Ava.

Logan kam zurück zur Couch und setzte sich wieder neben sie. »Ich wünschte, ich hätte Bescheid gewusst. Ich wünschte, du hättest was gesagt. Ich dachte immer, du wärst einfach eine –«

»Bitch?«, fragte Ava.

»Nur mir gegenüber. Ich kam nicht drauf, was ich dir getan hatte. Es tut mir leid, Ava. Ich war ein Idiot und es tut mir leid, dass ich dich verletzt habe.«

»Ich nehme deine Entschuldigung an.«

»Freunde?«, fragte er.

Sie nickte. Er streckte ihr seine Hand hin und sie schüttelte sie.

»Freunde«, sagte sie.

Sie hielten sich noch einen Moment lang fest, bis beide gleichzeitig losließen.

KAPITEL 21

Die nächsten drei Wochen bis zu den Stichtagen für die Collegebewerbungen waren die härtesten, an die CJ sich erinnern konnte. Abgesehen von den Anfangstagen von Avas Depression, der Scheidung von Marthas Eltern und dem Tag, als Jordan mit dem Fuß in einer Rolltreppe des Einkaufszentrums steckenblieb, was vielleicht nicht so dramatisch klingt, aber tatsächlich total furchteinflößend war. CJ versuchte, sich ins Gedächtnis zu rufen, dass die Aufnahme in ein College keine Sache auf Leben und Tod war. Bisher funktionierte das nicht sehr gut.

An dem Tag, als die Bewerbung für Stanford fällig war, aßen die Mädchen wie immer mittags zusammen in der Cafeteria. Jordan scrollte beiläufig durch Instagram, als sie sich plötzlich kerzengerade aufrichtete. »Die Umfrageliste für die Superlative unter den Seniors ist draußen.« Sie hielt ihr Handy in die Höhe, damit alle die E-Mail vom Jahrbuch-Komitee sehen konnten. CJ fasste das schlechte Timing nicht. Als ob sie nicht schon genug davon gestresst wäre, über ihre Zukunft nachzudenken, musste sie sich jetzt auch noch Gedanken über den Eindruck machen, den sie hinterlassen wollte. Sie schnappte sich Jordans Handy und ging die Liste durch, um irgendwas zu finden, das nach ihr klang. **Beste Haare, Beste Augen, Beste(r) Sänger(in), Bestes Outfit, Beste Figur**. Sie verschränkte die Arme vor dem Bauch. Sie war nichts davon. Also suchte sie weiter. **Mehr als wahrscheinlich eines Tages am Broadway, Mehr als wahrscheinlich irgendwann in einer Reality Show zu sehen, Mehr als wahrscheinlich Job an der Wall Street**. Sie wollte ihren Mitschülerinnen und Mitschülern als jemand Besonderes in Erinnerung bleiben. Endlich fiel ihr Blick auf die perfekte Kategorie. **Mehr als wahrscheinlich eines Tages Präsident(in)**. Das war's. Laut fragte sie sich, ob es stillos wäre, für sich selbst zu stimmen.

»Ja, das ist stillos«, sagte Martha.

Jordan nahm ihr das Handy wieder weg. »Wenn's wahr ist, finde ich es nicht stillos.« Sie tippte ihren Namen in die Kategorie Bestes Outfit.

»Es ist trotzdem stillos«, beharrte Martha.

»Warum?«, fragte CJ. »Würde ich tatsächlich als Präsidentin kandidieren, würde ich ja auch für mich stimmen. Ich würde einen ganzen Wahlkampf führen. Warum kann ich das nicht bei den Highschool-Superlativen? Obwohl, beantworte das gar nicht. Denn ich kenne die Antwort schon. Es liegt daran, dass man uns Frauen ständig eintrichtert, dass wir nicht für uns selbst eintreten sollen. Wir sollen nicht verlangen, was uns zusteht. Tja, aber wisst ihr was? Das steht mir zu. Ich hab's verdient, und ich verlange es.«

CJ stand unter Druck. Das war ihr nur zu bewusst. Sie stand total und absolut unter Druck. Es lag an der Bewerbung für Stanford. Sie hatte immer noch keine einzige Zeile des Essays über ihre transformative Erfahrung geschrieben, der heute Abend losgeschickt werden musste. Ava sah sie an. »Wenn du dich nicht sofort beruhigst, zerdrücke ich eine von meinen Lorazepam-Tabletten und tu sie in deine Cola. Das schwör ich dir«, sagte sie.

»Kann ich eine haben?«, fragte Martha. CJ war sich ziemlich sicher, dass das nur zur Hälfte als Witz gemeint war. Martha hatte ihre Bewerbungen fertig, was für sie nicht schwer gewesen war. Aber wenn sie kein Vollstipendium oder mindestens annähernd so viel bekam, spielte es keine Rolle, wo sie genommen würde. Dann konnte sie da nicht hin. CJ wurde schon beim Gedanken daran wütend.

Als die Mittagspause fast vorbei war, fasste Ava CJ am Arm. »Ich muss kurz mit dir reden.« Sie zog sie in eine ruhige Ecke.

»Du musst mich nicht unter Drogen setzen«, sagte CJ. »Mir geht's gut. Versprochen.«

»Darum geht's nicht.« Ava schaute auf ihre Schuhspitzen. »Ich habe beschlossen, mich in Stanford zu bewerben. Bis gestern Abend war ich noch unentschlossen.«

CJ spürte, wie diese Nachricht sie bewegte.

»Ist das okay für dich?«, fragte Ava. »Ich habe das Gefühl, Stanford ist *dein* Ding.«

CJ schüttelte den Kopf. »Oh, Aves. Ich kann mir dich so gut dort vorstellen.«

Ava schaute wieder zu Boden. »Ich weiß auch nicht. Ich glaube, die RISD ist immer noch meine erste Wahl. Aber es hatte schon was, über den Campus zu laufen … sogar trotz allem anderen, was da noch los war …«

CJ nickte. Sie wusste genau, was Ava meinte. Stanford war wie Hogwarts mit Sonnenschein: Alles, was sie sich je gewünscht hatte.

Nach der Schule fuhr CJ direkt nach Hause und setzte sich vor ihren Computer. Ihr blieben noch acht Stunden.

Acht Stunden, um etwas zu schreiben, das Stanford davon überzeugen würde, einem Mädchen mit durchschnittlicher Punktezahl eine Chance zu geben.

Durchschnittlich. Das Wort passte zu ihr. Das wurde ihr jetzt klar. Und nicht bloß wegen ihres Testergebnisses. Sie war einfach genau das. Immer schon hatte sie davon geträumt, die Welt zu verändern. Sie zu einem besseren, freundlicheren Ort zu machen. Aber wie konnte ein durchschnittliches Mädchen das erreichen? Sie dachte an all die Stunden, die sie mit Freiwilligenarbeit verbracht hatte. Im Laufe der Jahre hatte sie jede sich bietende Gelegenheit genutzt. Sie hatte Notunterkünfte aufgebaut, Essen verteilt, Müll sortiert und Spendenaufrufe in Kuverts gesteckt. Aber die Welt war immer noch dieselbe. *Sie* war immer noch dieselbe.

Ihr Handy meldete eine Nachricht von Martha. Morgen war Jordans Geburtstag und sie hatten an einer Überraschung für sie gearbeitet. CJ antwortete auf die Nachricht und wandte sich dann wieder ihrem Computer zu. Sie las sich den Arbeitsauftrag noch mal durch:

Schildern Sie eine transformative Erfahrung und wie diese Sie zu dem Menschen gemacht hat, der Sie heute sind.

Sie dachte an Wyatt. Dann ging sie auf Instagram, um nicht mehr an ihn zu denken. Danach öffnete sie Snapchat, wo sie seit Monaten nicht mehr gewesen war. Schließlich schaute sie wieder auf ihren Bildschirm und versuchte, sich zu konzentrieren. Aber sie konnte nicht aufhören, daran zu denken, was er zu ihr gesagt hatte. Weil er recht hatte. Er *war* ihre transformative Erfahrung. Nur nicht auf die Weise, wie er es vermutet hatte. Ihr ganzes Leben lang hatte sie ihr wahres Ich hinter einer perfekten Fassade versteckt. Ein perfektes Mädchen mit einer polierten Liste von

Errungenschaften und Auszeichnungen. Er hatte das aufgebrochen und all ihre Schwächen und Unzulänglichkeiten gefunden, ihre Fehler, die sie immer mit so viel Erfolg kaschiert hatte. Er hatte sie gezwungen, sich ihnen zu stellen, und ihr geholfen, über sie zu lachen. Er hatte bewirkt, dass sie stolz darauf war, wer sie war. Wyatt hatte die wahre CJ ans Licht gebracht. Und es hatte sich herausgestellt, dass das die CJ war, die sie sein wollte. Sie war Durchschnitt. Und diesmal ließ sie das lächeln.

Sie beschloss, ihn anzurufen. Sie hatte den Daumen schon über seinem Namen, als sie innehielt. Sie legte das Handy weg, nahm es wieder, legte es erneut weg. Sie widmete sich ihrem Computer. Schrieb ein paar Worte. Löschte sie. Schrieb neue. Löschte sie. Dann griff sie doch wieder nach dem Handy und wählte. Es klingelte nur einmal.

»Hi«, sagte eine Stimme.

»Hey«, sagte sie. »Hast du Lust zu laufen?«

»Oh Gott, und wie«, sagte Logan Diffenderfer.

Jordan trug ein freizügiges Skaterkleid in ihrer Lieblingsfarbe Violett. Es war gerade im richtigen Ausmaß sexy. Dazu ihre kniehohen schwarzen Stiefel aus Wildleder-Imitat. Sie war nervös, als sie der Dame am Eingang des Restaurants ihren Namen sagte. »Ich bin Jordan. Aber die Reservierung lautet wahrscheinlich auf Scott.«

Ursprünglich hatte er für den nächsten Abend reserviert (den Abend ihres Geburtstags), aber sie hatte genug Geflüster mitbekommen, um zu wissen, dass ihre Freundinnen eine Überraschung für sie planten. Es ihm heute zu sagen, war sowieso fast noch poetischer, fand sie. Wenn das Date gut lief, konnten sie zusammen beobachten, wie der Zeiger vorrückte. Um Mitternacht würde sie achtzehn sein. Sie war so aufgeregt, endlich und offiziell erwachsen zu werden. In seiner Gegenwart hatte sie sich sowieso schon immer so gefühlt. Deshalb liebte sie auch ihre Gespräche. Er nahm sie ernst, behandelte sie gleichwertig, nicht wie ein Kind.

»Ah, ja«, sagte die Dame. »Ihr Date ist schon da.« Dann beugte sie sich mit einem verschwörerischen Lächeln vor und flüsterte: »Er hat um unseren besten Tisch gebeten.«

Jordan folgte ihr durch das von Kerzenschein erhellte Restaurant. Die meisten Tische waren für zwei gedeckt. Das war kein Ort für Geschäftsessen, sondern für Romantik.

Scott stand auf und begrüßte sie mit einem Kuss auf die Wange. »Du siehst unglaublich aus.«

»Danke schön.« Sie war nervös. Meine Güte, was war sie nervös. Bestimmt konnte das ganze Lokal hören, wie ihr Herz unter dem violetten Stoff des Kleids hämmerte.

Scott rückte den Stuhl für sie vom Tisch, und Jordan sah, dass bereits eine Flasche Champagner auf dem Tisch stand. »Oh, das ist wirklich schön.«

»Ich wollte etwas Besonderes. Wenn wir schon feiern.«

»Was feiern wir denn?«

»Ich habe Neuigkeiten zum Park.«

Damit hatte sie nicht gerechnet. »Was?«

»Ich glaube, du wirst dich sehr freuen, wenn ich es dir erzähle.«

Er versuchte, ihr ein Glas Champagner einzuschenken, aber sie schüttelte den Kopf. »Ich ... äh ... hab's nicht so mit Alkohol.« Da stellte er die Flasche wieder ab. »Was ist mit dem Park?«

»Ganz schön viel, um ehrlich zu sein«, sagte er. »Die Fragen der Bürgermeisterin haben eine ziemliche Wirkung entfaltet.«

Jordan schlug lässig die Beine übereinander, um nicht so gespannt zu wirken, wie sie war. »Ach ja?«

»Ja«, sagte er lächelnd. »Dein Wunsch wird tatsächlich wahr. Das Viertel wird keinen Park verlieren.«

»Willst du mich verarschen?« Das platzte so laut aus ihr heraus, dass einige Köpfe in dem ruhigen Restaurant sich in ihre Richtung drehten.

»Nein«, meinte er lachend. »Ich will dich nicht verarschen. Die Bauträgerin hat so viel Schiss vor dem Druck der Bürgermeisterin bekommen, dass sie fürchtete, der ganze Deal könnte platzen. Deshalb kam sie mit einem unglaublichen Vorschlag an. Der wird morgen offiziell bekanntgegeben.«

Jordan war vor Aufregung ganz hibbelig. Sie überlegte, sich selbst etwas Champagner einzugießen. Auf eine so gute Neuigkeit wollte sie dann doch mit ihm anstoßen.

»Wie auch immer«, sagte er. »Sie wird jedenfalls eine beachtliche Summe in die Hand nehmen. Für einen neuen Park.«

Jordan blinzelte. »Wie bitte? Was? Einen *neuen* Park?«

»Es gibt ein Stück Brachland, etwa eine halbe Meile vom alten Park entfernt. Eine große freie Fläche.«

Jordan kannte den Ort, von dem er sprach. Er war völlig zugewachsen mit Unkraut und voller Müll und weggeworfener Sofas. Früher hatten sie das Gelände oft durchstreift, bis Martha sich einmal an den rostigen Federn einer alten Matratze das Bein aufgerissen hatte und eine Tetanusspritze brauchte. »Das ist ein Müllplatz«, sagte Jordan.

»Das wird er nicht mehr sein, nachdem sie Geld reingesteckt hat. So bekommt das Viertel einen Park *und* einen Bürokomplex. Ein Gewinn für alle.«

»Nicht alle«, sagte Jordan.

Scott lehnte sich zurück und starrte sie an. »Jetzt bin ich verwirrt. Das Viertel bekommt einen Park. Ich dachte, du würdest begeistert sein.«

Es bekam einen Park. Nur nicht *ihren* Park. »Was ist mit dem Klettergerüst?«, fragte sie. »Was ist mit den Zwölftklässlern, die darauf gewartet haben, ihre Namen hineinzuschnitzen?«

Er zuckte mit den Achseln. »Wen kümmert das?«

Es kümmerte Jordan.

»Scott. Es gibt etwas, das ich dir sagen muss.«

Offensichtlich machte er sich keine großen Sorgen, was das sein könnte, denn er griff inzwischen nach der Speisekarte. »Klar. Was denn?«

Sie holte tief Luft. »Morgen habe ich Geburtstag. Also, heute Abend eigentlich. Um Mitternacht.«

Er schaute von der Speisekarte auf. »Happy Birthday. Dann können wir ja richtig feiern.«

Sie atmete aus. »Ich muss noch weiter ausholen. Der Park ist mir ein persönliches Anliegen. Deshalb wollte ich den Bezirksrat interviewen. Aber du hättest mich nicht mal zurückgerufen, wenn du gewusst hättest, wer ich bin. Also habe ich gelogen. Ich heiße nicht Jordan James, sondern Jordan Schafer.«

Er legte die Speisekarte weg.

»Ich habe gelogen, damit du nicht erfährst, wie alt ich in Wirklichkeit bin.«

»Und wie alt bist du?«

»Ich wollte nur, dass du mich ernst nimmst. Und das hast du getan. Und ich habe dich besser kennengelernt. Und du mich.«

»Jordan.« Seine Stimme klang nervös. »Wie alt bist du?«

»Um Mitternacht werde ich achtzehn.«

Scott schob seinen Stuhl so heftig zurück, dass er sein Champagnerglas umstieß. Die Flüssigkeit schwappte auf ihn und den Tisch. »Shit!« Er stand auf. Jordan auch. Sie schnappte sich ihre Serviette und versuchte, sein Hemd trocken zu tupfen. »Nein.« Er drehte sich weg. »Fass mich nicht an.«

Die Dame vom Empfang kam mit mehreren Servietten herbeigeeilt und bemühte sich, das Tischtuch zu trocknen.

»Ist schon gut«, sagte Scott. »Ich mache das. Bitte. Ist gut.«

»Scott.« Jordans Stimme stockte.

Die Dame zog sich so geübt und diskret zurück, dass man annehmen konnte, sie hatte schon mehr als einen peinlichen Moment zwischen Paaren miterlebt.

»Scott. Ich weiß, dass dich das überrascht. Aber ich bin doch immer noch dieselbe Person.«

»Nein.« Er flüsterte nur, aber es klang trotzdem panisch. »Bist du nicht.«

Jordan versuchte noch mal, ihm zu helfen, aber er wehrte sie ab.

»Hast du irgendeine Ahnung davon, was für einen Schaden du mir damit hättest zufügen können?«, sagte er und wischte immer wütender an seinem Hemd herum. »Meine politische Karriere wäre zu Ende gewesen, bevor sie überhaupt begonnen hat.«

»Wir haben doch nichts Unrechtes getan. Und jetzt bin ich eine Erwachsene. Oder werde es in ein paar Stunden sein.«

Scott sah sie mit einer Mischung aus Kränkung und Verwirrung an. »Eine Erwachsene? Jordan, du bist nur ein Kind.«

Als Nächstes nahm er genügend Geld für den Champagner aus seinem Portemonnaie und legte es auf den Tisch. Anschließend schnappte er sich seine Jacke und machte sich auf den Weg nach draußen.

»Scott. Scott, es tut mir leid.«

Jordans Stimme zitterte, und er blieb stehen. Dann drehte er sich noch einmal zu ihr um und sah sie an. Als ihre Blicke sich trafen, wurde seine Miene sanfter. »Happy Birthday, Jordan.«

»Danke«, flüsterte sie leise.

Dann war er verschwunden.

CJ und Logan legten die erste Runde in gemächlichem Tempo zurück, um ihre Beine aufzuwärmen. Der Abend war kalt und ihr Atem stieg in wallenden, weißen Wolken vor ihnen auf.

»Hast du deinen Essay fertig?«, fragte Logan.

»Nein.« CJ wollte jetzt nicht an den Essay denken. Sie wollte einfach nur laufen.

»Fast fertig?«

»Nein.«

CJ beschleunigte ihre Schritte. Logan passte sich ihrer Geschwindigkeit an.

»Bist du mit deinem fertig?«, fragte CJ.

»Ja. Es ist … geschafft. Mehr kann ich nicht behaupten. Nicht großartig, nicht schlecht. Nur geschafft.«

Sie merkte, dass er das Tempo anzog, und bewegte ihre Beine schneller.

»Ich hab Angst«, sagte CJ, als sie beide in den neuen Rhythmus gefunden hatten.

»Ich auch. Was, wenn ich lauter falsche Entscheidungen treffe?«

CJ machte sich eher Sorgen darüber, dass sie gar keine Entscheidungen zu treffen hätte. Sie hatte sich bei acht Universitäten beworben. Sieben davon gehörten zur ersten Liga. Was, wenn keine davon sie haben wollte?

Sie rannte schneller. Er passte sich ihrem neuen Tempo an. Dann lief er schneller und sie passte sich an. Das ging ein paar Runden so weiter. Tempo erhöhen und sich anpassen. Tempo erhöhen und sich anpassen. Sie sprachen es nicht aus, aber es war ein Wettkampf. CJ wollte gewinnen. Sie musste gewinnen. Sie rannte schneller und schneller. Logan neben ihr stolperte. Das war der Vorteil, den sie brauchte, um sich abzusetzen. Nachdem sie die imaginäre Ziellinie überquert hatte, explodierte sie fast vor Erleichterung. Sie konnte immer noch etwas gewinnen. Wenn sie sich genug anstrengte und schnell genug rannte, konnte sie immer noch gewinnen. Sie blieb stehen und drehte sich um. Logan war direkt hinter ihr.

»Oh«, sagte sie keuchend. »Ich dachte, du wärst weiter zurück.«

»Nein.« Er war auch atemlos. »Ich bin direkt hier.«

Man hätte nicht sagen können, wer sich als Erster zum anderen beugte. CJ wusste nur, dass sie eben noch gerannt waren und sich im nächsten Augenblick küssten. Ihre Lippen bewegten sich verzweifelt und suchend, so als bräuchten sie das beide dringender als je irgendwas in ihrem ganzen Leben. CJs Kopf war schlagartig herrlich leer. Sie war nur auf der Laufbahn, in genau diesem Moment, und sie küsste Logan Diffenderfer. Das nahm ihr allen Schmerz, alle Selbstzweifel und alle Angst.

Deshalb löste sie sich auch von ihm.

»Tut mir leid«, sagte sie, »tut mir so leid.«

CJ rannte den ganzen Weg bis nach Hause, setzte sich sofort an ihren Computer und schrieb den Essay.

Liebes Stanford-Zulassungskomitee,

das Erlebnis, über das Sie mich bitten zu schreiben, hatte ich noch nicht.

Ich bin noch nie in einem Krankenhaus aufgewacht und musste mir von einem Arzt sagen lassen, dass mein Leben sich für immer verändert hat.

Ich musste noch nie mit der Neuigkeit zurechtkommen, dass die Zukunft, für die ich so hart gearbeitet habe, aus finanziellen Gründen nicht mehr erreichbar ist.

Ich habe noch nie meine Mutter, die mich zur Adoption freigegeben hat, von der anderen Straßenseite aus beobachtet, weil ich dachte, schon ein kurzer Blick auf sie könnte mir dabei helfen, meine Welt zu verstehen.

Ich hatte auch noch nie das Gefühl, meine ganze Welt ginge mitten in einem Volleyballspiel in die Brüche.

Ich habe erlebt, dass Menschen, die mir am Herzen liegen, solche Erfahrungen gemacht haben, aber ich war maximal Zeugin dabei. Eine transformative Erfahrung hatte ich noch nie.

Ich weiß, es ist nur eine Frage der Zeit. Ich weiß, eines Tages wird das Telefon klingeln oder es wird an der Tür klopfen oder irgendetwas wird passieren, das mein Leben für immer verändert. Ich weiß, wie sich das auf mich auswirken wird, da ich weiß, wie es sich auf die Menschen, die mir am Herzen liegen, ausgewirkt hat. In gewisser Weise wird mich das stärker machen. In anderer Hinsicht wird es mich verletzlicher machen. Es wird etwas davon zurückbleiben. Auch im positiven Sinn. Es wird etwas sein, das mir passiert ist, aber nichts, was mich definiert. Es wird mich in mancherlei Hinsicht verändern. Vielleicht auch in vielerlei Hinsicht. Aber es wird nicht verändern, wer ich bin.

Daher sage ich aus Überzeugung, dass die Tatsache, so eine Erfahrung noch nicht erlebt zu haben, mich nicht weniger würdig macht, Ihre Institution zu besuchen. Ich weiß ja, dass eine einzige Erfahrung, eine einzige Punktezahl oder ein einziges Was-auch-immer mich nicht definiert. Ich weiß genau, wer ich bin. Ich bin ein Mensch, der es verdient, im Herbst in Stanford zu beginnen. Aber ich bin auch ein Mensch, der sich nicht von einer Absage definieren lassen wird, sollten Sie meine Meinung nicht teilen.

Hochachtungsvoll,
Clarke Josephine Jacobson

KAPITEL 22

Ava stand neben CJ und ging auf und ab, während CJ ihren Essay noch einmal Korrektur las. Es war kurz vor Mitternacht.

»Fast fertig«, sagte CJ.

»Keine Eile«, sagte Ava gelassen. Und das, obwohl sie sehr in Eile waren. »Da fehlt ein Komma«, sagte sie und zeigte auf die Stelle.

CJ fügte es ein und drückte dann auf den Button, um ihre Bewerbung offiziell hochzuladen. Sie hatte es zwanzig Minuten vor Ablauf der Deadline geschafft. Jetzt gab es noch eine weitere Deadline. Ava holte ihre Autoschlüssel heraus, CJ schnappte sich ihre Jacke und gemeinsam sprinteten sie nach draußen zu Avas Wagen. Sie überfuhr eine dunkelgelbe Ampel, und beide zuckten zusammen, als sie mit quietschenden Reifen viel zu schnell um die Kurve bogen.

Martha stand schon da, als sie am Bordstein anhielten.

»Entschuldige die Verspätung«, sagte Ava, als Martha eine der hinteren Türen öffnete.

»Das war meine Schuld«, sagte CJ.

»Fahr einfach!« Martha knallte die Tür zu, und Ava brauste wieder los.

Sie hatten nur noch ein paar Minuten, als sie in Jordans

Einfahrt bogen. Die Haustür war nicht abgeschlossen, genau wie Jordans Eltern es versprochen hatten. Martha öffnete sie so leise, wie das in der Eile eben ging. Ava zog den Reißverschluss der Reisetasche auf, die sie mitgebracht hatte, und teilte deren Inhalt unter ihnen auf. Dann blieben sie vor der Tür zu Jordans Zimmer stehen und warteten.

Jordan saß auf ihrer Fensterbank, schaute zum Mond hinauf und fragte sich, wie alles dermaßen hatte schiefgehen können. Gleich würde sie achtzehn. Noch vor ein paar Stunden hatte sie sich so reif und bereit gefühlt. Jetzt kam sie sich wie ein dummes kleines Mädchen vor. Sie sah auch wie eines aus, mit den bis zur Brust angezogenen Knien und den Ärmeln, die sie über ihre Hände gezerrt hatte. Ein flüchtiger Blick auf die Uhr ihres Handys: Ihr blieben noch dreißig Sekunden. Es war schon ein seltsames Gefühl, zuzusehen, wie die Sekunden verrannen, und zu wissen, dass sich absolut nichts in ihrem Leben ändern würde. Sie wäre immer noch dieselbe Jordan. Es würde keinen großen Moment der Klarheit geben. Keine wahrnehmbare Veränderung. Nichts Dramatisches würde passieren. Die Sekunden verstrichen. Drei ... zwei ... eins ... Sie war jetzt achtzehn, und alles blieb gleich.

In dem Moment flog ihre Zimmertür auf.

»Happy Birthday!«, riefen ihre Freundinnen im Chor. Ein lautes Popp-popp-popp ertönte, als sie Konfetti durch ihr Zimmer schossen. Sie sah, wie Ava, CJ und Martha auf ihr Bett sprangen, wo sie sie schlafend vermuteten. Sie lachte, als CJ sagte: »Ich glaube, hier ist sie nicht.«

»Hier drüben«, sagte Jordan und winkte von der Fensterbank. Jemand machte das Licht an. Jordan hatte gar nicht gemerkt, dass sie weinte, bis sie die Gesichter der anderen sah.

»Was ist denn los?«, fragte Martha.

Jordan zuckte mit den Achseln. »Lange Geschichte. Sind das etwa Cupcakes?«

Ava hielt die Kuchenschachtel in die Höhe. »Ja, sind es. Von Confectionary Cupboard. Ich hab genug gekauft, damit wir essen können, bis uns schlecht wird.«

»Perfekt«, meinte Jordan.

Ava stellte die Schachtel auf den Boden und alle Mädchen, von denen eines jetzt offiziell eine Frau war, setzten sich zu einem Mitternachtspicknick mit Cupcakes und Cola.

»Okay«, sagte Martha an Jordan gerichtet. »Das ist gut und schön, aber da sind Tränen auf deinem Gesicht. Erklär mal bitte.«

Jordan seufzte. »Du hattest recht. Scott ist ein Arschloch.« Aber das war nicht ganz fair. Sie seufzte noch mal. »Nein, ist er eigentlich nicht. Ich bin das Arschloch.«

Dann erzählte sie ihnen von dem Date, und man musste Martha zugutehalten, dass sie nicht triumphierte. Sie nickte nur und meinte, es täte ihr leid, als Jordan erzählte, wie weh es täte.

»Ganz ehrlich – ich glaube nicht mal, dass ich ihn so sehr mochte«, sagte Jordan. »Ich mochte nur die *Vorstellung* von ihm, wisst ihr? Das war so, als könnte ich für den Moment selbst erwachsen sein.«

Ava sprach mit dem Mund voller Zuckerguss. »Ich hab tolle Neuigkeiten für dich. Ab jetzt wirst du viele Momente als Erwachsene erleben.«

Jordan nahm sich einen weiteren Cupcake. Es war schon ihr dritter, und sie hatte nicht die Absicht, es dabei zu belassen. »Ich fühle mich aber wie ein Dummkopf.«

»Du bist kein Dummkopf«, sagte Martha mit solcher Überzeugung, dass Jordan ihr tatsächlich glaubte.

»Aber apropos Dummköpfe«, meldete sich CJ zu Wort. »Ich habe auch Neuigkeiten.«

Drei Kinnladen klappten runter, als sie ihnen berichtete, dass sie vor zwei Stunden Logan Diffenderfer geküsst hatte. »Wow«, machte Jordan. »Ähm … wow.« Sie rechnete eigentlich damit, eifersüchtig zu sein, aber als sie in sich hineinhorchte, stellte sie fest, dass sie es nicht war. Vielleicht war sie einfach nur geschockt.

Jordan bemerkte, dass Ava ziemlich konzentriert auf ihren Cupcake starrte. »Magst du ihn?«, fragte sie CJ. »Denn wenn du ihn magst …« Der Satz blieb unvollendet in der Luft hängen und schien CJ zu bitten, ihn zu Ende zu bringen.

»Tu ich nicht. Oder nicht *auf diese Weise*. Es war eher so ein Moment zeitweiliger Unzurechnungsfähigkeit, ausgelöst durch Stress. Und selbst wenn, könnte ich nie jemanden daten, der …« Sie drehte sich zu Ava und ließ jetzt ihrerseits einen halb fertigen Satz in der Luft hängen.

»Ich hasse ihn nicht mehr«, sagte Ava. »Also, wenn du ihn magst … Und er dich mag …« Jordan beobachtete Ava genau. Irgendwas an ihr war seltsam.

»Wie auch immer«, sagte CJ. »Ich will jetzt nicht mehr über Jungs reden. Ich will über unsere neueste Frau reden.« Sie hielt ihre Cola in die Höhe, um einen Toast auszusprechen.

Jordan bedeutete ihr, sie solle noch warten. »Moment«, sagte sie. »Es gibt noch etwas, das ich euch erzählen muss. Es geht um den Park.«

Rasch informierte sie die anderen und erklärte ihnen, dass der Kampf vorbei sei. Sie hatten verloren. Die Stadt würde einen neuen Park anlegen. Einen anderen Park. Einen, der nie ihrer sein würde. »Wir werden unsere Namen also nicht hinterlassen.«

»Vielleicht ist es das Beste so«, sagte Martha.

»Ja«, stimmte Ava ihr zu. »Es ist nur eine alberne Tradition. Wahrscheinlich sollten wir inzwischen über so was schon hinaus sein.«

CJ wandte sich an Jordan. »Du bist die einzige Erwachsene hier. Also sag du mir, kommt dir das Schnitzen unserer Namen in ein Klettergerüst immer noch wie eine große Sache vor?«

Jordan überlegte. »Nein«, sagte sie ehrlich. »Ava hat recht. Es kommt mir auch nicht vor wie etwas, das Erwachsene kümmern sollte. Aber das hier schon.« Beim letzten Satz nahm Jordan mit dem Finger eine Portion Buttercreme und schmierte sie CJ ins Gesicht.

CJ griff sich lachend einen Cupcake. Dann brach eine Buttercreme-Schlacht aus, die erst endete, als alle vollgeschmiert waren, und CJ so lachen musste, dass ihr Cola aus der Nase kam. Während sie anschließend dasaßen und sich die Gesichter sauber wischten, konnte Jordan sich gar nicht mehr vorstellen, warum sie es vor ein paar Stunden mit dem Erwachsenwerden so eilig gehabt hatte.

»Pack mal dein Geschenk aus«, sagte CJ schließlich.

Jordan zupfte vorsichtig am Geschenkpapier. Was auch immer sich darin befand, schien empfindlich zu sein. Als sie sah, was es war, überrollte sie eine Welle bittersüßer Emotionen.

»Das ist perfekt«, stellte sie fest. »Absolut perfekt.« Es war ein Formular für die Registrierung als Wahlberechtigte.

KAPITEL 23

Cleveland, Ohio
Drei Monate später

Der Schnee schmolz in diesem Jahr früh, und der Frühling kam, bevor irgendwer sich bereit dafür fühlte. Das war ja immer eine Jahreszeit der Veränderung, aber in diesem Jahr spürte CJ sie deutlicher denn je. Als die Narzissen ihre grünen Spitzen aus dem getauten Boden schoben, hätte sie sie am liebsten zurückgedrückt und dort festgehalten. *Gebt uns doch noch ein bisschen mehr Zeit*, wollte sie sagen. *Bitte. Nur ein bisschen noch.*

Die Stadt hatte den neuen Park offiziell angekündigt und einen Entwurf veröffentlicht, wie er aussehen sollte. Er würde wunderschön werden, auch wenn es nie *ihr* Park sein würde. CJ kam zu dem Schluss, dass das vielleicht okay wäre. Der Americans with Disabilities Act, also das Gesetz zum Schutz amerikanischer Menschen mit Behinderung, existierte noch gar nicht, als der alte Park angelegt worden war. Der neue würde einer ganzen Reihe von Bestimmungen genügen müssen. Sie erinnerte sich an die Unterhaltung mit Wyatt auf der Minigolf-Anlage. Nur 50 Prozent der Löcher mussten behindertengerecht sein. Sie recherchierte die Bestimmungen für Parks und fand, dass sie nicht gut genug wären. *Nicht gut genug. Nicht gut genug.* Der vertraute Refrain hallte in CJs Gedanken wider. Das war nicht gut genug. Doch was konnte CJ dagegen unternehmen? Sie war schließlich nur ein durchschnittliches Mädchen. Bei dem Ausdruck musste sie an Wyatt denken und lächelte. Sie entschied, dass sie es versuchen musste. Vielleicht würde sie scheitern. Wahrscheinlich sogar. Aber was, wenn nicht? Sie ging auf die Website der Stadt und fing an, Informationen abzuschreiben.

Eine Woche später hatte CJ ihren letzten Tag bei Sensational Recreational. Im Frühling machte das Programm Pause, weil die Stadt die Sporthalle für ein Hallenfußball-Turnier von Erwachsenen benötigte. Sie hatte schon mit Dakotas Mom darüber gesprochen, in dieser Zeit adaptives, also therapeutisches Reiten auszuprobieren. Dakota war von der Idee begeistert, und auch ein paar der Jungs wollten es mal versuchen. Sie verstand jetzt, warum Wyatt nichts davon hatte wissen wollen, doch das bedeutete ja nicht, dass es für Kids nicht doch von Nutzen sein konnte.

Sie fand Wyatt auf dem großen Spielfeld und ging auf ihn zu. In der Hand hielt sie einen großen Briefumschlag.

»Ist das ein Geschenk zum ›letzten Tag‹?«, fragte er.

»Nicht ganz. Weißt du schon, dass die Stadt einen neuen Park anlegt?«

Er nickte. »Habe davon gehört.«

»Der wird natürlich den neuen Richtlinien für Behindertengerechtigkeit entsprechen. Aber …«

Wyatt nickte. »Trotzdem wird er nicht hundertprozentig zugänglich sein.«

»Nicht mal annähernd«, sagte CJ. »Aber die Sache ist, es

wäre möglich. Es gibt bessere Ausstattung da draußen. Sie existiert.«

Wyatt zog eine Augenbraue in die Höhe.

»Frag gar nicht, wie viele Stunden ich recherchiert habe. Deshalb habe ich diese Woche kaum geschlafen.« Sie fühlte sich aber nicht müde. Im Gegenteil, eher lebendiger denn je. »Das Problem ist Geld«, sagte CJ. »Adaptives Equipment ist nicht billig.« Sie hatte die Bezirksratssitzung besucht, auf der das Thema diskutiert wurde. Sie hatte genau zugehört und geduldig gewartet, doch am Ende war sie enttäuscht. Denn es stellte sich heraus, dass das Budget es nicht hergab. »Aber«, so CJ, »sie würden es machen, wenn sie das Geld dafür hätten.«

»Ist das der Moment, in dem du mir erzählst, dass du Lotto gespielt hast, und den Gewinn lieber in einen inklusiven Park steckst statt in harte Drogen und schnelle Autos?«

»Ich bin zu jung, um Lotto spielen zu dürfen. Und ich glaube, du weißt, ich würde schnellen Autos den Vorzug geben vor einer Spielplatzausstattung für Kinder mit Behinderung.«

Er lächelte. »Also was steckt dann in dem Umschlag?«

»Ich habe eine gemeinnützige Organisation gefunden, die Geld sammelt, um städtische Budgets aufzustocken. Es ist nicht sehr wahrscheinlich. Die haben dieses Jahr nur die Mittel für einen einzigen Park. Wir müssen uns bewerben, und die müssen uns auswählen. Aber warum soll man es nicht versuchen? Ich habe alle Bewerbungsunterlagen schon ausgefüllt. Auf der Webseite heißt es, dass persönliche Briefe wirklich nützen. Dakotas Mom schreibt einen und ich will auch noch einige andere Eltern ansprechen. Aber ich dachte, da du der Leiter dieses Programms bist, hätte dein Wort großes Gewicht.« Sie gab ihm den Umschlag. »Hier drin sind alle Infos.«

»Clarke.«

Es fühlte sich so gut an, zu hören, wie ihr Name ihm über die Lippen kam.

»Natürlich werde ich einen Brief schreiben.«

»Und ich möchte, dass du weißt, ich mache das nicht aus schlechtem Gewissen. Ich mache es, weil die Kids das verdienen. Und okay, auch weil ich gerne gewinne und wirklich all die anderen Parks aus dem Rennen schlagen will. Aber vor allem mache ich es für die Kids.«

»Dann lass es uns diesen anderen Parks verdammt noch mal so richtig zeigen«, sagte er.

Sie nickte. »Danke.«

Hoffentlich wusste er, dass sie ihm für so viel mehr dankbar war als nur für diesen Brief.

3. April 2020. Dieser Tag würde allen für immer in Erinnerung bleiben. Er begann wie jeder andere, doch für jeden Senior an der William McKinley, der auf ein College wollte, würde er nicht so enden. Denn exakt um 19 Uhr Eastern Standard Time würde die Mehrzahl der Universitäten im ganzen Land ihre Informationen bezüglich Aufnahme und Ablehnung über ein Online-System bekanntgeben, in das man sich einloggen musste. Es gab allerdings immer noch einige Universitäten, die es lieber nach altmodischer Methode machten und E-Mails verschickten, die dann irgendwann im Laufe des Tages eintreffen würden. Die Boston University war eine davon. Ava, CJ und Jordan hatten sich

alle dort beworben. Ava klammerte sich noch an die kleine Hoffnung, dass sie auf diese Weise im kommenden Jahr doch zusammenbleiben würden. Martha hatte sich letztlich nur bei zwei Hochschulen beworben. Eine davon, das MIT, befand sich auch in Boston.

Die Schule war an diesem Tag hart. Die meisten Schülerinnen und Schüler waren viel zu aufgeregt, um irgendetwas zu lernen, und die Mehrzahl der Lehrkräfte machte nicht einmal den Versuch, sie zu ernsthafter Mitarbeit zu drängen. Es war auch einer der wenigen Tage, an denen alle ihre Mobiltelefone in der Hand halten durften. In Kunst, in der ersten Stunde, stellte Mrs Simon ihrem Kurs den Stil von Jackson Pollock vor. Anschließend ermutigte sie alle, ihre Aggressionen rauszulassen, indem sie Farben auf ihre Leinwände schleuderten. Ava wusste nicht, ob es am neuen Antidepressivum lag, das Dr. Clifford ihr verschrieben hatte, oder am Action Painting, aber sie erwartete erstaunlich gefasst, welche Neuigkeiten auch immer sie später bekommen würde. Neben ihr warf Logan einen riesigen Klecks dunkelblauer Farbe auf seine Leinwand. »Ich habe mir vorgenommen, die Farben von allen Universitäten zu verspritzen, die mich vielleicht ablehnen. Das ist Blau für die Duke.« Dann tauchte er seinen Pinsel tief ins Dunkelrot und schleuderte es energisch neben das Blau.

»Stanford-Rot?«, fragte sie.

Er nickte.

Es war Ava schon durch den Kopf gegangen, dass sie und Logan sich vielleicht nächstes Jahr auf demselben Campus wiederfinden könnten. Ihr war auch durch den Kopf gegangen, dass sie der Vorstellung nicht ganz abgeneigt war. Gegenüber Dr. Clifford gab sie sogar zu, dass sie ein winzigkleines Bisschen verknallt sein könnte. Nicht dass das eine Rolle spielte. CJ behauptete zwar immer noch, es sei ein Versehen gewesen, Logan zu küssen. Aber falls das nicht stimmte, wollte Ava sich ihr nicht in den Weg stellen. Sie beobachtete ihn dabei, wie er einen weiteren dunkelroten Farbklecks auf den Weg brachte.

Bis zur Mittagspause hatte noch niemand von der Boston University gehört. Die Mädchen waren dermaßen nervös, dass sie beschlossen, die fünfte Stunde zu schwänzen, obwohl das sonst nie ihre Art gewesen war. Aber wenn sie schon nur herumsaßen und sich verrückt machten, dann konnten sie das ebenso gut in der herrlichen Frühlingssonne tun.

Sie hatten sich auf dem Rasen der Sportanlage niedergelassen und versuchten, sich zwischen ständigen Blicken auf ihre Handys gegenseitig abzulenken. CJ drückte einfach ständig auf »Aktualisieren«. Man konnte ihr kaum dabei zusehen.

»Vielleicht sollten wir zu Denny's gehen«, schlug Ava vor. »Den restlichen Tag abschreiben und gegen unseren Frust anessen.«

»Ich bin ausgehungert«, sagte Jordan.

»Bin dabei«, meinte Martha.

»Klar«, sagte CJ. Sie tippte noch mal auf »Aktualisieren« und stand auf. »Oh mein Gott!«, kreischte sie, als eine neue E-Mail aufpoppte.

Jordan und Ava griffen schon nach ihren Handys. Jordan aktualisierte ihre Mails zuerst und sah die gleiche Mail, die CJ bekommen hatte. »Oh«, machte Jordan. »Meine Güte, CJ. Du hast mich vielleicht erschreckt.«

»Was?«, fragte Ava. »Ist es die BU?« Verstohlen tippte sie auf ihr eigenes Mailprogramm.

»Nein.« Jordan schaute von ihrem Display hoch. »Das Jahrbuch-Komitee hat allen Gewinnern der Superlative eine Mail geschickt.«

»Oh Gott«, sagte Martha. »Das ist eine so bescheuerte Sache.« Aber Ava sah, wie Martha selbst nach ihrem Handy griff und den Posteingang checkte.

»Ich bin die Bestangezogene, Bitches«, rief Jordan triumphierend.

Ava musste lächeln, als sie ihre Mail las. »Ich bin ›Mehr als wahrscheinlich der nächste Picasso‹.« Dann wandte sie sich an CJ. »Und was bist du geworden?«

CJ schmiss ihr Handy auf den Rasen. »Was spielt das für eine Rolle? Das Ganze ist so blöd.«

Martha stimmte ihr zu. »Da hast du recht. Total blöd.«

»Warum?«, fragte Jordan Martha. »Was bist du geworden?«

Martha legte ihr Handy ebenfalls weg. »Nichts. Ich bin gar nichts geworden.«

»Ärger dich nicht«, sagte Jordan. »Wir sind ein großer Jahrgang. Da wird nicht jeder irgendwas.«

CJ seufzte. »Sei froh, dass du gar nichts bist. Das ist so peinlich.«

»So schlimm kann's doch nicht sein«, sagte Ava. »Was bist du denn?«

»Ich sag's nicht. Es ist demütigend.« CJ drehte rasch ihr Handy um.

»Okay«, meinte Jordan. »Du musst es uns ja nicht sagen.« Doch dann packte sie blitzschnell CJs Arme und presste sie an ihre Seiten. »Ava, schnapp dir ihr Handy!«

CJ war viel stärker als Jordan und machte sich schnell los, aber da hatte Ava ihr Handy schon. »Ich hab's!« CJ machte einen Satz auf Ava zu, aber die rannte schon los. »Martha, fang!«

Martha streckte die Arme aus, und Ava warf. Es war ein fürchterlicher Wurf, aber Martha fing das Telefon mit einem Hechtsprung. Genau als CJ sie eingeholt hatte, drehte sie sich um und warf es Jordan zu. So ging es eine Weile weiter.

»Kommt schon, Leute«, sagte CJ. »Ihr wisst doch genau, dass ich viel sportlicher bin als ihr, oder?« Aber nachdem sie ein paarmal von einer zur anderen gerannt war, warf sie die Hände in die Luft. »Ach, ist mir doch egal. Dann lest es eben.«

Jordan war diejenige, die das Handy gerade hatte, als CJ aufgab. Sie öffnete die Mail ganz oben in CJs Posteingang und las sie im würdevollsten Ton des Jahrbuch-Komitees vor: »Liebe Clarke, wir bedauern, dir mitteilen zu müssen, dass das Zulassungskomitee der Boston University sich nicht in der Lage sieht, dir …« Schlagartig hörte sie auf vorzulesen. »Oh Shit. Falsche Mail. Shit, CJ. Shit, Shit, Shit. Hier.« Sie gab CJ ihr Handy zurück. »Tut mir leid.«

CJ nahm ihr Handy und las den Rest der Mail der Boston University. »Oh«, sagte sie tonlos. »Tja, Shit.«

Jordan warf Ava und Martha einen hilflosen Blick zu. Dann sah sie wieder CJ an. »Tut mir echt leid.«

»Nein. Ist schon okay. Das war sowieso nicht meine erste Wahl. Macht euch keine Gedanken. Aber ich weiß, dass du und Ava gerade vor Neugier sterbt. Also los.«

Jordan und Ava tauschten einen Blick.

»Los Leute«, sagte CJ. »Bitte. Ich weiß, ihr haltet es kaum aus. Checkt eure Handys.«

Jede griff schüchtern nach ihrem Telefon. Ihre Reaktionen

waren verhalten, aber CJ konnte trotzdem in ihren Gesichtern lesen. »Glückwunsch«, sagte sie.

»Danke«, meinte Ava kleinlaut.

»Ja, danke«, pflichtete Jordan ihr bei.

Als die Schulglocke klingelte, stand CJ auf.

»Pfeif auf die BU«, sagte Ava. »Kommt, lasst uns zu Denny's gehen. So ein Moment verlangt doch nach Moons Over My Hammies für alle.«

CJ schüttelte den Kopf. »Mir ist nicht danach. Ich gehe nach Hause.« Sie machte sich auf den Weg, drehte sich dann aber doch noch einmal um. »Ach, und wegen dem Jahrbuch. Ich bin die Längste. So wird mich der Jahrgang 2020 in Erinnerung behalten. Als die Längste.« Damit wandte sie sich ab und ging.

KAPITEL 24

Die Ticketkabine schien an diesem Abend kleiner zu sein als sonst. Martha saß auf dem kleinen Hocker in der winzigen Kabine, als sie sich ins Zulassungsportal des MIT einloggte. Es schien nicht angemessen zu sein, sich in einem so kleinen Raum zu befinden, wenn es um so große Neuigkeiten ging. Aber sie musste es jetzt wissen. Sie las sich die Nachricht nur einmal durch, dann steckte sie ihr Handy weg. Ihr war zum Heulen zumute.

Sie trommelte mit den Fingern auf die Theke und merkte gar nicht, wie Logan Diffenderfer ans Fenster kam.

»Einmal, bitte«, sagte er.

Martha nahm sein Geld und schob ihm die Eintrittskarte hin. Er lachte, als er den aufgedruckten Filmtitel las.

»Was?«, fragte Martha.

»Ich habe nicht mal nachgesehen, was für einen Film ihr heute zeigt.« Er hielt das Ticket hoch. »*Die Reifeprüfung*. Wie passend.«

»Hab ich noch nie gesehen«, sagte Martha.

»Ist heute Abend im Kino viel los?«

»Ist hier jemals viel los?«

Logan lächelte. »Dann musst du mir Gesellschaft leisten.«

Martha schloss die Ticketkabine ab und kam zu ihm ins

Foyer. Sie suchten sich zwei Plätze ganz hinten aus und machten es sich gemütlich, als der Vorspann begann. Dustin Hoffman tauchte auf der Leinwand auf, und dann herrschte einen langen Moment Stille.

»Ich liebe diese Eröffnungssequenz«, sagte Logan. »Man kapiert sofort, worum es geht. Dass das ein Typ ist, der keinen Schimmer davon hat, was er mit seinem Leben anfangen soll.«

»Das kann ich nachfühlen.« Sie dachte an das MIT, und wieder war ihr zum Weinen zumute. Die Stille im Film war beunruhigend und Martha begann, nervös zu werden. Gerade als man das Gefühl hatte, es wäre einfach zu lange still, setzte ein Song ein, den Martha schon immer gemocht hatte: *Hello darkness, my old friend.* »Du hast recht«, sagte sie. »Das ist sehr passend.«

»Hast du von den Universitäten gehört, bei denen du dich beworben hast?«, fragte Logan.

»Ich hab mich nur an zwei beworben. Cleveland State und MIT.«

Er hörte, wie bedrückt sie das sagte, und fragte sich, ob es schlechte Nachrichten gewesen waren.

Sie schüttelte den Kopf. »Ich bin bei beiden reingekommen.«

»Glückwunsch.«

Sie zuckte mit den Achseln. »An der Cleveland kriege ich ein Vollstipendium«, sagte sie. »Ich sollte einfach dorthin gehen. Das macht am meisten Sinn. Das MIT hat mir kein Stipendium angeboten.«

»Aber …?«, hakte er nach und sah sie immer noch an.

»Ich will nicht in Cleveland bleiben, Logan.« Sie wollte woanders hin und irgendetwas Neues ausprobieren. Sie wünschte sich etwas Größeres. Größer als die winzige Ticketkabine und das winzige Apartment und das winzige Leben, das sie führen würde, wenn sie blieb. »Und was ist mit dir?«, fragte sie.

»Ich bin in Stanford reingekommen.«

»Glückwunsch.«

»Danke, schätze ich mal. Ich bin auch noch in ein paar andere reingekommen. Aber meine Eltern erwarten von mir, dass ich mich für Stanford entscheide. Das wollen sie.«

»Und was willst du, Diffenderfer?«

»Das nicht.«

Logan richtete den Blick wieder auf die Leinwand. Der traurige Song lief immer noch. Es war der perfekte Soundtrack dafür, wie sie beide sich fühlten. Martha merkte, wie ihre Hände sich auf der Armlehne berührten. Das passierte aus Versehen, aber keiner zog seine Hand weg. Martha fand, das einzig Seltsame daran, mit Logan Diffenderfer im Dunkeln zu sitzen und über ihre jeweilige Zukunft zu reden, bestand darin, dass es sich absolut nicht seltsam anfühlte.

Als der Film zu Ende war, stand Martha nicht auf. Sie wusste, dass Logan gerne beim Abspann noch sitzenbleiben würde, wie er es immer machte. Es störte sie nicht. Sie dachte über den Film nach und darüber, dass man nie wirklich wusste, was das Leben noch mit einem vorhatte. Sie kam zu dem Schluss, das wäre okay. Das Rätselhafte war schließlich der halbe Spaß daran.

Martha drehte sich zu Logan. »Hey«, sagte sie, »wurdest du bei den Superlativen zu irgendwas gewählt?«

»Ja, aber es ist bescheuert.«

»Meins auch. Ich hasse es.« Sie hatte gelogen, als sie ihren Freundinnen sagte, sie sei nicht genannt worden. Es hatte sie zu wütend gemacht und gedemütigt, wie die anderen aus der Schule sie sahen. »Ich bin die, bei der es mehr als wahrscheinlich ist, dass sie nie aus Ohio rauskommt.«

Logan lachte leise. »Vielleicht haben die uns vertauscht.«

»Warum? Was bist du geworden?«

Martha spürte, wie sein Ellbogen ihren auf der Armlehne streifte, als er es ihr sagte: »Mehr als wahrscheinlich eines Tages Präsident.«

Jordan packte das Lenkrad fester. Sie machte sich Sorgen, noch einen Unfall zu bauen, wenn sie sich nicht voll konzentrierte. Der Brief der Northwestern ging ihr nicht aus dem Kopf: **Auf der Warteliste.**

Sie bog von der Hauptstraße ab und auf den Parkplatz des Bezirksbüros von Bezirksrat Lonner. Sie wusste, dass Scott für heute eventuell schon weg war, aber sie ging nicht davon aus. Er hatte ihr erzählt, dass er freitags erst gehen konnte, nachdem er alle Anliegen von Wahlberechtigten, die er im Laufe der Woche erhalten hatte, protokolliert und an den Bezirksrat gemailt hatte. Oft war diese Liste so lang, dass er bis Mitternacht daran saß.

Die nette Dame am Empfang war schon weg, und die meisten Büros lagen im Dunkeln. Jordan schaute am Empfangstresen vorbei und rief leise: »Hallo? Noch jemand da?«

Als keiner antwortete, ging sie weiter. Aus einem Büro drang noch Licht. Es war Scotts. Sie trat ein und sagte das Einzige, was ihr einfiel. »Hi.«

»Jordan.«

Sie hatte ihn erschreckt.

»Hi«, wiederholte sie noch mal.

Er blickte sich um, als könnten sie jeden Augenblick ertappt werden. »Du musst wieder gehen. Ich kann hier nicht mit dir reden.«

»Tatsächlich musst du sogar mit mir reden.«

»Jordan ...«

»Ich bin eine registrierte Wahlberechtigte in diesem Bezirk. Und ich habe ein Anliegen. Ich möchte dir sagen, warum ich glaube, dass der Memorial Park eine zweite Chance verdient hat.«

CJ saß bei geschlossener Tür in ihrem Zimmer und starrte die Vase an, die Wyatts Mom ihr geschenkt hatte. Sie beschloss, dass sie die mit ans College nehmen würde. Als perfekten Behälter für Stifte.

Zuerst loggte sie sich in das Zulassungsportal der Skidmore ein. Stanford würde sie sich bis ganz zum Schluss aufheben. Der Formbrief poppte sofort auf. **Wir bedauern** ... Weiter musste sie gar nicht lesen. Sie loggte sich in die nächste Hochschule ein. Dann in die übernächste. Die Absagen kamen schnell. Nur einmal las sie das Wort »beglückwünschen«. Doch sie nahm es kaum zur Kenntnis. Stanford war noch übrig. Sie sprach stumm ein Gebet, bevor sie sich einloggte. *Bitte bitte*, dachte sie.

CJ saß an dem Schreibtisch, den ihr Vater ursprünglich für ihre älteste Schwester gebaut hatte. Es war das Einzige wirklich passende, was sie von ihren Geschwistern geerbt hatte. So viele Stunden hatte sie schon lernend, Hausarbeiten schreibend und – statt auf Partys zu gehen – in

Vorbereitung auf die SATs daran verbracht. So hart hatte sie an diesem Tisch gearbeitet, dass es fast unfair war, hier zu sitzen, als Stanford sie wissen ließ: **Es tut uns sehr leid, Ihnen mitteilen zu müssen, dass wir Ihnen keine Zulassung zur Stanford University erteilen können.**

CJ knallte ihren Laptop zu.

Sie band sich gerade die Laufschuhe zu, als ihr Handy brummte. Sie schaute nicht einmal drauf. Das würde Ava oder Jordan oder vielleicht sogar Martha sein, die wissen wollte, wo sie reingekommen war. Sie konnte es ihnen nicht sagen. Noch nicht. Sie lief in die Küche, wo ihr Dad gerade Sport schaute und ihre Mom anfing, Abendessen zu machen.

»Ich gehe nächstes Jahr auf die Ohio State«, sagte sie. Die beiden schauten leicht verblüfft. »Nur dort bin ich reingekommen.« Ihr Dad machte den Ton am Fernseher aus, aber da war CJ schon halb zur Tür hinaus. »Jetzt gehe ich joggen.«

CJ kam zu dieser komischen Zeit nach Sonnenuntergang auf dem Sportplatz an, als die automatische Beleuchtung noch nicht angegangen war. Sie würde zwanzig Minuten in der Dunkelheit laufen. *Perfekt*, dachte sie. Alles, was sie wollte, war, laufen und sich von der Dunkelheit verschlucken zu lassen. Sie hatte erst ein paar Schritte zurückgelegt, als sie die Silhouette einer Person näherkommen sah. Das Gesicht konnte CJ im Dunkeln nicht erkennen, aber die absolut unverwechselbare Gestalt.

»Ich bin so froh, dass du hier bist«, sagte CJ.

Jordan setzte sich Scott gegenüber, während er nach seinem gelben, linierten Block und einem Stift griff. Sie holte tief Luft und erzählte, was der Park ihr bedeutete. Sie erzählte ihm von dem Tag, als sie ihre drei besten Freundinnen dort kennengelernt hatte. Sie erzählte ihm, wie sie sich zusammen ausgemalt hatten, ihre Namen auf dem Klettergerüst zu hinterlassen, wenn sie erst groß wären. Wie sie jeden Herbst eine oder zwei Wochen nach der Senior Night hingingen und mit den Fingern über die neuen Namen strichen. Dass sie sich überlegten und planten und darauf freuten, wie es sein würde, wenn sie selbst endlich damit an der Reihe wären. Sie erzählte ihm von ihrer Befürchtung, sich nächstes Jahr von ihren Freundinnen zu entfernen, wenn sie nicht mehr alle zusammen sein würden. Und dass das Schnitzen ihrer Namen ins Holz der einzige Weg wäre, um sicherzustellen, dass ein Stück von ihnen immer zusammenblieb.

Als sie fertig war, steckte Scott die Kappe auf seinen Stift. »Ich werde das in den PC schreiben«, sagte er. »Und ich leite es an den Bezirksrat weiter. Aber« – Scott legte den Stift beiseite – »nichts davon wird etwas ändern. Tut mir leid. Der Park wird plattgemacht.«

»Ich weiß«, sagte sie und stand auf. »Ich wollte nur die Chance, Gehör zu finden.« Jordan streckte ihm professionell die Hand hin. »Danke für deine Zeit.«

Scott ergriff ihre Hand und schüttelte sie.

»Bye, Scott«, sagte sie.

Als sie auf den Flur trat, hörte sie ihn ihren Namen rufen.

Sie drehte sich um.

»Wo wirst du nächstes Jahr aufs College gehen?«

Jordan überlegte. »George Washington University.«

Kaum hatte sie es ausgesprochen, wusste sie, dass das die richtige Entscheidung war. Selbst wenn sie über die Warteliste auf die Northwestern käme, würde sie sich für die George Washington entscheiden. Es schien eine Million Jahre her zu sein, dass Ms Fischer ihr die Broschüre gegeben und vorgeschlagen hatte, sie solle sich dort bewerben. Jetzt wusste Jordan, das war der richtige Ort für sie. Sie wollte nach Washington, D.C. »Du wirst eines Tages eine Wahnsinns-Journalistin sein, Jordan.«

»Vielleicht«, sagte sie. »Oder vielleicht werde ich was anderes. Ich habe mich noch nicht endgültig entschieden. Immerhin bin ich ja erst achtzehn.«

Ava musterte CJ in der Dunkelheit. »Wie konntest du mich überhaupt erkennen?«

»Weil keiner so klein ist wie du.«

Sie passten als Freundinnen in so vielerlei Hinsicht nicht zusammen. Die Größe war nur ein Aspekt. Aber dafür passte es in all den Bereichen, auf die es wirklich ankam.

»Ich bin bei dir vorbeigefahren, als du nicht ans Handy gegangen bist«, sagte Ava. »Deine Eltern machen sich Sorgen.«

»Dann haben sie dir wohl auch gesagt, dass ich nur von der Ohio State zugelassen wurde?«

Ava nickte.

»Das ist eine gute Universität«, sagte CJ.

»Ich glaube nicht, dass sie sich Sorgen machen, weil du auf die Ohio State gehen wirst.«

»Ich weiß. Sie haben Angst, dass ich zusammenbreche. Aber ich bin okay. Ich glaube, es ist der richtige Ort für mich.«

»Wirklich?«

»Ich arbeite daran, Frieden mit meinen Misserfolgen zu schließen. Es wird schon besser, glaube ich. Und was ist mit dir?«

»Oh, ich bin eine Meisterin der Misserfolge.« Aber Ava wusste, dass CJ etwas anderes meinte. »Du willst wissen, wo ich reingekommen bin.«

CJ nickte.

»Ich habe Absagen von Georgetown und Wellesley bekommen.«

»Idioten«, sagte CJ. »Ich bin mir ziemlich sicher, du möchtest nur, dass ich mich besser fühle, aber das sind wirklich Idioten. Was ist mit Stanford?«

»Da bin ich drin.«

»Glückwunsch.«

»Du kannst ruhig sauer auf mich sein.«

»Ich bin sauer, dass ich nicht reingekommen bin. Ich bin nicht sauer, dass du es geschafft hast. Ich bin richtig stolz auf dich.«

»Danke.«

»Und die RISD?«

Ava nickte. »Ja.«

»Verdammt, Ava.«

»Ich weiß. Und ich weiß noch nicht, was ich machen werde. Meine Mom meinte, sie unterstützt mich bei jeder Entscheidung.«

»Und glaubst du, das meint sie so?«

»Ja. Das glaube ich tatsächlich.«

Ava erinnerte sich an den Moment, als sie es erfahren hatte. Ihre Mom hatte neben ihr gesessen, als die Mail von Stanford auf dem Bildschirm aufpoppte.

Glückwunsch! Im Namen des Zulassungsbüros freuen wir uns, Ihnen die Zulassung zum Abschlussjahrgang 2024 in Stanford anbieten zu können.

Ava hatte aufgeschrien. Ihre Mom war cool geblieben. Das Pokerface hatte sie auch beibehalten, als die gute Neuigkeit von der RISD eintraf. »Sieht aus, als hättest du eine schwierige Entscheidung vor dir«, war alles, was sie sagte.

»Es *ist* eine schwierige Entscheidung«, stimmte CJ zu. »Ich schätze, das ist der Vorteil, wenn man nur eine Zusage kriegt. Bestimmt bist du deshalb total neidisch auf mich.«

»Und wie.«

Ava lachte, und CJ umarmte sie so fest und lange wie noch nie. »Hey«, meinte sie anschließend, »wenn's dir nichts ausmacht, dass ich frage: Nur weil ich total neugierig bin, wie ein erfolgreicher Essay für Stanford so klingt. Über was hast du geschrieben? In dem Essay über deine transformative Erfahrung?«

Ava wusste, dass alle vermuteten, sie hätte über den Moment geschrieben, als sie ihre leibliche Mutter traf oder über die Diagnose ihrer Depression. Auch wenn diese beiden Erlebnisse sicherlich transformativ waren, hatten sie ihr bisheriges Leben doch nicht so maßgeblich geprägt wie eine andere Sache. »Ich habe über jenen Tag im Park geschrieben. Als ich dich und Jordan und Martha kennengelernt habe.«

»Was?« CJ war maßlos erstaunt.

»Ja. Das hat praktisch mein ganzes Leben verändert. Ich wäre nicht diejenige, die ich bin, wenn ich euch drei nicht als beste Freundinnen hätte.«

CJ lachte. »Das ist eine so gute Antwort.«

»Warum lachst du dann?«

»Weil es so einfach ist. Und so perfekt. Und etwas, das ich auch hätte schreiben können.« Doch dann schüttelte sie den Kopf. »Nein, eigentlich doch nicht. Ich hätte ja nicht genauso darüber geschrieben. Ich hab dich lieb, Aves. Und ich bin superstolz auf dich.«

»Ich bin auch stolz auf dich.«

CJ lächelte. »Weißt du, irgendwie bin ich auch stolz auf mich. Hast du Lust, eine Runde zu joggen?«

»Definitiv nicht«, sagte Ava.

KAPITEL 25

Martha ging an den ganzen Geschäften von Old Navy und Chico's vorbei, bevor sie das Anwerbebüro der Army betrat. Der junge Sergeant stand auf, als sie hereinkam, aber sie ging auch an ihm einfach vorbei. Major Malone saß an ihrem Schreibtisch und erledigte irgendwelchen Papierkram, als Martha, nervös und angespannt, davor stehenblieb. »Hi«, sagte Martha, »haben Sie vielleicht eine Minute für mich?«

»Ich würde ja vorschlagen, dass du dich setzt, aber du wirkst ...« Sie musste den Satz nicht beenden. Martha konnte jetzt auf keinen Fall still sitzen. »Wie wär's mit einem Spaziergang?«

»Klar, ja.« Martha schob ihre Hände in die Hosentaschen. »Ein Spaziergang wäre gut.«

Es war ein schöner Frühlingstag, und sie gingen nach draußen, wo die Luft frisch war und alles blühte. »Also«, meinte Major Malone, »warum erzählst du mir nicht erst mal, wonach du suchst?«

Martha war zu nervös, um irgendetwas anderes als ehrlich zu sein. »Tja«, sagte sie, »im Grunde genommen bin ich auf der Suche nach jemandem, der mir das College bezahlt. Aber ... vielleicht auch mehr.«

»Okay«, sagte Malone. »Damit können wir was anfangen. Es gibt mehrere Optionen. Eine ist, du wirst Soldatin. Gib der Army fünf Jahre, danach kannst du über die GI Bill aufs College, und alles wird für dich bezahlt.«

»Ich glaube nicht, dass das MIT mir fünf Jahre Aufschub gibt.«

Malone blieb stehen und sah sie an.

»Was denn?«, fragte Martha.

»Du bist ins MIT reingekommen. Das ist echt beeindruckend. Was möchtest du denn studieren?«

»Maschinenbau. Oder zumindest glaube ich das.«

Malone lächelte freundlich. »Gut für dich. Und gut für die Army. Das sind Fähigkeiten, die wir brauchen. Ich habe auch keinen Zweifel, dass das MIT dich gerne noch mal zulassen wird, nachdem du fünf Jahre lang als Technikerin in der Army warst. Aber das scheint nicht das zu sein, was du willst.«

Martha schüttelte den Kopf. »Ich will aufs College. Ich möchte diese Erfahrung machen.«

»Dann lass uns über ein ROTC-Programm reden. Wir bezahlen deine Studiengebühren, und du schuldest uns nach dem Abschluss vier Jahre. Ein bisschen mehr, wenn wir dir auch noch die Graduate School oder eine Flugausbildung bezahlen sollen.«

Jetzt blieb Martha stehen. Eine *Flugausbildung*. Sie bekam Gänsehaut an den Armen. »Kann ich Sie mal was fragen?«

»Natürlich.«

»Wie ist das, einen Hubschrauber zu fliegen?«

Ein sehnsüchtiger Ausdruck huschte über Malones Gesicht. »Das kann ich nicht erklären. Es gibt ein paar Dinge, die kann man eigentlich erst verstehen, wenn man sie selbst ausprobiert hat. Würdest du das wollen?«

»Ich weiß nicht. Ich weiß nicht, was ich machen will.« Die Ungewissheit erschreckte sie mehr als alles andere. Aber gar nicht unbedingt im negativen Sinn.

Während sie weitergingen und sich unterhielten, musste Martha an all die Porträts von Frauen beim Militär denken, die sie gelesen hatte. Das war in den letzten paar Tagen gewesen, bevor sie genug Mut gefasst hatte, um das Rekrutierungsbüro zu betreten. Ursprünglich hatte sie sich all ihre Vorurteile über das Militär bestätigen lassen wollen. Aber stattdessen hatte sie Frauen bei Pride Parades gesehen, Frauen, die ihren Rang dazu nutzten, Veränderungen zu bewirken. Es gab Frauen aus gut gestellten finanziellen Verhältnissen und solche, die nichts besessen hatten. Sie hatte erwartet, einen bestimmten Typ Frau zu finden, und stattdessen hatte sie alles gefunden. Alles, außer einer Ausrede, sich mit Major Malone nicht zumindest mal zu unterhalten.

Martha hatte in ihrem Leben bisher nicht viele Wahlmöglichkeiten gehabt, und die, vor der sie jetzt stand, machte ihr Angst. Zugleich musste sie an den Menschen denken, nach dem sie benannt war. Wenn Leute an Martha Washington dachten, stellten sie sich fast immer die weißhaarige Ehefrau des ersten US-Präsidenten vor. Doch bevor sie Martha Washington wurde, war sie Martha Custis gewesen. Und davor Martha Dandridge. Und noch davor war sie Patsy. Nur ein kleines Mädchen aus einer großen Familie, das zu einer Zeit Lesen und Schreiben gelernt hatte, als das für Frauen nicht üblich gewesen war. Ein Mädchen, das mehr vom Leben wollte als nur das, was ihm angeboten wurde. Und das hatte Martha mit ihrer Urururururur-Großmutter gemeinsam.

Sie war mutig genug, mehr zu wollen, und sie war mutig genug, es sich zu holen.

CJ war schon so sehr an schlechte Neuigkeiten gewöhnt, dass sie fast nicht wusste, wie sie damit umgehen sollte, als an diesem Nachmittag die Nachricht mit der Post kam. Sie stand in ihrem Vorgarten und las sich den Brief immer wieder durch, bis sie überzeugt davon war, dass es stimmte. Anschließend lief sie direkt zu ihrem Auto.

Wyatt war der Erste, dem sie es erzählen wollte. Sie fuhr zu seinem Haus, klopfte an die Tür, und einen Augenblick später öffnete seine Mutter. »CJ, wie schön, dich zu sehen.«

»Ich freue mich auch. Ist Wyatt da?«

Katherine schüttelte den Kopf. »Er ist mit seinem Dad auf dem Campus.«

»Auf dem Campus?«

»Ohio State University.« Jetzt lächelte sie. »Er hat sich entschlossen, ab Herbst wieder hinzugehen. Heute erledigen sie irgendwelchen Papierkram und treffen jemanden aus dem Büro für Menschen mit besonderen Bedürfnissen. Bisher war die Hochschule großartig. Ich hoffe, das bleibt so.«

CJ wusste, dass es ihr nicht zustand, stolz auf ihn zu sein, aber sie konnte einfach nicht anders. Sie war es. »Wenn das okay wäre, würde ich gerne etwas für ihn dalassen?«

»Selbstverständlich. Ich sorge dafür, dass er es bekommt.«

»Eine Sekunde, bitte.«

CJ holte den Brief aus dem Umschlag und schrieb unten eine Nachricht drauf. Es war ein bisschen komisch, diese Worte zu schreiben, während sie so dicht neben Wyatts

Mom stand, doch Katherine sah bewusst nicht zu ihr hin. Als CJ fertig war, steckte sie den Brief zurück, bevor sie es sich noch mal anders überlegen konnte.

»Übrigens«, meinte CJ, »ich liebe diese Vase, die Sie mir geschenkt haben. Sie gefällt mir so gut. Und das mag jetzt ein bisschen kitschig klingen, aber sie erinnert mich daran, dass das Leben sich in einer Sekunde ändern kann, und dass es an uns liegt, damit klarzukommen, wenn es passiert.«

»Das freut mich sehr. Ich weiß, dass meine Töpferei alles andere als perfekt ist.«

»Gerade deshalb mag ich sie so. Die Vasen gehören zu den schönsten Dingen, die ich je gesehen habe.«

Wyatts Mom strahlte. »Danke, CJ. Das ist so nett von dir. Alle anderen sagen mir, sie würden wie Penisse aussehen.«

CJ lachte. »Überhaupt nicht.«

KAPITEL 26

Die Tage wurden länger, und die Luft feuchter. Der Sommer war unfassbar nah und alle wussten, was das bedeutete. Ihre Zeit als Seniors war fast vorbei. Jordan hatte Bauchschmerzen, als es daran ging, die Fotos für die Senior-Superlative zu machen. Und zwar war sie nicht nervös wegen ihres Outfits. Sie wusste, was immer sie aussuchte, würde jetzt umwerfend aussehen und völlig aus der Mode sein, wenn sie in zehn, zwanzig, dreißig Jahren zurückblickte. Nein, der Grund war nicht das Outfit, sondern dass Logan Diffenderfer das Foto machen würde. Und sie wusste, das war der perfekte Zeitpunkt, um endlich ehrlich mit ihm zu sein.

Sie traf ihn in der Aula. Dort baute er gerade ein provisorisches Fotostudio auf. Einen Moment lang beobachtete sie, wie er ein blaues Tuch als Hintergrund aufhängte und einige Lampen installierte. Er sah wie ein echter Fotograf aus.

»Hey«, sagte er, als sie auf ihn zuging. »Hab dich gar nicht reinkommen gehört. Perfektes Outfit.«

»Danke.«

Sie trug eine Corsage, die ihre Großmutter mit Trägern verziert hatte, und dazu einen Rüschenrock in Rot, Weiß und Blau, von dem ihr kleiner Bruder behauptete, sie würde aussehen, als wollte sie für die Präsidentschaft kandidieren.

»Setz dich, wann immer du so weit bist«, sagte er und deutete auf einen schwarzen Hocker vor dem Tuch.

Als sie dort Platz genommen hatte, kam er zu ihr, berührte ihre Schultern und drehte sie so, dass sie perfekt im Licht saß. »Genau so«, sagte er.

Er hob die Kamera und machte ein paar Testaufnahmen. Nachdem er sich die Digitalfotos angesehen hatte, schaute er zu ihr hin.

»Stimmt irgendwas nicht?«, fragte er.

Sie wusste, dass ihre Miene sorgenvoll aussah. »Ich muss dir etwas sagen, und das fällt mir ein bisschen schwer.«

Logan ließ seine Kamera sinken. »Was denn?«

»Als ich in der Neunten mit dir Schluss gemacht habe, da war der Grund dafür gelogen. Ich habe dir gesagt, ich würde dich nicht mehr mögen, aber das war eine Lüge. Mein Gott, es war eine richtig fette Lüge. Ich war total in dich verknallt.«

Logan legte seine Kamera auf einen Tisch. »Warum erzählst du mir das jetzt?«

»Tja, es gab einen ganz bestimmten Grund dafür, warum ich mit dir Schluss machen musste.«

»Es lag an dem, was Ava mich sagen gehört hatte, stimmt's?«

Jordan nickte. »Sie war so verletzt und machte eine so schwere Zeit durch. Und sie war – sie ist – eine meiner allerbesten Freundinnen. Da konnte ich nicht mit dir zusammen bleiben.«

»Das verstehe ich. Ich nehm's dir nicht übel.«

»Es ist mir echt schwergefallen, dich anzulügen. Ich wollte einfach nur, dass du das weißt.«

»Jordan –«

»Warte kurz. Ich muss das zu Ende bringen. Ich war sehr lange Zeit in dich verliebt.« Sie holte tief Luft. »Aber jetzt bin ich es nicht mehr. Du wirst mir als Freund immer was bedeuten, aber das ist alles.«

»Du bedeutest mir auch was als Freundin.« Logan lächelte herzlich, und sie wusste, er meinte es so.

»Das weiß ich. Du bist ein guter Typ, Logan. Und ich weiß, wenn du denken würdest, dass etwas mich verletzen könnte, würdest du es nicht tun. Was ich damit sagen will: Falls du dir Sorgen gemacht hast, ich könnte noch Gefühle für dich haben, und falls dich das davon abgehalten hat, etwas mit jemand anderem anzufangen ... dann muss dich das nicht abhalten.«

Logan lächelte. »Du bist wirklich ein guter Mensch, Jordan.«

»Ich weiß«, sagte sie, »und jetzt sorg dafür, dass ich fabelhaft aussehe.«

»Kannst du haben.« Er hob seine Kamera und drückte ab.

CJ saß an ihrem Schreibtisch und ging das Online-Vorlesungsverzeichnis der Ohio State durch, als ihr Handy klingelte. »Hey, Logan«, sagte sie. »Was gibt's?«

»Hast du eine Sekunde zum Reden?«

Das klang ernst. »Klar«, sagte sie ein bisschen besorgt. »Was ist los?«

»Wir haben uns geküsst«, sagte er nüchtern.

»Ich weiß.«

»Wir haben uns geküsst und dann nie darüber geredet.«

»Das weiß ich auch.«

»Können wir jetzt? Darüber reden?«

CJ ging zu ihrem Bett und ließ sich darauf fallen. »Klar.«

»Gut. Weil ich nämlich immer noch nicht weiß, ob es dir irgendetwas bedeutet hat oder ob es nur eine dieser Sachen war, die eben passieren.«

CJ starrte an die Zimmerdecke und suchte nach der besten Möglichkeit, ihm mitzuteilen, dass es ihr etwas bedeutet *hatte*. »Logan, ganz ehrlich, ich war an dem Abend so durch den Wind. Ich war überfordert und hatte Schiss und brauchte jemanden. Du warst für mich da, als ich das brauchte.« Sie war dankbar dafür. »Also, was ich damit sagen will, ist, es hat etwas bedeutet. Aber nichts Romantisches. Was ich an dem Abend wirklich brauchte, war ein Freund. Ansonsten war ich mit anderem Zeug viel zu beschäftigt.«

Durchs Telefon konnte sie Logan aufatmen hören. »Mir geht's exakt genauso.«

»Wirklich?« CJ seufzte erleichtert. »Ich komme mir so dumm vor. Weil ich einfach so überfordert war von den Collegebewerbungen und dem ganzen Druck, der auf mir lastete – «

»Ja. Genau!«

Logan sagte noch ein paar andere Dinge, doch die hörte CJ nicht. Denn genau in diesem Moment hätte sie schwören können, dass ein Pferd in ihren Vorgarten spazierte. Sie setzte sich auf. Das konnte doch kein Pferd sein. Sie trat ans Fenster und schaute hinaus. Das war definitiv ein Pferd. Direkt hier auf ihrem Rasen. Und das Pferd war nicht allein.

»Äh, Logan. Ich muss Schluss machen.« Sie legte auf, bevor er irgendwas antworten konnte.

CJ riss das Fenster auf. »Was zum Teufel machst du hier?«

»Clarke Josephine Jacobson«, sagte Wyatt, der im Sattel auf einem hübschen braunen Pferd saß. »Ich komme hoch zu Ross auf diesem mächtigen Tier, um euch eine Nachricht zu überbringen.«

CJ lächelte. »Ich bin gleich draußen.«

Als sie die Haustür aufmachte, erwartete Wyatt sie. Er hatte eine sehr imposante Pose à la George Washington eingenommen.

»Du spinnst«, sagte sie, als sie auf ihn zuging. »Wie hast du dieses Ding überhaupt hierher geschafft?«

»Dieses *Ding* heißt Cocoa Puff.«

»Hi, Cocoa Puff«, sagte sie. Dann blickte sie zu Wyatt hinauf und musste dabei tatsächlich den Kopf in den Nacken legen.

»So ist das also, wenn man größer ist als du«, meinte Wyatt.

»Jetzt mal ehrlich Wyatt. Wie hast du es geschafft, ein Pferd in mein Viertel zu bringen? Ich glaube, das ist hier nicht mal erlaubt.«

»Kannst du jetzt mal kurz das Fragen einstellen?«

CJ schloss mit großer Geste ihren Mund.

»Ich habe den Brief bekommen.«

CJ lächelte voller Stolz. Die gemeinnützige Organisation hatte sie ausgewählt. Ihr Park würde all das Geld bekommen, das nötig war, um ihn wunderbar inklusiv zu gestalten.

»Ich habe auch die Nachricht bekommen, die du unten auf den Brief geschrieben hast.«

Diesmal lächelte sie nicht. Sie war zu nervös wegen seiner möglichen Reaktion. Ihre Hand hatte gezittert, als sie schrieb: **Ich hätte dich damals auf der Toilette küssen sollen. Aber du hättest mich auch küssen sollen. Wir hatten beide Angst. Wie wär's, wenn wir uns zusammen fürchten würden?**

CJ schaute auf ihre Schuhspitzen. Überall auf dem frisch gemähten Rasen ihres Vaters waren Hufabdrücke. Das war alles so verrückt. »Willst du nicht irgendetwas dazu sagen?«, fragte sie schließlich.

»Nein, Clarke. Es gibt absolut nichts, was ich sagen will. Ich will dich nur küssen.«

Sie schaute hoch. Wyatt streckte ihr die Hand hin und CJ ergriff sie. Er drückte, sie drückte zurück. Zweimal.

»Was ist das?«, fragte er.

»So sagen meine Freundinnen und ich ›*I love you*‹.«

»Na dann, bitte sehr.« Er drückte ihre Hand auch zweimal.

Dann half er ihr hinter sich aufs Pferd. Sie schlang die Arme um ihn und er drehte den Kopf. Ihre Lippen fanden sich, als wäre es das Einfachste und Schönste der Welt.

Als sie sich schließlich voneinander lösten, sagte Wyatt: »Also … möchtest du in den Sonnenuntergang reiten?«

CJ nickte. »Ja. Ja, das möchte ich.«

Dann hielt sie sich an ihm fest und wollte ihn nie wieder loslassen.

Martha stand an der Glastür des Kinos und war schon ungeduldig. Logan verspätete sich. Sie könnte es ihm nicht verübeln, falls ihm doch noch Zweifel gekommen wären. Eine Sekunde später sah sie ihn um die Ecke biegen und halb joggend auf sie zukommen. Martha riss die Tür auf. »Du bist spät dran«, sagte sie.

»Ich weiß. Tut mir leid. Ich komme gerade von meinem Therapeuten.«

»Oh. Na dann. Ich dachte nur, du hättest es dir vielleicht anders überlegt.«

»Nope«, sagte er. »Ich bin hundertprozentig dabei.«

Martha holte tief Luft. »Ich kann nicht glauben, dass wir das wirklich tun.«

»Ich weiß«, sagte Logan. »Ich auch nicht. Ich glaube, es wird eine Menge geschockter Leute geben, wenn sich das rumspricht.«

»Pfeif drauf«, sagte Martha. »Die werden sich schon wieder einkriegen.« Sie tat noch einen tiefen Atemzug. »Okay, dann lass es uns offiziell machen.« Sie griff in ihre Tasche. »Das ist dein Mitarbeiterschlüssel.« Sie zog ihn von ihrem Schlüsselbund und gab ihn Logan. »Verlier ihn nicht, sonst zieht Ben dir fünfundzwanzig Dollar von deinem Lohn ab.«

»Werde ich nicht.«

»Wie haben denn jetzt deine Eltern reagiert? Als du ihnen gesagt hast, du würdest dir ein Jahr freinehmen und hier jobben?«

»Sie sind ausgeflippt. *Total* ausgeflippt, um ehrlich zu sein. Aber egal. Ich glaube, sie werden sich wieder einkriegen, sobald ich mich nächstes Jahr an Universitäten bewerbe. Und wenn ich vielleicht in eine gute Filmhochschule reinkomme, entspannen sie sich hoffentlich ein bisschen. Aber falls nicht, auch gut. Ist ja nicht ihr Leben.«

»Nein, das ist es nicht.«

Martha zeigte Logan alles und half ihm, die Popcornmaschine einzuschalten. Dann war für sie nichts weiter zu tun. »Okay«, sagte sie. »Ich glaube, das war's. Dann mach es mal gut.«

»Bis später«, sagte Logan.

Doch Martha verabschiedete sich nicht wirklich von Logan, sondern vom Kino. Es war gut zu ihr gewesen. Sie ging durch die Tür nach draußen und ließ sie hinter sich zufallen. Nur ein einziges Mal schaute sie sich noch um.

Dann nahm Martha ihr Handy aus der Tasche und sah sich die Nachrichten-Konversation mit Victoria an. Sie war inzwischen ganz schön lang, und sie brauchte einen Moment, um die Frage zu finden, die sie am liebsten immer wieder las. Die eine, für die sie all ihren Mut hatte zusammennehmen müssen.

Warst du verletzt, weil du Gefühle für Logan hast oder weil du Gefühle für mich hast? Das ist eine weitreichende Frage. Denn ich habe Gefühle für dich.

»Martha.«

Martha schaute hoch. Victoria stand an der Ecke und wartete auf sie. »Das hat aber ganz schön gedauert«, sagte sie.

»Was sollte ich machen? Jungs brauchen eben immer länger, bis sie Sachen lernen.«

Victoria schnaubte. »Männer.« Dann streckte sie ihre Hand aus. Martha ergriff sie und ließ sich von Victoria an sich ziehen. Ihre Lippen trafen sich, und Martha hatte das gleiche elektrisierende Gefühl wie in dem Augenblick, als Victoria auf ihre Nachricht geantwortet hatte.

Weil ich Gefühle für dich habe, Dummerchen.

Martha und Victoria küssten sich an der Ecke. Das dauerte eine Ewigkeit. Martha fand, es hatte überhaupt nichts damit gemein, einen Jungen zu küssen. Und es fühlte sich auch nicht an, wie Hermine Granger zu küssen, sondern viel besser.

Das Einzige, was ich zu fürchten habe, ist die Furcht selbst.
Das Einzige, was ich zu fürchten habe, ist die Furcht selbst.
Das Einzige, was ich zu fürchten habe, ist die Furcht selbst.

Ava war, seit CJ ihr das Buch geschenkt hatte, auf einem Roosevelt-Trip. Jetzt gingen ihr diese Worte immer wieder durch den Kopf, während sie zum Park spazierte. Dr. Clifford hatte vorgeschlagen, dass sie sich vielleicht eine Liste der Dinge anlegen sollte, bei denen sie in ihrem Leben schon Mut bewiesen hatte. So konnte sie erkennen, dass sie eigentlich viel stärker war, als sie dachte. Das nützte eindeutig. Sie zählte sich ihre letzten mutigen Aktionen auf.

Der RISD abzusagen, war mutig gewesen.

Stanford zuzusagen, war mutig gewesen.

Logan Diffenderfer den Brief zukommen zu lassen, war mutig gewesen.

Sie hatte ihn auf ein Blockblatt geschrieben und dann am letzten Schultag durch den Schlitz in seinen Spind geworfen, bevor sie es sich anders überlegen konnte.

Lieber Logan,

an diesem Wochenende gehe ich mir den neuen Park ansehen, den die Stadt gerade anlegt. Ich möchte mir Erinnerungen daran schaffen, damit er, wenn ich zwischendurch oder für den Sommer zurückkomme, eine Bedeutung für mich hat. Ich bringe mein Skizzenbuch mit. Denn auf einer Bank sitzend zu zeichnen, das wird eine gute Erinnerung sein. Doch es gibt etwas, das noch besser wäre. Ein erster Kuss mit einem Jungen, an dem mir etwas liegt. Ich mag dich, Logan. Nicht nur als guten Freund, aber das auch. Falls du nicht so empfindest, dann werde ich mich eben ans Skizzieren erinnern. Und das ist okay. *No hard feelings.* Wirklich. Aber falls du auch so empfindest – ich werde am Samstag um zwei Uhr dort sein. Triff mich dort und lass uns eine Erinnerung schaffen. – Ava

Obwohl der neue Park noch nicht fertig war, konnte man sein Potenzial schon gut erkennen. Alle redeten von dem coolen neuen Klettergerüst und der Tatsache, dass dank der Organisation, die CJ gefunden hatte, alles rollstuhlgerecht sein würde. Die Bänke standen schon, und auf eine davon würde Ava sich setzen, um den Landschaftsgärtnern zuzusehen.

Sie checkte die Uhrzeit auf ihrem Handy. Es war Viertel vor zwei. Sie würde also noch ein paar Minuten haben, um sich schon mal hinzusetzen, tief durchzuatmen und sich daran zu erinnern, dass *das Einzige, was ich zu fürchten habe, die Furcht selbst ist.* Doch als sie um die Ecke bog, veränderte sich ihr Gesichtsausdruck.

»Du bist früh dran«, sagte sie.

Logan Diffenderfer stand von einer Bank auf und kam auf sie zu.

»Ich weiß. Ich konnte es nicht erwarten.«

KAPITEL 27

»Können wir bitte versuchen, ein bisschen leiser zu sein?«

Jordan hatte ihre Freundinnen schon einmal ermahnt, aber keine hörte auf sie.

»Ich dachte immer, ich wäre die Spaßbremse unter uns«, sagte CJ und gab sich dabei null Mühe, ihre Stimme zu senken.

Ava und Martha waren auch keine Spur besser. Sie lachten immer noch über einen Witz, den Martha gerissen hatte.

Jordan holte den Schlüssel aus ihrer Tasche. »Im Ernst jetzt. *Pscht.* Scott hat mir den Schlüssel nur geliehen, weil ich versprochen habe, dass wir uns nicht erwischen lassen. Also müssen wir leise sein.«

Sie schob ihn ins Schloss und zog das Maschendraht-Tor auf. Es war dasselbe Tor, das sie an ihrem ersten Freitag in der Zwölften daran gehindert hatte, den Park zu betreten. Jetzt schien dieser Abend eine Million Jahre zurückzuliegen. Das Tor schützte mittlerweile keinen künftigen Baugrund mehr. Der Bürokomplex war schon fast fertig.

»Okay«, sagte CJ, nachdem sie drinnen waren. »Wer hat das Werkzeug mitgebracht?«

Ava hob die Hand. »Ich.« Sie griff in ihre Tasche und holte einen Bratspieß heraus.

Martha nahm ihn ihr ab. »Ein Bratspieß?«

»Ja. Ein Bratspieß. Was hast du für ein Problem damit? Der ist perfekt.«

»Der ist tatsächlich absolut perfekt«, sagte Jordan. »Also lasst uns das hier durchziehen. Wir machen es in alphabetischer Reihenfolge, oder? Weil das am fairsten ist.«

»Definitiv«, sagte Martha und gab Ava den Bratspieß zurück.

Sie gingen um das Gebäude herum an die Stelle, wo heute tagsüber frischer Zement gegossen worden war. Der war noch feucht und schien geradezu darauf zu warten, dass sie sich darauf verewigten. Sie taten es nacheinander: Sorgsam ritzten sie die Buchstaben in die weiche graue Masse. Als sie fertig waren, bewunderten sie die Liste.

Ava Morgan
CJ Jacobson
Jordan Schafer
Martha Custis
Jahrgang 2020

Anschließend gab es nicht viel zu sagen. Keine hielt eine große Ansprache oder so. Ihre Namen zu hinterlassen, das genügte. Als sie damit fertig waren, gingen sie wieder und schlossen das Tor hinter sich ab.

Sie waren alle einzeln gekommen, da sie hinterher an verschiedene Orte wollten. Ava hatte vor, Logan im Kino Gesellschaft zu leisten. Jordan würde ihre Großmutter treffen, um fürs College noch ein paar neue Klamotten zu nähen. Marthas Dad hatte ihr das Auto geliehen, damit sie in die City fahren und sich mit einer Gruppe von zukünftigen

MIT-Erstsemestern zu treffen, die sich online gefunden hatten.

CJ hatte als Einzige keine Pläne. Als sie ihr Auto aufschloss, sah sie ihren drei besten Freundinnen nach, die in unterschiedliche Richtungen davonfuhren. Nach diesem Sommer würden sie sich nicht mehr täglich treffen. Aber das war okay. Sie wusste, dass sie alle im Leben der jeweils anderen weiter einen Platz einnehmen würden.

Ihr Handy klingelte und Wyatts Name erschien im Display.

»Hey«, meldete sie sich. »Ich dachte, du hättest heute Abend ein Familientreffen.«

Wyatts Vater hatte endlich den Mut aufgebracht, Kontakt zu seinem jüngeren Bruder aufzunehmen, und sie arbeiteten daran, nach und nach die Gräben zwischen ihnen zuzuschütten. Für heute Abend war vorgesehen, dass ihre Familien einander kennenlernen sollten.

»Ich bin da auch noch«, sagte Wyatt. »Aber ich musste dich anrufen, um dir was total Verrücktes zu erzählen.«

CJ ließ den Motor an und fuhr los. »Ich höre.« Sie blickte in den Rückspiegel und sah den Park oder besser: die Stelle, an der der Park sich einst befunden hatte, verschwinden.

»Mein Onkel hat einen Sohn.«

CJ lächelte. »Wusste ich's doch. Ich hatte recht, oder?«

»Du hattest recht. Er ist klasse, Clarke. Echt klasse.«

CJ wusste, von wem er sprach. Denn sie kannte natürlich inzwischen Wyatts Nachnamen. Sie hatte ihn sogar darauf angesprochen. Es war ein so seltener Name. Ein selten schrecklicher Name. Als er ihr von dem Bruder seines Vaters erzählt hatte, da hatte sie sich gefragt, ob Logan vielleicht sein Cousin war. Sie hatten gemeinsam überlegt und spekuliert, doch Wyatt hatte nicht gewollt, dass sie Logan darauf ansprach. Das war die Sache seines Dads, und er wollte, dass dieser in seinem eigenen Tempo vorging.

»Es ist ein bisschen so, als hätte ich einen Bruder. Ich bin ganz aufgeregt. Er musste eben gehen. Ich glaube, er hat einen Job in einem Kino oder so was. Aber wir treffen uns morgen wieder. Nur wir beide.«

»Das ist großartig.«

Und es *war* großartig. CJ spürte Gänsehaut an ihren Armen.

»Wie auch immer«, meinte er, »ich muss Schluss machen. Ich wollte dich nur anrufen und dir das erzählen. Oh, und ich habe dir noch eine Sache zu erzählen.«

»Und zwar?«, fragte CJ.

Sie konnte seiner Stimme anhören, dass er lächelte. »Ich liebe dich, Clarke Jacobson.«

Die Gänsehaut breitete sich von den Armen auf CJs ganzen Körper aus. »Ich liebe dich auch, Wyatt Diffenderfer.«

EPILOG

Washington D.C.
20. Januar 2049

Wyatt und ich wurden nebeneinander an der Westseite des Kapitols platziert. Wir sind umgeben von Politikerinnen, Würdenträgern und einer Zuschauermenge, so weit das Auge reicht. Ich weiß, dass jede kleine Geste von mir seziert wird, also tue ich mein Bestes, um die Schultern nach hinten zu nehmen und eine präsidentielle Haltung beizubehalten. Wyatt hält es für den perfekten Zeitpunkt, mich zum Lachen zu bringen. Er beugt sich herüber und flüstert mir ins Ohr. »Hey, Clarke.«

»Für dich immer noch Madam President-elect«, flüstere ich zurück. In nur ein paar Minuten wird es Madam President heißen.

Doch dann flüstert er mir etwas anderes zu, und ich kann nicht verhindern, dass mir ein kleiner Lacher über die Lippen kommt. Ich überspiele ihn, indem ich der Menge zuwinke, die mit Jubel reagiert. Wyatt hat mich gerade daran erinnert, dass all diese Leute glauben, wir hätten uns das erste Mal hoch zu Pferd in meinem Vorgarten geküsst. Ich habe die Story einmal in einem Interview erzählt, und rasch entwickelte sie ein Eigenleben. Jeder vermutete, das sei der Anfang unserer Geschichte gewesen, und wir beließen es dabei. Doch in Wahrheit habe ich ihn schon vorher einmal geküsst. Am Highway-Straßenrand, als er mich nicht zurückküsste. Unsere Lovestory war nie perfekt. Genau wie ich hat sie ihre Schwächen und ist kompliziert. Aber ich würde keinen Augenblick davon ändern wollen.

Jetzt beuge ich mich zu ihm und mache ein Gesicht, als würde ich ihm etwas Ernstes mitteilen. »Nun ja, es gibt hier schon ein paar Menschen, die die Wahrheit kennen.«

Ich schaue zwei Reihen hinter mich und sehe Ava, Jordan und Martha. Es war nötig, ein paar Leute von ihren Plätzen zu verdrängen, damit sie jetzt dort sitzen können. Doch es hat sich absolut gelohnt, ein paar Kongressmitglieder vor den Kopf zu stoßen, um meine Freundinnen so nah bei mir zu haben. Dakota und ihre Mom sind auch da. Sie begleiteten mich auch an jenem Tag in den Senat, als ich dort das Gesetz zur medizinischen Versorgung einbrachte. Das tat ich mit einer Rede, die die Leute aufhorchen und Notiz von der frisch gebackenen Senatorin aus Ohio nehmen ließ.

Es war nie vorgesehen, dass ich dieses Rennen gewinnen sollte. Ich war die Außenseiterin mit Riesenabstand und hätte beinahe einen Rückzieher gemacht. Doch an dem Tag, als ich hinschmeißen wollte, fuhr meine Wahlkampfmanagerin mich zu dem einzigen Bürokomplex, den wir uns als Hauptquartier für meine Kampagne leisten konnten. Es war das Gebäude, in das Ava, Jordan, Martha und ich als Seniors unsere Namen eingeritzt hatten. Da beschloss ich, nie aufzugeben, egal wie schwer es werden würde. Unsere Namen erinnerten mich daran, dass ich keine Angst hatte, zu verlieren, und dass einige der großartigsten Momente meines Leben aus Niederlagen entstanden waren.

Trotzdem gab es Tage, die sich unmöglich anfühlten, und Nächte, in denen ich meinte, nicht mehr zu können. In solchen Momenten begab ich mich manchmal unbemerkt an die Seite des Bürogebäudes und strich mit den Fingern über die Namen meiner Freundinnen. Immer in alphabetischer Reihenfolge. Aus Fairnessgründen.

Ava Morgan. Inzwischen Dr. Morgan. Sie hat in Psychologie promoviert – auch in Stanford. Ihr gefiel die Therapiearbeit in Einzelgesprächen. Sie malte auch weiter und brachte es in ihrer Kunst auf ein neues, spektakuläres Niveau. Ava hatte sich selbst immer für still und schüchtern gehalten, doch in Wahrheit erhebt sie ihre Stimme lauter als wir alle, wenn sie sich auf der Leinwand ausdrückt. Vor ein paar Jahren gründete sie eine gemeinnützige Organisation, die Kindern mit Hilfe von Kunst über ihre Traumata hinweghelfen soll.

Jordan Schafer. Jordan machte genau das, wovon sie immer geträumt hatte. Sie ist Journalistin und berichtet für die *Washington Post* über den politischen Pulsschlag. Durch ihre preisgekrönte Investigativ-Arbeit hat sie schon mehr als nur ein paar politische Karrieren beendet. Dankenswerterweise hat sie mir versprochen, nie etwas zu schreiben, das mich zu Fall bringen könnte. Außer ich würde etwas tun, womit ich genau das verdiente.

Martha Custis. Martha musste am weitesten reisen, um heute hier zu sein. Sie und ihre Frau wohnen seit Marthas Beförderung in Übersee. Martha wusste, dass es das war, was sie wollte, von dem Moment an, als sie ihren ersten Kampfeinsatz flog. So trat sie in die Fußstapfen von George, dem zweiten Mann ihrer Urururururur-Großmutter, und wurde Generalin in der Army der Vereinigten Staaten.

Vom Rednerpult aus verkündet die Mehrheitsführerin im Senat, dass es nun für mich an der Zeit ist, den Amtseid abzulegen. Rasch werfe ich noch einen Blick zu meinen Freundinnen. Sie wissen, dass sie im Winkel der Kamera sitzen, daher verändern sich ihre Mienen nur kaum wahrnehmbar. Aber es genügt, dass ich es sehe. Sie sind stolz auf mich. Ich lächele zurück. Ich bin auch stolz auf sie.

Die meisten Leute behaupten immer noch, es sei diese Rede damals im Senat gewesen, die der Beginn meines Wegs ins Präsidentenamt war. Andere weisen weiter zurück, zu einem Kurs, den ich als Erstsemester an der Ohio State University belegte und der mich inspirierte, erstmals ehrenamtlich bei einem Wahlkampf mitzumachen. Oder war es noch früher? Als ich nur ein Kind mit großen Augen war, das glaubte, die Welt verändern zu können? Es gibt so viele Momente, die mich heute auf diese Bühne gebracht haben. Aber wenn wir nach genau dem einen Ausschau halten, mit dem alles begann, dann gebührt Ava der Dank, weil sie es in ihrem Essay für Stanford ziemlich genau auf den Punkt gebracht hat. Denn der wichtigste Augenblick in meinem Leben war ein warmer Spätsommertag, an dem ich meine besten Freundinnen kennenlernte. Wären diese drei kleinen Mädchen nicht gewesen, dann wäre aus mir nicht die Frau geworden, die heute hier steht.

Die Mehrheitsführerin des Senats spricht die Präambel. Die Worte, die sie sagt, sind nicht neu. Sie sind schon an so vielen kalten Januarmorgen gesprochen worden. Ich kann sie auf dem Teleprompter sehen. **Es ist für mich ein großes Privileg und eine besondere Ehre, nun die Vorsitzende Richterin**

des Supreme Courts zu begrüßen, die jetzt den Amtseid abnehmen wird.

Nun sollte sie alle auffordern, sich zu erheben. Doch noch an diesem Morgen habe ich sie gebeten, eine kleine Änderung vorzunehmen. Und das tut sie.

Sie blickt auf die Zuschauer und sagt: »Würden sich alle, die dazu in der Lage sind, bitte von ihren Plätzen erheben.«

Neben mir drückt Wyatt meine Hand zweimal. Dann lässt er sie los. Er weiß, dass ich sie für das, was als Nächstes kommt, brauche.

Ich hole tief Luft, trete einen Schritt vor und hebe meine rechte Hand in die Höhe.

DANK

Einen Roman zu verfassen schien mir immer eine einsame Tätigkeit zu sein. Bis ich mich hinsetzte, um selbst einen zu schreiben. Dieses Buch wäre schlichtweg kein Buch ohne die unglaubliche Zusammenarbeit von zahlreichen Leuten, die frühe Entwürfe gelesen, mir bei der Recherche geholfen, beruhigend auf mich eingeredet, mich angefeuert haben und einfach für mich da waren. In zufälliger Reihenfolge sind das:

Bob Stevens. Okay, hier gibt es doch eine bewusste Reihung. Du bist mein bester Freund, die Liebe meines Lebens und mein größter Unterstützer. Danke, dass du mir gesagt hast, ich könnte es schaffen, als ich selbst nicht daran glaubte. Und dafür, dass du den Hund und mich in dieser Zeit durchgefüttert hast.

Kate Testerman von KT Literary. Die unglaublichste Literaturagentin und Freundin, die eine Frau sich nur wünschen kann.

Pam Gruber, Farrin Jacobs, Hannah Milton und das ganze Team bei Little, Brown. Eure klugen Anmerkungen haben dieses Buch zu dem gemacht, was es ist. Danke, dass ihr mich angeschubst habt. Ihr habt nicht nur ein besseres Buch, sondern eine bessere Autorin aus mir gemacht.

Die Menschen und Organisationen, die mir bei der Recherche geholfen haben: Hollywood, Health & Society; das Bay Area Outreach & Recreation Program; Camp Cheerful sowie Lieutenant Commander David Daitch.

Kristen und Jonathan Lonner. Dafür, dass ich eine Million Fragen zu Politik stellen durfte und ihr mir Abendessen gemacht habt, während ihr mir Antworten gegeben habt. Und dafür, dass ihr mir »Rose und Dorn« beigebracht habt. Meine »Rose« ist, dass ich euch in meinem Leben habe. Mein »Dorn« ist, dass uns keine Möglichkeit eingefallen ist, um den Park zu retten. Ich glaube, es war die richtige Entscheidung. Danke, dass ihr mir geholfen habt, das zu erkennen.

Meine frühen Leserinnen und Hinweisgeberinnen: Lynn Sternberger, Diana Ramirez und Monica Mitchell. Besonderer Dank gebührt Monica, weil sie mein Guide für all die Dinge über Cleveland war. Und dafür, dass sie mir die Adresse nannte, wo sie aufgewachsen ist. So konnte ich wie ein Stalker dort vorbeifahren, wenn ich zu Recherchezwecken in der Stadt war.

Mark Sarvas. Ein unglaublicher Lehrer und Freund. Ich wusste schon immer, dass ich einen Roman schreiben wollte, aber ich wusste nie, wo ich anfangen sollte. Danke, dass du mir den Weg gewiesen hast.

Die Shamers und mein Cluster. Ihr wisst schon, wer ihr seid, und ohne euch hätte ich das nicht geschafft.

Javier Grillo-Marxuach. Ein ehemaliger Chef, aktueller Freund und unübertrefflicher Mentor.

Jason Katims. Du hast mir beigebracht, aus dem Herzen zu schreiben. Meine *Parenthood*-Familie werde ich immer lieben.

Josh Hornstock. Dir verdanke ich meine gesamte Karriere.

Joanna Coles und Holly Whidden. Mein Leben und meine Karriere haben sich für immer verändert, als ihr mir erlaubt habt, eure Geschichte zu erzählen.

Jede starke Frau, die ich kenne, hatte eine E-Mail-Gruppe mit einer Handvoll anderer starker Frauen, die immer für Rat, Aufmunterung und Realitätschecks bereit sind. Ich bin so ein Glückspilz, weil ich eine solche Gruppe in meinem Leben habe. Aus Fairnessgründen in alphabetischer Reihenfolge: Amber Benson, Cecil Castellucci, Kate Rorick, Liza Palmer, Margaret Dunlap und Sarah Kuhn.

Meine Highschool-Freundinnen. (Ebenfalls in alphabetischer Reihenfolge und nur mit Mädchennamen, weil Highschool.) Anna Soellner, Carey Coffey, Carla Naumburg, Kirsten Handelman, Mara Ashby, Nikki Bramante und Valerie Kinsey. In diesen Figuren stecken Eigenschaften von euch allen.

The Ripped Bodice. Dafür, dass ihr mir schon so viele unglaubliche Bücher verkauft und mich beim Schreiben meines eigenen stundenlang in eurem Laden habt sitzen lassen. Apropos, bedanke ich mich bei jedem anderen Buchladen, Coffee Shop, Diner, Hotel und Ikea (nein, im Ernst), wo man mir Raum zum Schreiben geboten hat.

Stephen Cross. Weil er am Wahlabend 2016 das schreckliche Foto von mir im Jahrbuch der achten Klasse gepostet hat. Ich hatte total vergessen, dass ich das Mädchen war, das am wahrscheinlichsten Präsidentin werden würde. Die Erinnerung daran hat mir viel bedeutet.

Und schließlich danke ich Jennifer Hansen, die mich gezwungen hat, einen allerletzten Marathon zu laufen, und Allison Alley, die bereit war, sich mitschleppen zu lassen.

(Lobend möchte ich auch Jeff Cohen erwähnen, der fast all die Meilen mit uns gelaufen ist, obwohl er nicht mal an dem verdammten Rennen teilnahm.) Als wir diese Meilen liefen und dabei redeten und redeten, kam mir die Idee einer Gruppe von Freundinnen, die sich gegenseitig anspornen, größer zu träumen und ihr bestes Leben zu leben. Aus der Idee von damals ist dieses Buch geworden. Danke.

Sarah Watson ist die Erfinderin der erfolgreichen TV-Serie *The Bold Type – Der Weg nach oben*, die die *New York Times* »*Sex and the Single Girl for Millennials*« nannte. Zuvor war sie Autorin und Produktionsleiterin der von der Kritik hochgelobten Dramedy-Serie *Parenthood*. Sie lebt in Santa Monica, Kalifornien. *Mehr als wahrscheinlich* ist ihr erster Roman.

Henriette Zeltner-Shane, geboren 1968, lebt und arbeitet in München, Tirol und New York. Sie übersetzt Sachbücher sowie Romane für Erwachsene und Jugendliche aus dem Englischen, u.a. Angie Thomas' Romandebüt *The Hate U Give*, für das sie mit dem Deutschen Jugendliteraturpreis 2018 ausgezeichnet wurde.

Antje Steinhäuser, Jahrgang 1965, studierte Germanistik und Anglistik in Freiburg. Sie lebt und arbeitet als freie Lektorin und Autorin in München.